Die »Todesliste« ist das geheimste Dokument der amerikanischen Regierung. Es enthält die Namen derjenigen, die eine Gefahr für den Weltfrieden sind. Ganz oben auf der Liste steht »Der Prediger«, ein radikaler Islamist, der seine Anhänger dazu aufstachelt, im Namen Gottes Repräsentanten der westlichen Welt zu töten. Als es in Amerika und Europa immer mehr Opfer gibt, heißt es, seine Identität und seinen Aufenthaltsort zu erkunden, um ihn unschädlich machen zu können. Diesen geradezu unmöglichen Job übernimmt ein Ex-Marine, genannt der Spürhund. Er muss schnell handeln, um den Prediger auszuschalten, bevor dieser seine Pläne in die Tat umsetzen kann. Unterstützt wird der Spürhund nur von einem genialen jungen Hacker – die beiden müssen es schaffen, ihn aus seinem Versteck zu locken.

FREDERICK FORSYTH, geboren 1938 in Ashford/Kent, war mit neunzehn Jahren der jüngste Pilot der Royal Air Force. Später arbeitete er für die Eastern Daily Press in Norfolk und die Agentur Reuters. 1965 ging Forsyth zur BBC. Seine Erfahrungen aus dem Journalismus verarbeitete er in Romanen. Mit »Der Schakal« gelang ihm auch als Romanautor der internationale Durchbruch. Bis heute wurden seine Bücher weltweit mehr als 70 Millionen Mal verkauft.

Frederick Forsyth

DIE TODESLISTE

Thriller

Aus dem Englischen
von Rainer Schmidt

btb

Die Originalausgabe erschien 2013 unter dem Titel
»The Kill List« bei Bantam Press, London.

MIX
Papier aus verantwortungsvollen Quellen
FSC® C014496

Verlagsgruppe Random House FSC® N001967
Das für dieses Buch verwendete FSC®-zertifizierte
Papier *Lux Cream* liefert Stora Enso, Finnland.

3. Auflage
Genehmigte Taschenbuchausgabe April 2015,
btb Verlag in der Verlagsgruppe Random House GmbH, München

Umschlaggestaltung: semper smile, München, nach der
Umschlagkonzeption und Gestaltung von Sassenbach Advertising
unter Verwendung der Bilder von © MILpictures by Tom Weber;
The Image Bank; Getty Images, München
Druck und Einband: GGP Media GmbH, Pößneck
LW · Herstellung: sc
Printed in Germany
ISBN 978-3-442-74846-4

www.btb-verlag.de
www.facebook.com / btbverlag
Besuchen Sie auch unseren LiteraturBlog www.transatlantik.de!

Für das Marine Corps der Vereinigten Staaten,
das eine sehr große Einheit ist,
und für die britischen Pathfinder,
die eine sehr kleine sind.
Den Ersteren: *Semper fi*,
und den Letzteren: Besser ihr als ich.

INHALT

PERSONEN

DER PREDIGER, ein Terrorist
DER SPÜRHUND, ein Menschenjäger
GRAY FOX, TOSA-Direktor
ROGER KENDRICK alias ARIEL, ein Computergenie
IBRAHIM SAMIR alias DER TROLL, ein Computergenie
DSCHAWAD, ein Maulwurf der CIA bei der ISI
BENNY, Leiter der Mossad-Abteilung für das Horn von Afrika in Tel Aviv
OPAL, ein Mossad-Agent in Kismaju
MUSTAFA DARDARI, Eigentümer von Masala Pickles
ADRIAN HERBERT, SIS
LAURENCE FIRTH, MI5
HARRY ANDERSSON, ein schwedischer Reeder
STIG EKLUND, Kapitän der *Malmö*
OVE CARLSSON, Kadett auf der *Malmö*
AL-AFRIT, somalischer Clanchef und Piratenführer
GARETH EVANS, Unterhändler
ALI ABDI, Unterhändler
EMILY BULSTRODE, Tea Lady
DSCHAMMA, Privatsekretär des Predigers
DAVID, PETE, BARRY, DAI, CURLY und TIM: die Pathfinder

PROLOG

Im dunklen und geheimen Herzen Washingtons gibt es eine kurze und sehr geheime Liste. Sie enthält die Namen von Terroristen, die als so gefährlich für die USA, ihre Bürger und ihre Interessen gelten, dass sie zum Tode verurteilt worden sind, ohne dass man den Versuch gemacht hätte, sie festzunehmen, vor Gericht zu stellen oder sonst wie nach Recht und Gesetz zu verfahren. Sie heißt »die Todesliste«.

Jeden Dienstagmorgen wird die Todesliste im Oval Office durchgesehen und möglicherweise verändert, und zwar durch den Präsidenten und sechs Männer – niemals mehr, niemals weniger. Zu ihnen gehören der Direktor der CIA und der Vier-Sterne-General, der die größte und gefährlichste Privatarmee der Welt befehligt: das J-SOC, das angeblich gar nicht existiert.

An einem kalten Morgen im Frühjahr 2014 wurde ein neuer Name auf die Todesliste gesetzt. Er war so schemenhaft, dass selbst sein wahrer Name nicht bekannt war, und die gigantische Maschinerie der amerikanischen Terrorismusbekämpfung hatte kein Bild von seinem Gesicht. Wie Anwar al-Awlaki, der amerikanisch-jemenitische Fanatiker, der seine Hasspredigten über das Internet verbreitet hatte und 2011 durch eine von einer Drohne abgefeuerte Rakete im Nordjemen getötet worden war, war auch dieser Neuzugang ein Onlineprediger. Seine Reden hatten eine solche Macht, dass junge Muslime in der Diaspora sich dem ultraradikalen Islam zuwandten und in seinem Namen Morde begingen.

Wie Awlaki präsentierte sich auch der Neuzugang in perfektem Englisch. Da man seinen Namen nicht kannte, nannte man ihn einfach den Prediger.

Der Auftrag ging an J-SOC, und deren Oberbefehlshaber gab

ihn an TOSA weiter, eine so obskure Organisation, dass achtundneunzig Prozent der diensttuenden amerikanischen Offiziere noch nie davon gehört haben.

Tatsächlich ist TOSA eine sehr kleine Abteilung mit Sitz im nördlichen Virginia, und ihre Aufgabe ist es, Terroristen zur Strecke zu bringen, die sich der strafenden Gerechtigkeit Amerikas entziehen wollen.

An diesem Nachmittag kam der Direktor der TOSA, im amtlichen Verkehr bekannt als Gray Fox, in das Büro seines leitenden Menschenjägers und legte ihm ein Papier auf den Schreibtisch. Darauf standen nur die Worte:

Der Prediger. Identifizieren. Lokalisieren. Eliminieren.

Darunter stand die Unterschrift des Oberkommandierenden, des Präsidenten der Vereinigten Staaten. Damit war dieses Papier eine präsidentiale Exekutivorder, eine EXORD.

Der Mann, der die Order betrachtete, war ein fünfundvierzig Jahre alter undurchsichtiger Lieutenant Colonel des U.S. Marine Corps, der in diesem Gebäude und außerhalb davon nur unter einem Codenamen bekannt war. Er hieß DER SPÜRHUND.

ERSTER TEIL

AUFTRAG

EINS

Hätte man ihn gefragt, so hätte Jerry Dermott die Hand aufs Herz gelegt und geschworen, er habe niemals in seinem Leben wissentlich jemandem etwas angetan und nicht verdient zu sterben. Doch das rettete ihn nicht.

Es war Mitte März in Boyse, Idaho. Allmählich lockerte der Winter seinen Griff. Aber auf den hohen Gipfeln rings um die Staatshauptstadt lag Schnee, und der Wind, der von diesen Gipfeln herunterwehte, war noch bitterkalt. Die Menschen auf den Straßen hatten sich in warme Mäntel gehüllt, als der Abgeordnete aus dem Staatsparlament in der 700 West Jefferson Street kam.

Er trat aus dem prachtvollen Portal des Capitols und ging die Treppe von den Sandsteinmauern zur Straße hinunter, wo sein Wagen fahrbereit parkte. Gewohnt freundlich nickte er dem Polizisten auf der Treppe vor dem Portikus zu und sah, dass Joe, sein getreuer, langjähriger Fahrer, um den Wagen herumkam und die hintere Tür öffnete. Die vermummte Gestalt, die sich von einer Bank weiter unten am Gehweg erhob und in Bewegung setzte, bemerkte er nicht.

Die Gestalt trug einen langen dunklen Mantel, der nicht zugeknöpft war, von innen jedoch mit den Händen zugehalten wurde. Auf dem Kopf saß eine Art gehäkelte Schädelkappe, aber merkwürdig – falls jemand genauer hingeschaut hätte, was jedoch niemand tat – wäre nur gewesen, dass unter dem Mantel keine Beine in Jeans zu sehen waren, sondern ein langes weißes Hemd. Später würde man ermitteln, dass es sich um ein arabisches Dischdasch handelte.

Jerry Dermott war dicht vor der geöffneten Wagentür, als eine Stimme rief: »Abgeordneter!« Er drehte sich um. Das Letzte, was er auf Erden sah, war ein dunkles Gesicht, das ihn anstarrte. Die Augen wirkten leer, als sähen sie etwas anderes in weiter Ferne. Der Mantel öffnete sich, und der Doppellauf einer abgesägten Schrotflinte hob sich.

Später stellte die Polizei fest, dass beide Läufe gleichzeitig abgefeuert worden und die Patronen mit schwerem Rehposten geladen waren, nicht mit den winzigen Körnern, die man für die Vogeljagd benutzt. Die Distanz betrug ungefähr drei Meter.

Wegen der Kürze der abgesägten Läufe war die Streuung breit. Einige der Stahlkugeln flogen rechts und links an dem Abgeordneten vorbei. Ein paar trafen Joe, rissen ihn herum und ließen ihn zurücktaumeln. Er trug eine Pistole unter der Jacke, benutzte sie aber nicht, sondern hob die Hände ans Gesicht.

Der Polizist auf der Treppe sah alles mit an. Er zog seinen Revolver und kam im Laufschritt herunter. Der Angreifer riss beide Hände in die Höhe und schrie etwas. Die rechte Hand hielt das Schrotgewehr umklammert. Der Polizist wusste nicht, ob der zweite Lauf abgefeuert worden war, und er schoss dreimal. Da er auf diese Waffe trainiert war, konnte er den Mann aus sechs Metern Entfernung nicht verfehlen.

Seine drei Kugeln trafen den schreienden Mann mitten in die Brust. Er flog rückwärts gegen den Kofferraum der Limousine, prallte davon ab und fiel vornüber in den Rinnstein, wo er mit dem Gesicht nach unten starb. Mehrere Leute erschienen im Portikus und sahen die beiden am Boden liegenden Gestalten. Der Chauffeur starrte auf seine blutenden Hände, und der Polizist stand über dem Angreifer und hielt den Revolver beidhändig nach unten gerichtet. Die Leute liefen wieder hinein und alarmierten die Polizei.

Die beiden Toten wurden ins Leichenschauhaus gebracht, und Joe kam ins Krankenhaus, wo man ihn wegen der drei Schrotkugeln in seinem Gesicht versorgte. Der Abgeordnete war tot; mehr als zwanzig Stahlkugeln waren ihm in die Brust gedrungen und hatten Herz und Lunge durchschlagen. Tot war auch der Attentäter.

Letzterer lag nackt auf dem Tisch im Leichenschauhaus, und es gab keinen Hinweis auf seine Identität. Er hatte keine Ausweispapiere und seltsamerweise keine Körperbehaarung außer seinem Bart. Aber als sein Gesicht in den Abendzeitungen gedruckt wurde, meldeten sich zwei Informanten: Der Dekan eines Colleges am Stadtrand identifizierte ihn als Studenten jordanischer Herkunft, und die Eigentümerin einer Pension erkannte in ihm einen ihrer Gäste.

Detectives durchkämmten das Zimmer des Toten und beschlagnahmten zahlreiche Bücher in arabischer Sprache und einen Laptop. Der Inhalt des Computers wurde im kriminaltechnischen Labor der Polizei untersucht, und man fand etwas, das noch niemand beim Police Department von Boise je gesehen hatte. Auf der Festplatte war eine Serie von Vorträgen oder Predigten, gehalten von einer maskierten Gestalt, die mit funkelnden Augen in die Kamera starrte und fließend Englisch sprach.

Die Botschaft war brutal und einfach. Der wahre Gläubige solle sich von der Ketzerei zum wahren Islam bekehren. Er solle sein Herz verschlossen halten, niemandem vertrauen und sich niemandem anvertrauen, er solle sich dem Dschihad weihen und ein wahrer und treuer Soldat Allahs werden. Dann solle er sich eine herausragende Person im Dienste des Großen Teufels suchen und sie in die Hölle schicken. Er solle sterben als Schahid, als Märtyrer, und im Paradiese Allahs leben in Ewigkeit. Dutzende solcher Predigten waren aufgezeichnet, und alle enthielten dieselbe Botschaft.

Die Polizei gab das Material an das FBI-Büro in Boise weiter, und von dort wanderte die ganze Akte ins J. Edgar Hoover Building in Washington, D.C. In der FBI-Zentrale war niemand überrascht. Sie hatten schon vom Prediger gehört.

1968

Am 8. November setzten bei Mrs. Lucy Carson die Wehen ein, und man brachte sie geradewegs auf die Geburtshilfestation des Navy Hospital in Camp Pendleton, Kalifornien, wo sie und ihr Mann stationiert waren. Zwei Tage später kam ihr erster und, wie sich ergab, einziger Sohn zur Welt.

Nach seinem Großvater väterlicherseits wurde er Christopher getauft, aber da dieser hohe Offizier der U.S. Marines meist Chris genannt wurde, bekam das Kind den Spitznamen Kit, um Verwechslungen zu vermeiden. Dass auch eine amerikanische Pionierslegende Kit Carson geheißen hatte, war reiner Zufall.

Ebenso zufällig war das Geburtsdatum: Am 10. November des Jahres 1775 war das U.S. Marine Corps gegründet worden.

Captain Alvin Carson war in Vietnam. Die Kämpfe dort waren heftig und würden es noch weitere fünf Jahre bleiben. Doch seine Stationierung dort ging dem Ende zu, und er bekam Weihnachtsurlaub, damit er zu seiner Frau und seinen beiden Töchtern nach Hause fahren und seinen erstgeborenen Sohn im Arm halten konnte.

Nach Neujahr kehrte er nach Vietnam zurück, und 1970 kam er endgültig nach Hause auf den ausgedehnten Marinestützpunkt in Pendleton. Sein nächster Einsatz war keiner, denn er blieb drei Jahre in Pendleton und konnte seinen Sohn vom Krabbelkind zum viereinhalbjährigen Jungen heranwachsen sehen.

Hier, weit entfernt vom tödlichen Dschungel, führten die Eheleute das übliche Stützpunktdasein zwischen Familienunterkunft, seinem Büro, dem Social Club, dem PX-Supermarkt und der Kirche des Stützpunkts. Und er konnte seinem Sohn im Jachthafen von Del Mar das Schwimmen beibringen. Manchmal, wenn Carson sich später an die Jahre in Pendleton erinnerte, sah er überall nur eitel Sonnenschein.

1973 wurde er »mit Familie« nach Quantico versetzt, in die

unmittelbare Nachbarschaft von Washington, D.C. Damals war Quantico nichts als eine endlose, von Mücken und Zecken verseuchte Wildnis, wo ein kleiner Junge im Wald auf die Jagd nach Eichhörnchen und Waschbären gehen konnte.

Die Familie Carson lebte noch auf dem Stützpunkt, als Henry Kissinger und der Nordvietnamese Lê Duc Tho sich am Stadtrand von Paris trafen und die Vereinbarung schmiedeten, die dem zehn Jahre andauernden Gemetzel namens Vietnamkrieg ein Ende machte.

Carson, der inzwischen Major war, kehrte zu seinem dritten Einsatz nach Vietnam zurück. Dort wimmelte es noch immer von Gefahren, denn die nordvietnamesische Armee schickte sich an, das Pariser Abkommen zu brechen und in den Süden einzumarschieren. Aber Carson kam früh genug in die Heimat zurück, um die wütende Balgerei auf dem Dach der US-Botschaft in Saigon, wo der letzte Hubschrauber zum Flughafen startete, nicht mehr zu erleben.

In all diesen Jahren durchlief sein Sohn Kit die normalen Phasen eines kleinen amerikanischen Jungen: Little League Baseball, Pfadfinder, Schule. Im Sommer 1976 wurden Major Carson und seine Familie auf den dritten riesigen Stützpunkt der Marines versetzt: nach Camp Lejeune in North Carolina.

Als stellvertretender Bataillonskommandeur arbeitete Major Carson im Hauptquartier der 8th Marines in der »C« Street und wohnte mit seiner Frau und seinen drei Kindern in der Siedlung für verheiratete Offiziere. Sie sprachen nie darüber, was der heranwachsende Junge vielleicht einmal werden wollte. Er war in zwei Familien hineingeboren worden, in die der Carsons und ins Marine Corps. So ging jeder davon aus, dass er in die Fußstapfen seines Großvaters und seines Vaters treten, zur Offiziersschule gehen und die Uniform tragen würde.

Von 1978 bis 1981 wurde Major Carson auf einen längst überfälligen Posten auf See versetzt, nach Norfolk, auf den großen Stützpunkt von U.S. Navy und Marines am Südufer der Chesapeake Bay im Norden von Virginia. Die Familie wohnte auf dem Stützpunkt, und der Major fuhr als Offizier der Marineinfanterie auf der USS *Nimitz*, dem Stolz der Flugzeugträgerflotte. Von diesem Posten aus beobachtete er das Fiasko der Operation Eagle Claw, auch bekannt als Desert One, dieses hilflosen Versuchs zur Rettung der amerikanischen Diplomaten, die in Teheran von »Studenten« im Bann des Ayatollah Khomeini als Geiseln genommen worden waren.

Major Carson stand mit einem Hochleistungsfernglas auf dem Brückenflügel der *Nimitz* und beobachtete, wie die acht großen Hubschrauber vom Typ Sea Stallion donnernd auf die Küste zuflogen, um die Green Berets und Rangers zu unterstützen, die den Zugriff durchführen und die befreiten Diplomaten auf das sichere Schiff bringen würden.

Und er sah zu, wie sie sich fast alle verwundet zurückschleppten, als Erste die beiden, die gleich über der iranischen Küste ausfielen, weil sie keine Sandfilter hatten und in einen Staubsturm gerieten. Danach brachten andere die Verletzten zurück, nachdem eine der Maschinen in das Cockpit eines Hercules-Transportflugzeugs geflogen und in einem riesigen Feuerball aufgegangen war. Für den Rest seines Lebens blieb Carson verbittert über die stümperhafte Planung, die das alles verursacht hatte.

Vom Sommer 1981 bis 1984 diente Alvin Carson, inzwischen Lieutenant Colonel, in London als Marineattaché in der US-Botschaft am Grosvenor Square. Kit ging auf die amerikanische Schule in St. John's Wood, und später dachte der Junge mit liebevollen Erinnerungen an seine drei Londoner Jahre. Es war die Zeit Margaret Thatchers und Ronald Reagans und ihrer bemerkenswerten Partnerschaft.

Die Falklandinseln wurden durch eine Invasion befreit. Eine Woche bevor die britischen Fallschirmspringer nach Port Stanley kamen, machte Ronald Reagan einen Staatsbesuch in London. Charlie Price wurde Botschafter und war der populärste Amerikaner in der Stadt. Partys und Bälle fanden statt. Bei einem Defilee in der Botschaft wurde die Familie Carson der

Queen vorgestellt. Der vierzehnjährige Kit Carson verliebte sich zum ersten Mal in ein Mädchen, und sein Vater erreichte sein zwanzigstes Dienstjahr.

Colonel Carson wurde als Lieutenant Colonel zum Kommandeur des 2. Bataillons im 3. Marineinfanterieregiment befördert, und die Familie zog an die Kaneohe Bay auf den Hawaii-Inseln, wo das Klima deutlich anders war als in London. Für den Jungen begann eine Zeit des Surfens und Schnorchelns, des Tauchens und Angelns und ein mehr als aktives Interesse an den Mädchen.

Mit sechzehn hatte er sich zu einem beachtlichen Sportler entwickelt, aber seine Schulzeugnisse zeigten, dass er auch einen sehr flinken Verstand besaß. Als sein Vater ein Jahr später zum Generalstab befördert und auf das Festland zurückversetzt wurde, hatte Kit Carson als Eagle Scout den höchsten Pfadfinderrang erreicht und war zugleich Rekrut im Reserve Officers Training Corps. Was schon vor Jahren angenommen worden war, bewahrheitete sich: Er war unaufhaltsam auf dem Weg, die Nachfolge seines Vaters als Offizier im U.S. Marine Corps anzutreten.

Zu Hause in den Staaten wartete das Studium. Kit kam auf das College of William and Mary in Williamsburg, wo er vier Jahre als Internatsstudent Geschichte und Chemie im Hauptfach studierte. Drei lange Sommerferien verbrachte er in der Fallschirmspringerschule, in einer Gerätetaucherausbildung und auf der Offizierskandidatenschule in Quantico.

Sein Examen legte er 1989, mit zwanzig, ab und erwarb gleichzeitig sein College-Diplom und den ersten Schulterstreifen als Second Lieutenant im Marine Corps. Sein Vater, der inzwischen einen Generalsstern trug, und seine Mutter waren bei der Zeremonie anwesend.

Als Erstes besuchte er bis Weihnachten die Basic School, wo er die Grundlagen der Arbeit eines Offiziers bei der Marineinfanterie erlernte, und als Nächstes kam er auf die Infantry Officers School, an der er die Prüfung *cum laude* absolvierte.

Darauf folgte die Ranger School in Fort Benning in Georgia, und mit seinem Rangerabzeichen wurde er nach Twentynine Palms, Kalifornien, verlegt.

Hier absolvierte er in dem als »The Stumps« bekannten Ausbildungscamp sein Luft-Boden-Gefechtstraining und kam danach zum 1. Bataillon des 7. Regiments auf demselben Stützpunkt. Am 2. August 1990 marschierte ein Mann namens Saddam Hussein in Kuwait ein. Die U.S. Marines zogen wieder in den Krieg, und Lieutenant Kit Carson zog mit.

1990

Als man entschieden hatte, dass Saddam Husseins Einmarsch in Kuwait nicht hingenommen werden dürfe, wurde eine große Koalition gebildet, die an der irakisch-saudi-arabischen Wüstengrenze vom Persischen Golf im Osten bis zur jordanischen Grenze im Westen aufmarschierte.

Die U.S. Marines kamen in Gestalt der Marine Expeditionary Force unter General Walter Bloomer, und dazu gehörte die 1. Marine Division unter dem Kommando von General Mike Myatt. Sehr weit unter ihm in der Hackordnung stand Second Lieutenant Kit Carson. Die Division ging am äußersten östlichen Ende der Koalitionslinien in Stellung. Rechts von ihr lag nur noch das blaue Wasser des Golfs.

Der erste Monat, der betäubend heiße August, war eine Zeit fieberhafter Aktivität. Die gesamte Division mit ihren Panzer- und Geschützfahrzeugen musste ausgeschifft und in ihrem Sektor verteilt werden. Eine Armada von Frachtern landete in dem bis dahin verschlafenen Ölhafen von al-Dschubail und brachte die Ausrüstung, Unterkünfte und Versorgungsmaterial für eine komplette amerikanische Division. Erst im September wurde Kit Carson zu seinem Einsatzgespräch beordert. Er führte es mit einem scharfzüngigen alten Major, der wahrscheinlich bei der Beförderung übergangen worden und darüber nicht glücklich war.

Major Dolan las langsam die Akte des neuen Offiziers durch. Er stolperte über etwas Ungewöhnliches und blickte auf.

»Sie haben als Junge einige Zeit in London verbracht?«

»Ja, Sir.«

»Verrückte Hunde.« Major Dolan war mit der Akte fertig und klappte sie zu. »Nebenan im Westen parkt die britische 7. Armoured Brigade. Nennen sich selbst die Wüstenratten. Wie gesagt, verrückt. Nennen ihre eigenen Soldaten Ratten.«

»Tatsächlich sind es Springmäuse, Sir.«

»Was?«

»Springmäuse. Wüstentiere wie die Erdmännchen. Sie haben den Namen gekriegt, als sie im Zweiten Weltkrieg in der Libyschen Wüste gegen Rommel kämpften. Er war der Wüstenfuchs. Die Springmaus ist kleiner, aber schwerer zu fassen.«

Major Dolan war nicht besonders beeindruckt.

»Kommen Sie mir nicht superschlau, Lieutenant. Irgendwie werden wir mit diesen Wüstenratten klarkommen müssen. Ich werde General Myatt vorschlagen, Sie als einen unserer Verbindungsoffiziere rüberzuschicken. Wegtreten.«

Die Koalitionsstreitkräfte mussten noch weitere fünf Monate in dieser Wüste schmoren, während die alliierte Luftwaffe den von General Norman Schwarzkopf vor einem Angriff geforderten »Abbau« der irakischen Armee um fünfzig Prozent bewerkstelligte. Nachdem Kit Carson sich bei dem Kommandeur der britischen 7. Armoured Brigade, General Patrick Cordingley, gemeldet hatte, verbrachte er einen Teil dieser Wartezeit als Verbindungsoffizier zwischen den beiden Truppeneinheiten.

Nur wenige amerikanische Soldaten entwickelten Interesse oder auch nur ein Gefühl für die einheimische arabische Kultur der Saudis. Carson, von Natur aus neugierig, war eine Ausnahme. Bei den Briten fand er zwei Offiziere, die ein wenig Arabisch sprachen, und lernte von ihnen eine Handvoll Redewendungen. Bei seinen Besuchen in al-Dschubail hörte er die täglichen fünf Rufe zum Gebet und sah, wie sich Gestalten in langen Gewändern auf die Knie sinken ließen und immer wieder die Stirn auf den Boden drückten, um so das Gebetsritual zu vollziehen.

Er achtete darauf, die Saudis, mit denen er zusammenkam, mit dem förmlichen »Salaam alaikum« (Friede sei mit dir) zu begrüßen, und lernte auch die Antwort »Alaikum salaam« (Friede sei auch dir). Er bemerkte das jähe Erstaunen darüber, dass ein Ausländer sich die Mühe machte, und die Freundlichkeit, die darauf folgte.

Nach drei Monaten wurde die britische Brigade auf die Größe einer Division verstärkt, und zu General Myatts Verdruss verlegte General Schwarzkopf die Briten weiter nach Osten. Als die Bodentruppen endlich in Marsch gesetzt wurden, war der Krieg kurz, hart und brutal. Die irakischen Panzerstreitkräfte wurden von britischen Challenger-II-Tanks und amerikanischen Kampfpanzern vom Typ Abrams weggefegt. Die Luftüberlegenheit war absolut, wie sie es schon seit Monaten gewesen war.

Saddams Infanterie war in ihren Schützengräben durch die amerikanischen B-52-Bomber pulverisiert worden, und die Soldaten ergaben sich scharenweise. Für die U.S. Marines bestand der Angriff in einem Sturm nach Kuwait hinein, wo sie mit Jubel empfangen wurden, und einem letzten Vormarsch zur irakischen Grenze, an der das Oberkommando ihnen befahl, haltzumachen. Der Bodenkrieg dauerte nur fünf Tage.

Lieutenant Kit Carson musste etwas richtig gemacht haben, denn nach seiner Rückkehr im Sommer 1991 bekam er die ehrenvolle Versetzung zum 81-mm-Mörser-Platoon als bester Lieutenant seines Bataillons. Offensichtlich zu Höherem berufen, tat er zum ersten – aber nicht zum letzten – Mal in seinem Leben etwas Unkonventionelles: Er bewarb sich um ein Olmsted-Stipendium und bekam es. Als man ihn nach dem Grund fragte, gab er zur Antwort, er wolle auf das Fremdspracheninstitut des Verteidigungsministeriums im Presidio in Monterey, Kalifornien. Auf weiteres Befragen gestand er, dass er Arabisch lernen wolle. Diese Entscheidung sollte sein ganzes Leben verändern.

Seine leicht verwirrten Vorgesetzten stimmten dem Antrag

zu. Mit dem Olmsted-Stipendium in der Tasche verbrachte er sein erstes Jahr in Monterey und bekam dann eine zweijährige Praktikantenstelle an der American University in Kairo. Hier stellte er bald fest, dass er der einzige U.S. Marine und überhaupt der einzige Soldat war, der je im Feld gewesen war. Während Carson in Kairo war, versuchte ein Jemenit namens Ramsi Yussef, einen der Twin Towers in Manhattan zu sprengen. Er scheiterte, hatte aber, vom amerikanischen Establishment unbeachtet, den ersten Schuss des islamischen Dschihad gegen die USA abgefeuert.

Damals gab es noch keine Internetzeitungen, doch Lieutenant Carson konnte den Gang der Ermittlungen auf der anderen Seite des Atlantiks im Radio verfolgen. Er war verwirrt und fasziniert, und schließlich stattete er dem weisesten Mann, dem er in Ägypten begegnet war, einen Besuch ab. Professor Khaled Abdulasis lehrte an der al-Azhar-Universität, einem der größten Zentren für Koranstudien in der gesamten islamischen Welt. Gelegentlich hielt er Gastvorträge an der American University. Er empfing den jungen Amerikaner in seinem Büro auf dem al-Azhar-Campus.

»Warum haben sie das getan?«, fragte Kit Carson.

»Weil sie euch hassen«, sagte der alte Herr ruhig.

»Aber warum? Was haben wir ihnen getan?«

»Ihnen persönlich? Ihren Familien? Ihren Ländern? Nichts. Außer vielleicht, dass Sie dort Dollars verteilt haben. Doch darum geht es nicht. Beim Terrorismus geht es darum nie. Bei Terroristen, sei es al-Fatah oder der Schwarze September oder die neue, vorgeblich religiöse Variante, stehen Wut und Hass an erster Stelle, und erst danach kommt die Rechtfertigung. Bei der IRA ist es Patriotismus, bei den Roten Brigaden Politik, bei den salafistischen Dschihadisten die Frömmigkeit. Eine vorgebliche Frömmigkeit.«

Der Professor bereitete Tee für zwei auf einem kleinen Gaskocher zu.

»Aber sie behaupten, sie folgten den Lehren des heiligen

Koran. Sie behaupten, sie gehorchten dem Propheten Mohammed und dienten Allah.«

Der alte Gelehrte lächelte, während das Wasser heiß wurde. Die Einfügung des Wortes »heilig« vor »Koran« war ihm nicht entgangen. Eine Höflichkeit, aber eine wohltuende.

»Junger Mann, ich bin, was man einen Hafis nennt. Das ist jemand, der alle 6236 Verse des heiligen Koran auswendig kennt. Anders als Ihre Bibel, die Hunderte von Autoren hat, wurde unser Koran nur von einem geschrieben – genauer gesagt, diktiert. Und doch gibt es Passagen, die einander scheinbar widersprechen. Die Dschihadisten reißen einen oder zwei Sätze aus dem Zusammenhang, verzerren sie noch ein wenig mehr und tun dann so, als hätten sie eine göttliche Rechtfertigung für ihr Tun. Nur haben sie die nicht. Nirgends in unserem heiligen Buch findet sich die Verfügung, wir sollten Frauen und Kinder abschlachten, um den zu erfreuen, den wir Allah nennen, den Barmherzigen, den Mitfühlenden. So verfahren alle Extremisten, auch die christlichen und die jüdischen. Wir wollen unseren Tee nicht kalt werden lassen. Man soll ihn kochend heiß trinken.«

»Aber, Professor, diese Widersprüche. Hat man sich nie mit ihnen befasst, sie erklärt, sie begründet?«

Der Professor schenkte dem Amerikaner mit eigener Hand Tee nach. Er hatte Personal, doch es gefiel ihm, dies zu einer persönlichen Handreichung zu machen.

»Ständig. Seit dreizehnhundert Jahren studieren Gelehrte dieses eine Buch und verfassen Kommentare dazu. Zusammen heißen sie Hadith, und es sind ungefähr hunderttausend.«

»Haben Sie sie gelesen?«

»Nicht alle. Dazu wären zehn Menschenleben nötig. Aber viele. Und zwei habe ich geschrieben.«

»Einer der Bombenleger, Scheich Omar Abdel Rahman, den sie den blinden Kleriker nennen, war … ist … auch ein Gelehrter.«

»Ein Gelehrter auf Irrwegen. Das gibt es in jeder Religion.«

»Aber ich muss Sie noch einmal fragen: Warum hassen sie uns?«

»Weil Sie nicht sie sind. Sie empfinden eine tiefe Wut auf alles, was nicht sie ist. Juden, Christen, diejenigen, die wir *kuffar* nennen – die Ungläubigen, die sich nicht zum einen wahren Glauben bekehren wollen. Jedoch auch diejenigen, die ihnen nicht muslimisch genug sind. In Algerien metzeln die Dschihadisten ganze Dörfer der Fellachen nieder, Bauerndörfer mit Frauen und Kindern, und sie tun es in ihrem heiligen Krieg gegen Algier. Denken Sie immer daran, Lieutenant, zuerst kommen Wut und Hass, dann kommt die Rechtfertigung, die Pose der tiefen Frömmigkeit, nur ist das Heuchelei.«

»Und Sie, Professor?«

Der alte Herr seufzte.

»Ich hasse und verachte sie. Denn sie nehmen das Angesicht meines geliebten Islam und präsentieren es der Welt von Wut und Hass verzerrt. Aber der Kommunismus ist tot, der Westen schwach und mit sich selbst beschäftigt und von Vergnügen und Habgier getrieben. Es wird viele geben, die auf die neue Botschaft hören werden.«

Kit Carson sah auf die Uhr. Bald war es Zeit für die Gebete des Professors. Er stand auf. Der Gelehrte bemerkte auch diese Geste und lächelte. Er erhob sich ebenfalls und begleitete seinen Gast zur Tür. Als der Amerikaner hinausging, rief er ihm nach.

»Lieutenant, ich fürchte, mein geliebter Islam tritt in eine lange dunkle Nacht ein. Sie sind jung, Sie werden ihr Ende sehen, *inschallah*. Ich bete, dass ich sie nicht miterleben möge.«

Drei Jahre später starb der alte Gelehrte in seinem Bett. Aber die Massenmorde hatten begonnen. In einem Apartmentkomplex in Saudi-Arabien, der vorzugsweise von amerikanischen Zivilisten bewohnt wurde, explodierte eine große Bombe. Ein Mann namens Osama bin Laden hatte den Sudan verlassen und war nach Afghanistan zurückgekehrt, als Ehrengast des neuen Regimes der Taliban, die das ganze Land erobert hatten. Und der Westen ergriff immer noch keine Maßnahmen zu seiner Verteidigung, sondern genoss weiter seine fetten Jahre.

Heute

Das kleine Marktstädtchen Grangecombe im englischen County Somerset lockte im Sommer ein paar Touristen an, die durch die kopfsteingepflasterten Gassen aus dem siebzehnten Jahrhundert spazierten. Davon abgesehen, war es ein sehr ruhiges Fleckchen abseits der Straßen, die zu den Stränden und Buchten des Südwestens führten. Allerdings hatte es eine historische Vergangenheit, das königliche Stadtrecht, einen Stadtrat und einen Bürgermeister. Im April 2014 hieß dieser Seine Ehren Giles Matravers und war ein pensionierter Tuchhändler, der in dieses Amt aufgerückt war und das Recht hatte, die Bürgermeisterkette, den pelzbesetzten Mantel und den Dreispitz zu tragen.

Genau das tat er, als er das neue Gebäude der Handelskammer gleich hinter der High Street eröffnete und eine Gestalt sich aus der kleinen Zuschauermenge löste, die zehn Schritte zu ihm zurücklegte, bevor irgendjemand reagieren konnte, und ihm ein Schlachtermesser in die Brust stieß.

Zwei Polizisten waren anwesend, aber keiner trug eine Schusswaffe. Der Stadtschreiber und ein paar andere kümmerten sich um den sterbenden Bürgermeister, doch ohne Erfolg. Der Mörder, von den Polizisten zu Boden geworfen, versuchte gar nicht zu fliehen, schrie aber wiederholt etwas, das niemand verstand, von Experten später jedoch als *Allahu akbar* identifiziert wurde: »Allah ist groß.«

Ein Polizist trug eine Schnittverletzung an der Hand davon, als er sich auf das Messer stürzen wollte, dann wurde der Attentäter von den beiden blau Uniformierten überwältigt. Nach einer Weile kamen Kriminalpolizisten aus Taunton, der Hauptstadt des County, um die formellen Ermittlungen einzuleiten. Der Attentäter saß auf dem Polizeirevier und weigerte sich dumpf, irgendwelche Fragen zu beantworten. Er trug das knöchellange Gewand namens Dischdasch, also ließ man aus der

Zentrale der County Police jemanden kommen, der Arabisch sprach, aber auch er hatte keinen Erfolg.

Wie sich herausstellte, war der Mann Regalbestücker im örtlichen Supermarkt und wohnte in einer Pension. Nach Angaben der Pensionsbesitzerin war er ein Iraki. Anfangs nahm man an, er habe seine Tat aus Wut über das begangen, was in seiner Heimat geschah, doch das Innenministerium teilte mit, er sei als Flüchtling eingereist und habe Asyl erhalten. Junge Leute aus der Stadt meldeten sich als Zeugen und sagten aus, Faruk, auch bekannt als Freddy, sei bis vor drei Monaten auf Partys unterwegs gewesen, habe getrunken und mit Mädchen Umgang gehabt. Dann habe er sich anscheinend verändert. Er sei verschlossen und schweigsam geworden und habe sich verächtlich über seinen früheren Lebensstil geäußert.

In seinem Zimmer fand sich wenig außer einem Laptop, dessen Inhalt der Polizei von Boise, Idaho, sehr bekannt vorgekommen wäre. Ein maskierter Mann saß vor einem mit Koranversen beschriebenen Hintergrund, hielt eine Predigt nach der anderen und bedrängte die Frommen, die *kuffar* zu vernichten. Staunende Beamte der Polizei von Somerset schauten sich ein Dutzend dieser Predigten an, denn der Mann sprach ein praktisch akzentfreies Englisch.

Der Mörder, der immer noch schwieg, kam vor Gericht, und seine Akte und der Laptop wurden nach London geschickt. Scotland Yard gab die Details ans Innenministerium weiter, das sich mit dem Sicherheitsdienst MI5 beriet. Dessen Mann in der britischen Botschaft in Washington hatte bereits einen Bericht über einen Zwischenfall in Idaho herübergeschickt.

1996

In den USA wurde Captain Kit Carson für drei Jahre in Camp Pendleton stationiert, wo er geboren war und die ersten vier Jahre seines Lebens verbracht hatte. Während dieser Zeit starb sein Großvater väterlicherseits, ein pensionierter Colonel der Marines, der bei Iwo Jima gekämpft hatte, in seinem Ruhestandsheim in North Carolina. Kits Vater wurde zum General mit einem Stern befördert, was den Großvater noch kurz vor seinem Tod vor Stolz fast platzen ließ.

Kit Carson lernte eine Navy-Krankenschwester aus dem Krankenhaus kennen, in dem er zur Welt gekommen war, und heiratete sie. Drei Jahre lang versuchten er und Susan, ein Baby zu bekommen, bis die Untersuchungen endgültig ergaben, dass sie keine Kinder empfangen konnte. Sie beschlossen, eins zu adoptieren – eines Tages, jedoch noch nicht sofort. 1999 wurde er an die Generalstabsschule in Quantico abkommandiert und 2000 zum Major befördert. Nach seinem Examen wurden er und seine Frau erneut versetzt, diesmal nach Okinawa in Japan.

Dort, viele Zeitzonen weit westlich von New York, wo er noch die Spätnachrichten einschaltete, bevor er ins Bett gehen wollte, sah er ungläubig die Bilder, die später unter dem Namen »Nine/Eleven« zusammengefasst werden sollten.

Die ganze Nacht saß er zusammen mit anderen im Offizierskasino vor dem Fernseher und sah immer wieder die Zeitlupenaufnahmen der beiden Flugzeuge, die sich erst in den nördlichen, dann in den südlichen Turm bohrten.

Anders als die Männer um ihn herum sprach er Arabisch, und er kannte die arabische Welt und die Komplexität des Islam, dem mehr als eine Milliarde Menschen auf der Erde angehörten.

Carson dachte an den sanften, höflichen Professor Abdulasis, der ihm Tee serviert und eine lange dunkle Nacht für den Islam prophezeit hatte, und an viele andere. Er lauschte dem anschwellenden Dröhnen der Wut um ihn herum, als Einzelheiten bekannt wurden. Neunzehn Araber, darunter fünfzehn Saudis, hatten die Tat begangen. Er erinnerte sich, wie strahlend die Ladenbesitzer von al-Dschubail gelächelt hatten, wenn er sie in ihrer Sprache begrüßte. Dieselben Menschen?

Im Morgengrauen wurde das ganze Regiment für eine Ansprache des Regimentskommandeurs zusammengetrommelt.

Seine Botschaft war finster. Sie befanden sich im Krieg, und wie immer würde das Marine Corps sein Land verteidigen, wann, wo und wie es nötig war.

Verbittert dachte Major Kit Carson an die verschwendeten Jahre, als in Afrika und im Nahen Osten ein Angriff nach dem anderen gegen die USA geführt worden war, was jedes Mal dazu geführt hatte, dass die Politiker eine Woche lang empört waren, ohne das gewaltige Ausmaß des Angriffs zu erkennen, der da in einer Kette von afghanischen Höhlen geplant wurde.

Das gewaltige Trauma, das Nine/Eleven den USA und ihren Bewohnern zufügte, lässt sich kaum einschätzen. Alles änderte sich, und nichts würde wieder so sein wie früher. Innerhalb von vierundzwanzig Stunden wachte der Riese endlich auf.

Carson wusste, dass es einen Vergeltungsschlag geben würde, und er wollte daran beteiligt sein. Aber er saß auf einer japanischen Insel fest und hatte dort noch Jahre vor sich.

Doch das Ereignis, das Amerika veränderte, veränderte auch Kit Carsons Leben. Er konnte nicht wissen, dass zu Hause ein sehr hoher Beamter der CIA, ein Veteran aus dem Kalten Krieg namens Hank Crampton, die Akten von Army, Navy, Air Force und Marines nach einer sehr seltenen Sorte Mann durchkämmte. Die Operation hatte den Namen Scrub, und er suchte nach aktiven Offizieren, die Arabisch sprachen.

In seinem Büro in Building No. 2 auf dem CIA-Gelände in Langley, Virginia, wurden die Akten in die Computer eingegeben und dort schneller durchsucht, als das menschliche Auge lesen oder das Gehirn die Informationen verarbeiten könnte. Namen und Karrieren leuchteten auf, die meisten wurden verworfen, ein paar wenige ausgesondert.

Bei einem Namen blitzte ein pulsierender Stern in der oberen Bildschirmecke auf. Major bei den U.S. Marines, Olmsted Stipendium, Sprachenschule in Monterey, zwei Jahre Kairo, zweisprachig in Englisch und Arabisch. Wo ist er?, fragte Crampton. Auf Okinawa, sagte der Computer. Wir brauchen ihn hier, sagte Crampton.

Es kostete Zeit und ein bisschen Gebrüll. Das Marine Corps sträubte sich, aber die CIA hatte die besseren Argumente. Der Direktor der CIA ist dem Präsidenten direkt unterstellt, und Direktor George Tenet hatte George W. Bushs Ohr. Das Oval Office wies den Protest des Marine Corps zurück, und Major Carson wurde kurzerhand zur CIA beordert. Er wollte den Dienst nicht wechseln, doch so konnte er wenigstens Okinawa verlassen. Er schwor sich, ins Corps zurückzukehren, sobald er konnte.

Am 20. September 2001 startete ein Starlifter auf Okinawa und nahm Kurs auf Kalifornien. Hinten in der Maschine saß ein Major der Marines. Das Corps würde sich um seine Frau Susan kümmern und sie in ein Quartier auf dem Marineinfanteriestützpunkt in Quantico bringen, wo sie in der Nähe von Langley sein könnte.

Major Carson wurde von Kalifornien zur Andrews Air Force Base am Rande von Washington geflogen und meldete sich befehlsgemäß in der CIA-Zentrale.

Es folgten Befragungen, Arabischtests und der gezwungene Wechsel in Zivilkleidung, und dann bezog er ein kleines Büro in Building No. 2, meilenweit von den leitenden Rängen der CIA in den oberen Stockwerken des alten Building No. 1 entfernt.

Er bekam einen Berg abgefangener Rundfunksendungen in arabischer Sprache, die er sichten und kommentieren sollte. Carson scharrte mit den Hufen. Das war ein Job für die National Security Agency drüben in Fort Meade an der Baltimore Road in Maryland. Sie waren die Zuhörer, die Lauscher, die Codeknacker. Er war nicht zu den Marines gegangen, um Nachrichtensendungen von Radio Kairo zu analysieren.

Dann ging ein Gerücht durch das Gebäude. Mullah Omar, der unheimliche Chef der Talibanregierung in Afghanistan, weigerte sich, die Täter von Nine/Eleven herauszugeben. Osama bin Laden und seine komplette al-Qaida-Bewegung würden im Schutze Afghanistans bleiben. Und das Gerücht lautete: Wir marschieren ein.

Die Details waren spärlich, aber in manchen Punkten zutreffend. Die Navy würde in Flottenstärke im Persischen Golf aufmarschieren und massive Luftunterstützung leisten. Pakistan würde kooperieren, allerdings widerstrebend und unter Dutzenden von Bedingungen. Die amerikanischen Bodentruppen würden ausschließlich aus Special-Forces-Einheiten bestehen, und die britischen Kollegen würden an ihrer Seite sein.

Die CIA hatte neben Spionen, Agenten und Analysten eine Abteilung, die mit dem befasst war, was in der Branche »aktive Maßnahmen« heißt – ein Euphemismus für das schmutzige Geschäft des Tötens von Personen.

Kit Carson bewarb sich, und er tat es mit Nachdruck. Er ging zum Leiter der Special Activities Division und erklärte unumwunden: Sie brauchen mich.

»Sir, ich bin es nicht gewohnt, in einem Käfig zu hocken wie eine Batteriehenne. Ich spreche zwar kein Paschtu oder Dari, aber unsere eigentlichen Feinde sind bin Ladens Terroristen – lauter Araber. Ich kann ihnen zuhören. Ich kann Gefangene befragen, ich kann ihre schriftlichen Anweisungen und Notizen lesen. Sie brauchen mich bei Ihren Leuten in Afghanistan. Hier braucht mich niemand.«

Er hatte einen Verbündeten gefunden, und er bekam seine Versetzung. Als Präsident Bush am 7. Oktober die Invasion bekanntgab, waren die Vorauseinheiten der SAD schon auf dem Weg zum Treffen mit der Taliban-feindlichen Nordallianz. Kit Carson war dabei.

ZWEI

Die Schlacht von Schah-i-Kot fing schlecht an und ging dann den Bach hinunter. Major Kit Carson von den U.S. Marines, abgeordnet zur Special Activities Division, hätte auf dem Heimweg sein sollen, als seine Einheit zu Hilfe gerufen wurde.

Er war bereits in Masar-e-Scharif gewesen, wo gefangene Taliban einen Aufstand unternommen und die Usbeken und Tadschiken der Nordallianz sie niedergemäht hatten. Er hatte mit angesehen, wie sein SAD-Kamerad Johnny »Mike« Spann von Taliban gefasst und totgeschlagen wurde. Von der anderen Seite der riesigen Anlage aus hatte er beobachtet, wie die Briten vom Special Boat Service Spanns Partner Dave Tyson vor einem ähnlichen Schicksal gerettet hatten.

Dann kam der Sturm nach Süden. Der alte sowjetische Luftwaffenstützpunkt in Bagram war überrannt, Kabul eingenommen worden. Carson hatte die Kämpfe im Tora-Bora-Massiv versäumt, wo der afghanische Warlord, bezahlt von den Amerikanern, jedoch nicht hoch genug, sie verraten hatte, sodass Osama bin Laden und seine Garde über die Grenze nach Pakistan hatten entkommen können.

Dann berichteten afghanische Quellen von ein paar Hartgesottenen, die sich oben in der Provinz Paktia im Tal von Schah-i-Kot festgesetzt hätten. Wieder einmal erwiesen sich diese Informationen als Müll. Es waren nicht »ein paar«, es waren Hunderte.

Die besiegten Taliban waren Afghanen, die sich in ihre Heimatdörfer zurückziehen konnten. Sie konnten einfach verschwinden. Aber die al-Qaida-Kämpfer waren Araber und Usbeken, und die wildesten waren Tschetschenen. Sie sprachen kein Paschtu, die normalen Afghanen hassten sie, und sie konnten nur kapitulieren oder im Kampf sterben. Fast alle entschieden sich für die zweite Möglichkeit.

Die amerikanische Führung reagierte auf den Hinweis mit einem Projekt im kleinen Maßstab. Es bekam den Namen »Operation Anaconda«, und die Navy SEALs sollten es durchführen. Drei mächtige Chinook-Transporthubschrauber starteten vollbeladen mit SEALs und flogen zu dem Tal, das man für leer hielt.

Der vordere Hubschrauber befand sich im Landeanflug ein paar Fuß hoch über dem Boden, die Nase erhoben, das Heck gesenkt, die Rampenluken geöffnet, als die versteckten al-Qaida-Kämpfer das Feuer eröffneten. Eine raketengetriebene Granate kam aus solcher Nähe, dass sie geradewegs durch den Rumpf flog, ohne zu explodieren. Sie war nicht lange genug in der Luft, um ihren Zünder zu aktivieren, durchschlug die eine Wand, traf niemanden und fuhr zur anderen Seite wieder hinaus. Zurück blieben nur zwei zugige Löcher.

Schaden hingegen richtete die prasselnde Salve aus dem Maschinengewehrnest zwischen den verschneiten Felsen an. Auch sie traf niemanden in der Maschine, aber sie zertrümmerte das Cockpit und zerstörte die Steuerung. Mit genialer Flugkunst zog der Pilot den sterbenden Chinook noch einmal hoch und hielt ihn drei Meilen weit in der Luft, um in sicherem Gelände eine Bruchlandung zu bewerkstelligen. Die beiden anderen folgten ihm.

Aber ein SEAL, Chief Petty Officer Neil Roberts, der sich schon losgeschnallt hatte, glitt in einer Pfütze Hydraulikflüssigkeit aus und rutschte durch die Heckluke aus der Maschine. Er landete unverletzt mitten in einem Trupp von al-Qaida-Kämpfern. SEALs lassen niemals einen Kameraden im Feld zurück, ob tot oder lebendig. Nach der Landung stürmten sie sofort zurück, um CPO Roberts zu holen. Unterwegs forderten sie Hilfe an. Die Schlacht von Schah-i-Kot hatte begonnen. Sie dauerte vier Tage, und sie kostete Neil Roberts und sechs weitere Amerikaner das Leben.

Drei Einheiten waren nah genug, um auf den Hilferuf zu reagieren. Ein Trupp des britischen Special Boat Service kam aus einer Richtung, die Einheit der SAD aus der anderen. Die größte Truppe, die auf den Hilferuf hörte, war ein Bataillon vom 75. Ranger Regiment.

Es war eiskalt, weit unter null Grad. Schneegestöber brannte in den Augen. Wie die Araber den Winter dort oben überstanden hatten, wusste niemand. Doch sie hatten es getan und waren bereit, bis zum letzten Mann zu kämpfen. Sie machten keine Gefangenen und erwarteten auch nicht, gefangen genommen zu werden. Nach späteren Augenzeugenberichten kamen sie aus Felsspalten, unsichtbaren Höhlen und verborgenen Maschinengewehrnestern.

Jeder Veteran wird bestätigen, dass eine Schlacht schnell ins Chaos abgleitet, und in Schah-i-Kot ging es schneller als in den meisten Fällen. Einzelne Einheiten wurden von der Truppe getrennt, und Individuen verloren ihre Einheit. Kit Carson fand sich unversehens allein in Eis und Schneegestöber wieder.

Er sah einen anderen Amerikaner – der Helm unter dem Turban verriet seine Identität – etwa vierzig Meter weit entfernt und ebenfalls allein. Eine Gestalt im langen Gewand kam aus dem Boden herauf und feuerte eine raketengetriebene Granate auf den getarnten Soldaten ab. Diesmal ging sie auch los. Sie traf den Amerikaner jedoch nicht, sondern explodierte vor seinen Füßen, und Carson sah ihn fallen.

Er eliminierte den Granatwerferschützen mit seinem Gewehr. Zwei weitere tauchten auf und stürmten unter »*Allahu akbar*«-Geschrei auf ihn los. Er schoss beide nieder, den zweiten keine zwei Meter von seiner Mündung entfernt. Der Amerikaner lebte noch, als Carson ihn erreichte, aber es ging ihm schlecht. Ein weiß glühender Splitter des Raketengehäuses hatte seinen linken Fußknöchel durchbohrt und buchstäblich abgetrennt. Der Fuß im Kampfstiefel hing nur noch mit Haut, Sehnen und ein paar Muskelfasern am Bein. Der Knochen war zertrümmert. Der Mann befand sich im ersten, schmerzfreien Schockzustand, der den Höllenqualen vorausgeht.

Die Kleidung der beiden Männer war voller Schnee, doch Carson sah ein Rangerzeichen durchschimmern. Über Funk versuchte er, Hilfe zu rufen, empfing aber nur Rauschen. Er zog dem Verwundeten den Rucksack herunter, nahm die Erste-Hilfe-Tasche heraus und jagte die komplette Dosis Morphium in die freiliegende Wade.

Der Ranger begann den Schmerz zu spüren und knirschte mit den Zähnen. Dann tat das Morphium seine Wirkung, und er sackte halb bewusstlos zusammen. Carson war klar, dass sie beide sterben würden, wenn sie hierblieben. Zwischen den Schneeböen hatte man eine Sichtweite von vielleicht zwanzig Metern. Niemand war zu sehen. Er wuchtete sich den verwundeten Ranger auf die Schultern und marschierte los.

Es war das schlimmste Gelände auf Erden: Fußballgroße glatte Steine lagen versteckt unter einem halben Meter Schnee, und jeder konnte einem das Bein brechen. Carson hatte seine eigenen achtzig Kilo zu tragen, plus seinen dreißig Kilo schweren Rucksack, plus den achtzig Kilo schweren Ranger, dessen Rucksack er immerhin zurückgelassen hatte. Dazu Gewehr, Granaten, Munition und Wasser.

Später hatte er keine Ahnung, wie weit er durch den Schnee gestapft war, um aus dem tödlichen Tal hinauszukommen. Irgendwann ließ die Wirkung des Morphiums nach, und er ließ den Mann zu Boden gleiten und spritzte ihm seine eigene Dosis. Nach einer Ewigkeit hörte er das dumpfe Knattern eines Hubschraubers. Mit gefühllosen Fingern zog er seine Signalfackel heraus, riss sie mit den Zähnen auf und hielt sie in die Höhe, in die Richtung, aus der das Geräusch kam.

Die Crew des Blackhawk-Evakuierungshubschraubers berichtete später, die Fackel habe so dicht an die Kabine herangesprüht, dass sie glaubten, beschossen zu werden. Sie schauten nach unten und sahen zwischen zwei Windböen die beiden Schneemänner unter sich, der eine zusammengesackt, der andere winkend. Bodenkontakt war zu gefährlich. Der Blackhawk schwebte einen halben Meter über dem Schnee, und zwei

Corpssoldaten sprangen hinaus, schnallten den verwundeten Ranger auf eine Trage und zogen ihn hoch. Der andere kletterte mit letzter Kraft an Bord und verlor das Bewusstsein.

Der Blackhawk brachte sie nach Kandahar. Heute ist dort ein riesiger amerikanischer Luftwaffenstützpunkt. Damals war es noch eine Baustelle, aber es gab schon ein einfaches Lazarett. Der Ranger wurde zur Triage und dann auf die Intensivstation gebracht. Kit Carson nahm nicht an, dass er ihn noch einmal wiedersehen würde. Am nächsten Tag wurde der Ranger, sediert und in der Waagerechten, auf einen Langstreckenflug zum Luftwaffenstützpunkt Ramstein transportiert, dessen Lazarett zur Weltklasse gehört.

Der Ranger, Lieutenant Colonel Dale Curtis, verlor den linken Fuß. Nach einer glatten Amputation, die eigentlich nur noch vollendete, was die Granate angefangen hatte, blieben ihm ein Stumpf, eine Prothese, ein hinkender Gang, ein Gehstock und die Aussicht auf ein Ende seiner Laufbahn als Ranger. Als er reisefähig war, wurde er nach Hause und ins Walter Reed Hospital in der Nähe von Washington geflogen, wo eine Post-Traumatherapie eingeleitet und ein künstlicher Fuß angepasst wurde. Major Kit Carson sah ihn jahrelang nicht wieder.

Der CIA-Chef in Kandahar erbat Anweisung von oben, und Carson wurde nach Dubai geflogen, wo die CIA eine riesige Niederlassung unterhält. Er war der erste Augenzeuge, der aus Schah-i-Kot entkommen war, und er saß vor einer ganzen Galerie hoher Offiziere des Marine Corps, der Navy und der CIA und wurde befragt.

Im Offiziersklub begegnete er einem Mann in seinem Alter, einem Kommandanten der Navy, der in Dubai stationiert war, wo es auch einen amerikanischen Marinestützpunkt gibt. Der Commander erzählte, er sei beim Navy CIS, dem Criminal Investigation Service der Navy.

»Warum lassen Sie sich nicht zu uns versetzen, wenn Sie nach Hause kommen?«, fragte er.

»Zur Polizei?«, fragte Carson. »Eher nicht. Aber danke.«

»Wir sind größer, als Sie glauben«, sagte der Commander. »Es geht ja nicht nur um Matrosen, die ihren Landurlaub überziehen. Ich rede von Schwerverbrechen, von der Jagd auf Kriminelle, die Millionen gestohlen haben, auf zehn großen Marinestützpunkten im arabischsprachigen Raum. Das wäre eine Herausforderung.«

Dieses Wort genügte, um Carson zu überzeugen. Die Marines sind Teil der U.S. Navy. Er würde also innerhalb seiner Truppengattung bleiben. Nach der Rückkehr in die Staaten würde er vermutlich wieder im Building No. 2 in Langley arabisches Material analysieren. Also bewarb er sich für den NCIS, und dieser griff sofort zu.

So kam er von der CIA los und halbwegs zurück in die Arme des Marine Corps, auf einen Posten in Portsmouth, Newport News, in Virginia, wo sich im großen Marinekrankenhaus bald eine Stellung für Susan fand, sodass sie zu ihm kommen konnte.

Von Portsmouth aus konnte er auch regelmäßig seine Mutter besuchen, die wegen des Brustkrebs in Behandlung war, an dem sie drei Jahre später sterben sollte. Als sein Vater, General Carson, sich im selben Jahr zur Ruhe setzte, in dem er Witwer wurde, konnte er auch in dessen Nähe sein. Der General zog sich in ein Pensionärsdorf außerhalb von Virginia Beach zurück. Dort konnte er seinem geliebten Golfspiel nachgehen und zu Veteranenabenden mit anderen pensionierten Marines gehen, die an diesem Küstenabschnitt wohnten.

Kit Carson blieb vier Jahre beim NCIS und brachte in dieser Zeit zehn größere Kriminelle vor Gericht. 2006 ließ er sich im Rang eines Lieutenant Colonel zum Marine Corps zurückversetzen und erhielt einen Posten in Camp Lejeune, North Carolina. Auf der Autofahrt quer durch Virginia zu ihm kam seine Frau Susan ums Leben, als ein betrunkener Autofahrer die Kontrolle über seinen Wagen verlor und frontal mit ihr zusammenstieß.

HEUTE

Das dritte Attentat in diesem Monat traf einen leitenden Polizeibeamten in Orlando, Florida. An einem strahlenden Frühlingsmorgen verließ er sein Haus und wurde von hinten erstochen, als er sich vorbeugte, um seine Wagentür zu öffnen. Noch im Sterben zog er seine Pistole und schoss zweimal. Der Angreifer war auf der Stelle tot.

Bei den nachfolgenden Ermittlungen identifizierte man den jungen Killer als gebürtigen Somalier, einen Flüchtling, der aus humanitären Gründen Asyl erhalten und bei der Stadtreinigung gearbeitet hatte.

Kollegen sagten aus, er habe sich im Laufe von zwei Monaten verändert, sei verschlossen und abweisend geworden, griesgrämig und kritisch gegen den amerikanischen Lebensstil. Die Besatzung seines Müllwagens habe ihn schließlich geschnitten, weil es schwierig geworden sei, mit ihm zurechtzukommen. Sie hätten seinen Stimmungswandel auf sein Heimweh zurückgeführt.

Aber das war nicht der Grund. Der Grund war, wie eine Hausdurchsuchung ergab, seine Bekehrung zum Ultradschihadismus, die anscheinend durch eine Serie von Onlinepredigten zustande gekommen war. Seine Vermieterin hatte sie durch die Zimmertür hören können. Ein umfassender Bericht ging an das FBI in Orlando und von dort zur Zentrale im Hoover Building in Washington, D.C.

Hier überraschte diese Story niemanden mehr. Die gleiche Geschichte – die Bekehrung nach stundenlangem Genuss der Onlinepredigten eines nahöstlichen Predigers mit tadellosem Englisch und die unvorhersehbare Ermordung eines angesehenen Bürgers in der Umgebung – war in den USA inzwischen viermal und nach den Informationen des FBI zweimal in Großbritannien gemeldet worden.

Man hatte sich bereits mit der CIA, der Terrorismusbekämpfung und dem Ministerium für Heimatsicherheit kurzgeschlossen. Jede amerikanische Behörde, die auch nur im Entferntesten etwas mit dem islamistischen Terrorismus zu tun hatte, war informiert worden und hatte die Akte bekommen, aber niemand konnte mit hilfreichen Erkenntnissen dienen. Wer war dieser Mann? Woher kam er? Wo zeichnete er seine Predigten auf? Er bekam den Namen »der Prediger« und begann, auf der Liste der High-Priority-Ziele nach oben zu klettern.

In der amerikanischen Diaspora leben weit über eine Million Muslime, die entweder selbst oder über Eltern aus dem Nahen und Mittleren Osten sowie aus Zentralasien stammen. Das war ein gewaltiges Reservoir an potenziellen Konvertiten für die ultraharten dschihadistischen Reden des Predigers mit seiner unablässigen Aufforderung an die Bekehrten, einen Schlag gegen den Großen Teufel zu führen, bevor sie zu Allah in die ewige Seligkeit eingingen.

Schließlich war es so weit, dass der Prediger am Dienstagmorgen in der Besprechung im Oval Office genannt und auf die Todesliste gesetzt wurde.

Die Menschen verarbeiten ihre Trauer auf unterschiedliche Weise. Für manche beweist nur hysterisches Klagen ihre Aufrichtigkeit. Andere reagieren mit einem lautlosen Kollaps und hilflosen Tränenfluten in der Öffentlichkeit. Aber es gibt auch solche, die sich mit ihrem Schmerz ganz zurückziehen wie ein verletztes Tier.

Sie trauern allein, wenn es keinen Verwandten oder Freund gibt, der sie in den Arm nehmen könnte, und sie teilen ihre Tränen mit der Wand. Kit Carson besuchte seinen Vater in dessen Pensionärshaus, doch sein Posten war in Lejeune, und er konnte nicht lange bleiben.

Allein in seinem leeren Haus auf dem Stützpunkt, stürzte er sich in die Arbeit und trieb seinen Körper mit einsamen Querfeldeinläufen und Krafttraining an seine Grenzen, bis der körperliche Schmerz die innere Qual abstumpfte, ja, bis der Arzt des Stützpunkts ihm riet, es ruhiger angehen zu lassen.

Carson gehörte zu den Architekten des Kämpfer-Jäger-Programms, in dem Marines Spurensuche und Menschenjagd im wilden, ländlichen und städtischen Gelände trainierten. Das Ziel dieses Kurses war, niemals zum Gejagten zu werden, immer der Jäger zu bleiben. Aber während er in Portsmouth und Lejeune war, nahmen große Ereignisse ihren Lauf.

Nine/Eleven hatte eine grundlegende Veränderung in der Haltung des amerikanischen Militärs und der Regierung gegenüber allem bewirkt, was auch nur im Entferntesten als vorstellbare Bedrohung der USA gesehen werden konnte. Die nationale Alarmbereitschaft näherte sich Schritt für Schritt der Paranoia, und die Folge war eine explosive Expansion der Welt der »Nachrichtendienste«. Aus den ursprünglich sechzehn Informationen sammelnden Diensten der USA wurden mehr als tausend.

Bis 2012 veranschlagten präzise Schätzungen die Zahl der Amerikaner mit höchster Sicherheitsfreigabe auf 850 000. Mehr als 1200 staatliche Organisationen und 2000 Privatunternehmen arbeiteten an streng geheimen Projekten zur Terrorismusbekämpfung und Heimatsicherheit an mehr als 10 000 Orten im ganzen Land.

Nach dem 11. September 2001 hatte man sich zum Ziel gesetzt, dass sich die fundamentalen Nachrichtendienste nie wieder weigern dürften, ihre Erkenntnisse miteinander zu teilen. Nie wieder sollten neunzehn Fanatiker, die einen Massenmord planten, durch die Maschen schlüpfen. Zehn Jahre später hatte der Preis dafür die Wirtschaft in die Knie gezwungen, doch die Situation war noch weitgehend die gleiche wie 2001. Die Abwehrmaschinerie produzierte schon wegen ihrer ungeheuren Größe und Komplexität rund 50 000 streng geheime Berichte pro Jahr, so viele, dass kein Mensch sie alle lesen, geschweige denn sie verstehen, analysieren, auswerten oder zusammenführen konnte. Also wurden sie einfach zu den Akten gelegt.

Den massivsten Zuwachs erfuhr das Joint Special Ops Command, das gemeinsame Spezialeinsatzkommando, kurz J-SOC. Diese Einheit hatte schon Jahre vor Nine/Eleven existiert, jedoch als unauffällig operierende und prinzipiell defensiv strukturierte Organisation. Zwei Männer sollten sie in die größte, aggressivste und tödlichste Privatarmee der Welt verwandeln.

Das Wort »privat« ist gerechtfertigt, denn es ist das persönliche Instrument des Präsidenten und nichts anderes. Es kann einen verdeckten Krieg führen, ohne die Erlaubnis des Kongresses einzuholen. Sein Multi-Milliarden-Dollar-Etat kommt zustande, ohne dass der Haushaltsausschuss behelligt wird, und es kann jemanden töten, ohne dass die Generalstaatsanwaltschaft mit der Wimper zuckt. Alles daran ist streng geheim.

Der Erste, der das J-SOC umgestaltete, war Verteidigungsminister Donald Rumsfeld. Dieser skrupellose und machtgierige Washingtoner Insider störte sich an der Macht und den Privilegien der CIA. Ihrer Satzung nach war die Agency nur dem Präsidenten verantwortlich, nicht dem Kongress. Mit ihren Special-Activities-Einheiten konnte sie auf Geheiß des Direktors verdeckte und tödliche Operationen im Ausland durchführen. Das war Macht, echte Macht, und Verteidigungsminister Rumsfeld war entschlossen, sie auch zu bekommen, denn das Pentagon ist dem Kongress mit dessen fast grenzenlosen Möglichkeiten der Einmischung weitgehend unterworfen.

Rumsfeld brauchte eine Waffe, die nicht der Aufsicht des Kongresses unterstand, wenn er jemals mit George Tenet, dem Direktor der CIA, konkurrieren wollte. Ein vollständig umgestaltetes J-SOC war diese Waffe.

Präsident George W. Bush gab seine Zustimmung, und J-SOC wuchs und wuchs. Größe, Etat und Macht nahmen immer weiter zu. Es absorbierte sämtliche Spezialeinsatztruppen des Landes. Dazu gehörten Team Six der SEALs (das später Osama bin Laden töten sollte), die DELTA Force oder D-Boys, die aus den Green Berets, den »Ledernacken«, rekrutiert wurden, das 75. Rangerregiment, das Speziallufteinsatzregiment der Air Force (die mit Langstreckenhubschraubern operierenden »Night Stalkers«) und andere. Es verschlang auch TOSA.

Im Sommer 2003, als der Irak noch von einem Ende bis zum

anderen brannte und kaum jemand woandershin schaute, geschahen zwei Dinge, die die Neuerfindung des J-SOC vollendeten. Mit General Stanley McChrystal wurde ein neuer Kommandant eingesetzt, und wenn jemand geglaubt hatte, J-SOC werde weiterhin eine bedeutende Rolle hauptsächlich im Inland spielen, war es damit vorbei. Und im September 2003 sicherte sich Verteidigungsminister Rumsfeld die Zustimmung des Präsidenten und unterzeichnete die EXORD.

Die Exekutivorder war ein achtzigseitiges Dokument, und tief in diesen Seiten verborgen steckte so etwas wie eine riesige präsidentiale Verfügung, die höchste Anordnung in den Vereinigten Staaten, unbelastet von spezifischen Bedingungen. Die EXORD besagte buchstäblich: Tun Sie, was Sie wollen.

Etwa um diese Zeit beendete ein humpelnder Ranger namens Dale Curtis seinen einjährigen, bezahlten Verletzungs- und Genesungsurlaub. Die Prothese an seinem linken Beinstumpf beherrschte er inzwischen so meisterhaft, dass man das Humpeln praktisch nicht mehr wahrnehmen konnte. Aber das 75. Rangerregiment war nichts für einen Prothesenträger. Seine militärische Karriere schien zu Ende zu sein.

Doch wie die SEALs lassen auch die Ranger keinen der Ihren im Stich. General McChrystal war ebenfalls ein Ranger aus dem 75. Regiment, und er hörte von Colonel Curtis. Er hatte soeben den Oberbefehl über J-SOC übernommen, und dazu gehörte auch TOSA, deren Kommandant gerade in den Ruhestand ging. Der Posten des Befehlshabers war nicht zwangsläufig mit dem Außendienst verbunden. Es konnte ein Schreibtischjob sein. Das Meeting war sehr kurz, und Colonel Curtis ergriff die Gelegenheit mit beiden Händen.

In der Welt der verdeckten Operationen gibt es eine alte Redensart: Wenn du etwas geheim halten willst, versuch nicht, es zu verbergen, denn irgendein Reptil von der Presse wird es ausgraben. Gib der Sache einen harmlosen Namen und eine absolut langweilige Beschreibung. TOSA steht für Technical Operations Support Activity.

Unterstützende Aktivitäten für technische Operationen. »Aktivitäten« – nicht einmal Dienst, Behörde, Verwaltung. Eine unterstützende Aktivität konnte alles sein, vom Wechseln einer Glühbirne bis zur Ausschaltung eines lästigen Dritte-Welt-Politikers. Hier bedeutet es wahrscheinlich eher Letzteres.

TOSA existierte schon lange vor Nine/Eleven. Unter anderem hat sie den kolumbianischen Kokainbaron Pablo Escobar zur Strecke gebracht. Das ist ihre Aufgabe. Sie ist die Menschenjägerorganisation, die man ruft, wenn niemand mehr weiter weiß. Sie hat nur zweihundertfünfzig Mitarbeiter und residiert auf einem Gelände im nördlichen Virginia, das als Forschungseinrichtung für toxische Chemikalien getarnt ist. Niemand kommt dort zu Besuch.

Damit sie noch geheimer bleibt, ändert sie ständig ihren Namen. Aus der einfachen »Activity« wurde Grantor Shadow, Centra Spike, Torn Victor, Cemetery Wind und Gray Fox, der Graufuchs. Der letzte Name kam so gut an, dass er als Codenamen für den Kommandanten behalten wurde. Bei seinem Dienstantritt verschwand Colonel Dale Curtis und wurde zu Gray Fox. Später wurde es dann zur Intelligence Support Activity, zur »Nachrichtendienstlichen Unterstützungsaktivität«, aber als das Wort »Intelligence« Aufmerksamkeit erregte, wechselte der Name erneut und wurde zu TOSA.

Gray Fox war seit sechs Jahren auf seinem Posten, als 2009 sein oberster Menschenjäger in Pension ging, sich in eine Blockhütte in Montana verzog und Stahlkopfforellen jagte. Colonel Curtis konnte nur von seinem Schreibtisch aus jagen, aber ein Computer mit sämtlichen Zugangscodes im Verteidigungsapparat der Vereinigten Staaten verschafft einem einen ordentlichen Vorsprung. Nach einer Woche erschien ein Gesicht auf seinem Monitor, das ihn aufschreckte: Lieutenant Colonel Christopher »Kit« Carson, der Mann, der ihn aus dem Tal von Schah-i-Kot getragen hatte.

Curtis sah sich die Laufbahnakte an. Gefechtssoldat, Student, Arabist, Sprachkundler, Menschenjäger. Er griff zum Telefon.

Kit Carson wollte das Marine Corps nicht noch einmal verlassen, doch zum zweiten Mal wurde die Diskussion darüber über seinen Kopf hinweg geführt und entschieden.

Eine Woche später betrat er das Büro von Gray Fox in dem flachen Gebäudeblock in der Mitte eines Waldes im nördlichen Virginia. Er sah den Mann, der ihm leicht hinkend entgegenkam, um ihn zu begrüßen, sah den Gehstock in der Ecke und das Rangerabzeichen.

»Erinnern Sie sich an mich?«, fragte der Colonel. Kit Carson erinnerte sich – an den eiskalten Wind, an die verschneiten Steine unter seinen Kampfstiefeln, an das lastende Gewicht auf seinen Schultern, an die Erschöpfung, die ihn am liebsten an Ort und Stelle sterben lassen wollte.

»Ist lange her«, sagte er.

»Ich weiß, Sie wollen nicht weg von den Marines«, sagte Gray Fox, »aber ich brauche Sie. Übrigens, in diesem Gebäude benutzen wir nur Vornamen. Für alle andern hat Lieutenant Colonel Carson aufgehört zu existieren. Für die Welt außerhalb dieses Gebäudes sind Sie einfach nur der SPÜRHUND.«

Im Laufe der Jahre stöberte der Spürhund allein oder als Helfer ein halbes Dutzend der meistgesuchten Feinde seines Landes auf. Baitullah Mehsud, ein pakistanischer Talib, ausgeschaltet durch einen Drohnenangriff auf ein Bauernhaus im südlichen Wasiristan im Jahr 2009. Abu al-Jasid, al-Qaida-Gründer und Finanzier des Nine/Eleven-Anschlags, ausgeschaltet durch einen Drohnenangriff 2010 in Pakistan.

Der Spürhund war es, der al-Kuwaiti als Bin Ladens Abgesandten identifizierte. Spionagedrohnen verfolgten ihn auf seiner letzten langen Reise durch Pakistan, bis er überraschenderweise nicht Kurs auf die Berge nahm, sondern in die andere Richtung fuhr. Als Ziel identifizierte man ein Anwesen in Abbottabad.

Da war der amerikanisch-jemenitische Anwar al-Awlaki, der in englischer Sprache Onlinepredigten hielt. Er wurde gefunden, weil er seinen amerikanischen Landsmann Samir Khan, den Herausgeber der dschihadistischen Zeitschrift *Inspire*, zu sich in den Nordjemen einlud. Dann al-Quso, der zu seinem Haus im Südjemen verfolgt wurde – eine weitere Drohne schoss eine Hellfire-Rakete durch sein Schlafzimmerfenster.

Die Bäume bekamen erste Knospen, als Gray Fox 2014 mit einer Präsidentialorder erschien, die an diesem Morgen per Kurier aus dem Oval Office gekommen war.

»Noch ein Onlineprediger, Spürhund. Aber ein merkwürdiger. Kein Name, kein Gesicht. Absolut nicht zu greifen. Wenn Sie was brauchen, sagen Sie es einfach. Die Order deckt sämtliche Erfordernisse ab.« Er hinkte hinaus.

Es gab eine Akte, aber sie war dünn. Der Mann war zwei Jahre zuvor mit seiner ersten Predigt online gegangen, kurz nachdem der erste Cyberprediger im September 2011 mit seinen Begleitern am Rande eines Bahngleises im Nordjemen gestorben war. Während Awlaki, der in New Mexico geboren und aufgewachsen war, eindeutig amerikanisches Englisch gesprochen hatte, klang der neue Prediger eher wie ein Brite.

Zwei linguistische Institute hatten versucht, der Stimme eine Herkunft zuzuordnen. Eins befindet sich in Fort Meade, Maryland, in der riesigen Zentrale der National Security Agency NSA. Hier sitzen die Lauscher, die Satzfetzen aus Mobilfunk- und Festnetztelefonübertragungen, gefaxten Briefen, E-Mails oder Radiosendungen herauspflücken. Sie übersetzen aus tausend Sprachen und Dialekten und knacken Codes.

Das andere Linguistiklabor gehört der Army und befindet sich in Fort Huachuca, Arizona. Beide waren weitgehend zum gleichen Ergebnis gekommen. Sie vermuteten einen Pakistani aus einer kultivierten und gebildeten Familie. Die abgehackten Wortenden in der Sprache des Predigers klangen nach kolonialem Englisch. Aber da gab es ein Problem.

Anders als Awlaki, der mit unverhülltem Gesicht in die Kamera geschaut hatte, zeigte der Neue nie sein Gesicht. Er trug ein traditionelles arabisches *shemag*, zog jedoch die herabhängenden Enden über sein Gesicht und steckte sie links und rechts ein. Man sah nur die glühenden Augen. Möglicherweise, hieß es in der Akte, verzerrte der Stoff die Stimme, sodass man bei der Herkunftsbestimmung noch stärker auf Vermutungen angewiesen sei. Der Computer mit dem Codenamen Echelon, der dazu diente, Akzente aus der ganzen Welt zu identifizieren, war außerstande, kategorische Angaben zur Herkunft des Sprechers zu machen.

Der Spürhund versandte die übliche Bitte um Informationen, seien sie noch so geringfügig, an alle Dienste und Stationen. Diese Anfrage ging an zwanzig internationale Nachrichtendienste, die am Kampf gegen den Dschihadismus beteiligt waren – angefangen mit den Briten. Die Briten standen an vorderster Stelle. Sie hatten einst über Pakistan geherrscht und verfügten immer noch über gute Kontakte dorthin. Ihr Secret Intelligence Service war eine große Organisation in Islamabad und arbeitete Hand in Hand mit dem noch größeren Apparat der CIA. Alle würden seine Nachricht erhalten.

Im zweiten Schritt rief er die komplette Bibliothek der Onlineauftritte des Predigers von der dschihadistischen Website auf. Stundenlang würde er sich anhören, was der Prediger seit fast zwei Jahren in den Cyberspace pumpte.

Seine Botschaft war simpel, und vielleicht fand er deshalb so erfolgreich radikale Konvertiten für seine ultradschihadistische Sache. Um ein guter Muslim zu sein, sagte er der Kamera, müsse man Allah, sein Name sei gepriesen, und seinen Propheten Mohammed, möge er ruhen in Frieden, aufrichtig und aus tiefem Herzen lieben. Worte allein genügten jedoch nicht. Der wahre Gläubige würde den Drang verspüren, seine Worte zu Taten werden zu lassen.

Diese Taten konnten nur darin bestehen, diejenigen zu bestrafen, die Krieg gegen Allah und sein Volk führten, gegen die weltweite *umma* der Muslime. Und die wichtigsten unter diesen waren der Große Teufel, die USA, und der Kleine Teufel, Großbritannien. Die Bestrafung für das, was sie getan hatten und täglich weiter taten, war das ihnen bestimmte Schicksal und ein göttlicher Auftrag.

Der Prediger ermahnte seine Zuschauer und Zuhörer, sich niemandem anzuvertrauen, auch nicht denen, die vorgaben, genauso zu denken. Denn selbst in der Moschee gebe es Verräter, die bereit seien, den wahren Gläubigen für das Gold der *kuffar* anzuschwärzen.

Daher solle sich der wahre Gläubige in der Abgeschiedenheit seines Herzens zum wahren Islam bekehren und sich niemandem anvertrauen. Er solle allein beten und nur auf den Prediger hören, der ihm den wahren Weg weisen werde. Dieser Weg verlange, dass jeder Bekehrte einen Schlag gegen die Ungläubigen führe.

Er warnte davor, komplizierte Pläne mit unbekannten Chemikalien und vielen Komplizen zu schmieden, denn jemand könne den Kauf oder die Aufbewahrung der Bestandteile einer Bombe bemerken, oder einer der Mitverschwörer könne zum Verräter werden. Die Gefängnisse der Ungläubigen seien voll von Brüdern, die belauscht, beobachtet, bespitzelt oder von Leuten verraten worden waren, denen sie vertraut hatten.

Die Botschaft des Predigers war ebenso simpel wie tödlich. Jeder wahre Gläubige solle in der Gemeinde, in der er sich befinde, einen herausragenden *kaffir* auswählen und ihn zur Hölle schicken, während er selbst, gesegnet von Allah, in der Erfüllung der Gewissheit sterben werde, ins ewige Paradies einzugehen.

Es war eine Erweiterung der »Tu es einfach«-Philosophie Awlakis, aber besser formuliert, überzeugender. Sein ultraeinfaches Rezept machte es leichter, sich zu entscheiden und isoliert zu handeln. Und aus der wachsenden Zahl von Mordanschlägen aus heiterem Himmel in beiden Zielländern war klar zu ersehen, dass sie es, selbst wenn seine Botschaft nur bei dem Bruchteil eines Prozents der jungen Muslime Widerhall fand, mit einer Armee von Tausenden zu tun hatten.

Der Spürhund wartete auf Antwort von allen amerikanischen

Diensten und ihren britischen Entsprechungen, doch niemand hatte gehört, dass in der islamischen Welt jemand einen »Prediger« erwähnt hatte. Diesen Titel hatte ihm der Westen gegeben, weil man nicht wusste, wie man ihn sonst nennen sollte. Aber er musste irgendwoher gekommen sein. Er musste irgendwo wohnen, irgendwo senden, und er musste einen Namen haben.

Die Antworten, vermutete er, existierten im Netz. Die Computerfachleute oben in Fort Meade waren zwar halbe Genies, doch auch sie hatten sich geschlagen geben müssen. Wer immer diese Predigten ins Netz stellte, sorgte dafür, dass sie nicht zurückverfolgt werden konnten. Er ließ sie aus scheinbar einhundert verschiedenen Quelladressen um die ganze Welt wandern – und alle waren falsch.

Der Spürhund lehnte es ab, jemanden in sein Versteck im Wald kommen zu lassen, mochte seine Sicherheitsfreigabe noch so hoch sein. Der Geheimhaltungsfetisch, der die gesamte Einheit motivierte, hatte auch ihn in Bann geschlagen. Ebenso ungern betrat er die anderen Büros auf Washingtoner Terrain und vermied es, so gut es ging. Er zog es vor, nur von demjenigen gesehen zu werden, mit dem er zu sprechen hatte. Er wusste, dass er zunehmend in dem Ruf stand, unkonventionell zu sein, aber am liebsten waren ihm Raststätten. Gesichtslos und anonym, die Gäste wie auch das Lokal. In so einer Raststätte an der Straße nach Baltimore traf er sich mit dem Internetguru aus Fort Meade.

Die beiden Männer saßen einander gegenüber und rührten in ihrem ungenießbaren Kaffee. Sie kannten einander von früheren Ermittlungen her. Der Mann, der mit dem Spürhund am Tisch saß, galt als der beste Computerdetektiv der NSA, und das wollte etwas heißen.

»Und wieso können Sie ihn nicht finden?«, fragte der Spürhund.

Der Mann von der NSA starrte stirnrunzelnd in seine Kaffeetasse und schüttelte den Kopf, als die Kellnerin erwartungsvoll an den Tisch trat und ihre Kanne zum Nachschenken bereithielt. Sie zog sich zurück. Wer zu ihnen herüberschaute, hätte zwei Männer mittleren Alters gesehen, der eine fit und muskulös, der andere dicklich und mit der Blässe eines Menschen, der in fensterlosen Räumen arbeitete.

»Weil er verflucht clever ist«, sagte der Mann schließlich. Er konnte es nicht ausstehen, ausgetrickst zu werden.

»Erklären Sie's mir«, bat der Spürhund. »Laienhaft, wenn das möglich ist.«

»Wahrscheinlich zeichnet er seine Predigten auf einem digitalen Camcorder oder einem Laptop auf. Daran ist noch nichts Unheimliches. Er verbreitet sie über eine Website namens Hedschra. So nennt man Mohammeds Flucht von Mekka nach Medina.«

Der Spürhund verzog keine Miene. Den Islam brauchte ihm niemand zu erklären.

»Können Sie Hedschra ausfindig machen?«

»Unnötig. Das ist nur ein Vehikel. Er hat die Website von einer obskuren kleinen Firma in Delhi gekauft, die inzwischen geschlossen wurde. Wenn er eine neue Predigt hat, die er weltweit verbreiten will, setzt er sie auf Hedschra, aber die exakte geografische Position hält er geheim, indem er von Host zu Host um die ganze Welt wandert und sie über hundert Computer weiterleitet, deren Eigentümer sicher nicht mal ahnen, welche Rolle sie dabei spielen. Am Ende kann die Predigt von überallher kommen.«

»Wie verhindert er, dass man die Strecke zurückverfolgt?«

»Mit einem ›Proxy-Server‹, der ein falsches Internetprotokoll produziert. Die IP-Adresse entspricht einer Anschrift mit Postleitzahl. Im Proxy-Server hat er eine Malware oder ein Botnet implementiert, um seine Predigt damit kreuz und quer über die ganze Welt zu schicken.«

»Übersetzen Sie das.«

Der NSA-Mann seufzte. Er redete tagaus, tagein im Netzjargon mit Kollegen, die genau wussten, wovon er sprach.

»Malware. Lateinisch *malus* – böse oder schlechte Software. Ein Virus. ›Bot‹ ist die Abkürzung von ›Roboter‹ – etwas, das tut, was man sagt, ohne Fragen zu stellen oder zu offenbaren, für wen es arbeitet.«

Der Spürhund überlegte.

»Das heißt, die mächtige NSA muss sich wirklich geschlagen geben?«

Das Computerass der Regierung fühlte sich nicht geschmeichelt, musste aber nicken.

»Natürlich bemühen wir uns weiter.«

»Die Uhr tickt. Kann sein, dass ich es woanders versuchen muss.«

»Von mir aus.«

»Eine Frage. Und halten Sie Ihren verständlichen Ärger im Zaum. Angenommen, Sie wären der Prediger. Wen würden Sie um keinen Preis im Nacken haben wollen? Wer würde Ihnen wirklich verdammte Sorgen machen?«

»Jemand, der besser ist als ich.«

»Gibt es so jemanden?«

Der NSA-Mann seufzte.

»Wahrscheinlich. Irgendwo da draußen. Aus der neuen Generation, würde ich schätzen. Früher oder später werden die Veteranen in allen Bereichen des Lebens von irgendwelchen bartlosen Kids überholt.«

»Kennen Sie irgendwelche bartlosen Kids? Oder ein spezielles bartloses Kid?«

»Hören Sie, ich habe ihn nie gesehen. Aber kürzlich, auf einem Seminar während einer Messe, habe ich von einem Jungen hier in Virginia gehört. Er war nicht auf der Messe, sagte mein Informant, denn er wohnt noch bei seinen Eltern und geht da nie weg. Wirklich nie. Er ist eigenartig. In dieser Welt ist er ein Nervenbündel und spricht kaum ein Wort. Aber in seiner eigenen Welt bewegt er sich wie ein Fliegerass.«

»Und was ist seine Welt?«

»Der Cyberspace.«

»Haben Sie einen Namen? Vielleicht sogar eine Adresse?«

»Ich dachte mir, dass Sie danach fragen würden.« Er zog einen Zettel aus der Tasche und schob ihn hinüber. Dann stand er auf. »Machen Sie mir keinen Vorwurf, wenn er nichts taugt. Es war ein Gerücht. Branchenklatsch unter uns Irren.«

Als er gegangen war, bezahlte der Spürhund für den Kaffee und die Muffins und ging dann. Auf dem Parkplatz warf er einen Blick auf den Zettel. Roger Kendrick. Eine Adresse in Centreville, Virginia, einer der zahllosen kleinen Satellitenstädte, die in den letzten zwei Jahrzehnten aus dem Boden geschossen waren und seit Nine/Eleven vor lauter Pendlern aus allen Nähten platzten.

Jeder Spürhund, jeder Detective, was und wo er auch jagt und wer auch immer die Beute sein mag, braucht einen Glückstreffer. Nur einen. Kit Carson sollte Glück haben. Sogar zweimal.

Einmal mit einem eigenartigen Teenager, der Angst hatte, das Dachzimmer seines Elternhauses in einer Seitenstraße von Centreville, Virginia, zu verlassen, und einmal mit einem alten afghanischen Bauern, dessen Rheuma ihn zwang, das Gewehr niederzulegen und aus den Bergen nach Hause zu kommen.

DREI

Ungefähr die einzige unkonventionelle oder waghalsige Tat, die Lieutenant Colonel Muscharraf Ali Schah von der pakistanischen Armee je vollbracht hatte, war seine Heirat. Nicht wegen der Ehe an sich, sondern wegen des Mädchens, das er heiratete.

Mit fünfundzwanzig und noch ledig war er 1979 für kurze Zeit am Siachen-Gletscher stationiert gewesen, in einer trostlosen Wildnis im hohen Norden seines Landes, kurz vor der Grenze zu Pakistans Todfeind Indien. Später, zwischen 1984 und 1999, sollte es einen unterschwellig schwärenden Grenzkrieg am Siachen geben, aber damals war es dort nur kalt und trist, ein sogenannter Härteposten.

Ali Schah, zu der Zeit noch Lieutenant, war Pandschabi wie die Mehrheit der Pakistani, und wie seine Eltern nahm er an, er werde »gut« heiraten, vielleicht die Tochter eines höheren Offiziers, was seine Karriere befördern würde, oder die eines reichen Kaufmanns, was gut für sein Konto wäre.

So oder so könnte er von Glück sagen, denn ein aufregender Mann war er nicht. Er war einer von denen, die Befehle buchstabengetreu befolgen – konventionell, orthodox und mit der Fantasie eines *chapati*. Doch in diesen zerklüfteten Bergen begegnete er einem einheimischen Mädchen von berückender Schönheit namens Soraya, und er verliebte sich in sie und heiratete sie ohne die Erlaubnis oder den Segen seiner Familie.

Ihre Familie war hocherfreut, denn sie nahm an, die Verbindung mit einem Armeeoffizier werde den Aufstieg bringen, die Umsiedlung in eine der großen Städte in der Ebene, vielleicht ein großes Haus in Rawalpindi oder sogar in Islamabad. Doch leider war Muscharraf Ali Schahs Leben eine Ochsentour. Im Laufe von dreißig Jahren stapfte er bis hinauf zum Rang eines

Lieutenant Colonel, und es war klar, dass er höher nicht kommen würde. 1980 wurde ein Junge geboren und Zulfikar getauft.

Lieutenant Ali Schah gehörte zu den Panzergrenadieren, und als er 1976 Offizier wurde, war er einundzwanzig. Nach seinem ersten Einsatz am Siachen kehrte er mit einer hochschwangeren Frau zurück und wurde zum Captain befördert. Er bekam ein sehr bescheidenes Haus im Offiziersquartier in Rawalpindi zugeteilt, dem wenige Meilen außerhalb der Hauptstadt Islamabad gelegenen Militärkomplex.

Weiteres schockierendes Verhalten gab es nicht. Wie alle Offiziere in der pakistanischen Armee wurde er alle zwei oder drei Jahre wieder versetzt, und die Posten wurden nach »harten« und »weichen« unterschieden. Die Stationierung in einer Stadt wie Rawalpindi, Lahore oder Karatschi galt als »weich« und »mit Familie«. Die Abkommandierung in die Garnison von Multan, Kharian oder Peschawar am Schlund des Khaiberpasses nach Afghanistan oder in das Taliban-verseuchte Swat-Tal galt als »hart«, und die Offiziere wurden nicht von ihrer Familie begleitet. Der Junge Zulfikar besuchte die jeweiligen Schulen.

In jeder pakistanischen Garnisonsstadt gibt es Schulen für die Kinder der Offiziere, doch es gibt sie auf drei verschiedenen Ebenen. Auf der untersten Ebene sind die staatlichen Schulen, dann kommen die öffentlichen Schulen des Militärs, und für diejenigen, deren Familien über die nötigen Mittel verfügen, gibt es die privaten Eliteschulen. Von seinem sehr bescheidenen Sold abgesehen, hatte Ali Schahs Familie kein Geld, und Zulfikar ging auf die Schulen der Armee. Sie gelten als gut geführt, viele Offiziersfrauen arbeiten dort als Lehrerinnen, und sie kosten nichts.

Der Junge beendete die Schule mit fünfzehn und ging auf das College der Armee, wo er auf Anordnung seines Vaters ein Ingenieursstudium aufnahm. Mit so einer Ausbildung würde er automatisch Aufnahme in der Armee finden und Offizier werden.

Das war 1996. Im dritten Studienjahr bemerkten die Eltern, dass mit ihrem Sohn eine Veränderung vorging.

Ali Schah, inzwischen Major, war natürlich Muslim, praktizierend, aber nicht leidenschaftlich fromm. Es wäre undenkbar gewesen, nicht jeden Freitag in die Moschee zu gehen oder an den rituellen Gebeten teilzunehmen, wenn und wie es gefordert wurde. Doch das war alles. Aus Prestigegründen trug er gewohnheitsmäßig seine Uniform, aber wenn er Zivil tragen musste, war es die Landestracht der Männer – eine enge Hose und eine lange, vorn geknöpfte Jacke, die zusammen als *Salwar Kamiz* bezeichnet werden.

Er bemerkte, dass sein Sohn sich einen zotteligen Bart wachsen ließ und die gehäkelte Schädelkappe der Frommen trug. Zulfikar kniete die erforderlichen fünfmal am Tag zum Gebet, und wenn sein Vater einen Whisky trank, das Getränk des Offizierscorps, zeigte er sein Missfallen, indem er aus dem Zimmer stürmte. Seine Eltern hielten diese Frömmigkeit und die intensive Religiosität für eine vorübergehende Phase.

Zulfikar fing an, sich in Schriften über Kaschmir zu vertiefen, das umstrittene Grenzgebiet, das die Beziehungen zwischen Indien und Pakistan seit 1947 vergiftet, und er neigte zunehmend zum gewalttätigen Extremismus der Laschkar e-Taiba, der terroristischen Vereinigung, die später für das Massaker von Mumbai verantwortlich sein würde.

Sein Vater versuchte sich mit dem Gedanken zu trösten, dass sein Sohn in einem Jahr sein Examen ablegen und dann entweder zur Armee gehen oder einen guten Job als qualifizierter, in Pakistan stets gesuchter Ingenieur finden würde. Aber im Sommer 2000 fiel er durch die Prüfung. Sein Vater schrieb diese Katastrophe dem Umstand zu, dass Zulfikar, statt seine Hausaufgaben zu machen, über dem Koran gebrütet und Arabisch gelernt hatte, die einzige Sprache, in welcher der Koran studiert werden darf.

Dieses Ereignis führte zur ersten einer ganzen Reihe von hitzigen Auseinandersetzungen zwischen Vater und Sohn. Major

Ali Schah ließ seine Beziehungen spielen und erklärte, sein Sohn habe sich unwohl gefühlt und verdiene die Chance, die Prüfung zu wiederholen. Dann kam Nine/Eleven.

Wie praktisch alle auf der Welt, die einen Fernseher besaßen, schaute die Familie entsetzt zu, wie die Flugzeuge in die Twin Towers rasten. Nur nicht der Sohn Zulfikar. Er war entzückt und jubelte laut, als der Sender das Spektakel endlos wiederholte. Jetzt erkannten seine Eltern, dass ihr Sohn neben seiner extremen religiösen Frömmigkeit, der ständigen Lektüre der Schriften des ursprünglichen Dschihad-Propagandisten Sayyid Qutb und dessen Schülers Azzam sowie dem Abscheu gegen Indien auch einen tiefen Hass gegen Amerika und den Westen entwickelt hatte.

In jenem Winter marschierten die USA in Afghanistan ein, und innerhalb von sechs Wochen hatte die Nordallianz mit massiver Unterstützung durch die U.S. Special Forces und die amerikanische Luftwaffe die Talibanregierung gestürzt. Osama bin Laden, der Gast der Taliban gewesen war, flüchtete über die Grenze nach Pakistan in die eine Richtung, während der einäugige, bizarre Talibanführer Mullah Omar sich in die andere Richtung absetzte, in die pakistanische Provinz Balutschistan, wo er sich mit seinem Hohen Rat, der Schura, in der Stadt Quetta niederließ.

Für Pakistan war das alles andere als ein akademisches Problem. Die pakistanische Armee, wie die Streitkräfte des Landes überhaupt, steht letzten Endes unter der Aufsicht des militärischen Nachrichtendienstes, des Inter-Services Intelligence Department oder kurz ISI. Jeder, der in Pakistan eine Uniform trägt, lebt in ständiger Angst vor dem ISI. Und der ISI hatte die Taliban überhaupt erst erschaffen.

Außerdem gehörte ein ungewöhnlich hoher Prozentsatz der ISI-Offiziere zum extremistischen Flügel des Islam, und sie hatten nicht vor, ihre Schöpfung, die Taliban, oder ihre Gäste von al-Qaida im Stich zu lassen und den USA Treue zu schwören, auch wenn sie diesen Anschein würden erwecken müssen. So entstand das eitrige Geschwür, das seitdem auf den amerikanisch-pakistanischen Beziehungen schwärt. Die führenden Offiziere des ISI wussten nicht nur, dass Bin Laden sich in dem ummauerten Anwesen in Abbottabad aufhielt, sie hatten es sogar für ihn gebaut.

In den ersten Frühlingstagen des Jahres 2002 begab sich eine hochrangige ISI-Delegation nach Quetta zu einem Gespräch mit Mullah Omar und seiner Schura. Normalerweise hätten sie sich nicht herabgelassen, den kleinen Major Ali Schah als Begleiter mitzunehmen, aber die beiden ISI-Generäle sprachen kein Paschtu, und der Mullah und seine paschtunischen Gefolgsleute konnten kein Urdu. Major Ali Schah sprach zwar auch kein Paschtu, doch er hatte einen Sohn, der es konnte.

Ali Schahs Frau war eine Paschtunin aus den wilden Bergen des Nordens. Ihre Muttersprache war Paschtu, und ihr Sohn beherrschte beide Sprachen. Berauscht von so viel Ehre, begleitete er die Delegation. Bei der Rückkehr nach Islamabad hatte er den letzten wütenden Streit mit seinem ultrakonventionellen Vater, der stocksteif aus dem Fenster starrte, als sein Sohn hinausstürmte. Seine Eltern sahen ihn nie wieder.

Die Gestalt, die Mr. Kendrick senior vor sich sah, als er die Haustür öffnete, trug Uniform. Keine Ausgehuniform, aber den sauber gebügelten Tarnanzug mit dem Abzeichen der Einheit, Rangabzeichen und Auszeichnungen. Er sah, dass sein Besucher ein Colonel der Marines war, und er war beeindruckt.

Das war der Sinn der Sache. Im Dienst bei TOSA trug der Spürhund kaum jemals Uniform, denn sie erregte Aufmerksamkeit, und in seiner neuen Umgebung war Aufmerksamkeit etwas, das er unter allen Umständen vermied. Mr. Jimmy Kendrick war jedoch Hausmeister an einer Schule in der Nähe. Er beaufsichtigte die Zentralheizungsanlage und fegte die Korridore. An Marine Colonels vor seiner Haustür war er nicht gewöhnt, und er hatte großen Respekt.

»Mr. Kendrick?«

»Ja.«

»Colonel Jackson. Ist Roger zu Hause?« James Jackson war ein Deckname, den der Spürhund häufig benutzte.

Natürlich war Roger zu Hause. Er ging niemals weg. Jimmy Kendricks einziger Sohn war eine traurige Enttäuschung für ihn. Der Junge litt an akuter Agoraphobie und hatte schreckliche Angst davor, die vertraute Umgebung seines Dachbodenverstecks und die Gesellschaft seiner Mutter zu verlassen.

»Ja, er ist oben.«

»Kann ich ihn sprechen? Bitte?«

Kendrick führte den uniformierten Marine nach oben. Das Haus war nicht groß – zwei Zimmer unten, zwei oben, und eine Aluminiumleiter, die auf den Dachboden führte. Der Vater rief in die Leere hinauf.

»Roger, Besuch für dich. Komm herunter.«

Nach einigem Scharren erschien ein Gesicht in der Öffnung über der Leiter. Es war blass wie das eines an Zwielicht gewöhnten Nachtgeschöpfs, jung, verletzlich, ängstlich. Achtzehn oder neunzehn Jahre alt, nervös, mit ausweichendem Blick. Anscheinend hielt er den Blick nur auf den Teppichläufer zwischen den beiden Männern unter ihm gerichtet.

»Hallo, Roger. Ich bin Jamie Jackson. Ich brauche einen Rat von dir. Können wir uns unterhalten?«

Der Junge dachte über dieses Ersuchen ernsthaft nach. Er schien nicht neugierig zu sein, aber er akzeptierte den fremden Besucher und seine Bitte.

»Okay«, sagte er. »Wollen Sie heraufkommen?«

»Da oben ist kein Platz«, sagte sein Vater aus dem Mundwinkel und fuhr dann lauter fort: »Komm herunter, Junge.« Er sah den Spürhund an. »Sprechen Sie in seinem Zimmer mit ihm. Ins Wohnzimmer kommt er nicht gern, wenn seine Mom nicht da ist. Sie arbeitet im Supermarkt an der Kasse.«

Roger Kendrick kam die Leiter herunter und ging mit dem Spürhund in sein Zimmer. Er setzte sich auf die Bettkante und starrte zu Boden. Der Spürhund nahm auf einem Stuhl Platz.

Abgesehen von einem kleinen Schrank und einer Kommode war dies das gesamte Mobiliar. Sein eigentliches Leben führte der Junge oben unter dem Dach. Der Spürhund warf dem Vater einen Blick zu, und dieser zuckte die Achseln.

»Asperger-Syndrom«, sagte er hilflos. Offenbar konnte er mit diesem Zustand nichts anfangen. Andere Männer hatten Söhne, die mit Mädchen ausgehen und eine Lehre als Autoschlosser machen konnten. Der Spürhund nickte. Die Bedeutung war klar.

»Betty kommt jeden Augenblick«, sagte Mr. Kendrick. »Sie wird uns Kaffee machen.« Dann verschwand er.

Der Mann aus Fort Meade hatte das Wort »eigenartig« benutzt, allerdings ohne konkreter zu werden. Bevor der Spürhund hergekommen war, hatte er sich über das Asperger-Syndrom und über Agoraphobie, die Angst vor freien Flächen, informiert.

Wie das Downsyndrom und spastische Lähmungen konnten auch diese beiden Erkrankungen in leichter und in schwerer Form auftreten. Nachdem er mit Roger Kendrick ein paar Minuten lang über allgemeine Dinge gesprochen hatte, war jedoch klar, dass es keinen Grund gab, ihn wie ein Kind zu behandeln oder in Babysprache mit ihm zu verhandeln.

Der junge Mann empfand extreme Schüchternheit im direkten Umgang, und die Angst vor der Welt außerhalb seines Elternhauses verstärkte sie noch. Aber der Spürhund vermutete, wenn er das Gespräch in die Komfortzone des Teenagers zurücksteuerte – in den Cyberspace –, dann würde er dort eine ganz andere Persönlichkeit vorfinden. Und er hatte recht.

Er erinnerte sich an den Fall des britischen Cyberhackers Gary McKinnon. Als die amerikanische Regierung ihn vor Gericht stellen wollte, erklärte London, er sei zu schwach zum Reisen und erst recht für das Gefängnis. Und doch war er ins Allerheiligste der NASA und des Pentagons eingedrungen und dabei durch ein paar der kompliziertesten Firewalls geglitten wie ein Messer durch Butter.

»Roger, da draußen gibt es einen Mann, der sich im Cyberspace versteckt. Er hasst unser Land, und man nennt ihn den Prediger. Er predigt online, in englischer Sprache. Er fordert die Menschen auf, sich zu seiner Denkweise zu bekehren und Amerikaner zu ermorden. Ich habe die Aufgabe, ihn zu finden, damit er aufhört. Aber ich kann es nicht. Da draußen ist er cleverer als ich. Er hält sich für den Cleversten im ganzen Cyberspace.«

Der Junge scharrte nicht mehr mit den Füßen, sondern hob zum ersten Mal den Kopf und schaute ihm in die Augen. Er dachte an die einzige Welt, die eine grausame Natur ihm zugedacht hatte. Der Spürhund öffnete seine Tasche und nahm einen Speicherstick heraus.

»Er sendet, Roger, aber er hält seine IP-Adresse sehr geheim, sodass niemand weiß, wo er ist. Wenn wir es wüssten, könnten wir dafür sorgen, dass er aufhört.«

Der Teenager nahm den Stick und drehte ihn in den Fingern.

»Ich bin hier, Roger, weil ich dich fragen wollte, ob du uns helfen willst, ihn zu finden.«

»Ich könnte es versuchen.«

»Sag mir, Roger, was für eine Ausrüstung hast du hier oben?«

Der Teenager sagte es ihm. Es war nicht das Schlechteste auf dem Markt, aber doch gängige Kaufhausware.

»Wenn jemand käme und dich fragte, was du wirklich haben möchtest? Was wäre deine Traummaschine, Roger?«

Roger wurde lebhaft. Begeisterung erfüllte sein Gesicht, und wieder schaute er dem Spürhund in die Augen.

»Am liebsten hätte ich einen Dual-Six-Core-Prozessor mit 32 Gigabyte RAM unter Red-Hat-Enterprise-Linux, Version 6 oder höher.«

Der Spürhund brauchte sich nichts zu notieren. Das winzige Mikrofon zwischen seinen Orden zeichnete alles auf. Das war auch gut so; er hatte keine Ahnung, wovon der Junge da redete. Die Eierköpfe würden das schon wissen.

»Ich will sehen, was ich tun kann«, sagte er und stand auf. »Sieh dir das Material an. Kann sein, dass du es nicht knacken kannst. Aber danke, dass du es versuchst.«

Innerhalb von zwei Tagen hielt ein Van mit drei Männern und einer sehr teuren Computerausrüstung vor dem kleinen Haus in der kleinen Straße von Centreville. Die Männer krochen auf dem Dachboden herum, bis sie alles installiert hatten. Als sie verschwunden waren, saß ein verletzlich aussehender Neunzehnjähriger vor seinem Monitor und glaubte sich in den Himmel entrückt. Er sah sich ein Dutzend Predigten auf der dschihadistischen Website an und fing an zu tippen.

Der Killer beugte sich tief über seinen Motorroller und tat, als schraubte er am Motor herum, als der Senator weiter unten in der Straße aus seinem Haus kam, seine Golfschläger in den Kofferraum warf und sich ans Steuer setzte. Es war kurz nach sieben an einem strahlenden Morgen im Frühsommer. Den Mann auf dem Roller hinter ihm bemerkte er nicht.

Der Killer brauchte ihm nicht dicht auf den Fersen zu bleiben, denn er hatte die Fahrt schon zweimal gemacht, nicht gekleidet wie jetzt, sondern sehr viel weniger auffällig. Er folgte dem Wagen des Senators die fünf Meilen durch Virginia Beach bis zum Golfplatz und sah zu, wie der Senator parkte, seine Schläger aus dem Kofferraum nahm und im Klubhaus verschwand.

Der Killer fuhr an der Einfahrt des Golfklubs vorbei, bog links in den Linkhorn Drive und fuhr in den Wald. Nach zweihundert Metern bog er noch einmal links ab in den Willow Drive. Ein einzelnes Auto kam ihm entgegen, aber der Fahrer beachtete ihn trotz seiner Kleidung nicht.

Er war vom Hals bis zu den Knöcheln in ein schneeweißes Dischdasch gekleidet und trug eine gehäkelte weiße Schädelkappe auf dem geschorenen Kopf. Vorbei an mehreren ländlichen Häusern am Willow Drive, kam er zwischen den Bäumen hervor in die Morgensonne, wo der Abschlag zum fünften Loch, bekannt als Cascade, den Willow Drive überquert. Hier fuhr er von der Straße herunter und schob seinen Roller in das dichte Unterholz neben dem Fairway des vierten Lochs, das den Namen Bald Cypress trägt.

Bei den anderen Löchern waren schon ein paar Golfer unterwegs, doch sie waren in ihr Spiel vertieft und nahmen keine Notiz von ihm. Der junge Mann in Weiß ging gelassen am Bald-Cypress-Fairway entlang, bis er kurz vor der Brücke war, die über den Bach führte. Dort versteckte er sich im Gebüsch und wartete. Von früheren Beobachtungen wusste er, dass jeder, der hier eine Runde spielte, auf dem vierten Fairway heraufkommen und über die Brücke gehen musste.

Während der nächsten halben Stunde beendeten zweimal zwei Spieler das Bald-Cypress-Fairway und gingen zum Tee. Er beobachtete sie aus seinem Versteck und ließ sie vorbei. Dann sah er den Senator. Der Mann spielte mit einem gleichaltrigen Gegner zusammen. Im Klubhaus hatte er eine grüne Windjacke angezogen, und der andere Mann war ähnlich gekleidet.

Als die beiden älteren Männer über die Brücke gingen, kam der Killer aus dem Gebüsch. Keiner der beiden Golfspieler verlangsamte seinen Schritt, aber sie schauten mit flüchtigem Interesse zu ihm hinüber. Das lag an seiner Kleidung, und vielleicht auch an der unbeteiligten Ruhe, mit der er den Amerikanern entgegenkam. Als er noch zehn Schritte entfernt war, fragte der eine: »Können wir Ihnen helfen, junger Mann?«

Daraufhin zog er die rechte Hand unter dem Dischdasch hervor und streckte sie ihnen entgegen, als wollte er ihnen etwas anbieten. Das »Etwas« war eine Pistole. Keiner der beiden Golfspieler hatte Gelegenheit zu protestieren, bevor der Mann schoss. Die ähnlichen Baseballkappen mit den langen Schirmen und die grünen Windjacken verwirrten ihn ein wenig, und er schoss aus nächster Nähe zweimal auf beide Männer.

Eine Kugel ging völlig daneben und wurde nie gefunden. Zwei trafen den Senator in Brust und Kehle und töteten ihn auf der Stelle. Die vierte fuhr dem anderen Mann mitten in die Brust, und beide Männer sackten nacheinander zu Boden. Der Schütze hob den Blick in den klaren blauen Morgenhimmel, murmelte »*Allahu akbar*«, schob sich den Lauf der Pistole in den Mund und drückte ab.

Die anderen vier Spieler waren dabei, das Green des vierten Lochs zu verlassen. Später sagten sie aus, sie hätten sich alle umgedreht, als sie die ersten Schüsse hörten, und gesehen, wie der Kopf des Mörders blutig in den Himmel zerspritzte und der Mann zu Boden fiel. Zwei liefen auf den Schauplatz zu, ein dritter saß schon auf dem Golfwagen und ließ den lautlosen Elektromotor auf Hochtouren laufen, um ebenfalls an den Tatort zu fahren. Der vierte stand ein paar Sekunden mit offenem Mund da, zog dann ein Handy heraus und rief die Polizei.

Der Anruf wurde in der Kommunikationszentrale hinter dem Polizeirevier an der Princess Anne Road entgegengenommen. Der diensthabende Telefonist notierte die groben Details und alarmierte das Revier auf der anderen Seite des Geländes und den medizinischen Rettungsdienst. An beiden Stellen saßen erfahrene Leute aus der Gegend, die keine Wegbeschreibung zum Queen Anne Golf Club brauchten.

Ein Streifenwagen, der auf der 54. Street unterwegs gewesen war, erreichte den Tatort als Erster. Schon vom Linkhorn Drive aus sahen die Polizisten die zunehmende Menschenansammlung am vierten Fairway und fuhren ohne irgendwelche Umstände über den geheiligten Rasen zum Ort des Verbrechens. Detective Ray Hall vom Polizeirevier erschien zehn Minuten später und übernahm das Kommando. Die uniformierten Polizisten hatten den Tatort bereits abgesperrt, als der Krankenwagen vom drei Meilen weit entfernten Pinehurst Centre am Viking Drive eintraf.

Detective Hall hatte schon festgestellt, dass zwei Männer eindeutig tot waren. Den Senator erkannte er von den gelegentlich in der Zeitung abgedruckten Fotos und von einer Preisverleihung bei der Polizei vor einem halben Jahr.

Der junge Mann mit dem buschigen schwarzen Bart, den die vier entsetzten Golfspieler als Mörder identifiziert hatten, war ebenfalls tot. Er lag fünf Schritte weit von den Opfern entfernt und hielt die Pistole noch in der rechten Hand. Der zweite Golfspieler war anscheinend schwer verletzt. Er hatte eine Schusswunde mitten in der Brust, aber er atmete noch. Die Sanitäter machten sich an die Arbeit.

Sie hatten auf einen Blick gesehen, dass nur eine der drei Gestalten auf dem taufeuchten Rasen noch ihre Hilfe brauchte. Die beiden anderen konnten auf den Transport ins Leichenschauhaus warten. Es gab auch keinen Grund, die Zeit mit Wiederbelebungsversuchen zu verschwenden, wie man es bei Halbertrunkenen oder Gasvergifteten tat. Das hier war ein Fall von »rein und los«, wie die Sanitäter sagten.

Der Wagen war mit lebenserhaltenden Systemen ausgerüstet, und die würden sie brauchen, um den Verletzen auf der Drei-Meilen-Tour zum Virginia Beach General Hospital zu stabilisieren. Sie luden ihn ein und rasten mit heulender Sirene davon.

Die Strecke bis zur First Colonial Road legten sie in weniger als fünf Minuten zurück. So früh am Morgen war wenig Verkehr, und am Wochenende waren keine Pendler unterwegs. Die Sirene ließ die wenigen Fahrzeuge am Straßenrand halten, und der Fahrer konnte die ganze Zeit Vollgas geben.

Hinten im Wagen stabilisierten zwei Sanitäter den halb toten Mann, so gut sie konnten, während der dritte per Funk so viele Details wie möglich an die Notaufnahme durchgab, wo sich bereits ein größeres Traumateam versammelte.

Eine OP wurde vorbereitet, und die Chirurgen zogen sich an. Der Herzspezialist Alex McCrae ließ sein Frühstück in der Kantine stehen und eilte in die Notaufnahme.

Am Fairway des vierten Lochs blieb Detective Hall mit zwei Leichen, einem Auflauf von verwirrten und verschreckten Nachbarn aus Virginia Beach und einer Handvoll Rätsel zurück. Seine Partnerin Lindy Mills nahm Namen und Adressen auf. Bis jetzt hatte er zweierlei in der Hand. Alle Augenzeugen beharrten entschieden darauf, es habe nur einen Täter gegeben, der sich unmittelbar nach dem Doppelmord selbst erschossen habe. Offensichtlich gab es keinen Anlass, nach einem Komplizen zu fahnden. Im Gebüsch weiter oben am Fairway war ein einsitziger Motorroller gefunden worden.

Das zweite »Plus« bestand darin, dass die Zeugen allesamt vernünftige Erwachsene waren, nüchterne Leute, deren Aussagen wahrscheinlich brauchbar und verlässlich sein würden. Doch dann fingen die Rätsel an, und die erste Frage war: Was, zum Teufel, war hier passiert, und warum war es passiert?

Was immer es sein mochte, nichts Vergleichbares war in diesem stillen, ruhigen, gesetzestreuen Virginia Beach je passiert. Wer war der Mörder und wer der Mann, der jetzt um sein Leben kämpfte?

Detective Hall nahm sich die zweite Frage zuerst vor. Wer immer der Verletzte war, er würde vermutlich irgendwo wohnen, er würde Frau und Kinder haben, die auf ihn warteten, oder anderswo vielleicht irgendwelche Verwandte. Angesichts der Brustverletzung, die Hall gesehen hatte, würden diese Verwandten bis zum Abend wahrscheinlich dringend gebraucht werden.

Niemand außerhalb der Flatterbandabsperrung schien zu wissen, wer der Golfpartner des Senators gewesen war. Wenn seine Brieftasche nicht im Klubhaus war, hatte der Rettungswagen sie abtransportiert. Ray Hall überließ es Lindy Mills und den beiden Uniformierten, routinemäßig die Personalien aufzunehmen, und er selbst ließ sich von einem Golfwagen zum Klubhaus fahren. Dort löste der graugesichtige Manager eines von Halls Problemen. Der Partner des toten Senators war ein pensionierter General. Er war Witwer und lebte ein paar Meilen weit von hier allein in einer abgesicherten Pensionärssiedlung. Sekunden später hatte Hall die Adresse aus dem Mitgliederverzeichnis.

Er rief Lindy auf dem Handy an. Der eine Uniformierte solle bei ihr bleiben, der andere solle mit dem Streifenwagen zu ihm kommen.

Unterwegs sprach Detective Hall über den Polizeifunk mit seinem Captain. Das Revier würde sich um die Journalisten kümmern, die schon da waren und tausend Fragen stellten, auf die niemand eine Antwort hatte. Das Revier würde auch die elende Aufgabe übernehmen, die Frau des ermordeten Senators zu informieren, bevor sie es aus dem Radio erfuhr.

Er erfuhr, dass ein zweiter, einfacher ausgerüsteter Rettungswagen zum Golfplatz unterwegs war, der die beiden Toten ins Leichenschauhaus bringen würde, wo der Rechtsmediziner sich schon vorbereitete.

»Behandeln Sie den Killer bitte mit Vorrang, Captain«, sagte Hall in sein Mikrofon. »Was er da anhat, sieht aus wie die Kleidung eines muslimischen Fundamentalisten. Er hat allein gearbeitet, aber vielleicht waren noch welche im Hintergrund. Wir müssen wissen, was er war – ein Einzeltäter oder Mitglied einer Gruppe.«

Während er zum Haus des Generals fuhr, sollte man die Fingerabdrücke des Mörders nehmen und durch das AFIS – das Automatische Fingerabdruck-Identifizierungssystem – laufen lassen, und die staatliche Kraftfahrzeugzulassungsbehörde von Virginia sollte den Motorroller überprüfen. Ja, es sei Wochenende, man werde Leute anrufen und zum Dienst beordern müssen. Er trennte die Verbindung.

In der umzäunten Wohnsiedlung, deren Adresse in den Golfklubunterlagen verzeichnet war, hatte noch niemand etwas von den Ereignissen auf dem Fairway des vierten Lochs – alias Bald Cypress – gehört. Ungefähr vierzig Pensionärsbungalows standen auf einem Gelände mit Rasenflächen, Bäumen und einem kleinen See in der Mitte.

Der Siedlungsmanager hatte spät gefrühstückt und wollte gerade seinen Rasen mähen. Er wurde weiß wie ein Laken, ließ sich schwer auf einen Gartenstuhl fallen und murmelte ein halbes Dutzend Mal: »O mein Gott.« Schließlich nahm er einen Schlüssel von einem Brett in seiner Diele und führte Detective Hall zum Bungalow des Generals.

Sauber und ordentlich stand er auf tausend Quadratmetern kurz gemähtem Rasen mit ein paar blühenden Büschen in Tontöpfen – geschmackvoll, aber nicht allzu arbeitsintensiv. Drinnen war alles tipptopp aufgeräumt. Es sah aus wie die Behausung eines Mannes, der an Ordnung und Disziplin gewöhnt ist. Hall machte sich an die scheußliche Aufgabe, in den privaten Dingen eines anderen Menschen herumzuwühlen. Der Manager half ihm, so gut er konnte.

Der General des Marine Corps war ungefähr fünf Jahre zuvor in die Siedlung gekommen, nachdem er seine Frau durch eine Krebserkrankung verloren hatte. Verwandte?, fragte Hall. Er durchsuchte den Schreibtisch nach Briefen, Versicherungspolicen, irgendetwas, das auf Verwandte hingewiesen hätte. Aber anscheinend gehörte der General zu denen, die ihre privaten Unterlagen zum größten Teil bei einem Anwalt oder bei ihrer Bank aufbewahrten. Der Manager rief den besten Freund des Generals in der Nachbarschaft an, einen pensionierten Architekten, der mit seiner Frau hier wohnte und den General oft zu einem hausgemachten Essen einlud.

Der Architekt nahm den Anruf entgegen und hörte erschrocken und entsetzt zu. Er wollte sofort zum Krankenhaus fahren, aber Detective Hall übernahm das Telefon und überredete ihn, es nicht zu tun, denn ein Krankenbesuch komme zurzeit sicher nicht infrage. Ob er von irgendwelchen Verwandten wisse? Es gebe zwei Töchter irgendwo im Westen, antwortete der Architekt, und einen Sohn, der Offizier beim Marine Corps sei, ein Lieutenant Colonel, doch er habe keine Ahnung, wo der stationiert sei.

Auf dem Revier traf Hall wieder mit Lindy Mills zusammen. Auch sein eigener unmarkierter Wagen war dort. Und es gab Neuigkeiten. Der Motorroller war identifiziert. Er gehörte einem zweiundzwanzigjährigen Studenten, dessen Name eindeutig arabisch klang. Er war ein amerikanischer Staatsbürger aus Dearborn, Mississippi, studierte zurzeit jedoch fünfzehn Meilen weit südlich von Norfolk an einer technischen Hochschule. Die Zulassungsbehörde hatte ein Foto geschickt.

Darauf trug er keinen buschigen schwarzen Bart, und das Gesicht war intakt – nicht ganz so, wie Ray Hall es auf dem Golfplatzrasen gesehen hatte. Das Gesicht dort hatte zu einem

Schädel ohne Hinterkopf gehört und war durch den Druck des berstenden Projektils verzerrt gewesen. Aber es war zu erkennen.

Er meldete ein Telefongespräch mit dem Hauptquartier des U.S. Marine Corps neben dem Arlington-Friedhof an, Washington, D.C., gegenüber auf der anderen Seite des Potomac. Er bestand darauf, in der Leitung zu bleiben, bis er mit einem Major der Öffentlichkeitsabteilung verbunden wurde. Dem erklärte er, wer er war und von wo er anrief, und berichtete kurz, was fünf Stunden zuvor auf dem Princess-Anne-Golfplatz passiert war.

»Nein«, sagte er. »Ich werde nicht bis nach dem Wochenende warten. Es ist mir egal, wo er ist. Ich muss jetzt mit ihm sprechen, Major, jetzt sofort. Wenn sein Vater morgen früh die Sonne aufgehen sieht, ist das ein Wunder.«

Nach einer langen Pause sagte die Stimme schließlich: »Bleiben Sie am Apparat, Detective. Ich oder jemand anders meldet sich gleich wieder.«

Es dauerte fünf Minuten, und es war eine andere Stimme, wieder ein Major, aber jetzt von der Personalabteilung. »Der Offizier, mit dem Sie sprechen wollen, ist nicht zu erreichen«, sagte er.

Hall wurde wütend. »Wenn er sich nicht im Weltraum oder auf dem Grund des Marianengrabens befindet, *ist* er zu erreichen. Das wissen wir beide. Sie haben meine private Handynummer. Geben Sie sie ihm, und sagen Sie ihm, er soll mich anrufen, und zwar schnell.« Damit legte er auf. Nun lag die Sache bei den Marines.

Er nahm Lindy mit, verließ das Revier und fuhr zum Krankenhaus. Unterwegs besorgte er sich einen Energy-Riegel und einen Softdrink zum Lunch. Gesunde Ernährung sah anders aus. Am First Colonial bog er in eine Nebenstraße namens Will o' the Wisp Drive ein und fuhr nach hinten zur Rettungswagenzufahrt. Seine erste Station war das Leichenschauhaus, wo der Rechtsmediziner eben seine Arbeit beendete.

Auf den fahrbaren Stahltischen lagen zwei Leichen unter den

Laken. Ein Assistent war dabei, sie in den Kühlraum zu bringen. Der Mediziner hielt ihn auf und schlug das eine Laken zurück. Detective Hall starrte auf das Gesicht hinunter. Es war jetzt narbig und verzerrt, aber es war immer noch der junge Mann von dem Foto der Zulassungsbehörde. Der buschige schwarze Bart ragte in die Höhe, die Augen waren geschlossen.

»Wissen Sie schon, wer er ist?«, fragte der Mediziner.

»Yep.«

»Na, da wissen Sie mehr als ich. Aber vielleicht kann ich Sie trotzdem noch überraschen.«

Er zog das Laken bis zu den Füßen herunter.

»Fällt Ihnen was auf?«

Ray Hall schaute lange und aufmerksam hin.

»Er hat keine Körperbehaarung. Nur den Bart.«

Der Arzt zog das Laken wieder hoch und nickte dem Assistenten zu, damit der den Tisch mit seiner Fracht in den Kühlraum schob.

»Mit eigenen Augen habe ich es noch nie gesehen, wohl aber im Film. Vor zwei Jahren, in einem Seminar über islamischen Fundamentalismus. Ein Zeichen der rituellen Reinigung, die Vorbereitung zum Übergang in Allahs Paradies.«

»Ein Selbstmordattentäter?«

»Ein Selbstmordkiller«, sagte der Mediziner. »Vernichte einen wichtigen Staatsbürger des Großen Teufels, und die Pforten der ewigen Glückseligkeit öffnen sich dem Diener, der als *schahid* hindurchgeht, als Märtyrer. In den Staaten erleben wir es nicht oft, doch im Mittleren Osten, in Pakistan und Afghanistan, ist es sehr verbreitet. Darüber gab es einen Vortrag auf dem Seminar.«

»Aber er ist hier geboren und aufgewachsen«, sagte Detective Hall.

»Na, dann hat ihn jemand gründlich indoktriniert«, sagte der Arzt. »Übrigens haben Ihre Kriminaltechniker seine Fingerabdrücke schon abgeholt. Ansonsten hatte er nichts bei sich. Nur die Waffe, und die ist bereits in der Ballistik, glaube ich.«

Detective Halls nächste Station lag im Obergeschoss. Dr. Alex McCrae saß in seinem Büro bei einem sehr späten Lunch. Er aß ein Thunfischsandwich aus der Kantine.

»Was wollen Sie wissen, Detective?«

»Alles«, sagte Hall. Der Chirurg gab ihm einen vollständigen Bericht.

Als der schwer verletzte General in die Notaufnahme gebracht worden war, hatte Dr. McCrae sofort eine intravenöse Infusion anlegen lassen. Dann hatte er die Vitalzeichen kontrolliert: Sauerstoffsättigung, Puls und Blutdruck.

Sein Anästhesist hatte einen guten Zugang durch die Halsvene gefunden. Durch eine große Kanüle hatte er eine Salzlösung gegeben, unmittelbar gefolgt von zwei Einheiten Blut der Gruppe 0, Rhesus negativ, zur provisorischen Schadensbegrenzung. Schließlich schickte er eine Blutprobe des Patienten zur Bestimmung ins Labor.

Als der Patient vorläufig stabilisiert war, musste Dr. McCrae als Erstes herausfinden, was in seiner Brust los war. Offensichtlich steckte dort eine Kugel fest, denn das Einschussloch war deutlich zu erkennen, aber es gab keine Austrittswunde.

Er überlegte, ob er eine Röntgenaufnahme oder einen CT-Scan machen solle, zog es jedoch vor, den Patienten nicht vom Wagen zu heben, und begnügte sich mit einer Röntgenaufnahme. Er schob die Platte unter den bewusstlosen Körper und machte die Aufnahme von oben.

Dabei zeigte sich, dass der General einen Lungenschuss davongetragen hatte. Die Kugel saß dicht neben dem Hilum, der Lungenwurzel. Damit hatte Dr. McCrae drei riskante Möglichkeiten. Die erste war der operative Einsatz eines kardiopulmonären Bypasses, aber damit würde er die Lunge wahrscheinlich noch weiter schädigen.

Die zweite Möglichkeit bestand in einer sofortigen invasiven Operation zur Entfernung der Kugel. Das wäre ebenfalls hochriskant, weil das volle Ausmaß der Verletzung noch nicht klar war, sodass auch hier ein tödlicher Ausgang möglich war.

Er entschied sich, auf die dritte Möglichkeit zu setzen und vierundzwanzig Stunden gar nichts zu unternehmen. Zwar hatten die Wiederbelebungsversuche die Kräfte des alten Herrn stark beansprucht, aber vielleicht würde er sich auch ohne weitere Wiederbelebungs- und Stabilisierungsanstrengungen weiter erholen, sodass bei der invasiven Operation bessere Überlebenschancen bestünden.

Also wurde der General auf die Intensivstation verlegt, und als der Detective mit dem Chirurgen sprach, lag der alte Herr dort bereits unter einem Girlandengewirr von Schläuchen. Einer kam aus dem zentralen Venenkatheter an der einen Seite des Halses, einer aus der Kanüle an der anderen. Der Schlauch der Nasensonde sorgte für gleichmäßige Sauerstoffzufuhr. Blutdruck und Puls wurden auf einem Monitor neben dem Bett dargestellt, und die Herzfunktionen waren auf einen Blick ablesbar. Eine Thoraxdrainage lag zwischen der fünften und der sechsten Rippe unter der linken Achsel. Sie fing die ständig aus der punktierten Lunge entweichende Luft ab und leitete sie in einen zu einem Drittel mit Wasser gefüllten Glasbehälter auf dem Boden. Die ausdringende Luft verließ den Brustraum unter Wasser und stieg in Blasen an die Oberfläche, konnte dann aber nicht in die Pleuraspalte zurückkehren. Wenn sie es täte, würde die Lunge kollabieren, und der Patient würde sterben. Einstweilen atmete er weiter den Sauerstoff aus der Sonde in den Nasenlöchern.

Als Detective Hall erfuhr, dass nicht die geringste Chance bestand, in den nächsten Tagen mit dem General zu sprechen, ging er wieder. Auf dem Parkplatz an der Rettungswagenzufahrt bat er Lindy zu fahren. Er musste telefonieren.

Sein erster Anruf ging ans Willoughby College, wo der Mörder, Mohammed Barre, studiert hatte. Hall wurde mit der Zulassungsdekanin verbunden. Er bat sie zu bestätigen, dass Mr. Barre Student am Willoughby gewesen war, und sie gab diese Auskunft ohne Zögern. Als er ihr erzählte, was auf dem Princess-Anne-Golfplatz passiert war, schwieg sie entsetzt.

Die Identität des Mörders war noch nicht an die Medien gegeben worden. In zwanzig Minuten werde er im College sein, sagte Hall. Die Dekanin solle dafür sorgen, dass ihm sämtliche Akten zur Verfügung stünden und er Zugang zu den Privatquartieren der Studenten habe. Einstweilen dürfe sie niemanden informieren, auch nicht die Eltern des Studenten in Michigan.

Sein zweiter Anruf ging ans Fingerabdrucklabor. Jawohl, sie hätten einen perfekten Zehnersatz Abdrücke aus dem Leichenschauhaus erhalten und vom AFIS überprüfen lassen – ergebnislos: Der tote Student war nicht im System.

Wenn er ein Ausländer gewesen wäre, hätte die Einwanderungsbehörde Unterlagen über seinen Visumsantrag gehabt. Allmählich war klar, dass Mr. Barre amerikanischer Staatsbürger und Sohn eingewanderter Eltern gewesen war. Aber woher kamen sie? War er ein geborener Muslim gewesen oder ein Konvertit, der seinen Namen geändert hatte?

Als Drittes rief Hall in der Ballistik an. Die Pistole war eine Glock 17 Automatik, ein Schweizer Produkt. Das Magazin war voll gewesen, und fünf Patronen waren abgefeuert worden. Sie versuchten gerade, den registrierten Eigentümer aufzuspüren, dessen Name nicht Barre war und der in der Nähe von Baltimore in Maryland wohnte. Gestohlen? Gekauft? Der Wagen hielt vor dem College.

Der tote Student war von somalischer Abstammung. Seine Bekannten in Willoughby gaben an, vor ungefähr sechs Monaten habe sich seine Persönlichkeit verändert, und aus einem normalen, geselligen, intelligenten Studenten sei ein schweigsamer, verschlossener Einzelgänger geworden. Der Hauptgrund dafür scheine religiöser Natur gewesen zu sein. Auf dem Campus gab es zwei andere muslimische Studenten, doch sie hatten keine derartige Wandlung durchgemacht.

Der Tote hatte angefangen, Jeans und Windjacken gegen lange Gewänder auszutauschen. Er hatte fünfmal am Tag Unterrichtspausen für seine Gebete verlangt, die man ihm ohne Weiteres gewährt hatte. Religiöse Toleranz hatte stets Vorrang.

Und er hatte sich einen buschigen schwarzen Bart wachsen lassen.

Zum zweiten Mal an diesem Tag war Ray Hall dabei, die privaten Dinge eines anderen Menschen zu durchwühlen, aber es gab einen fundamentalen Unterschied. Von den ingenieurwissenschaftlichen Lehrbüchern abgesehen fand er nur islamische Texte in arabischer Sprache. Detective Hall konnte kein Wort davon lesen, doch er sammelte alles ein. Entscheidend war der Computer. Bei dem wusste Ray Hall wenigstens, was er zu tun hatte.

Er fand Predigt über Predigt, nicht in arabischer Sprache, sondern in fließendem, eindringlichem Englisch. Ein maskiertes Gesicht, zwei glühende Augen, die Aufforderung zur vollständigen Unterwerfung vor Allah, zur vorbehaltlosen Bereitschaft, Ihm zu dienen, für Ihn zu kämpfen, für Ihn zu sterben. Vor allem aber, für Ihn zu töten.

Detective Hall hatte noch nie vom Prediger gehört, klappte den Computer zu und beschlagnahmte ihn. Er quittierte alles, was er mitnahm, und bevor er das College verließ, gab er die Erlaubnis, die Eltern zu informieren. Man solle ihn aber anrufen, falls sie vorhätten herzukommen und die Sachen ihres Sohnes abzuholen. Unterdessen würde er persönlich die Polizei von Dearborn in Kenntnis setzen. Mit zwei Müllsäcken voller Bücher und Texte und dem Laptop fuhr er zurück zum Revier.

Auf dem Computer fand sich noch Weiteres. Unter anderem war auf Craiglist nach jemandem gesucht worden, der eine Pistole verkaufte. Offensichtlich waren nicht alle Papiere vorgelegt worden, was dem Verkäufer eine schwerwiegende Anklage einbringen würde. Doch das würde später kommen.

Um acht Uhr abends klingelte Halls Handy. Der Mann, der sich meldete, war der Sohn des verletzten Generals. Er sagte nicht, wo er war, sondern nur, dass er die Nachricht erhalten habe und per Hubschrauber unterwegs sei.

Inzwischen war es dunkel geworden. Hinter dem Revier gab es einen freien Platz, aber kein Flutlicht.

»Wo ist der nächste Marinestützpunkt?«, fragte die Telefonstimme.

»In Oceania«, sagte Hall. »Kriegen Sie denn da eine Landeerlaubnis?«

»Die kriege ich«, sagte die Stimme. »Bin in einer Stunde da.«

»Ich hole Sie ab.« Die erste halbe Stunde verbrachte Hall damit, die Polizeiakten landesweit nach ähnlichen Anschlägen in letzter Zeit zu durchsuchen. Zu seiner Überraschung fand er vier. Der Mord auf dem Golfplatz war Fall Nummer fünf. In zwei der vier vorherigen Fälle hatten die Mörder unverzüglich Selbstmord begangen. Die beiden anderen waren lebend gefasst worden und würden jetzt wegen Mordes vor Gericht gestellt werden. Alle hatten allein gearbeitet. Alle waren durch Onlinepredigten zum Ultraextremismus bekehrt worden.

Um neun holte er den Sohn des Generals in Oceania ab und fuhr ihn zum Virginia Beach General Hospital. Unterwegs berichtete er, was seit halb acht an diesem Morgen geschehen war.

Sein Gast befragte ihn eingehend nach dem, was er in Mohammed Barres Wohnheimzimmer gefunden habe. Dann murmelte er: »Der Prediger.« Detective Hall nahm an, er meine einen Beruf, nicht einen Codenamen.

»Vermutlich«, sagte er. Schweigend hielten sie vor dem Haupteingang des Krankenhauses.

Der Empfang informierte jemanden darüber, der Sohn des Patienten auf der Intensivstation sei eingetroffen, und Alex McCrae kam aus seinem Büro herunter. Auf der Fahrt hinauf zur Intensivstation beschrieb er die Schwere der Verletzung, die eine Operation ausgeschlossen habe.

»Ich kann Ihnen nur wenig Hoffnung machen«, sagte er. »Es steht auf Messers Schneide.«

Der Sohn betrat das Zimmer, zog sich einen Stuhl heran und betrachtete im matten Licht das zerfurchte alte Gesicht, das, in sich verschlossen, nur von Apparaten am Leben erhalten wurde. Die ganze Nacht saß er so da und hielt die Hände des Bewusstlosen.

Kurz vor vier Uhr früh öffneten sich die Augen, und der Herzschlag beschleunigte sich. Was der Sohn nicht sah, war der Glasbehälter auf dem Boden neben dem Bett, der sich schnell mit hellrotem Arterialblut füllte. Irgendwo tief im Brustraum war ein größeres Gefäß geplatzt. Der General verblutete so schnell, dass Rettung nicht mehr möglich war.

Der Sohn spürte den kaum merklichen Druck der Hände, die er hielt. Sein Vater starrte an die Decke, und seine Lippen bewegten sich.

»*Semper fi,* mein Junge«, murmelte er.

»*Semper fi,* Dad«, erwiderte der Sohn den lateinischen Wahlspruch des U.S. Marine Corps: *Immer treu.*

Die steilen Spitzen der Anzeige auf dem Monitor verwandelten sich in eine waagerechte Linie. Der rhythmische Piepton wurde zu einer schrillen Alarmsirene. Ein Notfallteam erschien in der Tür. Alex McCrae war dabei. Er stürmte am Sohn des Generals vorbei und warf einen Blick auf den Glasbehälter am Bett. Dann hob er die Hand, hielt das Notfallteam zurück und schüttelte müde den Kopf. Das Team zog sich zurück.

Nach einigen Augenblicken stand der Sohn auf und ging hinaus. Er nickte dem Chirurgen nur wortlos zu. Auf der Intensivstation zog eine Schwester ein Laken über das Gesicht des Verstorbenen. Der Sohn ging zu Fuß die vier Treppen zum Parkplatz hinunter.

Detective Hall saß zwanzig Schritte weit entfernt in seinem Wagen. Er spürte etwas und erwachte aus einem leichten Schlaf. Der Sohn des Generals kam über den Parkplatz, blieb stehen und schaute hoch. Bis zum Morgengrauen waren es noch zwei Stunden. Der Himmel war schwarz, denn der Mond war untergegangen. Hoch oben glitzerten die Sterne, hart, hell, ewig.

Dieselben Sterne würden in diesem Augenblick unsichtbar im hellblauen Himmel auf einen anderen Mann hinunterschauen, in einer Wildnis aus Sand, wo niemand ihn sah.

Der Mann auf dem Parkplatz blickte zu den Sternen hinauf

und sagte etwas, das der Detective aus Virginia nicht verstand. Was der Spürhund sagte, war: »Soeben hast du es zu einer sehr persönlichen Sache gemacht, Prediger.«

ZWEITER TEIL

VENDETTA

VIER

In einer Welt, in der sich wahre Identitäten hinter Codenamen verbargen, hatte der Spürhund seinem neuen Helfer das Pseudonym Ariel verpasst. Er fand es amüsant, den Namen des Luftgeists aus Shakespeares *Sturm* zu nehmen, der unsichtbar durch die Gegend fliegen und nach Lust und Laune Unfug treiben konnte.

Denn so mühsam Roger Kendrick sich auf dem Planeten Erde bewegte, war er doch ganz anders, wenn er vor dem berauschenden Schatz der Geräte saß, die ihm der amerikanische Steuerzahler beschafft hatte. Wie der Mann aus Fort Meade gesagt hatte – hier wurde der Junge zu einem Fliegerass am Steuerknüppel des besten Abfangjägers, den man für Geld kaufen konnte.

Zwei Tage lang studierte er die Konstruktion, die der Prediger entwickelt hatte, um seine IP-Adresse und damit seinen Aufenthaltsort zu verbergen. Er sah sich auch die Predigten an und war von Anfang an in einem Punkt sicher: Das Computergenie war nicht der maskierte Mann, der hier religiösen Hass predigte. Irgendwo war da noch jemand, sein wahrer Gegner, das feindliche Ass, mit dem er sich messen musste: geschickt, ungreifbar, fähig, jeden Fehler zu erkennen, den Ariel machte, und ihn von sich fernzuhalten.

Was niemand wusste: Ariels Cybergegner war Ibrahim Samir, ein in Großbritannien geborener Sohn irakischer Eltern, ausgebildet am Institut für Naturwissenschaft und Technologie der Universität Manchester, kurz UMIST. Kendrick nannte ihn den Troll.

Er war es, der den Proxyserver eingerichtet hatte, mit dessen falscher IP-Adresse sein Herr und Meister seinen wahren Aufenthaltsort verschleiern konnte. Aber einmal, zu Beginn des Predigt-Feldzugs, hatte es eine echte IP-Adresse gegeben, und wenn Ariel die herausgefunden hätte, würde er die Quelle überall auf der Welt ausfindig machen können.

Er sah auch sehr schnell, dass es einen Fanklub gab. Begeisterte Jünger konnten Nachrichten an den Prediger posten. Er beschloss, dem Klub beizutreten.

Ihm war klar, dass der Troll sich nicht würde täuschen lassen, wenn Ariels Alter Ego nicht bis ins Detail vollkommen wäre. Er erfand einen jungen Amerikaner namens Fahad, den Sohn jordanischer Immigranten, geboren und aufgewachsen im Raum Washington. Aber zuerst stellte er Nachforschungen an.

Er benutzte den Background des seit Langem toten Terroristen al-Zarqawi, der al-Qaida im Irak geführt hatte, bis sie dort von Special Forces und durch einen Luftangriff vernichtet worden war. Im Netz fand sich eine Fülle von biografischen Informationen. Er stammte aus dem jordanischen Dorf Zarqa. Ariel erfand ein Elternpaar aus demselben Dorf, das in derselben Straße wohnte. Auf Befragen würde er sie aufgrund der Onlineinformationen beschreiben können.

Ariel erschuf sich neu und ließ sich zwei Jahre nach der Ankunft seiner Eltern in den USA auf die Welt kommen. Er konnte die Schule beschreiben, auf die er tatsächlich gegangen war, denn dort hatte es mehrere muslimische Schüler gegeben.

Und er studierte den Islam in verschiedenen internationalen Onlinekursen, er machte sich mit der Moschee vertraut, zu der er und seine Eltern gehörten, und fand den Namen des ansässigen Imams heraus. Dann bat er um Aufnahme in den Fanklub des Predigers. Es gab Fragen – nicht vom Troll persönlich, sondern von einem anderen Jünger in Kalifornien. Ariel beantwortete sie. Ein paar Tage lang herrschte Schweigen, und dann wurde er aufgenommen. Die ganze Zeit hielt er sein eigenes Virus, seine Malware, versteckt, aber einsatzbereit.

In dem Dorf bei Ghasni, der Hauptstadt der gleichnamigen afghanischen Provinz, saßen vier Talibankämpfer in einem Backsteinbüro. Wie sie es bevorzugten, saßen sie nicht auf Stühlen, sondern auf dem Boden.

Sie hatten sich fest in ihre Gewänder und Mäntel gehüllt, denn obwohl der Mai gerade begonnen hatte, wehte immer noch ein kalter Wind von den Bergen herunter, und in dem Regierungsgebäude aus Backstein gab es keine Heizung.

Anwesend waren ebenfalls drei Regierungsbeamte aus Kabul und die beiden *feringhee*-Offiziere von der NATO. Die Männer aus den Bergen lächelten nicht. Sie lächelten nie. *Feringhee* (Foreigners, weiße, ausländische Soldaten) hatten sie bisher immer nur im Visier einer Kalaschnikow gesehen. Aber das war in einem Leben gewesen, das sie aufgeben wollten, und deshalb waren sie ins Dorf heruntergekommen.

In Afghanistan gibt es ein wenig bekanntes Programm mit dem schlichten Namen »Reintegration«. Es ist ein Gemeinschaftsunternehmen der Regierung in Kabul und der NATO unter Leitung eines britischen Major General namens David Hook.

Unter den besten Köpfen herrscht seit Langem die fortschrittliche Ansicht, dass das Zählen von toten Taliban allein nie zum Sieg führen wird. So schnell, wie die angloamerikanischen Militärführer sich dazu beglückwünschen, hundert, zweihundert oder dreihundert Talibankämpfer »eliminiert« zu haben, so schnell tauchen einfach wieder neue auf.

Manche kommen aus der afghanischen Bauernbevölkerung, wie sie es immer getan haben. Einige melden sich zu den Waffen, weil Verwandte – und in dieser Gesellschaft kann eine Großfamilie an die dreihundert Personen umfassen – getötet worden sind, durch eine fehlgeleitete Rakete, einen falsch dirigierten Fliegerangriff oder unachtsames Artilleriefeuer. Andere kommen, weil die Stammesältesten ihnen befehlen zu kämpfen. Aber es sind junge, kaum erwachsene Männer.

Jung sind auch die Studenten aus Pakistan, die scharenweise

von den religiösen Schulen kommen, den *madrasa*, wo sie jahrelang nichts als den Koran studieren und den extremistischen Imamen zuhören, bis sie darauf abgerichtet sind zu kämpfen und zu sterben.

Doch die Talibanarmee ist anders als jede andere. Ihre Einheiten sind weitgehend an die Gegend gebunden, aus der sie hervorgegangen sind, und ihre Ehrfurcht vor ihren alten, erfahrenen Befehlshabern ist grenzenlos. Eliminiert man die Veteranen, bekehrt man die Clanchefs, gewinnt man die Stammesführer, kann ein ganzer Bezirk den Kampf einfach aufgeben.

Schon seit Jahren streifen britische und amerikanische Special Forces, verkleidet als Bergbewohner, durch die Wildnis und bringen die mittleren und oberen Ränge der Talibanführer zur Strecke, weil sie davon ausgehen, dass die kleinen Fische im Grunde nicht das Problem sind.

Parallel zu den Operationen der Nachtjäger bemüht sich das Reintegrationsprogramm, die Veteranen »umzudrehen« und dazu zu bringen, den Ölzweig entgegenzunehmen, den die Kabuler Regierung ihnen entgegenhält. An diesem Tag in dem Dorf Qala-e-Zai vertraten Major General Hook und sein australischer Assistent Captain Chris Hawkins die »Force Reintegration Cell«, die dieses Aussteigerprogramm durchführte und kontrollierte. Die vier graubärtigen Talibanführer, die da an der Wand kauerten, hatte man aus den Bergen gelockt, um sie zur Rückkehr ins Dorfleben zu überreden.

Wie immer beim Angeln, braucht man einen Köder. Ein Reintegrierungswilliger muss einen Kurs zur Deindoktrination absolvieren. Dafür bekommt er ein Haus und eine Schafherde, damit er die Landwirtschaft wiederaufnehmen kann, und außerdem Amnestie und das afghanische Äquivalent von hundert Dollar pro Woche. Das Zusammentreffen an diesem strahlenden, aber kalten Maimorgen diente dem Versuch, die Veteranen davon zu überzeugen, dass die religiöse Propaganda, der sie jahrelang ausgesetzt gewesen waren, falsch sei.

Da sie Paschtu sprachen, konnten sie den Koran nicht lesen,

und wie alle nichtarabischen Terroristen waren sie dem gefolgt, was die Dschihadistenausbilder ihnen erzählt hatten, von denen viele sich als Imame oder Mullahs ausgaben, ohne es zu sein. Deshalb war ein paschtunischer Mullah oder *maulvi* anwesend, der den Veteranen erklären sollte, wie man sie getäuscht hatte und dass der Koran in Wahrheit ein Buch des Friedens sei, das nur wenige Stellen über das »Töten« enthalte, die von den Terroristen absichtlich aus dem Zusammenhang gerissen wurden.

In der Ecke stand ein Fernsehgerät, ein Gegenstand der Faszination für die Bergbewohner. Es zeigte aber kein Liveprogramm, sondern eine DVD von einem daran angeschlossenen Player. Der Mann auf dem Bildschirm sprach Englisch, aber der Mullah konnte mit der Pausentaste der Fernbedienung den Wortstrom unterbrechen, um zu übersetzen, was der Prediger gesagt hatte, und dann zu erklären, dass es im Sinne des heiligen Koran lauter Unsinn sei.

Einer der vier, die da auf dem Boden hockten, war Mahmud Gul, der schon zur Zeit von Nine/Eleven ein hochrangiger Kommandant gewesen war. Er war noch keine fünfzig, doch dreizehn Jahre in den Bergen hatten ihn altern lassen. Das Gesicht unter dem schwarzen Turban war runzlig wie eine Walnuss, und die knotigen Hände schmerzten von einer beginnenden Arthritis.

Als junger Mann war er indoktriniert worden, aber nicht gegen die Briten und die Amerikaner, die, wie er wusste, mitgeholfen hatten, sein Volk von den Russen zu befreien. Mahmud Gul wusste wenig über Bin Laden und seine Araber, und was er wusste, gefiel ihm nicht. Er hatte gehört, was vor Jahren in Manhattan passiert war, und er billigte es nicht. Zu den Taliban war er gegangen, um gegen die Tadschiken und Usbeken der Nordallianz zu kämpfen.

Doch die Amerikaner verstanden die Vorschrift des *paschtunwali* nicht, des heiligen Gesetzes zwischen Gastgeber und Gast, das es Mullah Omar strengstens verbot, seine al-Qaida-Gäste der Gnade der Amerikaner auszuliefern. Also waren sie in sein Land eingedrungen. Deshalb hatte er gegen sie gekämpft, und er tat es weiter. Bis jetzt.

Mahmud Gul fühlte sich alt und müde. Er hatte viele Männer sterben sehen. Ein paar hatte er mit seinem eigenen Gewehr von ihrem Leiden erlöst, wenn ihre Verletzungen so schwer waren, dass sie nur noch ein paar Stunden oder Tage unter Schmerzen hätten leben können.

Er hatte britische und amerikanische Jungen getötet, aber er wusste nicht, wie viele. Seine alten Knochen taten weh, und seine Hände wurden zu Klauen. Die Hüfte, die vor vielen Jahren zerschmettert worden war, ließ ihm in den langen Bergwintern keine Ruhe. Die Hälfte seiner Familie war tot, und seine Enkel hatte er nur bei hastigen Besuchen in der Nacht sehen können, bevor das Morgengrauen ihn wieder in die Höhlen zurücktrieb.

Mahmud Gul wollte aussteigen. Dreizehn Jahre waren genug. Der Sommer kam. Er wollte in der Wärme sitzen und mit den Kindern spielen. Er wollte sich von seinen Töchtern das Essen bringen lassen, wie es sich im Alter gehörte. Also hatte er beschlossen, das Angebot der Regierung anzunehmen, ein Haus, ein paar Schafe, eine Rente, auch wenn er dafür einem Trottel von Mullah und einem maskierten Redner im Fernsehen zuhören musste.

Als der Fernseher abgeschaltet wurde und der Mullah endlos weiterredete, murmelte Mahmud Gul leise etwas auf Paschtu. Christ Hawkins saß neben ihm; er verstand die Sprache, aber nicht den ländlichen Dialekt von Ghasni. Er glaubte zwar, richtig gehört zu haben, war sich jedoch nicht sicher. Als der Vortrag schließlich zu Ende war und der Mullah zu seinem Auto und seinen Bodyguards zurückgeeilt war, wurde Tee gebracht. Stark, schwarz – und die *feringhee* hatten Zucker dabei, was gut war.

Captain Hawkins ließ sich neben Mahmud Gul nieder, und sie tranken in geselligem Schweigen. Dann fragte der Australier: »Was hast du gesagt, als der Vortrag zu Ende ging?«

Mahmud Gul wiederholte seine Worte. Er hatte gesagt: »Ich kenne die Stimme.«

Chris Hawkins hatte noch zwei Tage in Ghasni zu verbringen und woanders ein weiteres Reintegrationstreffen zu absolvieren. Dann würde er nach Kabul zurückkehren. Er hatte einen Freund in der britischen Botschaft, von dem er ziemlich sicher war, dass er dem geheimen Nachrichtendienst, dem MI6, angehörte. Vielleicht sollte er ihm davon erzählen.

Ariel hatte recht mit seiner Einschätzung des Trolls. Der Iraki aus Manchester war von überwältigender Arroganz. Im Cyberspace war er der Beste, und das wusste er. In dieser Welt trug alles, was er in die Hand nahm, den Stempel der Perfektion. Darauf bestand er. Es war sein Markenzeichen.

Er zeichnete die Reden des Predigers nicht nur auf, sondern er allein schickte sie auch in die Welt hinaus, wo sie auf wer weiß wie vielen Bildschirmen verfolgt wurden. Und er organisierte den wachsenden Fanklub. Er unterzog die Mitgliedschaftsanwärter einer intensiven Prüfung, bevor er einen Kommentar von ihnen akzeptierte oder sie gar einer Antwort würdigte. Doch trotz allem bemerkte er den unauffälligen Virus nicht, der von einem dunklen kleinen Dachboden in Centreville, Virginia, in sein Programm geschleust wurde. Und wie geplant, begann der eine Woche später, seine Arbeit zu tun.

Ariels Malware bewirkte lediglich, dass die Website des Trolls verlangsamt wurde, periodisch und nur minimal. Das Resultat waren kleine Pausen in der Übertragung des Bildes, während der Prediger redete. Die winzigen Abweichungen von der Perfektion, bemerkte der Troll sofort. Das war inakzeptabel. Es ärgerte ihn, und dann machte es ihn wütend.

Er versuchte den Fehler zu korrigieren, aber ohne Erfolg. Wenn Website eins einen Fehler entwickelte hatte, schloss er, würde er Website zwei aufbauen und dorthin umziehen müssen. Das tat er, und dann musste er den Fanklub auf die neue Website umdirigieren.

Bevor er den Proxyserver einrichtete, um eine falsche IP-Adresse einzuschalten, hatte er eine echte, nämlich die IP, die als Art Mailadresse fungierte. Um den gesamten Fanklub von Website eins nach Website zwei zu verlegen, musste er über die echte IP-Adresse gehen. Das dauerte nur eine Hundertstelsekunde, vielleicht weniger. Während des Umzugs war die echte IP-Adresse für diesen Sekundenbruchteil offen. Dann war sie wieder verschwunden. Aber auf dieses winzige Fenster hatte Ariel gewartet. Die IP-Adresse verriet ihm ein Land, und sie hatte einen Eigentümer: France Telecom.

Wenn die Supercomputer der NASA für Gary McKinnon kein Hindernis dargestellt hatten, würde die Datenbank der France Telecom Ariel erst recht nicht lange aufhalten. Innerhalb eines Tages hatte er sie gehackt, unbemerkt und ohne Verdacht zu erregen. Wie ein guter Einbrecher war er bald darauf wieder draußen, ohne eine Spur zu hinterlassen. Jetzt hatte er einen Längen- und einen Breitengrad – eine Stadt.

Das musste er Colonel Jackson mitteilen, aber er wusste, dass er ihm die Nachricht nicht per E-Mail schicken konnte. Es gab Leute, die E-Mails mitlasen.

Der australische Captain hatte in zwei Punkten recht. Die beiläufige Bemerkung des Talibanveteranen war tatsächlich eine Erwähnung wert, und sein Freund gehörte tatsächlich zu der großen und aktiven SIS-Einheit in der britischen Botschaft. Und aufgrund des Hinweises wurde unverzüglich gehandelt. Die Information ging sicher verschlüsselt nach London und von dort weiter zu TOSA.

Zum einen hatte Großbritannien es ebenfalls mit drei Morden zu tun, zu denen der gesichts- und namenlose Prediger angestiftet hatte. Zum andern war bereits ein Fahndungsersuchen an alle befreundeten Dienste übermittelt worden. Angesichts des starken Verdachts, dass der Prediger aus Pakistan stamme, herrschte in den britischen SIS-Stationen in Islamabad und im benachbarten Kabul besondere Alarmbereitschaft.

Innerhalb von vierundzwanzig Stunden war eine Grumman Gulfstream 500 des J-SOC mit einem einzigen Passagier auf der Andrews Air Base am Rand von Washington gestartet. Sie landete zum Tanken auf der amerikanischen Basis in Gloucestershire, Großbritannien, und noch einmal auf dem großen amerikanischen Stützpunkt in Doha, Katar. Die dritte Station war die Basis, die noch immer von den USA auf dem riesigen Gelände von Bagram, nördlich von Kabul, unterhalten wurde.

Der Spürhund flog nicht nach Kabul. Das brauchte er nicht, und seine Maschine war im Schutz von Bagram sicherer als auf dem internationalen Flughafen von Kabul. Aber was er brauchte, war bereits vorausgemeldet worden. Wenn das Reintegrationsprogramm finanziellen Einschränkungen unterlag, so galten sie nicht für J-SOC. Die Macht des Dollars tat ihre Wirkung. Captain Hawkins wurde per Hubschrauber nach Bagram gebracht. Nach dem Auftanken brachte derselbe Hubschrauber die beiden Männer und eine von einer Rangerkompanie gestellte Schutzeinheit nach Qala-e-Zai.

Es war Mittag, als sie am Rand des ärmlichen Dorfes landeten, und die Frühlingssonne schien warm. Als sie Mahmud Gul fanden, tat er, was er schon so lange hatte tun wollen: Er saß in der Sonne und spielte mit seinen Enkeln.

Beim Anblick des dröhnenden Blackhawk, der vom Himmel herunterkam, und der Soldaten, die herausstürmten, nachdem er auf dem Dreschplatz der Gemeinde gelandet war, flüchteten die Frauen in die Häuser. Türen und Fensterläden wurden zugeschlagen. Schweigende Männer mit versteinerten Gesichtern standen auf der einzigen Straße der Ortschaft und sahen zu, wie die *feringhee* in ihr Dorf marschierten.

Der Spürhund befahl den Rangern, beim Hubschrauber zu bleiben. Nur Captain Hawkins begleitete ihn, um ihn vorzustellen und zu übersetzen, als er die Straße entlangging, nach links und rechts nickte und den traditionellen *Salaam*-Gruß sprach. Hier und da kam ein widerwilliges *Salaam* zurück. Der Australier wusste, wo Mahmud Gul wohnte. Der Veteran saß vor seinem Haus. Ein paar Kinder rannten erschrocken auseinander. Nur eins, ein dreijähriges Mädchen, eher neugierig als verängstigt, klammerte sich an den Mantel seines Großvaters und starrte die beiden Männer mit großen runden Augen an. Die beiden Fremden setzten sich mit gekreuzten Beinen vor dem Kriegsveteranen auf den Boden und begrüßten ihn. Er erwiderte den Gruß.

Der Afghane schaute die Straße hinauf und hinunter. Die Soldaten waren nicht mehr zu sehen.

»Ihr habt keine Angst?«, fragte er

»Ich glaube, ich besuche hier einen Mann des Friedens«, sagte der Spürhund, und Hawkins übersetzte seine Worte in Paschtu. Der ältere Mann nickte und rief etwas über die Straße.

»Er sagt dem Dorf, dass keine Gefahr besteht«, flüsterte Hawkins.

Mit Übersetzungspausen erinnerte der Spürhund Mahmud Gul an seine Sitzung mit dem Reintegrationsteam nach dem Freitagsgebet der vergangenen Woche. Die dunkelbraunen Augen des Afghanen waren auf das Gesicht des Spürhunds gerichtet, und er zuckte nicht mit der Wimper. Schließlich nickte er.

»Es ist viele Jahre her, doch es war dieselbe Stimme.«

»Aber im Fernsehen hat er Englisch gesprochen. Du verstehst kein Englisch. Woher willst du es wissen?«

Mahmud Gul zuckte die Achseln.

»Es war die Art, wie er sprach«, sagte er, als wäre da nichts anderes zu bedenken. Bei Mozart nannte man es das »absolute Gehör« – die Fähigkeit, Töne aufzunehmen und sich exakt so an sie zu erinnern, wie sie waren. Mahmud Gul mochte ein analphabetischer Bauer sein, doch wenn seine Überzeugung sich als richtig erwies, verfügte er über das gleiche absolute Gehör.

»Bitte erzähl mir, was gewesen ist.«

Der alte Mann schwieg, und sein Blick fiel auf das Bündel, das der Amerikaner mitgebracht hatte.

»Zeit für die Geschenke«, flüsterte der Australier.

»Entschuldige«, sagte der Spürhund und riss die Schnur auf. Er breitete aus, was er mitgebracht hatte: zwei Büffelgewänder aus einem Geschäft für indianische Folkloreartikel, mit warmem Fleece gefüttert.

»Vor langer Zeit jagten die Menschen in meinem Land den Büffel, um Fleisch und Felle zu haben. Es ist der wärmste Pelz, den wir kennen. Im Winter hüllst du dich hinein. Du schläfst auf dem einen und deckst dich mit dem anderen zu, und du wirst nie wieder frieren.«

Langsam zerfurchte ein Lächeln Mahmud Guls Walnussgesicht, das erste Lächeln, das Hawkins bei ihm gesehen hatte. Er hatte nur noch vier Zähne, aber sie taten ihr Bestes, um das Lächeln breit erstrahlen zu lassen. Er fuhr mit den Fingern durch den dichten Pelz. Die Juwelentruhe der Königin von Saba hätte ihm keine größere Freude bereiten können. Also erzählte er seine Geschichte.

»Es war im Kampf gegen die Amerikaner, gleich nach der Invasion und dem Angriff auf die Regierung Mullah Omars. Tadschiken und Usbeken strömten aus ihrer Enklave im Nordosten. Wir wären mit ihnen fertiggeworden, aber sie hatten Amerikaner auf ihrer Seite, und die *feringhee* steuerten die Flugzeuge, die mit Bomben und Raketen aus dem Himmel kamen. Die Amerikaner konnten mit den Flugzeugen sprechen und ihnen sagen, wo wir waren, sodass die Bomben selten fehlgingen. Es war sehr schlimm.

Nördlich von Bagram, auf dem Rückzug durch das Salang-Tal, wurde ich im freien Gelände erwischt. Ein amerikanisches Kampfflugzeug schoss viele Male auf mich. Ich versteckte mich hinter einem Felsen, doch als sie weg waren, sah ich, dass mich eine Kugel an der Hüfte getroffen hatte. Meine Männer trugen mich nach Kabul. Dort legte man mich auf einen Lastwagen und brachte mich weiter nach Süden. Wir kamen durch Kandahar und überquerten bei Spin Boldak die Grenze nach Pakistan. Unsere Freunde dort gaben uns Unterschlupf. Wir kamen nach Quetta, und dort war ein Arzt, der meine Hüfte versorgte.

Im Frühling konnte ich wieder mit dem Laufen anfangen. Ich war damals noch jung und stark, und die zersplitterten Knochen heilten gut. Aber ich hatte große Schmerzen und musste mit einer Krücke gehen. In diesem Frühling wurde ich zur Schura in Quetta eingeladen und saß mit dem Mullah im großen Rat.

Im selben Frühling kam eine Delegation aus Islamabad nach Quetta zu einer Beratung mit Mullah Omar. Es waren zwei Generäle, doch sie sprachen kein Paschtu, sondern nur Urdu. Einer der Offiziere hatte seinen Sohn mitgebracht, einen Jungen noch. Er sprach fließend Paschtu, mit dem Akzent des Hochlands von Siachen, und er übersetzte für die Generäle. Sie sagten uns, sie müssten so tun, als kooperierten sie mit den Amerikanern, aber sie würden uns niemals im Stich lassen und erlauben, dass unsere Talibanbewegung vernichtet würde. Und so war es auch.

Ich sprach mit dem Jungen aus Islamabad, und er war es, der auf dem gläsernen Schirm sprach. Er war es, hinter der Maske. Übrigens hatte er bernsteinfarbene Augen.«

Der Spürhund bedankte und verabschiedete sich. Er ging die Straße hinunter zum Dreschplatz. Überall standen schweigende Männer und starrten ihn an, und die Frauen spähten durch die Ritzen der Fensterläden. Die Kinder versteckten sich hinter ihren Vätern und Onkeln. Niemand behelligte ihn.

Die Ranger bildeten einen auswärts gewandten Kreis, ließen die beiden Offiziere in den Hubschrauber steigen und gingen ebenfalls an Bord. Der Hubschrauber startete, wirbelte Staub und Kleie auf, und sie flogen zurück nach Bagram. Dort gibt es halbwegs komfortable Offiziersunterkünfte, gutes Essen, aber keinen Alkohol. Der Spürhund brauchte jedoch nur eins: zehn Stunden Schlaf. Während er schlief, leitete die CIA-Station in der Kabuler Botschaft seinen Bericht weiter.

Vor seinem Abflug aus den Staaten hatte man dem Spürhund mitgeteilt, die CIA stehe allen Rivalitäten zwischen den Diensten zum Trotz bereit, ihm volle Unterstützung zu bieten. Die brauchte er aus zwei Gründen.

Zum einen unterhielt die CIA große Niederlassungen in Kabul und in Islamabad, einer Hauptstadt, in der jeder Amerikaner unter intensiver geheimpolizeilicher Beobachtung stand. Zum anderen verfügte sie in Langley über eine vorzügliche Einrichtung zur Herstellung falscher Papiere für den Einsatz im Ausland.

Als der Spürhund aufwachte, war der stellvertretende Stationschef wunschgemäß zu einer Besprechung von Kabul heraufgeflogen. Der Spürhund hatte eine Liste von Anforderungen, die der Nachrichtendienstoffizier sich sorgfältig notierte. Die Einzelheiten würden noch am selben Tag verschlüsselt nach Langley übermittelt werden, wie er versicherte. Wenn die gewünschten Papiere fertig seien, werde ein Kurier sie aus den USA herüberbringen.

Als der CIA-Mann per Hubschrauber vom US-Gelände in Bagram zur Botschaft nach Kabul zurückgekehrt war, bestieg der Spürhund den wartenden Privatjet des J-SOC und flog zu der großen amerikanischen Basis in Katar am Persischen Golf. Nach allen amtlichen Unterlagen war niemand namens Carson je im Land gewesen.

Das Gleiche galt für Katar. Dort konnte er die drei Tage verbringen, die es dauern würde, die neuen Papiere herzustellen, die er auf dem Gelände einer amerikanischen Basis brauchen würde. Nach der Landung auf dem Stützpunkt außerhalb von Doha ließ er die Grumman in die Vereinigten Staaten zurückfliegen. Dann gab er zwei Flugtickets in Auftrag.

Das eine war für den kurzen Flug mit einer billigen einheimischen Airline an der Küste entlang nach Dubai, ausgestellt auf den Namen Christopher Carson. Das andere war ein von einem Reisebüro in einem Fünfsternehotel ausgestelltes Businessclass-Ticket für einen British-Airways-Flug von Dubai über London nach Washington, ausgestellt auf den fiktiven Namen John Smith. Als er die Nachricht bekommen hatte, auf die er wartete, flog er das kurze Stück zum internationalen Flughafen Dubai.

Nach der Landung begab er sich geradewegs zum Transitgebäude. In der wahrhaft riesigen Duty-Free-Shopping-Mall wimmelte es von Tausenden Passagieren, die über das größte Luftverkehrsdrehkreuz des Nahen Ostens reisten. Ohne den Transitschalter zu bemühen, ging er unverzüglich in die Transitlounge der Klubklasse.

Der Kurier aus Langley erwartete ihn am vereinbarten Treffpunkt vor dem Eingang der Herrentoilette, und sie wechselten im Flüsterton das Erkennungszeichen. Sehr altmodisch, eine hundert Jahre alte Methode, aber sie funktioniert immer noch. Sie suchten sich ein ruhiges Eckchen mit zwei einzelnen Sesseln.

Beide Männer hatten nur Bordgepäck dabei. Die Taschen waren nicht identisch, doch das machte nichts. Der Kurier hatte einen echten amerikanischen Pass auf den Namen John Smith mitgebracht, der zu dem Flugticket in die USA passte. Am British-Airways-Schalter ein Stockwerk tiefer würde er eine Bordkarte bekommen. John Smith, der mit einem Emirates-Flug gekommen war, würde nach einem bemerkenswert kurzen Zwischenstopp und mit einer anderen Linie weiterfliegen, und niemand würde etwas bemerken.

Sie tauschten auch das Reisegepäck. Was der Spürhund dem Kurier gab, war bedeutungslos. Was er bekam, war ein Trolley mit Hemden, Anzügen, Toilettenartikeln, Schuhen und allem, was für einen kurzen Aufenthalt nötig war. Zwischen Kleidungsstücken und Paperbackthrillern aus der Flughafenbuchhandlung befanden sich diverse Rechnungen, Quittungen und Briefe, die bestätigten, dass der Eigentümer Mr. Daniel Priest hieß.

Er übergab dem Kurier jedes Stück Papier mit dem Namen Carson, das er bei sich trug. Auch das würde ungesehen in die Vereinigten Staaten zurückkehren. Was er dafür bekam, war eine Brieftasche mit den Papieren, für deren Herstellung die CIA drei Tage gebraucht hatte.

Dazu gehörte ein Pass auf den Namen Daniel Priest, der als leitender Redakteur bei der *Washington Post* tätig war. Er enthielt ein vom pakistanischen Konsulat in Washington ausgestelltes Visum, das Mr. Priest die Einreise nach Pakistan ermöglichte. Die Beschaffung dieses Visums bedeutete, dass die pakistanische Polizei über sein Kommen informiert war und ihn erwarten würde. Journalisten sind für empfindliche Regime von größtem Interesse.

Ein Schreiben des Chefredakteurs der *Post* bestätigte, dass Mr. Priest eine umfangreiche Serie von Artikeln zum Thema »Islamabad – Die Entstehung einer erfolgreichen modernen Großstadt« plane. Ein Rückflugticket über London lag ebenfalls bei.

Dazu kamen Kreditkarten, ein Führerschein und die üblichen Papiere und Plastikkarten, die man in der Brieftasche eines gesetzestreuen amerikanischen Staatsbürgers und leitenden Angestellten erwartete, sowie die Reservierungsbestätigung für ein Zimmer im Serena-Hotel in Islamabad, einschließlich der Abholung durch ein Hotelshuttle. Der Spürhund hatte nicht vor, sich am internationalen Flughafen von Islamabad in das wimmelnde, wogende Chaos zu stürzen, um sich in irgendein altes Taxi zerren zu lassen.

Der Kurier übergab ihm außerdem den Passagierabschnitt einer Bordkarte für den Flug von Washington nach Dubai und das unbenutzte Weiterflugticket von Dubai nach »Slammy«, wie Islamabad von der Bruderschaft der Special Forces genannt wird.

Eine gründliche Durchsuchung seines Zimmers, mit der sicher zu rechnen war, würde nur ergeben, dass Mr. Priest ein ausgewiesener Auslandskorrespondent aus Washington mit gültigem Visum war, der einen nachvollziehbaren Grund für seine Anwesenheit in Pakistan hatte, und weiterhin, dass er nur wenige Tage bleiben und dann nach Hause fliegen würde.

Als Identitäten und »Legenden« ausgetauscht waren, gingen die beiden Männer einzeln zu verschiedenen Airline-Schaltern hinunter, um sich die Bordkarten für ihre Weiterflüge zu holen.

Es war kurz vor Mitternacht, und der Flug EK 612 startete um drei Uhr fünfundzwanzig. Der Spürhund schlug die Zeit in der Lounge tot und war trotzdem eine Stunde zu früh am Gate, hielt sich jedoch im Hintergrund und musterte die übrigen Passagiere. Er wusste, dass es ratsam war, niemandem aufzufallen.

Wie er vermutet hatte, waren die Economy-Passagiere überwiegend pakistanische Arbeiter, die nach den vorgeschriebenen zwei Jahren, die sie als regelrechte Zwangsarbeiter auf Baustellen verbracht hatten, nach Hause zurückkehrten. Es ist üblich, dass die Gangsterbosse des Baugewerbes dem Arbeiter bei der Ankunft den Pass abnehmen und ihn erst nach Ablauf des Zwei-Jahres-Vertrags zurückgeben.

In dieser Zeit leben die Arbeiter in primitiven Hütten ohne die nötigste Einrichtung und schuften in furchtbarer Hitze für einen Hungerlohn, den sie teilweise noch nach Hause zu schicken versuchen. Als sie sich zum Einsteigen an die Tür drängten, stieg ihm der Geruch von schalem Schweiß in die Nase, gewürzt von einer einförmigen Ernährung mit Curry. Gottlob waren Economy- und Businessclass bald voneinander getrennt, und er entspannte sich »vorn« im gepolsterten Komfort zusammen mit einigen Geschäftsleuten aus Pakistan und vom Arabischen Golf.

Der Flug dauerte etwas mehr als drei Stunden, und um sieben Uhr dreißig Ortszeit landete die Boeing 777-300 der Emirates. Durch das Bullauge der rollenden Verkehrsmaschine sah er, wie der militärische C-130-Hercules-Transporter und die präsidentiale Boeing 737 vorüberglitten.

Vor der Passkontrolle wurde er vom Gewimmel der Pakistani getrennt und stellte sich in die Schlange der Ausländer. Der neue Pass für Daniel Priest, den neben dem pakistanischen Visum nur ein paar europäische Ein- und Ausreisestempel zierten, wurde Seite für Seite sorgfältig studiert. Die routinemäßigen, höflichen Fragen waren leicht zu beantworten. Er zeigte seine Reservierungsbestätigung für das Serena-Hotel vor. Männer in zivilen Anzügen standen im Hintergrund und musterten ihn scharf.

Mit seinem Trolley kämpfte er sich durch die lärmenden,

drängenden, schiebenden Menschenmassen in der Gepäckhalle, und ihm war klar, dass hier im Vergleich zum Chaos draußen noch eine teutonische Ordnung herrschte. In Pakistan steht man nicht Schlange.

Draußen vor der letzten Halle schien die Sonne. Anscheinend waren Tausende gekommen, große Familien, um die Heimkehrer vom Golf willkommen zu heißen. Der Spürhund ließ den Blick über die Wartenden schweifen, bis er den Namen Priest auf einer Tafel sah, hochgehalten von einem jungen Mann in der Livree des Serena. Er ging auf ihn zu und wurde zu der Limousine auf dem kleinen VIP-Parkplatz rechts neben dem Terminal eskortiert.

Der Flughafen liegt auf dem ausgedehnten Gebiet des alten Rawalpindi, und wenn man das Flughafengelände verlassen hat, führt die Straße auf den Highway nach Islamabad. Da das Serena, das einzige erdbebensichere Hotel in Slammy, am Stadtrand liegt, war der Spürhund überrascht, als der Wagen in eine scharfe Kurve einbog – rechts, links und vorbei an einer Schranke, die für normale Gästeautos geschlossen sein würde, für die Limousine des Hotels aber offen stand. Über eine kurze, aber steile Rampe ging es hinauf zum Eingang.

An der Rezeption wurde er mit Namen begrüßt, und man führte ihn auf sein Zimmer. Ein Brief mit dem Logo der amerikanischen Botschaft erwartete ihn. Der Spürhund strahlte und gab dem Pagen ein Trinkgeld. Er tat, als ahnte er nicht, dass die Geheimpolizei sein Zimmer verwanzt hatte, und öffnete den Brief. Der Presseattaché der Botschaft begrüßte ihn in Pakistan und lud ihn für den Abend zum Essen in seinem Haus ein. Gerry Byrne, lautete die Unterschrift.

Von der Vermittlung des Hotels ließ er sich mit der Botschaft verbinden, verlangte Gerry Byrne zu sprechen und wechselte mit ihm die üblichen Höflichkeitsfloskeln. Ja, der Flug sei angenehm gewesen, das Zimmer sei ebenso angenehm, und er werde gern zum Essen kommen.

Gerry Byrne war ebenfalls entzückt. Er wohne in der Stadt,

in Zone F7, Straße 43. Der Weg sei kompliziert, und deshalb werde er einen Wagen schicken. Es werde unterhaltsam werden. Nur eine kleine Gruppe von Freunden, ein paar Amerikaner, ein paar Pakistani.

Beide wussten, dass noch jemand an ihrer Unterhaltung teilnahm und das Gespräch wahrscheinlich eher langweilig als unterhaltsam finden würde. Er würde an einer Konsole im Keller einer Ansammlung von Lehmziegelbauten zwischen Rasenflächen und Springbrunnen sitzen, die eher aussah wie eine Universität oder wie eine Klinik, nicht wie das Hauptquartier einer Geheimpolizei. Aber genau so sieht der Sitz des ISI an der Straße Khayaban-e-Suhrawardy aus.

Der Spürhund legte auf. So weit, so gut, dachte er. Er duschte und rasierte sich und zog frische Sachen an. Es war spät am Vormittag. Er beschloss, früh zu Mittag zu essen und ein Nickerchen zu machen, um den verlorenen Schlaf der vergangenen Nacht nachzuholen. Vor dem Lunch ließ er sich ein großes, kaltes Bier aufs Zimmer bringen und unterschrieb eine Erklärung, mit der er bestätigte, kein Muslim zu sein. Pakistan ist ein streng islamischer Staat und daher »trocken«, aber das Serena hat eine Lizenz, wenn auch nur für Gäste.

Pünktlich um sieben war der Wagen da, ein (aus gutem Grund) unauffälliger japanischer Viertürer. Von dieser Sorte waren Tausende auf den Straßen von Slammy unterwegs. Er würde keine Aufmerksamkeit erregen. Am Steuer saß ein angestellter Fahrer der Botschaft, ein Pakistani.

Der Fahrer kannte den Weg – die Atatürk Avenue hinauf, über die Jinnah Avenue hinweg und dann nach links in die Straße Nazim-ud-din. Der Spürhund kannte den Weg ebenfalls, jedoch nur, weil unter den Sachen, die ihm der Kurier aus Langley auf dem Flughafen Dubai gegeben hatte, eine Beschreibung gewesen war. Eine reine Vorsichtsmaßnahme. Seinen ISI-Beschatter hatte er schon an der nächsten Ecke hinter dem Serena entdeckt. Er folgte ihm wie ein treuer Hund an den Hochhäusern vorbei und die Marvi-Straße hinauf bis zur Straße 43.

Nichts Überraschendes also. Der Spürhund mochte keine Überraschungen, wenn er sie nicht selbst hervorrief.

Über der Haustür hing kein Schild mit der Aufschrift »Regierungseigentum«, aber es hätte genauso gut dort hängen können. Angenehm und geräumig genug, eins von einem Dutzend Häusern für Botschaftsangestellte außerhalb der Botschaft. Gerry Byrne und seine Frau Lynn begrüßten ihn und führten ihn auf eine Terrasse hinter dem Haus, wo sie ihm einen Drink anboten.

Es hätte beinahe aussehen können wie in einem amerikanischen Vorort, wenn da nicht ein paar Details gewesen wären. Jedes Haus in der Straße 43 war von einer über zwei Meter hohen Mauer mit Stahltoren in gleicher Höhe umgeben. Das Tor hatte sich ohne jede Kommunikation geöffnet, als hätte drinnen ein Beobachter gesessen. Der Wachmann trug eine schwarze Uniform, Baseballkappe und eine Pistole. Wie in einem normalen Vorort.

Ein pakistanisches Ehepaar war schon da, ein Arzt und seine Frau. Bald kamen noch andere. Ein Wagen der Botschaft fuhr auf das Grundstück, andere parkten auf der Straße. Ein Ehepaar von einer Hilfsorganisation konnte berichten, wie schwierig es sei, die religiösen Fanatiker oben in Bajaur zu überreden, die Polioschutzimpfung der einheimischen Kinder zuzulassen. Der Spürhund wusste, dass ein Mann anwesend war, dessentwegen er gekommen war, und ein anderer noch nicht erschienen war. Die übrigen Gäste waren »Tarnung«, wie das ganze Abendessen.

Der noch Fehlende kam schließlich mit seinen Eltern. Der Vater war ein offener, leutseliger Mann. Er hatte Konzessionen für den Abbau von Halbedelsteinen in Pakistan und sogar in Afghanistan und schilderte wortreich die Probleme, die seinen Geschäften durch die derzeitige Situation bereitet wurden.

Der Sohn war ungefähr fünfunddreißig und begnügte sich damit zu sagen, er sei in der Army, doch er trug Zivil. Auch über ihn war der Spürhund informiert worden.

Der zweite amerikanische Diplomat wurde als Kulturattaché Stephen Dennis vorgestellt. Eine gute Tarnung, denn es war völlig normal, dass der Presseattaché einen prominenten amerikanischen Journalisten zum Abendessen einlud und dass der Kulturattaché ebenfalls dazukam.

Der Spürhund wusste jedoch, dass es sich in Wirklichkeit um die Nummer zwei der CIA-Niederlassung handelte. Der Stationschef wurde offiziell als Nachrichtendienstoffizier geführt – mit anderen Worten, die CIA machte kein Hehl daraus, wer er war und was er tat. In jeder Botschaft auf heiklem Territorium besteht das Vergnügen darin herauszufinden, wer die »inoffiziellen« sind. Die gastgebende Regierung hat meistens ein paar Vermutungen, und ein paar davon treffen zu, aber sicher kann man nie sein. Die »Inoffiziellen« betreiben Spionage, und dazu benutzen sie meist einheimische Staatsbürger, die sich »umdrehen« ließen und bereit waren, für einen neuen Arbeitgeber tätig zu sein.

Es war ein geselliges Essen mit Wein und später auch Johnnie Walker Black Label, der im gesamten Offizierscorps – muslimisch oder nicht – das Getränk der Wahl ist. Als die Gäste sich zum Kaffee zerstreuten, nickte Steve Dennis dem Spürhund zu und schlenderte auf die Terrasse hinaus. Der Spürhund folgte ihm, und als Dritter kam der junge Pakistani.

Nach wenigen Sätzen war klar, dass er nicht nur der Army, sondern auch dem SIS angehörte. Wegen der westlichen Ausbildung, die sein Vater ihm hatte ermöglichen können, hatte man ihn ausgesucht, damit er die britische und amerikanische Gesellschaft in der Stadt infiltrierte und alles Brauchbare meldete, was ihm zu Ohren kam. Tatsächlich tat er jetzt das Gegenteil.

Steve Dennis war ihm schon nach wenigen Tagen auf die Schliche gekommen und hatte ihn angeworben. Dschawad war ein Maulwurf der CIA im ISI geworden. An ihn war das Ersuchen des Spürhunds geleitet worden. Unter einem unauffälligen Vorwand hatte er das Archiv aufgesucht und die Unterlagen über das Jahr 2002 und Mullah Omar durchsucht.

»Wer immer Ihre Quelle war, Mr. Priest«, sagte er leise, »sie hat ein gutes Gedächtnis. 2002 war tatsächlich eine geheime Delegation in Quetta zu einer Zusammenkunft mit Mullah Omar, geführt von dem damaligen Ein-Stern-General Schaukat, der inzwischen Oberbefehlshaber der gesamten Army ist.«

»Und der Junge, der Paschtu sprach?«

»Das wird nicht erwähnt, aber – ja. Es heißt nur, dass ein Major Muscharraf Ali Schah von den Panzergrenadieren zur Delegation gehörte. Bei den Sitzplatzzuweisungen im Flugzeug und für das Hotelzimmer seines Vaters in Quetta findet sich auf der Liste ein Sohn namens Zulfikar.«

Er holte einen Zettel aus der Tasche und reichte ihn herüber. Darauf stand eine Adresse in Islamabad.

»Weitere Erwähnungen des Jungen?«

»Ein paar. Ich habe noch einmal unter seinem Namen und dem seines Vaters nachgesehen. Anscheinend machte er eine schlechte Entwicklung. Es wird erwähnt, dass er sein Elternhaus verließ und in die Stammesgebiete ging, um sich Laschkar-e-Taiba anzuschließen. Wir hatten da viele Jahre lang mehrere Agenten tief im Innern. Die Rede war von einem jungen Mann, einem fanatischen Dschihadisten, der scharf darauf war, etwas zu tun. Es gelang ihm, in die Brigade 313 aufgenommen zu werden.«

Von der 313 hatte der Spürhund schon gehört. Sie war nach den 313 Kriegern benannt, die dem Propheten gegen viele hundert Feinde beigestanden hatten.

»Dann verschwand er wieder. Unsere Quellen sprechen von Gerüchten, nach denen er sich dem Hakkani-Clan angeschlossen habe. Das dürfte ihm dank seiner Paschtukenntnisse gelungen sein, denn etwas anderes sprechen die nicht. Aber wo? Irgendwo in einem der Stammesgebiete, in Nord- oder Südwasiristan oder in Bajaur. Danach nichts mehr. Stille. Schluss mit Ali Schah.«

Andere kamen zu ihnen auf die Terrasse. Der Spürhund steckte den Zettel ein und bedankte sich bei Dschawad. Eine Stunde später brachte ihn der Botschaftswagen zurück ins Serena.

In seinem Zimmer überprüfte er die drei oder vier kleinen Hinweisgeber, die er ausgelegt hatte: Haare, die er mit Speichel über Schubladen und das Schloss seines Trolleys geklebt hatte. Sie waren weg. Sein Zimmer war durchsucht worden.

FÜNF

Der Spürhund hatte einen Namen und eine Adresse sowie einen Stadtplan von Islamabad, den er von dem abreisenden John Smith in der Transitlounge in Dubai bekommen hatte. Er war sicher, dass er wieder verfolgt werden würde, wenn er am nächsten Morgen das Hotel verließ. Bevor er sich schlafen legte, ging er noch zur Rezeption und bestellte ein Taxi für den nächsten Morgen. Die Rezeptionistin fragte, wohin er damit fahren wolle.

»Ach, nur eine allgemeine Rundfahrt zu den wichtigen Sehenswürdigkeiten der Stadt«, sagte er.

Am nächsten Morgen um acht erwartete ihn das Taxi. Er begrüßte den Fahrer mit dem üblichen liebenswürdigen Strahlen des »harmlosen amerikanischen Touristen«, und sie fuhren los.

»Ich werde Ihre Hilfe brauchen, mein Freund«, sagte er vertraulich und lehnte sich über den Vordersitz nach vorn. »Was empfehlen Sie mir?«

Das Taxi fuhr die Constitution Avenue hinauf, vorbei an den Botschaften Frankreichs und Japans. Der Spürhund, der sich den Stadtplan eingeprägt hatte, nickte begeistert, als ihm das Oberste Gericht, die Nationalbibliothek, der Sitz des Präsidenten und das Parlament gezeigt wurden. Er machte sich Notizen. Außerdem warf er mehrmals einen Blick zurück durch das Heckfenster. Da war kein Verfolger. Das war auch nicht nötig. Der ISI-Mann saß am Steuer.

Es war eine lange Rundfahrt mit nur zwei Pausen. Der Taxifahrer brachte ihn zum Vordereingang der wahrhaft eindrucksvollen Faisal-Moschee. Der Spürhund fragte, ob das Fotografieren erlaubt sei, und als der Fahrer bejahte, machte er ein Dutzend Fotos durch das Autofenster.

Sie fuhren durch die Blaue Zone mit ihren eleganten Einkaufsstraßen, und ihr erster Halt war das Schneidergeschäft namens British Suiting.

Der Spürhund hatte dem Fahrer erzählt, ein Freund habe erwähnt, er habe sich hier in nur zwei Tagen einen ausgezeichneten Maßanzug nähen lassen. Das könne man, hatte der Fahrer bestätigt und sah nun seinem amerikanischen Kunden nach, als der im Geschäft verschwand.

Die Angestellten waren aufmerksam und beflissen. Der Spürhund entschied sich für ein feines Wollkammgarn, dunkelblau mit schmalen Nadelstreifen. Man gratulierte ihm wärmstens zu seinem guten Geschmack, und er strahlte. Das Maßnehmen dauerte nur fünfzehn Minuten, und man bat ihn, am nächsten Tag zur ersten Anprobe wiederzukommen. Er hinterließ eine Anzahlung in bar, und die Dollar wurden mit Freude entgegengenommen. Bevor er ging, fragte er, ob er die Toilette benutzen dürfe.

Sie lag erwartungsgemäß hinten im Geschäft hinter den gestapelten Rollen der Anzugstoffe. Neben der Toilette war eine zweite Tür. Als der Angestellte, der ihn begleitet hatte, verschwunden war, stieß der Spürhund sie auf. Sie führte in den Durchgang hinter dem Haus. Er schloss sie wieder, benutzte die Toilette und kehrte nach vorn zurück. Er wurde zum wartenden Taxi hinausbegleitet.

Er hatte es zwar nicht gesehen, konnte jedoch vermuten, dass der Fahrer den Kopf zur Ladentür hereingestreckt hatte, um nachzusehen, als sein Fahrgast auf der Toilette gewesen war. Die Angestellten hatten ihm gesagt, er sei »nach hinten« gegangen. Dort lagen auch die Anproberäume. Der Fahrer hatte genickt und war zum Auto zurückgekehrt.

Der zweite und letzte Halt fand auf dem Kohsar-Markt statt. Der Spürhund äußerte den Wunsch nach einem Vormittagskaffee, und der Fahrer schickte ihn in einen »Gloria Jeans«-Coffeeshop. Nach dem Kaffee kaufte er bei AM Grocers ein paar britische Schokoladenkekse und sagte dem Fahrer, sie könnten jetzt wieder ins Serena zurückfahren.

Dort angekommen, gab er dem Taxifahrer ein hübsches Trinkgeld, das sicher nicht in der ISI-Kasse, sondern in der Tasche des Mannes landen würde. Innerhalb von einer Stunde würde ein umfassender Bericht vorliegen, und British Suiting würde einen Anruf erhalten. Nur zur Kontrolle.

Oben in seinem Zimmer verfasste er einen Artikel für die *Washington Post* und schickte ihn ab. Er trug den Titel »Eine morgendliche Rundfahrt durch das faszinierende Islamabad«, war grenzenlos langweilig und würde niemals das Tageslicht erblicken.

Er hatte keinen Laptop mitgebracht, denn er wollte nicht, dass eine ihm gehörende Festplatte ausgebaut und analysiert wurde. Stattdessen benutzte er den Computerraum des Serena. Tatsächlich wurde seine Sendung abgefangen und gelesen, und zwar von demselben im Keller operierenden Beamten, der auch den Brief des Presseattachés kopiert und abgeheftet hatte.

Zu Mittag aß er im Restaurant des Hotels, dann informierte er die Rezeption, er werde einen Spaziergang machen. Als er hinausging, stemmte sich ein ziemlich rundlicher Mann, zehn Jahre jünger als er, aber mit einer Neigung zur Fettleibigkeit, aus einem Sofa in der Lobby, drückte seine Zigarette aus, faltete seine Zeitung zusammen und folgte ihm.

Der Spürhund mochte der Ältere sein, doch er war ein Marine und trieb gern Power Walking. Nach zwei langen Alleen musste der Verfolger joggen, um mitzukommen, pustend, keuchend und schweißgebadet. Als er den Spürhund schließlich doch aus den Augen verlor, dachte er an den Bericht vom Vormittag. Bei seinem zweiten Ausflug an diesem Tag wollte der Amerikaner sicher noch einmal zu British Suiting. Der Geheimpolizist ging in dieselbe Richtung. Er war besorgt. Er hatte unnachsichtige Vorgesetzte, an die er denken musste.

Als er den Kopf durch die Tür des Schneidergeschäfts streckte, verflogen seine Sorgen. Ja, der Amerikaner war tatsächlich da, aber er war »nach hinten gegangen«. Der Verfolger lungerte vor dem Mobilink-Gebäude herum, fand einen einladenden

Eingang, lehnte sich dort an die Wand, faltete die Zeitung auseinander und zündete sich eine Zigarette an.

Tatsächlich hatte der Spürhund nicht eine Minute hinten verbracht. Nach der Begrüßung hatte er mit verlegenem Getue erklärt, er habe sich den Magen verdorben, und ob er wohl noch einmal die Toilette benutzen dürfe. Ja, er kenne den Weg schon.

Ein *feringhee* mit einem verdorbenen Magen ist so vorhersehbar wie der Sonnenaufgang. Er schlüpfte zur Hintertür hinaus, lief durch den Hinterhofdurchgang und hinaus auf eine Hauptstraße. Ein vorbeifahrendes Taxi sah ihn winken und hielt am Straßenrand. Diesmal war es ein echtes Taxi, und am Steuer saß ein einfacher pakistanischer Fahrer, der seinen Lebensunterhalt verdienen musste. Mit Ausländern kann man immer die lange, landschaftlich schönere Strecke fahren, ohne dass sie es merken, und Dollars sind Dollars.

Der Spürhund wusste, dass er einen Umweg nahm, aber er wollte kein Aufsehen erregen. Einige Zeit später bezahlte er für eine Fünf-Dollar-Strecke mit einem Zwanziger und wurde an einer Straßenkreuzung in der Rosa Zone am Rand von Rawalpindi abgesetzt, wo die Offiziershäuser stehen. Als das Taxi verschwunden war, legte er die letzten zweihundert Meter zu Fuß zurück.

Das kleine Haus war bescheiden, adrett, aber kaum großzügig. Auf dem Namensschild stand in Englisch und Urdu: *Col. M.A. Schah*. Er wusste, bei der Army fing man früh an und machte früh Feierabend. Auf sein Klopfen hörte er ein Schlurfen, und die Tür öffnete sich eine Handbreit. Drinnen war es dunkel, ein dunkles Gesicht, verhärmt, aber früher einmal schön. Mrs. Schah? Kein Hausmädchen, kein wohlhabender Haushalt.

»Guten Tag, Ma'am. Ich möchte mit Colonel Ali Schah sprechen. Ist er da?«

Drinnen rief eine Männerstimme etwas auf Urdu. Sie drehte sich um und antwortete. Die Tür öffnete sich weit, und ein Mann mittleren Alters erschien. Sauber geschnittenes Haar, ein gestutzter Schnurrbart, glatt rasiert, sehr militärisch. Er trug keine Uniform, sondern zivile Freizeitkleidung, und trotzdem strahlte er Aufgeblasenheit aus. Doch seine Überraschung angesichts eines Amerikaners im dunklen Anzug war echt.

»Guten Tag, Sir. Habe ich die Ehre, mit Colonel Ali Schah zu sprechen?«

Er war nur Lieutenant Colonel, aber er würde nicht widersprechen. Und die Formulierung der Frage konnte nicht schaden.

»Ja, allerdings.«

»Heute ist mein Glückstag, Sir. Ich hätte ja angerufen, nur hatte ich Ihre Privatnummer nicht. Ich hoffe, ich komme nicht in einem ungünstigen Augenblick.«

»Na ja, äh, nein, aber was …«

»Tatsache ist, Colonel, mein guter Freund General Schaukat hat mir gestern Abend beim Essen erzählt, Sie seien der Mann, mit dem ich über mein Anliegen reden müsse. Könnten wir …?«

Der Spürhund deutete ins Haus, und der verwirrte Offizier trat zurück und hielt die Tür auf. Er hätte bebend salutiert und sich mit dem Rücken an die Wand gedrückt, wenn der Oberkommandierende vorbeimarschiert wäre. Kein Geringerer als General Schaukat, und er und der Amerikaner aßen zusammen.

»Natürlich, natürlich. Wo sind nur meine Manieren? Treten Sie ein.«

Er ging voraus in ein bescheiden eingerichtetes Wohnzimmer. Seine Frau stand unschlüssig abseits. »Chai!«, kläffte der Colonel, und sie hastete hinaus, um den Tee aufzubrühen, die rituelle Begrüßung für geehrte Gäste.

Der Spürhund überreichte seine Karte mit dem Namen Dan Priest, leitender Redakteur der *Washington Post*.

»Sir, mein Chefredakteur hat mich beauftragt, mit dem vollen Einverständnis Ihrer Regierung, ein Porträt Mullah Omars zu schreiben. Wie Sie wissen werden, ist er noch nach all den Jahren eine sehr zurückgezogen lebende Gestalt, über die man wenig weiß. Der General hat mich annehmen lassen, Sie hätten ihn kennengelernt und mit ihm gesprochen.«

»Tja, ich weiß nicht, ob …«

»Oh, kommen Sie, Sie sind zu bescheiden. Mein Freund sagt, Sie hätten ihn vor zwölf Jahren nach Quetta begleitet und dort eine entscheidende Rolle in den bilateralen Gesprächen gespielt.«

Lieutenant Colonel Ali Schah richtete sich immer höher auf, als der Amerikaner ihn mit Komplimenten überschüttete. General Schaukat hatte ihn also doch bemerkt. Er legte die Fingerspitzen aneinander und bekannte, er habe tatsächlich mit dem einäugigen Talibanführer gesprochen.

Der Tee kam. Als Mrs. Ali Schah ihn servierte, bemerkte der Spürhund, dass sie ganz außergewöhnliche jadegrüne Augen hatte. Von so etwas hatte er schon gehört. Das gab es bei den Bergbewohnern der Stämme entlang der Durand-Linie, der wilden Grenze zwischen Afghanistan und Pakistan.

Vor 2300 Jahren, hieß es, war Alexander der Große, Iskandar von Makedonien, der junge Gott vom Morgen der Welt, durch diese Berge gezogen, nachdem er das Perserreich zerschlagen hatte und als Nächstes Indien erobern wollte. Aber seine Männer waren müde, erschöpft von seinen unablässigen Feldzügen, und auf dem Rückmarsch vom Indusfeldzug desertierten sie in Scharen. Wenn sie nicht zu den Hügeln Makedoniens zurückkehren könnten, wollten sie sich in diesen Bergen und Tälern niederlassen, sich Bräute nehmen, gutes Ackerland bebauen und nicht mehr kämpfen und marschieren.

Die Augen des kleinen Mädchens, das sich in dem Dorf Qala-e-Zai hinter Mahmud Guls Gewand versteckt hatte, waren leuchtend blau gewesen, nicht braun wie die der Pandschabis. Und der verlorene Sohn?

Der Tee war noch nicht getrunken, als das Gespräch zu Ende war. Er hatte nicht gedacht, dass es so abrupt geschehen würde. »Ich glaube, Colonel, Sie wurden damals von Ihrem Sohn begleitet, der Paschtu spricht.«

Der Armeeoffizier sprang aus seinem Sessel und stand kerzengerade da. Er war offensichtlich empört, und zwar zutiefst.

»Sie irren sich, Mr. Priest. Ich habe keinen Sohn.«

Der Spürhund erhob sich ebenfalls und stellte betreten seine Tasse ab.

»Aber man hat mir gesagt ... ein junger Bursche namens Zulfikar ...«

Der Colonel stakste zum Fenster, verschränkte die Hände auf dem Rücken und starrte hinaus. Er zitterte vor unterdrücktem Zorn, doch der Spürhund konnte nicht erkennen, auf wen – auf den Gast oder auf seinen Sohn.

»Ich wiederhole, Sir, ich habe keinen Sohn. Und ich fürchte, ich kann Ihnen nicht weiterhelfen.«

Das Schweigen war eisig. Offensichtlich war es eine Aufforderung an den Amerikaner zu gehen. Er warf einen Blick zu der Ehefrau des Colonels hinüber.

Die jadegrünen Augen schwammen in Tränen. Hier lag offensichtlich ein Familientrauma vor, und zwar schon seit Jahren.

Mit ein paar ungeschickten Entschuldigungen zog der Spürhund sich zur Tür zurück. Die Frau begleitete ihn. Als sie ihm die Tür aufhielt, sagte er leise: »Sorry, Lady, wirklich sorry.«

Es war klar, dass sie kein Englisch sprach und wahrscheinlich auch kein Arabisch. Aber das Wort »sorry« ist international ziemlich gebräuchlich, und vielleicht kannte sie es. Sie schaute ihn mit Tränen in den Augen an, sah sein Mitgefühl und nickte. Dann war er draußen, und die Tür schloss sich.

Er musste eine halbe Meile weit gehen, bis er zur Airport Road kam. Dort fand er ein Taxi, das ihn in die Stadt brachte. Von seinem Hotelzimmer aus rief er den Kulturattaché an. Falls der Anruf abgehört wurde – was sicher der Fall war –, machte das nichts.

»Hi, hier ist Dan Priest. Ich wollte nachfragen, ob Sie das Material zur traditionellen Musik des Pandschab und der Stammesgebiete inzwischen auftreiben konnten.«

»Allerdings«, sagte der CIA-Mann.

»Prima. Ich kann einen guten Artikel daraus machen. Könnten Sie es mir ins Serena bringen? Wir trinken einen Tee in der Lounge.«

»Warum nicht, Dan? Passt es Ihnen um sieben?«

»Ausgezeichnet. Bis dann.«

Beim Tee erklärte der Spürhund, was er für den nächsten Tag brauchte. Dann wäre Freitag, und der Colonel würde zum Gebet des muslimischen heiligen Tages in die Moschee gehen. Er würde nicht wagen, es zu versäumen. Aber begleitende Ehefrauen waren nicht erforderlich. Das hier war nicht Camp Lejeune.

Als der CIA-Mann gegangen war, ließ der Spürhund sich vom Concierge einen Platz für den Abendflug der Qatar Airways nach Katar reservieren, mit Anschluss an die British-Airways-Maschine nach London.

Am nächsten Morgen, als er die Rechnung bezahlte und mit seinem Trolley das Hotel verließ, war der Wagen da. Ein unauffälliges Fahrzeug, wie üblich, aber mit einem CD-Kennzeichen, sodass man nicht eindringen und die Insassen behelligen durfte.

Am Steuer saß ein weißer, grauhaariger Amerikaner mittleren Alters, ein erfahrener Botschaftsangestellter, der lange genug in dieser Stadt herumkutschiert war, um sie bestens zu kennen. Bei ihm war ein junger Nachwuchsmitarbeiter des Außenministeriums, der in der Heimat in einem Sprachkurs Paschtu als Spezialfach gewählt und gelernt hatte. Der Spürhund setzte sich nach hinten und gab die Adresse an. Sie fuhren die Rampe vor dem Serena Hotel hinunter, und ihr ISI-Beschatter schloss sich an.

Am Ende der Straße, in der Lieutenant Colonel Ali Schahs Haus stand, hielten sie an und warteten, bis jeder männliche Bewohner der Straße sich auf den Weg zum Freitagsgebet in die Moschee gemacht hatte. Erst dann ließ der Spürhund sich zum Haus fahren.

Wieder war es Mrs. Schah, die ihm öffnete. Sie geriet sofort in Aufregung und erklärte auf Paschtu, ihr Mann sei nicht da. Er komme erst in einer Stunde zurück, vielleicht später. Der Mann von der Botschaft antwortete, der Colonel habe sie gebeten, auf ihn zu warten. Sie war verunsichert, weil er ihr keine entsprechenden Anweisungen gegeben hatte, aber sie ließ sie trotzdem eintreten und führte sie ins Wohnzimmer. Verlegen wartete sie dort, ohne sich zu setzen oder hinauszugehen. Der Spürhund deutete auf den Sessel, der ihm gegenüberstand.

»Bitte, Mrs. Schah, erschrecken Sie nicht, mich wiederzusehen. Ich möchte mich wegen gestern entschuldigen. Ich wollte Ihren Mann nicht kränken. Ich habe ein kleines Geschenk mitgebracht, um meinem Bedauern Ausdruck zu geben.«

Er stellte eine Flasche Black Label auf den Kaffeetisch. Sie hatte auf seinen Wunsch im Wagen gelegen. Die Frau lächelte nervös, als der Übersetzer ihr alles erklärte, und nahm dann Platz.

»Ich hatte keine Ahnung von einem Bruch zwischen Vater und Sohn«, sagte der Spürhund. »Was für eine Tragödie. Man hatte mir gesagt, Ihr Junge – Zulfikar, nicht wahr? – sei so begabt, und er spreche Englisch wie auch Urdu und Paschtu, was er natürlich von Ihnen gelernt hat, oder?«

Sie nickte, und wieder stiegen ihr die Tränen in die Augen.

»Sagen Sie, haben Sie nicht irgendwo ein Bild von Zulfikar? Und sei es als kleiner Junge?«

Zwei dicke Träne liefen ihr über die Wangen. Keine Mutter vergisst den schönen kleinen Jungen, den sie einmal auf dem Schoß gehalten hat. Sie nickte langsam.

»Darf ich es sehen … bitte?«

Sie stand auf und ging hinaus. Irgendwo hatte sie ein Geheimversteck, wo sie ihrem Mann zum Trotz ein Foto des verlorenen Sohnes aufbewahrte. Als sie zurückkam, hielt sie einen ledernen Bilderrahmen in der Hand.

Es war ein Examensfoto. Zwei Jungen im Teenageralter grinsten vergnügt in die Kamera. Das Foto stammte aus den Tagen vor seiner Bekehrung zum Dschihad, aus der Zeit des sorglosen Schulabschlusses mit zusammengerollter Diplomurkunde und einer harmlosen Freundschaft. Der Spürhund brauchte nicht zu fragen, welcher von beiden der Sohn war. Der linke Junge hatte bernsteinhell leuchtende Augen. Er gab ihr das Foto zurück.

»Joe«, sagte er leise, »rufen Sie den Fahrer mit Ihrem Handy an. Er soll an die Tür klopfen.«

»Aber er wartet doch draußen.«

»Tun Sie, was ich sage.«

Der Mitarbeiter gehorchte. Mrs. Schah verstand nicht, was er sagte. Ein paar Sekunden später klopfte es hart an die Tür, und die Frau erschrak. Das war nicht ihr Mann. Es war zu früh, und außerdem würde er nicht anklopfen. Anderen Besuch erwartete sie nicht. Sie stand auf, sah sich hilflos um, zog eine Schublade der Anrichte an der Wand auf und legte das Foto hinein. Wieder klopfte es. Sie ging hinaus.

In zwei Schritten war der Spürhund bei der Schublade. Er nahm das Bild heraus und fotografierte es zweimal mit seinem iPhone. Als Mrs. Schah mit dem verwirrten Fahrer zurückkam, saß ihr älterer Gast wieder im Sessel, und der jüngere stand mit fragendem Blick daneben. Der Spürhund stand freundlich lächelnd auf.

»Ah, ich sehe, es ist Zeit zu gehen. Ich muss zum Flughafen. Es tut mir so leid, dass ich Ihren Mann verpasst habe. Bitte richten Sie ihm meine besten Grüße und mein Bedauern darüber aus, dass ich ihn gekränkt habe.«

Das alles wurde übersetzt, und sie verließen das Haus. Als sie weg waren, holte Mrs. Schah ihr kostbares Foto aus der Schublade und brachte es wieder in sein Versteck.

Auf der Fahrt zum Flughafen vergrößerte der Spürhund das Foto auf dem Display und betrachtete es. Er war nicht grausam, und es gefiel ihm nicht, die ehemals schöne Frau mit den jadegrünen Augen zu hintergehen. Aber wie sollte man einer Mutter, die immer noch um ihr verlorenes Kind weint, klarmachen, dass man das Monster, das aus ihm geworden ist, jagen und zur Strecke bringen wird?

Vierundzwanzig Stunden später landete er in Washington.

Der Spürhund kauerte in der Enge des Dachbodens in dem kleinen Haus in Centreville und starrte auf den Monitor. Neben ihm saß Ariel an seinem Keyboard wie ein Pianist vor seinem Konzertflügel. Er hatte alles unter Kontrolle. Mit der Ausrüstung, die TOSA ihm geschenkt hatte, gehörte ihm die ganze Welt.

Seine Finger huschten über die Tasten, und Bilder kamen und gingen, während er erklärte, was er getan hatte.

»Der Internetverkehr des Trolls kommt von hier«, sagte er.

Die Bilder stammten von Google Earth, aber irgendwie hatte er sie verbessert. Aus dem All stürzte der Betrachter senkrecht zur Erde wie der tollkühne Himmelsstürmer Felix Baumgartner. Die Arabische Halbinsel und das Horn von Afrika füllten den Bildschirm aus und schienen dann an seinen Ohren vorbeizurauschen, als es in rasendem Tempo abwärtsging. Schließlich stoppte der irrwitzige Sturzflug, und er schaute auf ein Dach: viereckig und hellgrau. Ein Hof schien da zu sein, ein Tor. Im Hof parkten zwei Lieferwagen.

»Der Prediger ist nicht im Jemen, wie Sie vielleicht dachten, sondern in Somalia. Das hier ist Kismaju. An der Küste am südlichen Ende des Landes«, sagte Ariel.

Der Spürhund betrachtete das Bild fasziniert. Alle hatten sich geirrt – CIA, TOSA, Anti-Terror –, als sie annahmen, dass ihre Zielperson von Pakistan in den Jemen gewandert sei. Wahrscheinlich war er dort gewesen, aber er war weitergezogen und hatte nicht bei al-Qaida auf der Arabischen Halbinsel Zuflucht gesucht, sondern bei den Fanatikern von AQHA: al-Qaida am Horn von Afrika, ehemals al-Schabaab, die die Südhälfte von Somalia beherrschte, eine der wildesten Gegenden der Welt.

Jetzt gab es eine Menge zu recherchieren. Soweit er wusste, war Somalia außerhalb der gesicherten Enklave der Scheinhauptstadt Mogadischu buchstäblich Sperrgebiet seit dem als »Blackhawk Down« bekannten Zwischenfall, bei dem achtzehn Ranger abgeschlachtet worden waren. Dieses Ereignis hatte sich in das amerikanische Militärgedächtnis unauslöschlich eingebrannt, und zwar nicht auf angenehme Weise.

Wenn Somalia überhaupt für etwas berühmt war, dann für die Piraten, die seit zehn Jahren vor der Küste Schiffe kaperten und sie mitsamt Ladung und Besatzung gegen millionenschweres Lösegeld zurückgaben. Aber die Piraten waren im Norden, in Puntland, einer weiten, trostlosen Wildnis, bevölkert von Clans und Stämmen, die der viktorianische Forscher Sir Richard Burton einst als die wildesten Menschen der Welt bezeichnet hatte.

Kismaju lag tief im Süden, zweihundert Meilen weit nördlich der kenianischen Grenze. Zu Kolonialzeiten war es ein blühendes italienisches Handelszentrum gewesen, doch jetzt war es ein gärender Slum, beherrscht von fanatischen Dschihadisten, extremer als alle anderen im Islam.

»Weißt du, was für ein Gebäude das ist?«, fragte er Ariel.

»Nein. Ein Lagerhaus, ein großer Schuppen, was weiß ich. Aber da betreibt der Troll den Fanklub. Da steht sein Computer.«

»Weiß er, dass du es weißt?«

Der junge Mann lächelte leise.

»O nein. Er hat mich nicht entdeckt. Er betreibt immer noch den Fanklub. Er hätte längst abgeschaltet, wenn er wüsste, dass ich ihn beobachte.«

Der Spürhund zog sich rückwärts aus der Dachkammer zurück und stieg die Leiter zum Treppenabsatz hinunter. Er würde das alles an TOSA übertragen lassen. Innerhalb weniger Tage würde er ein UAV, ein »Unmanned Aerial Vehicle«, landläufig »Drohne« genannt, lautlos und unsichtbar über diesem Schuppen kreisen lassen, wo es ihn beobachtete, auf jedes Raunen im Cyberspace lauschte, Bewegung und Körperwärme verzeichnete und das Kommen und Gehen fotografierte. Alles, was die Drohne registrierte, würde sie in Echtzeit an die Monitore auf dem Stützpunkt Creech in Nevada oder nach Tampa, Florida, senden, und von dort würde es an TOSA weitergeleitet werden. Einstweilen hatte er mit dem, was er aus Islamabad mitgebracht hatte, eine Menge zu tun.

Stundenlang betrachtete der Spürhund das Foto des Bildes, das Mrs. Ali Schah so kostbar war. Er hatte es im Labor bearbeiten lassen, bis es messerscharf war. Er schaute die beiden lächelnden Gesichter an und fragte sich, wo sie jetzt sein mochten. Der Junge rechts war ihm gleichgültig. Es war der Junge mit den Bernsteinaugen, dessen Gesicht er studierte, wie General Montgomery im Zweiten Weltkrieg das Gesicht Rommels studiert hatte, des deutschen Wüstenfuchses, um sich vorzustellen, was der als Nächstes tun würde.

Der Junge auf dem Foto war siebzehn. Das war vor seiner Bekehrung zum Ultradschihadismus, vor Nine/Eleven, vor Quetta, bevor er seine Familie verlassen und sich den Mördern von Laschkar-e-Taiba, der Brigade 313 und des Hakkani-Clans angeschlossen hatte.

Seine Erfahrungen, der Hass und die Morde, die er unweigerlich mit angesehen haben musste, das harte Leben im Bergland der Stammesgebiete – das alles hatte das Gesicht des lachenden Jungen sicher altern lassen.

Der Spürhund schickte ein klares Bild des maskierten Predigers und die linke Hälfte des Bildes aus Islamabad an eine hoch spezialisierte Einheit. Beim Criminal Justice Information Service, dem »Strafrechtlichen Informationsdienst« des FBI in Clarksburg, West Virginia, gibt es ein Speziallabor für das Altern von Gesichtern.

Er bat sie, ihm ein Gesicht zu schicken – das Gesicht von heute. Dann ging er zu Gray Fox.

Der TOSA-Direktor betrachtete beifällig das Material. Endlich hatten sie einen Namen. Bald würden sie auch ein Gesicht haben. Sie hatten ein Land, und vielleicht sogar eine Stadt.

»Glauben Sie, er wohnt da, in diesem Lagerhaus in Kismaju?«

»Das bezweifle ich. Er bemüht sich in einem paranoiden Maß um Unsichtbarkeit. Ich wette, er wohnt anderswo, zeichnet seine Predigten mit dem Camcorder vor einem bettlakengroßen Hintergrund mit den Koranversen auf, die wir auf dem

Monitor sehen, und lässt sie von seinem Assistenten, den wir Troll nennen, abholen und von Kismaju aus ins Netz stellen. Er sitzt noch nicht in der Falle. Noch lange nicht.«

»Und was jetzt?«

»Ich brauche ein UAV über diesem Schuppen, und zwar im Dauereinsatz. Ich würde einen Tiefflugeinsatz beantragen, um das Gebäude von der Seite fotografieren zu lassen und zu sehen, ob ein Firmenname an der Wand steht, nur wäre das sicher Zeitverschwendung. Trotzdem muss ich herausfinden, wem der Bau gehört.«

Gray Fox studierte das Bild aus dem All. Es war schon ziemlich scharf, aber mit militärischer Technologie würde man aus fünfzigtausend Fuß Höhe die Nieten im Dach zählen können.

»Ich rede mit den Drohnenleuten. Sie haben Startplätze in Kenia im Süden, in Äthiopien im Westen und in Dschibuti im Norden, und die CIA hat eine sehr geheime Einheit in der Enklave von Mogadischu. Sie kriegen Ihre Fotos. Da Sie jetzt sein Gesicht haben, das er so gern versteckt, und seinen Namen – werden Sie seine Deckung auffliegen lassen?«

»Noch nicht. Ich habe noch eine Idee.«

»Wie Sie wollen, Spürhund. Also legen Sie los.«

»Eins noch. Ich könnte selbst fragen, doch das Gewicht des J-SOC im Hintergrund wäre hilfreich. Hat die CIA oder sonst jemand einen Geheimagenten in Südsomalia versteckt?«

Eine Woche später geschahen vier Dinge. Der Spürhund hatte die Zeit genutzt, um sich in die tragische Geschichte Somalias zu vertiefen. Früher waren es drei Länder gewesen. Französisch-Somaliland oben im Norden war heute Dschibuti. Es stand immer noch unter starkem französischem Einfluss und hatte eine Garnison der Fremdenlegion und einen großen US-Stützpunkt, dessen Pachtzahlungen für die Wirtschaft unentbehrlich waren. Das ehemalige Britisch-Somaliland, ebenfalls im Norden, hieß jetzt nur noch Somaliland – still, friedlich, sogar mit demokratischer Verfassung, aber bizarrerweise als Nationalstaat nicht anerkannt.

Den größten Teil bildete das frühere Italienisch-Somaliland, nach dem Zweiten Weltkrieg konfisziert, eine Zeit lang von den Briten verwaltet und schließlich in die Unabhängigkeit entlassen. Nach ein paar Jahren unter der üblichen Diktatur war die einstmals blühende und elegante Kolonie, in der reiche Italiener Urlaub zu machen pflegten, im Bürgerkrieg versunken. Clan kämpfte gegen Clan, Stamm gegen Stamm, und Warlord um Warlord strebte nach der Oberherrschaft. Als Mogadischu und Kismaju schließlich in ein Meer von Schutt verwandelt waren, hatte die Welt ringsum aufgegeben.

Die traurige Berühmtheit war noch einmal zurückgekehrt, als sich die bettelarm gewordenen Fischer im Norden der Piraterie und der Süden dem islamischen Fanatismus zuwandten. Al-Schabaab war entstanden, nicht als Ableger von al-Qaida, sondern als Bündnispartner, und hatte den gesamten Süden erobert. Mogadischu blieb dem Namen nach die zerbrechliche Hauptstadt eines auf fremde Hilfszahlungen angewiesenen, korrupten Regimes, eine Enklave, deren Grenzen von einer bunt zusammengewürfelten Armee aus Kenianern, Äthiopiern, Ugandern und Burundiern gesichert wurden.

Innerhalb des bewaffneten Rings floss ausländisches Geld in Hilfsprojekte, und diverse Geheimagenten schlichen umher und taten, als wären sie etwas anderes.

Während der Spürhund, das Kinn auf die Hand gestützt, in seinen Büchern las oder die Bilder auf dem Plasmabildschirm in seinem Büro betrachtete, ging eine RQ-4 Global Hawk über Kismaju in Stellung. Keine waffentragende Drohne, denn das verlangte der Einsatz nicht. Hier brauchte man die HALE-Version – »High Altitude, Long Endurance« – für große Höhen und lange Flugzeiten.

Sie kam aus der nahe gelegenen Anlage in Kenia, wo ein paar amerikanische Soldaten und Techniker in der tropischen Hitze schmorten, auf dem Luftweg versorgt wurden und in klimatisierten Wohncontainern lebten wie eine Filmcrew am Drehort. Sie hatten vier Global Hawks, und zwei waren jetzt in der Luft.

Die eine war schon oben gewesen, als die neue Anfrage eingegangen war. Sie beobachtete die kenianisch-somalische Grenze und die Küstengewässer, damit Raubzüge und Grenzverletzungen verhindert werden konnten. Der neue Auftrag bestand darin, über einem ehemaligen Gewerbegebiet in Kismaju zu kreisen und ein Gebäude zu beobachten. Die Hawks würden einander ablösen müssen, und so waren jetzt alle vier einsatzbereit.

Die Global Hawk erreicht die außergewöhnliche Flugdauer von fünfunddreißig Stunden. So nah an ihrem Stützpunkt konnte sie dreißig Stunden lang über dem Zielobjekt kreisen. Aus sechzigtausend Fuß Höhe, fast doppelt so hoch wie ein Verkehrsflugzeug, konnte sie bis zu vierzigtausend Quadratmeilen am Tag erfassen, und wenn sie ihren Beobachtungsradius auf vier Quadratmeilen eingrenzte, konnte sie auf eine kristallscharfe Darstellung hinunterzoomen.

Die Hawk über Kismaju war mit einem Synthetic Aperture Radar sowie mit elektrooptischen und Infrarotobjektiven ausgerüstet, sodass sie bei Tag und Nacht, bei klarem und bewölktem Himmel einsetzbar war. Außerdem konnte sie noch den leisesten Funkverkehr von niedrigster Stärke »hören« und die Veränderungen von Wärmezentren »wittern«, wo Menschen sich unter ihm bewegten. Sämtliche gesammelten Erkenntnisse waren in Sekundenbruchteilen in Nevada.

Das zweite Ereignis waren die bearbeiteten Bilder aus Clarksburg. Die Techniker dort hatten bemerkt, dass sich bei den Fernsehbildern des vermummten Mannes der Stoff des Kopftuchs unter dem Gesicht leicht wölbte. Möglicherweise, vermuteten sie, verbarg sich dort ein Vollbart. Also hatten sie zwei Bilder geschickt, eins mit, eins ohne Bart.

Sie hatten die Querfalten auf der Stirn und die Falten an den Augen, an denen sie sich orientieren konnten, und so sah das aufbereitete Gesicht viel älter aus. Und hart. Mund und Kiefer hatten grausame Züge. Das weiche, vergnügte Jungengesicht war nicht mehr da.

Der Spürhund hatte die neuen Fotos kaum zu Ende betrachtet, als eine Nachricht von Ariel kam.

»Da steht anscheinend ein zweiter Computer in dem Schuppen«, sagte er. »Aber von dem kommen die Predigten nicht. Wer immer daran sitzt – und ich glaube, es ist der Troll –, hat dankend etwas quittiert. Was es war, kann ich nicht sagen. Aber jemand kommuniziert per E-Mail mit diesem Schuppen.«

Als Nächstes kam Gray Fox zurück. Absolute Fehlanzeige. Niemand hatte einen Maulwurf bei den Schabaab.

»Die Message lautet anscheinend: Wenn du in dieses Höllenloch gehen willst, bist du auf dich allein gestellt.«

SECHS

Er hätte in Islamabad daran denken sollen, und im Geiste ohrfeigte er sich selbst für dieses Versäumnis. Dschawad, der CIA-Maulwurf bei ISI, hatte ihm erzählt, der junge Zulfikar Ali Schah sei von allen Radarschirmen verschwunden, nachdem er im Jahr 2004 bei Laschkar-e-Taiba, der Kaschmir-feindlichen Terrorgruppe, eingetreten war.

Seitdem – nichts mehr. Das heißt, nichts unter diesem Namen. Aber als er in seinem Büro in dieses Gesicht schaute, kam ihm ein neuer Gedanke. Er bat die CIA, sich noch einmal mit Dschawad in Verbindung zu setzen und ihm eine einfache Frage zu stellen: Hatte einer ihrer Agenten innerhalb der diversen Terrorgruppen entlang dieser tödlichen Grenze je etwas von einem Terroristen mit bernsteinfarbenen Augen gehört?

Einstweilen hatte er noch einen Besuch abzustatten, und zwar mit demselben Anliegen, mit dem er sich vergebens an Langley gewandt hatte.

Er nahm wieder einen Dienstwagen, doch diesmal trug er einen Zivilanzug mit Oberhemd und Krawatte. Seit Nine/Eleven war auch die britische Botschaft an der Massachusetts Avenue schwer gesichert. Das grandiose Gebäude steht neben dem ebenfalls massiv geschützten Naval Observatory, dem Sitz des Vizepräsidenten.

Zugang zur Botschaft findet man nicht durch den Säulenportikus an der Frontseite, sondern in einer kleinen Nebenstraße. Sein Wagen bremste an der Kabine bei der Schranke, und der Spürhund hielt seinen Pass aus dem offenen Fenster. Der Wachmann sprach kurz in ein schnurloses Telefon, und wie immer die Antwort lauten mochte, sie genügte, um die Schranke hochgehen und den Wagen auf den kleinen Parkplatz rollen zu lassen. Weniger wichtige Persönlichkeiten müssen draußen parken und zu Fuß hereinkommen. Der Platz ist knapp.

Die Tür war sehr viel weniger prächtig als der Vordereingang, der aus Sicherheitsgründen kaum noch benutzt wird, und dann auch nur vom Botschafter und von hochrangigen amerikanischen Besuchern. Als der Spürhund eingetreten war, wandte er sich dem Glasfenster des Empfangsschalters zu und zeigte noch einmal seinen Ausweis vor, auf dem etwas von einem gewissen Colonel James Jackson stand.

Ein weiteres Telefonat, dann kam die Einladung, Platz zu nehmen. Nach zwei Minuten öffnete sich die Lifttür, und ein junger, offensichtlich nicht besonders ranghoher Mann kam heraus.

»Colonel Jackson?« Im Eingangsflur war sonst niemand. Auch er studierte den Ausweis. »Bitte kommen Sie mit, Sir.«

Sie fuhren, wie der Spürhund es vorausgesehen hatte, in den fünften Stock hinauf, zur Etage des Verteidigungsattachés, die das amerikanische Reinigungspersonal niemals betrat. Geputzt wurde dort von niedrigen, aber immerhin britischen Chargen.

Im Fünften führte der junge Mann den Spürhund durch einen Korridor und an mehreren Türen mit Namensschildern vorbei bis zu einer, die nicht gekennzeichnet, aber mit einem Magnetkartenleser statt mit einer Klinke zu öffnen war. Er klopfte, und auf einen Zuruf von innen zog er seine Karte durch den Schlitz, schwenkte die Tür auf und ließ den Spürhund eintreten. Er folgte ihm nicht, sondern schloss die Tür leise wieder.

Der Spürhund betrat einen eleganten Raum mit schusssicheren Fenstern und Blick auf die Massachusetts Avenue, ein Büro, jedoch eindeutig nicht die »Bubble«, wo nur Konferenzen auf kosmischem Geheimhaltungslevel stattfanden. Diese »Blase« befand sich im Zentrum des Gebäudes, sechsseitig von Vakuum umgeben und fensterlos. Da die Technik, einen Strahl auf eine Fensterscheibe zu richten und an deren Vibrationen die Gespräche dahinter abzulesen, im Kalten Krieg in Moskau gegen die Amerikaner eingesetzt worden war, hatte man das ganze Gebäude umbauen müssen.

Der Mann, der mit ausgestreckter Hand um die Ecke des Schreibtischs kam, trug ebenfalls einen Anzug und eine gestreifte Krawatte, die der Spürhund nach seinen Jahren in London für das Kennzeichen einer ziemlich guten Schule hielt. Aber er war nicht Fachmann genug, um die Farben von Harrow zu erkennen.

»Colonel Jackson? Willkommen. Unsere erste Begegnung, glaube ich. Konrad Armitage. Ich habe mir erlaubt, Kaffee zu bestellen. Wie trinken Sie ihn?«

Er hätte eine der todschicken jungen Sekretärinnen, die auf diesem Stockwerk arbeiteten, bitten können, durch die Nebentür hereinzukommen und den Kaffee zu servieren, doch er tat es selbst. Konrad Armitage, kürzlich aus London eingetroffen, war der Stationschef des britischen Secret Intelligence Service, kurz SIS.

Von seinem Vorgänger wusste er sehr wohl, wer dieser Besucher war, und das Zusammentreffen war ihm willkommen. Das Bewusstsein einer gemeinsamen Sache, eines gemeinsamen Interesses und eines gemeinsamen Feindes bestand auf beiden Seiten.

»Und was kann ich für Sie tun?«

»Ich habe ein ungewöhnliches Anliegen. Ich hätte es auf dem üblichen Weg übermitteln können, aber ich dachte, wir beide sollten uns irgendwann sowieso kennenlernen. Also habe ich es kurz gemacht.«

»Durchaus. Und das Anliegen?«

»Hat Ihr Dienst einen Kontakt oder, besser noch, einen Undercoveragenten bei al-Schabaab in Somalia?«

»Wow. Das ist allerdings ungewöhnlich. Nicht mein Fach. Wir haben natürlich eine Informationsabteilung. Ich werde mich erkundigen müssen. Darf ich fragen, ob es um den Prediger geht?«

Armitage war kein Hellseher. Er wusste, wer der Spürhund war und was er tat. In Großbritannien war soeben der vierte Mord von einem jungen Fanatiker begangen worden, der sich von den Onlinetiraden des Predigers hatte inspirieren lassen. In Amerika waren es sieben, und beide Geheimdienste wussten, wie viel ihren Regierungen daran gelegen war, diesem Mann ein Ende zu bereiten.

»Möglich«, sagte der Spürhund.

»Na, ausgezeichnet. Wie Sie wissen, sind wir genau wie Ihre Freunde aus Langley in Mogadischu vertreten. Doch falls diese Vertretung jemanden draußen in der Wildnis hat, würde es mich wundern, wenn da nicht eine Art Zusammenarbeit angeboten worden wäre. Meine Anfrage wird morgen früh in London sein.«

Die Antwort war in nur zwei Tagen da, aber es war die gleiche wie die der CIA. Und Armitage hatte recht: Wenn eines der beiden Länder eine Quelle innerhalb von Südsomalia hätte, wäre sie zu wertvoll, um sich nicht Kosten wie Resultate zu teilen.

Die Antwort des ISI-Manns Dschawad war sehr viel hilfreicher. Zu denen, an die er die Berichte über seine vorgebliche Spionagetätigkeit gegen die Amerikaner lieferte, gehörte ein Kontakt im notorischen »S Wing«, der »Abteilung S«, die in jeder Hinsicht für die zahllosen gewalttätigen Dschihadistengruppen im Grenzstreifen zwischen Kaschmir und Quetta zuständig war.

Für Dschawad wäre es viel zu riskant gewesen, direkt zu fragen: Seine Tarnung wäre geplatzt, und er hätte seine wahren Auftraggeber preisgegeben. Aber zu seinem ISI-Job gehörte die Befugnis zum Umgang mit Amerikanern. Also behauptete er, auf einer Cocktailparty ein Gespräch zwischen zwei Diplomaten belauscht zu haben. Aus reiner Neugier befragte der S-Wing-Offizier die Archivdatenbank, und Dschawad stand hinter ihm und notierte sich die Datei, die er aufrief.

Als er die Recherche beendet hatte, befahl der Offizier, den Amerikanern mitzuteilen, so einen Hinweis gebe es nicht. In der folgenden Nacht rief Dschawad die Datenbank noch einmal auf und sah sich die Datei an.

Den Hinweis gab es sehr wohl, nur war er Jahre alt. Er stammte von einem ISI-Spion in Iljas Kaschmiris Brigade 313, einer Einheit von Fanatikern und Mördern. Die Rede war von einem Neuankömmling von Laschkar-e-Taiba, einem Fanatiker, dem die Überfälle auf Kaschmir zu zahm gewesen waren. Der junge Rekrut sprach Arabisch und Paschtu so gut wie Urdu, und deshalb hatte die 313 ihn aufgenommen. Die Brigade bestand hauptsächlich aus Arabern und arbeitete eng mit dem paschtusprachigen Hakkani-Clan zusammen. In dem Bericht wurde hinzugefügt, darin bestehe seine Nützlichkeit, aber als Kämpfer müsse er sich noch erweisen. Er hatte bernsteingelbe Augen und nannte sich Abu Azzam.

Deshalb also war er vor zehn Jahren verschwunden. Er hatte die Terrorgruppe gewechselt und sich einen neuen Namen zugelegt.

Das Counterterrorism Center der USA besitzt eine gigantische Datenbank über dschihadistische Terrorgruppen, und die Eingabe des Namens Abu Azzam erbrachte eine Fülle von Informationen.

Im sowjetisch besetzten Afghanistan hatte es sieben Warlords gegeben, die zusammen die Mudschaheddin bildeten, vom Westen unterstützt und als »Patrioten«, »Partisanen« und »Freiheitskämpfer« bejubelt. Sie, und nur sie allein, bekamen die Unmengen an Geld und Waffen, die in die afghanischen Berge geschleust wurden, um die Russen zu besiegen. Kaum war jedoch der letzte sowjetische Panzer nach Russland zurückgerollt, zeigten sich zwei von ihnen wieder als die bösartigen Killer, die sie immer gewesen waren. Der eine hieß Gulbuddin Hekmatjar, der andere war Dschelaladdin Hakkani.

Obwohl Hakkani ein Warlord und der Herrscher über seine Heimatprovinz Paktia war, wechselte er, als die Taliban die Warlords beiseitefegten und an die Macht kamen, die Seiten und wurde Befehlshaber der Talibanstreitkräfte.

Von den Amerikanern und der Nordallianz besiegt, bewegte er sich noch einmal. Er überquerte die Grenze und richtete sich in Wasiristan ein, auf pakistanischem Gebiet. Mit seinen drei Söhnen als Nachfolgern schuf er das Hakkani-Netzwerk, das im Grunde nichts anderes war als die pakistanischen Taliban.

Schon bald entwickelte es sich zum Dreh- und Angelpunkt für Terroranschläge gegen die amerikanischen und NATO-Streitkräfte jenseits der Grenze und gegen die pakistanische Regierung unter Pervez Muscharraf, die zu einem Verbündeten der USA geworden war. Hakkani band die verbliebenen al-Qaida-Kämpfer, die nicht tot oder in Gefangenschaft waren, und alle anderen fanatischen Dschihadisten an sich. Einer davon war Iljas Kaschmiri, der seine Brigade 313 als Teil der Schattenarmee mitbrachte.

Der Spürhund konnte annehmen, dass der fanatische und aufstiegsbegierige Zulfikar Ali Schah, der sich jetzt Abu Azzam nannte, zu ihnen gehörte.

Allerdings konnte er nicht wissen, dass Abu Azzam es zwar vermied, sich bei Ausfällen nach Afghanistan in Lebensgefahr zu begeben, doch Geschmack am Töten gefunden hatte und zu einem der enthusiastischsten Henker der Brigade 313 geworden war.

Die Führungspersonen von Hakkani, Taliban, al-Qaida und der Brigade wurden einer nach dem andern mithilfe örtlich gewonnener Informationen von den Amerikanern identifiziert und zur Zielscheibe von Drohnenangriffen gemacht. In ihren Bergfestungen waren sie immun gegen Armeeangriffe, wie Pakistan unter hohen Verlusten feststellen musste, aber vor den UAVs, die unaufhörlich über ihren Köpfen patrouillierten, konnten sie sich nicht lange verstecken. Lautlos und unsichtbar, sahen, hörten und fotografierten diese Drohnen alles.

Die hochrangigen Ziele wurden in Stücke gerissen. Andere traten an ihre Stelle und wurden ebenfalls vernichtet, bis das Amt des Anführers buchstäblich zum Todesurteil wurde.

Doch die alten Verbindungen zum S Wing des pakistanischen ISI starben nie. ISI hatte die Taliban überhaupt erst erschaffen und eine einzige Regel niemals aus den Augen verloren: Die

Amerikaner haben die Uhren, aber die Afghanen haben die Zeit. Eines Tages, so kalkulierten sie, würden die Amerikaner einpacken und gehen. Dann war es gut möglich, dass die Taliban Afghanistan zurückeroberten, und Pakistan brauchte keine zwei Feinde, Afghanistan und Indien, an seinen Grenzen. Einer genügte, und das würde Indien sein.

In den Datenfluten, die der Spürhund entfesselt hatte, gab es noch ein Kapitel. Als Kaschmiri und die übrigen Führer zur Hölle gefahren waren, schwand die Brigade 313 dahin. An ihre Stelle trat die noch fanatischere und sadistischere Chorasan, und Abu Azzam war mittendrin.

Chorasan bestand aus nicht mehr als zweihundertfünfzig Ultras, hauptsächlich Araber und Usbeken, und ihr Ziel waren Einheimische, die Informationen an Agenten im Sold der USA verkauften, speziell Informationen über den Aufenthaltsort der Spitzenleute. Chorasan war nicht in der Lage, selbst Erkenntnisse zu sammeln, besaß aber grenzenlose Fähigkeiten, wenn es darum ging, durch öffentliche Folter Angst und Schrecken zu verbreiten.

Wenn eine von einer Drohne abgefeuerte Rakete das Haus eines Terroristenführers zerstörte, erschien Chorasan, ergriff eine Handvoll örtlicher Bürger und stellte sie vor ein sogenanntes Gericht, nachdem sie zuvor extremen Verhören mit Elektroschocks, Bohrmaschinen und rot glühenden Eisen unterzogen worden waren. Vorsitzender eines solchen Gerichts war ein oft selbst ernannter Imam oder Mullah. Geständnisse waren praktisch immer garantiert, und ein anderes Urteil als den Tod gab es nur in Ausnahmefällen.

Die übliche Hinrichtungsmethode war das Durchschneiden der Kehle. Das barmherzige Verfahren besteht darin, dass das Messer von der Seite und mit der rasiermesserscharfen Klinge nach vorn eindringt. Ein schneller Schnitt nach außen durchtrennt Halsvene, Karotis, Luft- und Speiseröhre und führt auf der Stelle zum Tod.

Eine Ziege schlachtet man jedoch nicht so, denn hier ist ein maximaler Blutverlust erforderlich, damit das Fleisch zart wird. Also wird die Kehle durch eine hackende, sägende Bewegung von vorn durchschnitten. Um einen menschlichen Gefangenen leiden zu lassen und ihm Verachtung zu demonstrieren, verwendet man die Ziegenmethode.

Nach dem Urteilsspruch saß der vorsitzende Geistliche dabei und sah der Vollstreckung zu. Einer der Vollstrecker war Abu Azzam.

Noch etwas stand in der Datei. Um das Jahr 2009 begann ein Wanderprediger mit Auftritten in den Moscheen in den Bergen von Nord- und Südwasiristan. Ein Name war nicht angegeben, aber in der Datei hieß es, er habe Urdu, Arabisch und Paschtu gesprochen und sei ein machtvoller Redner gewesen, der sein Publikum in extreme religiöse Verzückung versetzen konnte. Etwa im Jahr 2010 war er verschwunden. In Pakistan hatte man nie wieder von ihm gehört.

Die beiden Männer, die in einer Ecke der Bar des Washingtoner Mandarin Oriental saßen, fielen niemandem auf. Dazu gab es auch keinen Grund. Beide waren Anfang bis Mitte vierzig, beide trugen dunkle Anzüge und neutrale Krawatten. Beide wirkten schlank und muskulös, ein wenig militärisch, und sie hatten die undefinierbare Ausstrahlung, die auf »Kampferfahrung« schließen ließ.

Der eine war der Spürhund. Der andere hatte sich als Simon Jordan vorgestellt. Er traf sich nicht gern mit Wildfremden in der Botschaft, wenn es sich auch anderswo machen ließ. Deshalb das Treffen in der diskreten Bar.

In seiner Heimat hieß er mit Vornamen wirklich Simon, doch sein Nachname hatte nichts mit irgendeinem Fluss zu tun. Er war der Stationschef des Mossad in der israelischen Botschaft.

Das Anliegen des Spürhunds war das gleiche, das er auch Konrad Armitage vorgetragen hatte, und das Resultat war ebenfalls weitgehend gleich. Simon Jordan wusste genau, wer der Spürhund war und was TOSA in Wirklichkeit tat, und als Israeli empfand er für beides volle Zustimmung. Aber deshalb hatte er noch keine Antwort parat.

»Natürlich haben wir im Büro jemanden, der mit diesem Teil der Welt befasst ist, dem werde ich Ihre Frage vorlegen müssen. Ich nehme an, Sie haben es eilig?«

»Ich bin Amerikaner. Haben wir es jemals nicht eilig?«

Jordan lachte aufrichtig erheitert. Er schätzte Selbstironie. Er war Israeli.

»Ich werde sofort nachfragen und um schnelle Erledigung bitten.« Er hielt die Karte mit dem Namen Jackson hoch, die der Spürhund ihm gegeben hatte. »Ich nehme an, die Nummer ist sicher?«

»Sehr sicher.«

»Dann werde ich sie benutzen. Über eine unserer sicheren Leitungen.«

Er wusste genau, dass die Amerikaner alles abhörten, was aus der israelischen Botschaft kam, aber Verbündete wahren nach Möglichkeit den höflichen Schein.

Sie verabschiedeten sich. Auf den Israeli wartete ein Wagen mit Chauffeur, der ihn zur Botschaft fahren würde. Das Prahlen lag ihm nicht, doch er war offizieller Geheimdienstvertreter in seiner Botschaft, und das bedeutete, dass man ihn erkennen konnte. Selbst zu fahren oder ein Taxi zu nehmen, war keine kluge Methode, eine Entführung zu vermeiden. Ein ehemaliger Kommandosoldat der Golani-Brigade am Steuer und eine UZI auf dem Rücksitz waren da schon besser. Andererseits hatte er auch keine Lust auf das lange Brimborium von Hakenschlagen und Hintertüren, das Inoffizielle veranstalten mussten.

Zu den Gewohnheiten des Spürhunds hingegen, die für offizielles Stirnrunzeln sorgten, gehörte seine Abneigung gegen Autos mit Chauffeur. Er verbrachte auch nicht gern Stunden in den Staus zwischen Washington und seinem Büro im Wald. Deshalb benutzte er ein Motorrad. In dem Gepäckfach unter dem Sattel war ein Visierhelm. Allerdings war es kein Rollstuhl auf zwei

Rädern, sondern eine Honda Fireblade, ein Transportmittel, mit dem man sich besser nicht anlegte.

Nachdem er die Datei von Dschawad gelesen hatte, war der Spürhund – auch wenn er nicht sicher sein konnte – davon überzeugt, dass Abu Azzam aus den allzu gefährlichen Bergen an der afghanisch-pakistanischen Grenze in das scheinbar ungefährlichere Klima des Jemen geflohen war.

Al-Qaida auf der Arabischen Halbinsel steckte 2008 noch in den Kinderschuhen, doch zu den Anführern gehörte ein in Amerika aufgewachsener Jemenit namens Anwar al-Awlaki, der fließend Englisch mit amerikanischem Akzent sprach. Er war dabei, sich als höchst erfolgreicher Onlineprediger zu etablieren, der sich an die zahlreichen Jugendlichen in der britischen und amerikanischen Diaspora wandte. Er wurde zum Mentor der neu angekommenen, ebenfalls englischsprachigen Pakistani.

Awlaki war als Sohn jemenitischer Eltern in New Mexico zur Welt gekommen, wo sein Vater Landwirtschaft studierte. Buchstäblich als American Boy aufgewachsen, war er 1978 mit sieben Jahren zum ersten Mal in den Jemen gekommen. Dort ging er zur Oberschule und kehrte dann in die USA zurück, um in Colorado und San Diego aufs College zu gehen. Mit zweiundzwanzig ging er 1993 nach Afghanistan und fand anscheinend dort zum ultragewalttätigen Dschihadismus.

Wie die meisten Dschihadisten hatte er keinerlei Koranausbildung genossen, sondern seine Lektüre auf extremistische Propaganda beschränkt. Als er wieder in den USA war, gelang es ihm, sich als Imam an der Rabat-Moschee in San Diego und an einer anderen in Falls Church, Virginia, niederzulassen. Kurz vor der Verhaftung wegen eines Passvergehens floh er nach Großbritannien.

Hier unternahm er ausgedehnte Vortragsreisen. Dann kam Nine/Eleven, und der Westen wachte endlich auf. Das Netz zog sich enger, und 2004 setzte Awlaki sich wieder in den Jemen ab. Er wurde festgenommen und für kurze Zeit wegen des Vorwurfs der Entführung und des Terrorismus eingesperrt, kam jedoch auf Druck seines einflussreichen Stammes wieder frei. 2008 hatte er seinen Platz endlich gefunden – als Hetzprediger, der das Internet als Kanzel benutzte.

Und er hatte Wirkung. Es kam zu mehreren Mordanschlägen durch »Ultras«, die durch seine Aufrufe zu Mord und Zerstörung angestiftet worden waren. Er ging eine Partnerschaft mit dem brillanten saudischen Bombenbauer Ibrahim al-Asiri ein. Awlaki war es, der den jungen Nigerianer Abdulmutallab dazu überredete, als Selbstmordattentäter eine Bombe an Bord eines Verkehrsflugzeugs über Detroit explodieren zu lassen, und von Asiri stammte die unentdeckbare Bombe in der Unterhose des Nigerianers. Eine Fehlfunktion rettete das Flugzeug, wenn auch nicht die Genitalien des jungen Mannes.

Während Awlakis Predigten auf YouTube immer wirkungsvoller wurden – er wurde regelmäßig 150000-mal angeklickt –, entwickelte Asiri mehr und mehr Geschick mit seinen Bomben. Schließlich kamen sie im April 2010 beide auf die Todesliste. Inzwischen war der geheimnisvolle und bescheidene Jünger aus Pakistan zu Awlaki gestoßen.

Zwei Versuche wurden unternommen, Awlaki aufzuspüren und zu vernichten. An dem einen war die jemenitische Armee beteiligt, die ihn entkommen ließ, als man sein Dorf umstellt hatte. Beim zweiten zerstörte eine von einer amerikanischen Drohne abgefeuerte Rakete das Haus, in dem er sich aufhalten sollte. Aber er war nicht da.

Die Gerechtigkeit ereilte ihn schließlich am 30. November 2011 auf einer einsamen Piste im Nordjemen Er hatte sich in einem Dorf namens Khaschew aufgehalten und war von einem jungen Akolyten identifiziert worden, der gegen bare Dollars gesungen hatte. Nur wenige Stunden später kreiste eine Drohne vom Typ Predator, gestartet von einem geheimen Stützpunkt jenseits der Grenze in der saudischen Wüste, über ihm am Himmel.

In Nevada beobachtete man die drei geparkten Toyota Landcruiser – das Fahrzeug der Wahl bei al-Qaida – auf dem Dorfplatz, eine Abschussgenehmigung wurde jedoch verweigert, weil Frauen und Kinder in der Nähe waren. Im Morgengrauen des 13. sah man, wie er in das vordere Fahrzeug stieg. Die Kameras waren so leistungsfähig, dass sein Gesicht auf der Creech Air Force Base den ganzen Plasmamonitor ausfüllte, als er hochschaute.

Zwei Landcruiser fuhren los, aber der dritte schien Probleme zu haben. Die Haube war hochgeklappt, und jemand arbeitete am Motor. Die Beobachter ahnten nicht, dass noch drei weitere Personen darauf warteten, in dieses Fahrzeug zu steigen. Alle hätten den USA gefallen.

Der eine war Asiri, der Bombenbauer, persönlich. Der zweite war Fahd al-Kuso, der Stellvertreter Awlakis als Chef von al-Quaida auf der Arabischen Halbinsel. Er gehörte zu denen, die im Jahr 2000 hinter dem Mord an siebzehn amerikanischen Seeleuten auf dem Zerstörer *Cole* im Hafen von Aden gestanden hatten, und sollte bei einem weiteren Drohnenangriff im Mai 2012 sterben.

Der dritte war den Amerikanern unbekannt. Er schaute niemals hoch, sein Kopf war zum Schutz gegen den Staub vermummt, und niemand sah, dass er bernsteinfarbene Augen hatte.

Die beiden vorderen SUVs fuhren auf der staubigen Piste in die Provinz al-Dschauf, doch sie hielten Abstand, und die Beobachter in Nevada wussten nicht, welches sie aufs Korn nehmen sollten. Schließlich hielten die Männer an, um zu frühstücken, und standen nebeneinander. Acht Gestalten gruppierten sich um die Fahrzeuge – zwei Fahrer, vier Bodyguards und zwei amerikanische Staatsbürger: Awlaki selbst und Samir Khan, Redakteur der englischsprachigen dschihadistischen Onlinepublikation *Inspire*.

Der Unteroffizier in Creech meldete seinen Vorgesetzten, was er im Visier hatte. Aus Washington kam eine murmelnde Stimme. »Schießen Sie.« Die Stimme gehörte einer Vorortmutter, die ihre Kinder eben zum abendlichen Training fahren wollte. Sie hatte den Rang eines Majors bei J-SOC.

In Nevada drückte man auf den Knopf. Über dem Nordjemen, sechzigtausend Fuß hoch in einem wunderschönen Sonnenaufgang, lösten sich zwei Hellfire-Raketen von der Predator. Ihre Nasen nahmen Witterung auf wie Jagdhunde, und ihre Flugbahn neigte sich zur Wüste hinunter. Zwölf Sekunden später waren zwei Landcruiser und acht Männer pulverisiert.

Innerhalb von sechs Monaten hatte J-SOC umfassendes Beweismaterial dafür, dass der erst dreißigjährige Asiri weiter Bomben baute, die immer raffinierter wurden. Er begann mit der Implantierung von Sprengstoffen in den menschlichen Körper zu experimentieren, wo kein Scanner sie entdecken konnte.

Er beauftragte seinen kleinen Bruder mit der Ermordung des Chefs der saudi-arabischen Terrorismusbekämpfung, Prinz Mohammed bin Naif. Der Junge behauptete, er habe sich vom Terrorismus losgesagt und wolle heimkehren. Er habe eine Menge Informationen und bitte um ein Gespräch. Der Prinz war bereit, ihn zu empfangen.

Als der junge Asiri den Raum betrat, explodierte er einfach. Der Prinz hatte Glück: Er wurde durch die Tür, durch die er hereinkam, zurückgeschleudert und trug nur ein paar Platzwunden und Blutergüsse davon.

Der junge Asiri hatte eine kleine Bombe mit großer Sprengkraft im After gehabt. Gezündet wurde sie über ein Mobiltelefon jenseits der Grenze. Sein eigener Bruder hatte sie entworfen und den Auslöser betätigt.

Und der tote Awlaki hatte einen Nachfolger. Ein Mann, der nur als »der Prediger« bekannt war, verbreitete seine Hetzreden über das Internet. Genauso machtvoll, genauso hasserfüllt, genauso gefährlich. Jemens unfähiger Präsident fiel dem Arabischen Frühling zum Opfer. Ein neuer Mann übernahm die Macht – jünger, energischer und bereit zur Zusammenarbeit mit den Vereinigten Staaten im Austausch gegen eine beträchtliche Entwicklungshilfe.

Die Drohnenüberwachung des Jemen nahm zu. Bezahlte US-Agenten vermehrten sich. Das Militär schritt gegen die al-Qaida-Führung ein. Al-Kuso wurde eliminiert. Aber nach wie vor nahm man an, der Prediger, wer immer er sein mochte, halte sich weiterhin im Jemen auf. Dank eines Jungen auf einem Dachboden in Centreville wusste der Spürhund es jetzt besser.

Als der Spürhund die Lebensgeschichte Awlakis gelesen hatte, kam ein Bericht von denen, die Gray Fox einfach als »Drohnenleute« bezeichnet hatte. Für diese Operation benutzte die CIA nicht die Drohnenleitstelle in Nevada, sondern eine eigene, zweckgebundene Einrichtung auf der Pope Air Force Base bei Fayetteville in North Carolina.

Der Bericht war kurz und bündig und kam gleich zur Sache. Lastwagen waren beobachtet worden, die das Lagerhaus oder den Schuppen in Kismaju anfuhren. Sie kamen an, fuhren hinein und wieder hinaus. Sie kamen beladen und fuhren leer wieder weg. Zwei hatten eine offene Ladefläche gehabt. Was sie transportierten, sah aus wie Obst und Gemüse. Ende.

Der Spürhund drehte sich um und starrte das Bild des Predigers an der Wand an. Was, zum Teufel, willst du mit Obst und Gemüse?, überlegte er.

Er streckte sich, stand auf und ging hinaus in die sommerliche Wärme. Ohne die lächelnden Leute auf dem Parkplatz zu beachten, wuchtete er seine Fireblade vom Ständer, setzte den Visierhelm auf und rollte zum Tor hinaus. Auf dem Highway bog er nach Süden in Richtung D. C., dann verließ er die Hauptstraße und fuhr nach Centreville.

»Du musst etwas für mich checken«, sagte er, als er bei Ariel auf dem Dachboden kauerte. »Jemand kauft in Kismaju Obst und Gemüse. Kannst du herausfinden, woher die Ware kommt und wohin sie geht?«

Es gab andere Leute mit Computern, an die er sich hätte wenden können, aber gegenüber dem riesigen militärisch-industriellen Spionagekomplex, in dem es von Rivalen und Plappermäulern nur so wimmelte, hatte Ariel zwei unbezahlbare Vorteile. Er war nur einem einzigen Mann verantwortlich, und er sprach sonst mit niemandem. Seine Finger huschten über die Tasten, und die Landkarte des unteren Teils von Somalia erschien auf dem Monitor.

»Da ist nicht nur Wüste«, sagte er. »An beiden Ufern des unteren Dschuba-Tals liegen dicht bewaldete und bepflanzte Gebiete. Hier, man kann die Farmen sehen.«

Der Spürhund betrachtete den Flickenteppich von Obstgärten und Plantagen, ein grüner Klecks mitten im stumpfen Ockergelb der Wüste. Die einzige fruchtbare Region des Landes, der Futternapf im Süden. Wenn die Lkw-Ladungen von den Pflanzungen kamen, die er hier sah, und nach Kismaju befördert wurden, wofür waren sie dann bestimmt? Für den lokalen Markt oder für den Export?

»Geh auf das Hafengebiet von Kismaju.«

Wie alles andere, war auch der Hafen in ziemlich schlechtem Zustand. Die Kais der einstmals blühenden Anlage waren an Dutzenden Stellen verfallen, und die alten Kranbäume waren schief und so beschädigt, dass sie unbrauchbar waren. Vielleicht kam hier gelegentlich ein Frachter, aber nicht zum Löschen seiner Ladung. Was konnte der bankrotte Ministaat der al-Schabaab schon importieren und bezahlen? Vielleicht wurde etwas abgeholt? Obst und Gemüse? Vielleicht. Aber mit welchem Bestimmungsort? Und wozu?

»Du musst dir den internationalen Handel vornehmen, Ariel. Stell fest, ob es eine Firma gibt, die Geschäfte mit Kismaju macht. Ob jemand Obst und Gemüse aus dem unteren Dschuba-Tal kauft. Wenn ja, wer ist es? Vielleicht gehört ihm der Schuppen.«

Er verließ den Jungen und kehrte in sein Büro zurück.

In den äußersten nördlichen Vororten von Tel Aviv, abseits der Straße nach Herzlia, in einer ruhigen Seitenstraße neben einem Lebensmittelsupermarkt, steht ein großer, unauffälliger Büroblock, den diejenigen, die dort arbeiten, nur »das Office« nennen. Es ist das Hauptquartier des Mossad. Zwei Tage nach dem Treffen zwischen dem Spürhund und Simon Jordan im Mandarin Oriental kamen drei Männer in kurzärmeligen, offenen Hemden im Büro des Direktors zusammen. Dieser Raum hatte schon eine Reihe von folgenschweren Konferenzen gesehen.

Hier hatte im Herbst 1972, nach der Ermordung der israelischen Sportler auf der Sommerolympiade in München, Zvi Zamir seinen *kidonim* – den »Bajonetten« – befohlen loszuziehen und die dafür verantwortlichen Fanatiker des Schwarzen September aufzuspüren und zu töten. So hatte es Premierministerin Golda Meir mit ihrer Operation »Zorn Gottes« entschieden. Mehr als vierzig Jahre später war der Raum immer noch schäbig.

Die Männer unterschieden sich in Rang und Alter, und sie redeten einander mit Vornamen an. Der Älteste war seit zwanzig Jahren dabei und konnte an den Fingern einer Hand abzählen, wie oft er hier Nachnamen gehört hatte. Der grauhaarige Direktor hieß Uri, der Operationschef David, und der Jüngste, der für das Horn von Afrika zuständig war, Benny.

»Die Amerikaner bitten uns um Hilfe«, sagte Uri.

»Was für eine Überraschung«, knurrte David.

»Anscheinend haben sie den Prediger aufgespürt.«

Mehr brauchte er nicht zu erklären. Der dschihadistische Terror hat mehrere Ziele für seine Gewaltakte, und Israel steht hoch oben auf der Liste, gleich neben den USA. Jeder der Anwesenden kannte die Top Fifty der internationalen Terrororganisationen. Die Hamas im Süden, Hisbollah im Norden und die Gangster der iranischen al-Kuds-Brigaden im Osten konkurrierten miteinander um Platz eins. Die Hetzreden des Predigers richteten sich gegen Großbritannien und Amerika, aber sie wussten, wer er war.

»Anscheinend sitzt er in Somalia, im Schutz von al-Schabaab. Ihr Anliegen ist sehr einfach: Haben wir einen Agenten in Südsomalia?«

Die beiden Höherrangigen schauten Benny an. Er war der Jüngste, ein ehemaliges Mitglied des Elitekommandos Sajeret Matkal. Er sprach fließend Arabisch, so gut, dass er unbemerkt über die Grenze gelangen konnte, und gehörte daher zu den Mistaravim. Er betrachtete den Bleistift in seinen Händen.

»Und, Benny? Haben wir einen?«, fragte David sanft. Sie alle wussten, was kam. Agentenführern ist es zuwider, einen ihrer Leute für die Belange eines ausländischen Dienstes auszuleihen.

»Ja. Nur einen. Undercover im Hafen von Kismaju.«

»Wie kommunizieren Sie mit ihm?«, fragte der Direktor.

»Nur unter größten Schwierigkeiten«, erwiderte Benny. »Und langsam. Es braucht Zeit. Wir können ihm nicht einfach eine Nachricht schicken, und er kann keine Postkarten schreiben. Auch die elektronische Korrespondenz ist nicht sicher. Dort sind jetzt Bombenleger im Training. Im Westen ausgebildet. Technologieerfahren. Warum?«

»Wenn die Yankees ihn benutzen wollen, müssen wir die Kommunikation beschleunigen. Mit einem Miniatursender«, sagte David. »Und es sollte sie was kosten.«

»Oh, es wird sie was kosten«, sagte der Direktor. »Aber das können Sie mir überlassen. Ich werde sagen: ›Vielleicht‹, und dann reden wir über den Preis.«

Er sprach nicht von Geld, sondern von vielerlei Hilfe – vom iranischen Atomprogramm bis zur Freigabe streng geheimer Hightechgeräte. Er würde eine stattliche Einkaufsliste vorlegen.

»Hat er einen Namen?«, fragte David.

»Opal«, sagte Benny. »Agent Opal. Er ist Kontrolleur am Fischereidock.«

Gray Fox verschwendete keine Zeit.

»Sie haben mit den Israelis gesprochen«, sagte er.

»Stimmt. Haben sie sich schon gemeldet?«

»Das kann man wohl sagen. Sie haben einen Mann. Tief eingebettet. Und zufällig in Kismaju. Sie sind bereit, uns zu helfen, stellen jedoch ungeheure Forderungen. Sie kennen ja die Israelis. Die verschenken nicht mal den Sand aus der Negev.«

»Aber sie wollen über den Preis verhandeln?«

»Nicht auf unserem Level«, sagte Gray Fox. »Das übersteigt unsere Soldgruppe. Ihr Spitzenmann in der Botschaft ist geradewegs zum Kommandanten des J-SOC gegangen.«

Er meinte Admiral William McRaven.

»Und der hat Nein gesagt?«

»Erstaunlicherweise nicht. Die Forderungen sind erfüllt. Sie haben grünes Licht. Ihr Kontaktmann ist der Stationschef. Kennen Sie ihn?«

»Ja. Flüchtig.«

»Na, dann los. Sagen Sie ihnen, was Sie haben wollen, und sie werden sich bemühen zu liefern.«

Eine Nachricht von Ariel erwartete ihn in seinem Büro.

»Anscheinend gibt es einen Käufer für somalisches Obst und Gemüse wie auch für Gewürze. Eine Firma namens Masala Pickles. Sie stellt scharfe Chutneys und Pickles her, wie die Briten sie zu ihren Currygerichten essen. Ihre Erzeugnisse werden in einer Anlage in Kismaju in Flaschen und Dosen abgefüllt oder tiefgefroren und dann zu ihrer zentralen Produktionseinrichtung transportiert.«

Der Spürhund rief den Jungen an. Einem Lauscher würde das Gespräch nichts sagen, deshalb sparte er sich die Mühe, es zu verschlüsseln.

»Ich habe deine Nachricht bekommen, Ariel. Gut gemacht. Nur ein Detail noch. Wo ist die zentrale Produktionseinrichtung?«

»Oh. Sorry, Colonel. Die ist in Karatschi.«

Karatschi. Pakistan. Natürlich.

SIEBEN

Eine zweimotorige Propellermaschine vom Typ Beech King Air startete schon vor dem Morgengrauen auf dem Militärflughafen Sve Dov im Norden von Tel Aviv, ging auf Südostkurs und begann zu steigen. Sie passierte Beerschewa, durchquerte die Flugverbotszone über dem Kernkraftwerk Dimona und verließ südlich von Eilat den israelischen Luftraum.

Sie war schneeweiß. Auf dem Rumpf standen die Worte »United Nations« und auf dem Seitenruder die Abkürzung für das Welternährungsprogramm WFP – »World Food Programme«. Hätte jemand die Kennzeichnungsnummer nachgeschlagen, so hätte er erfahren, dass das Flugzeug einer Briefkastenfirma auf Grand Cayman gehörte und langfristig an das WFP vermietet war. Aber das alles war Nonsens.

Sie gehörte Metsada, der Abteilung für Spezialeinsätze des Mossad und war auf dem Flughafen Sve Dov in dem Hangar untergebracht, der früher einmal die schwarze Spitfire Ezer Weizmans beherbergt hatte, des Gründers der israelischen Luftwaffe.

Südlich des Golfs von Akaba folgte die King Air einem Kurs zwischen den Landmassen Saudi-Arabiens im Osten und Ägyptens und des Sudan im Westen. Sie blieb im internationalen Luftraum entlang des Roten Meeres, überquerte die Küste von Somaliland und flog weiter nach Somalia. Beide Staaten verfügten nicht über Abfangmöglichkeiten.

Das weiße Flugzeug überflog die somalische Küste am Indischen Ozean, nördlich von Mogadischu, und ging auf Kurs Südwest, um in fünftausend Fuß Höhe über dem Meer parallel zur Küstenlinie zu fliegen. Jeder Beobachter hätte angenommen, sie komme von einer nahe gelegenen Hilfsstation, denn sie war nicht mit externen Treibstofftanks ausgestattet und konnte daher nur eine begrenzte Reichweite haben. Der Beobachter hätte nicht sehen können, dass der größte Teil des Innenraums von zwei großen Tanks ausgefüllt wurde.

Südlich von Mogadischu machte der Kameramann seine Ausrüstung bereit, und hinter Marka begann er zu filmen. Er bekam ausgezeichnete Aufnahmen der gesamten Küste von Marka bis zu einem fünfzig Meilen weit nördlich von Kismaju gelegenen Punkt – insgesamt zweihundert Meilen Sandstrand.

Der Kameramann schaltete ab, und die King Air wendete. Sie flog den Weg zurück, auf dem sie gekommen war, schaltete von den internen Tanks auf die Hauptversorgung und kehrte heim. Nach zwölf Stunden Flug landete sie mit den letzten Tropfen auf dem Flughafen Eilat, tankte und flog weiter nach Sve Dov. Ein Motorradkurier brachte die Kamera zur fotografischen Analyseeinheit des Mossad, wo man die Aufnahmen studierte.

Was Benny haben wollte und bekam, war ein unverwechselbarer Treffpunkt an der Küstenstraße, an dem er mit Agent Opal zusammentreffen konnte, um ihm neue Anweisungen und die nötige Ausrüstung zu geben. Die Stelle, die er brauchte, musste für einen Autofahrer auf der Landstraße und jemanden, der mit einem schnellen Schlauchboot vom Meer kam, gleichermaßen erkennbar sein.

Als er die Stelle gefunden hatte, verfasste er seine Nachricht an Opal.

Direktor Doherty bemühte sich, ein anständiges Gefängnis zu führen, und natürlich gehörte dazu auch eine Kapelle. Aber dass seine Tochter dort heiratete, wollte er nicht. Als Brautvater wollte er ihr einen wirklich denkwürdigen Tag schenken. Deshalb sollte die Trauung in der katholischen Kirche St. Francis Xavier stattfinden, und danach würde es einen Empfang im Hotel Clarendon in der Stadt geben.

Die Hochzeit war samt Ort und Zeit in der Gesellschaftsspalte der *Phoenix Republic* erwähnt worden, und so war es nicht überraschend, dass sich zahlreiche Neugierige und Gratulanten vor den Kirchentüren versammelt hatten, als das glückliche Paar herauskam.

Niemand achtete besonders auf den dunklen jungen Mann in der Menge im langen weißen Gewand und mit dem in die Ferne gerichteten Blick. Nicht, bis er durch das Zuschauergedränge stürmte und auf den Brautvater zulief. Er hielt etwas in der rechten Hand, als wollte er ihm ein Geschenk überreichen. Aber es war kein Geschenk, es war eine .45er Colt. Viermal schoss er auf Direktor Doherty, und der wurde von der Wucht der Treffer rückwärtsgeschleudert und brach zusammen.

Wie immer, bevor das wahre Grauen einsetzt, herrschte zwei Sekunden lang fassungsloses Schweigen. Dann kamen die Reaktionen. Rufe, Schreie und weitere Schüsse, als zwei Polizisten des Phoenix Police Department ihre Waffen zogen und feuerten. Der Attentäter fiel ebenfalls. Andere warfen sich einfach zu Boden, während ringsum das Chaos ausbrach: Mrs. Doherty war hysterisch, die weinende Braut wurde weggeführt, die Sirenen von Polizei- und Krankenwagen heulten, und die Leute liefen in panischem Schrecken durcheinander.

Dann übernahm »das System« die Kontrolle. Der Tatort wurde mit Flatterband abgesperrt, die Waffe wurde geborgen und in einen Asservatenbeutel gelegt, der Täter wurde identifiziert. Am Abend verbreiteten die Nachrichtensender aus Arizona die Neuigkeit in den ganzen USA: Es gab wieder einen Fall. Auf dem Laptop des Fanatikers, den man in dem Einzimmerapartment über der Werkstatt beschlagnahmte, in der er gearbeitet hatte, fand sich eine lange Liste von Onlineauftritten des Predigers.

Die Filmeinheit der U.S. Army heißt TRADOC (Training and Doctrine Command) und hat ihren Sitz in Fort Eustis, Virginia. Normalerweise produziert sie Lehrfilme und Dokumentationen, die ausgiebig jeden Aspekt des Militärs, seiner Arbeit und seiner Funktion behandeln. Der leitende Offizier war deshalb ohne

Zögern bereit, sich mit einem gewissen Colonel Jamie Jackson aus dem Hauptquartier der MacDill Air Force Base außerhalb Tampas/Florida, zu treffen.

Auch innerhalb der Truppe sah der Spürhund keinen Grund zu offenbaren, dass er in Wirklichkeit Colonel Kit Carson hieß, von TOSA kam und nur ein paar Meilen weit entfernt im selben Staat stationiert war. Das alles fiel unter die Rubrik »Kenntnis nur bei Bedarf«.

»Ich will einen Kurzfilm drehen«, sagte er. »Aber er wäre als top secret einzustufen, und der fertige Film dürfte nur von einer äußerst begrenzten Gruppe von Leuten gesehen werden.«

Der Offizier war fasziniert und leicht beeindruckt, jedoch nicht beunruhigt. Er war stolz auf das filmemacherische Talent seiner Einheit. Er konnte sich nicht entsinnen, schon einmal eine so merkwürdige Anfrage bekommen zu haben, aber die Sache konnte ja nur umso interessanter werden. Film- und Tonstudios hatte er hier auf dem Stützpunkt.

»Es wird ein kleiner, kurzer Film werden, nur eine Szene. Keine Locations, nur ein kleines Set, wahrscheinlich außerhalb des Stützpunkts. Keine Kameras außer einem einzigen Camcorder für Bild und Ton. Der Film wird, wenn überhaupt, nur im Internet zu sehen sein. Die Crew wird deshalb äußerst klein sein, wahrscheinlich höchstens sechs Leute, allesamt zum Stillschweigen verpflichtet. Ich brauche einen jungen, begeisterten Filmemacher.«

Der Spürhund bekam, was er wollte: Captain Damian Mason. Der Filmoffizier bekam nicht, was er wollte: Antworten auf seine zahlreichen Fragen. Was er bekam, war ein Anruf von einem Drei-Sterne-General, der ihm mitteilte, die Anweisungen dieses Mannes seien zu befolgen.

Damian Mason war jung, eifrig und ein Filmfan seit seinen Kindertagen in White Plains, New York. Nach seiner Dienstzeit bei TRADOC wollte er nach Hollywood gehen und richtige Filme drehen, mit Storys und Stars.

»Wird das ein Ausbildungsfilm, Sir?«, fragte er.

»Ich hoffe, er wird auf seine Weise lehrreich sein«, antwortete der Colonel vom Marine Corps. »Sagen Sie, gibt es ein Gesamtverzeichnis mit den Fotos aller verfügbaren Schauspieler im ganzen Land?«

»So gut wie. Ich glaube, was Sie meinen, ist das ›Academy Players Directory‹. Das hat jeder Castingdirector im ganzen Land.«

»Haben Sie eins hier auf der Basis?«

»Ich glaube nicht, Sir. Wir setzen keine professionellen Schauspieler ein.«

»Jetzt schon. Zumindest einen. Können Sie mir ein Exemplar besorgen?«

»Selbstverständlich, Colonel.«

Es kam zwei Tage später per FedEx, und es war ein sehr dickes Buch – Seite um Seite gefüllt mit den Gesichtern ehrgeiziger Schauspieler und Schauspielerinnen vom Teenager- bis zum Veteranenalter.

Eine der Wissenschaften, die Polizeibehörden und Nachrichtendienste auf der ganzen Welt betreiben, ist der Gesichtsvergleich. Sie hilft Ermittlern dabei, flüchtige Kriminelle aufzustöbern, die versuchen, ihr Aussehen zu verändern.

Durch die Computerisierung wurde das, was früher kaum mehr als die Intuition eines Polizisten war, zu einer normierten Wissenschaft. In den USA heißt die Software Echelon, und sie gehört dem elektronischen Forschungsinstitut des FBI in Quantico, Maryland.

Einfach gesagt, werden Hunderte von Gesichtszügen gemessen und gespeichert. Schon Ohren sind wie Fingerabdrücke – keins ist wie das andere. Aber bei langem Haar sind sie nicht immer zu sehen. Der Abstand zwischen den beiden Pupillen, auf ein Mikron genau gemessen, kann eine Entsprechung innerhalb eines Sekundenbruchteils eliminieren. Oder bestätigen. Echelon lässt sich nicht täuschen, auch nicht von Gaunern, die sich umfangreichen kosmetischen Operationen unterziehen.

Von Drohnenkameras aufgenommene Terroristen konnten

innerhalb von Sekunden als Topziele statt als Kofferträger identifiziert werden. Auf diese Weise spart man sich eine teure Rakete.

Der Spürhund flog zurück in den Osten und stellte Echelon eine Aufgabe: Scanne jedes Gesicht im »Players Directory« und finde einen Doppelgänger dieses Mannes. Er gab ihnen das Gesicht des Predigers ohne den Vollbart. Der konnte später dazukommen.

Echelon scannte fast tausend Männergesichter und fand eins, das mehr als alle anderen aussah wie der Pakistani namens Abu Azzam. Der Schauspieler war ein Hispanic namens Tony Suarez. In seinem Lebenslauf stand, er habe kleine Neben- und Statistenrollen gespielt, sei in Massenszenen aufgetreten und habe in einem Werbefilm für Grillgeräte sogar ein paar Worte gesprochen.

Der Spürhund kehrte in sein Büro bei TOSA zurück. Dort wartete ein Bericht von Ariel. Sein Vater habe einen Laden für ausländische Lebensmittel gefunden und ihm ein Glas Masala-Pickles und eins mit Mango-Chutney mitgebracht. Eine Computerrecherche habe ergeben, dass sämtliche Frucht- und Gewürzzutaten aus den Plantagen im Unteren Dschuba-Tal stammten.

Aber da war noch mehr. Aus Handelsdatenbanken ging hervor, dass Masala sehr erfolgreich in Pakistan und im Nahen Osten tätig war, jedoch auch in Großbritannien mit seiner Vorliebe für würziges Essen und indische Currys. Alleineigentümer der Firma war der Gründer, Mr. Mustafa Dardari, der eine Villa in Karatschi und ein Townhouse in London besaß. Am Ende kam ein Bild des Industriellen, die Vergrößerung eines »Bitte lächeln«-Fotos aus einem Konferenzraum.

Der Spürhund musterte das Gesicht. Geschmeidig, glatt rasiert, strahlend – und irgendwie kam es ihm bekannt vor. Er nahm das Originalfoto, das er auf seinem iPhone aus Islamabad mitgebracht hatte, aus seinem Schreibtisch. Es war einmal gefaltet, um die Hälfte zu verbergen, die er nicht brauchte. Aber jetzt wollte er sie sehen. Das fünfzehn Jahre alte Bild des grinsenden Schülers.

Als Einzelkind wusste der Spürhund, dass zwei Jungen, die als »beste Freunde« durch die Schule gehen, diese Bindung oft ein Leben lang nicht mehr verlieren. Er dachte an den Hinweis von Ariel: Jemand schickte E-Mails an den Schuppen in Kismaju. Der Troll bestätigte dankend den Empfang.

Der Prediger hatte einen Freund im Westen.

Captain Mason betrachtete das mutmaßliche Gesicht des Predigers – ehemals Zulfikar Ali Schah, ehemals Abu Azzam –, wie er heute aussehen würde. Daneben hielt er das Bild des ahnungslosen Tony Suarez, eines arbeitslosen Kleindarstellers, der in einer Bruchbude in Malibu hauste.

»Klar, das lässt sich machen«, sagte er schließlich. »Mit Maske, Frisur, Garderobe, Kontaktlinsen, Sprechproben, Teleprompter.« Er klopfte mit dem Finger auf das Foto des Predigers.

»Spricht der Kerl auch?«

»Gelegentlich.«

»Für die Stimme kann ich nicht garantieren.«

»Die Stimme überlassen Sie mir«, sagte der Spürhund.

Captain Mason flog in Zivil und als Mr. Mason mit einem Bündel Dollarscheine nach Hollywood, kam mit Mr. Suarez zurück und brachte ihn in einer komfortablen Suite eines Kettenhotels unter, zwanzig Meilen weit von Fort Eustis entfernt. Um sicher zu sein, dass er nicht auf Abwege geriet, verpasste man ihm einen Aufpasser in Gestalt eines hinreißenden, blonden, weiblichen Corporals. Man versicherte der Frau, sie brauche im Dienste des Vaterlandes nichts weiter zu tun, als den kalifornischen Gast achtundvierzig Stunden lang daran zu hindern, das Hotel zu verlassen oder ihr Schlafzimmer zu betreten.

Ob Mr. Suarez wirklich glaubte, man brauche seine Dienste zur Vorproduktion eines Arthouse-Films für einen Kunden aus dem Nahen Osten, der eine Menge Geld ausgeben wollte, war ohne Bedeutung. Ob der Film einen Plot hatte, interessierte ihn nicht. Er war zufrieden, in einer Luxussuite mit Champagnerbar zu wohnen, genug Geld für den Grillbedarf mehrerer Jahre zu bekommen und seine Zeit mit einer Blondine zu verbringen, die den Straßenverkehr zum Erliegen bringen konnte. Captain Mason hatte im selben Hotel einen großen Konferenzraum gebucht und Suarez gesagt, die »Probeaufnahmen« würden am nächsten Tag stattfinden.

Das TRADOC-Team kam mit zwei unmarkierten Autos und einem kleinen Möbelwagen. Sie übernahmen den Konferenzraum und beklebten alle Fenster mit schwarzem Papier und Malerkrepp. Dann bauten sie das schlichteste Filmset der Welt.

Im Grunde bestand es nur aus einem Bettlaken, das an die Wand gepinnt wurde. Es war ebenfalls schwarz und mit Koranversen in arabischer Kursivschrift beschrieben. Das Laken war in der Werkstatt eines Tonstudios in Fort Eustis präpariert worden. Es war eine Nachbildung des Hintergrunds, wie ihn der Prediger bei allen seinen Aufnahmen verwendete. Davor stellte man einen einfachen Holzstuhl mit Armlehnen.

Am anderen Ende des Raums baute man mit Stühlen, Tischen und Lampen zwei Arbeitsbereiche für »Garderobe« und »Maske«. Keiner der Beteiligten hatte die leiseste Ahnung, warum.

Der Kameramann stellte seinen Camcorder vor dem Stuhl auf. Einer seiner Kollegen setzte sich auf den Stuhl, damit Abstand, Bildschärfe und Klarheit eingestellt werden konnten. Der Tontechniker prüfte die Lautstärkelevel. Der Monitor des Teleprompters wurde dicht unter das Objektiv des Camcorders platziert, damit es aussah, als wäre der Blick des Sprechenden geradewegs in die Kamera gerichtet.

Mr. Suarez wurde hereingeführt und in die »Garderobe« gebracht, wo ihn eine Matrone im Rang eines Senior Sergeant, in Zivil wie alle anderen, mit dem Gewand und dem Kopftuch erwartete, das er tragen würde. Auch dieses Kostüm hatte der Spürhund aus dem enormen Fundus von TRADOC ausgesucht, und die Kostümbildnerin hatte nach Fotos des Predigers ein paar Änderungen vorgenommen.

»Ich brauche aber kein Arabisch zu sprechen, oder?«, protestierte Tony Suarez. »Niemand hat was von Arabisch gesagt.«

»Absolut nicht«, beruhigte ihn »Mr.« Mason, der jetzt anscheinend Regie führte. »Na ja, ein, zwei Wörter vielleicht, aber dabei kommt es nicht auf die Aussprache an. Hier, schauen Sie sich das an. Sie müssen es nur lippensynchron hinkriegen.« Er gab Suarez eine Karte mit ein paar arabischen Wörtern.

»Shit, Mann, das ist kompliziert.«

Ein älterer Mann, der stumm an der Wand gelehnt hatte, trat vor.

»Versuchen Sie mir nachzusprechen«, sagte er und artikulierte die fremden Wörter wie ein Araber. Suarez versuchte es. Es klang nicht genauso, aber seine Lippenbewegungen gingen in die richtige Richtung. Die Synchronisation würde den Rest besorgen. Tony Suarez begab sich in die Maske. Es dauerte eine Stunde.

Die erfahrene Maskenbildnerin verdunkelte seinen Teint und machte ihn schwärzlicher. Ein schwarzer Bart wurde angebracht. Das *shemagh*, ein einfaches arabisches Kopftuch, bedeckte die Haare, und schließlich kamen die Kontaktlinsen, die ihm faszinierend bernsteingelbe Augen verpassten. Als er aufstand und sich umdrehte, war der Spürhund sicher, den Prediger vor sich zu sehen.

Tony Suarez wurde zu dem Stuhl geführt und setzte sich. Camcorder, Lautstärkelevel, Fokus und Teleprompter wurden noch einmal justiert. Die Stunde in der Maske hatte der Schauspieler benutzt, um den Text zu studieren, den er vom Teleprompter ablesen würde. Den größten Teil kannte er inzwischen auswendig, und auch wenn sein Arabisch nicht klang wie bei einem Muttersprachler, stolperte er nicht mehr über die Wörter.

»Kamera ab«, sagte Captain Mason. Eines Tages, davon träumte er, würde er diese Worte zu Brad Pitt und George Clooney sagen.

Der Statist fing an zu sprechen.

Der Spürhund flüsterte Mason etwas ins Ohr.

»Mehr Ernst, Tony«, sagte Mason. »Das ist ein Geständnis. Sie sind der Großwesir, der dem Sultan gesteht, dass er alles falsch gemacht hat und es ihm leidtut. Okay, noch mal. Kamera ab.«

Nach acht Takes hatte Suarez seine Spitzenleistung erreicht und ließ nach. Der Spürhund ließ abbrechen.

»Okay, Leute, das Ding ist im Kasten.« Mason liebte diesen Ausdruck. Die Crew baute ab, was sie aufgebaut hatte. Tony Juarez trug wieder Jeans und T-Shirt, er war glatt rasiert und roch leicht nach Reinigungscreme. Kostüme und Maske wurden eingepackt und in den Truck zurückgebracht. Das Laken wurde abgenommen, zusammengerollt und weggebracht. Die Fenster wurden vom schwarzen Papier und Klebstreifen befreit.

Währenddessen ließ der Spürhund sich vom Kameramann die besten fünf Takes der Rede aussuchen. Er wählte die Aufnahme aus, die er haben wollte, und ließ alle übrigen löschen.

Die Stimme des Schauspielers war immer noch reinstes Kalifornisch. Aber der Spürhund kannte einen britischen TV-Comedian, der das Publikum mit seinen unglaublichen Imitationen von Prominentenstimmen in Lachkrämpfe versetzte. Man würde ihn für einen Tag einfliegen und gut bezahlen, und die Techniker würden für präzise Lippensynchronisation sorgen.

Sie übergaben dem Hotel den gemieteten Konferenzraum. Tony Suarez räumte mit großem Bedauern seine Suite, wurde nach Washington gefahren und nahm den Nachtflug zurück nach Los Angeles. Das Team aus Fort Eustis hatte einen viel kürzeren Heimweg und war bei Sonnenuntergang schon zu Hause.

Sie hatten einen unterhaltsamen Tag verbracht, aber sie hatten noch nie vom Prediger gehört und nicht die leiseste Ahnung, was sie getan hatten. Doch der Spürhund wusste es. Er wusste, wenn er das, was da auf der Kassette in seiner Hand war, vom Stapel ließ, würde unter den Streitkräften des Dschihadismus das reine Chaos ausbrechen.

Der Mann, der auf dem Flughafen von Mogadischu zusammen mit einer Handvoll Somalis aus der Turkish-Airlines-Maschine stieg, hatte einen Pass, der ihn als Dänen auswies, und weitere Papiere in fünf Sprachen – unter anderem in Somali –, die ihn als Mitarbeiter des Kinderhilfswerks »Save the Children Fund« identifizierten.

Sein richtiger Name war nicht Jensen, und in Wirklichkeit arbeitete er in der Spionageabteilung des Mossad. Er war am Tag zuvor vom Flughafen Ben Gurion nach Larnaka auf Zypern geflogen, hatte dort Namen und Nationalität gewechselt und war nach Istanbul weitergeflogen.

Das Warten in der Businessclass-Transitlounge auf den Weiterflug in Richtung Süden und nach Somalia war lang und ermüdend. Aber Turkish Airlines war immer noch die einzige staatliche Fluglinie, die Mogadischu anflog.

Es war acht Uhr morgens und schon heiß auf dem Vorfeld, als die fünfzig Passagiere ins Ankunftsterminal zockelten. Die Somalis aus der Economyclass drängten die drei Business-Passagiere zur Seite. Der Däne hatte es nicht eilig, wartete geduldig vor der Passkontrolle, bis er an der Reihe war.

Er hatte natürlich kein Visum. Visa wurden bei der Ankunft gekauft, das wusste er, denn er war schon hier gewesen. Der Offizier studierte die älteren Ein- und Ausreisestempel, und konsultierte dann eine Liste. Da stand niemand namens Jensen.

Der Däne schob einen Fünfzig-Dollar-Schein unter der Glasscheibe hindurch.

»Für das Visum«, sagte er leise auf Englisch. Der Offizier zog den Schein zu sich heran und bemerkte den zweiten Fünfziger zwischen den Seiten des Passes.

»Eine Kleinigkeit für Ihre Kinder«, sagte der Däne.

Der Offizier nickte. Ohne zu lächeln, gab er den Visumsstempel, warf einen Blick auf die Gelbfieber-Impfbescheinigung, klappte den Pass zu und reichte ihn mit einem Kopfnicken zurück. Für seine Kinder, natürlich. Ein ehrenwertes Geschenk. Schön, mal einen Europäer zu sehen, der die Regeln kannte.

Draußen standen zwei klapprige Taxis. Der Däne warf seine Reisetasche in das erste, stieg ein und sagte: »Peace Hotel, bitte.« Der Fahrer nahm Kurs auf die torgesicherte Ausfahrt des Flughafengeländes, die von ugandischen Soldaten bewacht wurde.

Der Flughafen liegt mitten im Stützpunkt der Afrikanischen Union, einer Zone innerhalb der Enklave von Mogadischu, umgeben von Stacheldraht, Sandsäcken, Splitterschutzmauern und patrouillierenden Casper-Schützenpanzern. Im Innern dieser Festung befindet sich eine weitere Festung: In Camp Bancroft wohnen die »Whiteys«, ein paar hundert Mitarbeiter von Baufirmen und Hilfsorganisationen, vorübergehend anwesende Journalisten und eine Handvoll ehemaliger Söldner, die als Bodyguards für die dickeren Fische arbeiten.

Die Amerikaner wohnten in einer eigenen Anlage am Ende der Startbahn. Dort standen ihre Botschaft, ein paar Hangars mit unbekanntem Inhalt und eine Schule für die Ausbildung junger Somalis, die eines Tages als amerikanische Agenten in das gefährliche Somalia zurückgeschleust werden sollten. Wer Somalia aus langer, ernüchternder Erfahrung kannte, wusste, dass dies nur ein schöner Traum war.

In diesem inneren Heiligtum, durch das sein Taxi jetzt fuhr, befanden sich auch die anderen Miniansiedlungen, in denen die Vereinten Nationen sowie hohe Offiziere der Afrikanischen Union untergebracht waren, und hier stand die kümmerliche britische Botschaft, die leidenschaftlich und wahrheitswidrig darauf bestand, keine gewöhnliche »Schlapphut-Zentrale« zu sein.

Der Däne Jensen wagte nicht, in Bancroft zu wohnen. Er könnte dort auf einen anderen Dänen oder einen echten Mitarbeiter von »Save the Children« stoßen. Lieber zog er in das einzige Hotel außerhalb der Barrikaden, wo ein Weißer halbwegs ungefährdet absteigen konnte.

Das Taxi rollte durch das letzte bewachte Tor – noch mehr rot-weiße Schlagbäume, noch mehr ugandische Soldaten – und hinaus auf die Straße, die eine Meile weit ins Zentrum von Mogadischu führte. Obwohl der Däne nicht zum ersten Mal hier war, sah er immer noch mit Staunen, wie diese einstmals elegante afrikanische Stadt durch zwanzig Jahre Bürgerkrieg in ein Meer von Schutt verwandelt worden war.

Das Taxi bog in eine Gasse. Ein bezahlter Straßenbengel zerrte einen Stacheldrahtverhau zur Seite, und ein drei Meter hohes Stahltor öffnete sich knarrend. Das alles ging ohne Worte vonstatten. Jemand hatte durch ein Guckloch gespäht.

Der Däne bezahlte das Taxi, checkte ein und wurde auf sein Zimmer gebracht. Es war klein und funktional, hatte Milchglasfenster (damit der Bewohner unerkannt blieb), und die Vorhänge waren geschlossen (zum Schutz vor der Hitze). Er zog sich aus, stellte sich für eine Weile unter die lauwarm tröpfelnde Dusche und seifte sich ein, so gut es ging. Dann trocknete er sich ab und zog frische Sachen an.

Mit Flipflops, groben Segeltuchjeans und einem langen, offenen Hemd war er fast so gekleidet wie ein einheimischer Somali. Er trug eine Schultertasche und eine dunkle Wraparound-Sonnenbrille. Seine Hände waren gebräunt von der israelischen Sonne, aber mit dem blassen Gesicht und den blonden Haaren sah er eindeutig europäisch aus.

Er wusste, wo man Motorroller mieten konnte, und das Peace Hotel rief ihm ein zweites Taxi, das ihn dorthin brachte. Im Wagen nahm er das *schemagh* aus der Schultertasche und schlang es sich um das blonde Haar. Das herabhängende Ende zog er sich über das Gesicht und stopfte es auf der anderen Seite unter den Stoff. Daran war nichts Verdächtiges; wer ein *schemagh* trägt, schützt Nase und Mund oft vor Staub und Wind.

Er mietete ein klappriges weißes Piaggio-Moped. Der Vermieter kannte ihn schon von früheren Besuchen: immer eine ordentliche Vorauszahlung in Dollar, das Fahrzeug stets heil zurückgebracht, keine Notwendigkeit für alberne Formalitäten wie etwa Führerscheine.

Der Däne fädelte sich in den Strom von Eselskarren, auseinanderbrechenden Lastwagen und Pick-ups und anderen Mopeds ein und wich einzelnen Kamelen und Fußgängern aus. Er sah wie ein x-beliebiger Somali aus, der seinen Geschäften nachging, als er die Maka-al-Mukarama hinunterknatterte, die Hauptstraße, die sich durch das Zentrum von Mogadischu schneidet.

Er kam an der strahlend weißen Isbahaysiga-Moschee vorbei, die in ihrer unbeschädigten Pracht beeindruckend wirkte, doch als sein Blick über die Straße ging, sah er etwas weniger Attraktives. Seit seinem letzten Besuch war das Flüchtlingslager Darawyscha weder verlegt noch verbessert worden. Es war immer noch ein Meer von elenden Hütten, in denen zehntausend hungrige und verängstigte Flüchtlinge hausten. Sie hatten keine Kanalisation und keine Lebensmittel, weder Arbeit noch Hoffnung, und ihre Kinder spielten in Pfützen von Urin. Sie waren wirklich die, dachte er, die Frantz Fanon als »die Verdammten der Erde« bezeichnet hatte, und Darawyscha war nur eine von achtzehn Elendsstädten innerhalb der Enklave. Die westlichen Hilfsorganisationen gaben sich alle Mühe, aber hier zu helfen war unmöglich.

Der Däne warf einen Blick auf seine billige Armbanduhr. Er war pünktlich. Die Treffen fanden immer um zwölf Uhr mittags statt. Der Mann, dessentwegen er gekommen war, würde einen Blick auf die übliche Stelle werfen. Wenn er nicht da wäre – was er in neunundneunzig von hundert Fällen nicht war –, würde der andere Mann seiner Wege gehen. Wenn er da wäre, würden sie Signale wechseln.

Das Moped trug ihn in das zerstörte italienische Viertel. Ein Weißer, der dort ohne große, bewaffnete Eskorte hinging, war ein Idiot. Das Risiko, ermordet zu werden, war dabei weniger groß als das einer Entführung. Ein Europäer oder Amerikaner konnte bis zu zwei Millionen Dollar wert sein. Doch mit den somalischen Flipflops, dem afrikanischen Hemd und einem *schemagh* um Kopf und Gesicht fühlte der israelische Agent sich einigermaßen sicher, wenn er die Sache kurz machte.

Der Fisch wurde jeden Morgen in der kleinen hufeisenförmigen Bucht vor dem Uruba-Hotel angelandet, wo die Brandung des Indischen Ozeans die Fischerboote aus der Dünung an den Strand trägt. Von dort schleppen die mageren, dunklen Männer, die die ganze Nacht gefischt haben, ihre Makrelen und Haie zum Marktschuppen hinauf und hoffen auf Käufer.

Der Markt liegt zweihundert Meter weit von der Bucht entfernt und ist ein dreißig Meter langer, unbeleuchteter Schuppen, in dem es nach Fisch stinkt, nach frischem und nach anderem. Der Agent des Dänen war hier der Marktleiter. Mr. Kamal Duale wurde dafür bezahlt, dass er jeden Mittag um zwölf aus seinem Büro kam und die Menge beaufsichtigte, die sich vor dem Markt sammelte.

Die meisten waren gekommen, um zu kaufen, aber nicht sofort. Wer Geld hatte, bekam den Fisch frisch. Ohne Kühlung, bei vierzig Grad Hitze, würde er ziemlich schnell zu riechen anfangen, und dann gab es ihn günstiger.

Wenn Mr. Duale überrascht war, seinen Agentenführer in der Menge zu erblicken, ließ er es sich nicht anmerken. Er starrte ihn nur an und nickte. Der Mann auf der Piaggio nickte zurück und hob die rechte Hand vor die Brust. Spreizte die Finger, schloss sie und spreizte sie erneut. Noch einmal nickten beide kurz, dann fuhr der Motorroller weg. Das Treffen war verabredet: morgen früh um zehn am gewohnten Ort.

Am nächsten Tag kam der Däne um acht zum Frühstück herunter. Er hatte Glück, es gab Eier. Er nahm zwei Spiegeleier mit Brot und Tee. Viel wollte er nicht essen; er war bemüht, die Toiletten zu vermeiden.

Sein Roller parkte an der Mauer des Hotelgeländes. Um halb zehn trat er den Kickstarter herunter, wartete darauf, dass das Stahltor sich öffnete, und fuhr zurück bis zum Tor vor dem Camp der Afrikanischen Union. Während er auf die Wachbaracke zufuhr, riss er sich das *schemagh* vom Kopf. Seine blonden Haare gaben ihn sofort zu erkennen.

Ein ugandischer Soldat trat aus der Kabine und nahm das

Gewehr von der Schulter. Kurz vor der Schranke schwenkte der Rollerfahrer ab, hob die Hand und rief: »Jambo.«

Als der Ugander sein heimisches Suaheli hörte, ließ er das Gewehr sinken. Schon wieder ein verrückter *mzungu*. Er wollte nur noch nach Hause, aber der Sold hier war gut, und bald hätte er genug für ein paar Rinder und eine Frau. Der *mzungu* bog auf den Parkplatz vor dem Village Café, stieg ab und ging hinein.

Der Fischmarktleiter saß an einem Tisch und trank Kaffee. Der Däne ging an die Bar und bestellte sich auch welchen, und dabei dachte er an den starken, aromatischen Kaffee in der Cafeteria zu Hause im Büro in Tel Aviv.

Die Übergabe fand wie immer auf der Herrentoilette des Cafés statt. Der Däne holte Dollars hervor, die internationale Währung auch in feindlichen Ländern. Der Somali sah beifällig zu, als er die Scheine abzählte.

Einen Teil davon würde der Fischer bekommen, der die Nachricht am nächsten Morgen südwärts nach Kismaju brachte, aber der würde in buchstäblich wertlosen somalischen Shilling bezahlt werden. Duale würde die Dollars behalten und sie für den Tag sparen, an dem er genug hätte, um auszuwandern.

Und da war die Ware, ein kleines Aluminiumröhrchen, wie man es benutzte, um gute Zigarren zu schützen. Dieses hier war jedoch eine Spezialanfertigung, solider und schwerer. Duale schob es sich in den Hosenbund.

In seinem Büro hatte er einen kleinen, robusten Generator, ein geheimes Geschenk von den Israelis. Er wurde mit dem zweifelhaftesten Paraffin betrieben, aber er produzierte Elektrizität, und damit konnte er seine Klimaanlage und einen Kühl- und Gefrierschrank laufen lassen. Duale war der Einzige auf dem Fischmarkt, der immer frischen Fisch hatte.

Unter anderem hatte er einen knapp meterlangen Kingfish, den er am Morgen gekauft hatte und der jetzt steinhart gefroren war. Heute Abend würde sein Fischer ihn mit dem Röhrchen tief in den Eingeweiden mitnehmen und nach Süden segeln. Er würde den ganzen Weg fischen und zwei Tage später am Fischereidock in Kismaju anlegen.

Dort würde er den nicht mehr ganz so frischen Kingfish an einen Fischereikontrolleur auf dem Markt verkaufen und sagen, er sei von seinem Freund. Er wusste nicht, warum, und es war ihm auch gleichgültig. Er war nur ein armer Somali, der sich bemühte, vier Söhne großzuziehen, damit sie sein Boot übernehmen konnten, wenn sie alt genug waren.

Die beiden Männer kamen ins Café zurück, tranken jeder für sich ihren Kaffee aus und gingen, ebenfalls jeder für sich. Mr. Duale nahm das Röhrchen mit nach Hause und rammte es tief in den Bauch des gefrorenen Kingfish. Der blonde Mann wickelte sich das *schemagh* um Kopf und Gesicht und fuhr mit dem Roller zurück zur Vermietung. Er gab die Piaggio ab, ließ sich den größten Teil seiner Pfandzahlung erstatten und vom Vermieter zum Hotel fahren. Ein Taxi war jetzt nirgends zu finden, und der Vermieter wollte einen guten, wenn auch unregelmäßigen Kunden nicht verlieren.

Der Däne musste bis zum nächsten Morgen um acht Uhr warten. Erst dann ging sein Turkish-Airlines-Flug. Um die Zeit totzuschlagen, las er in seinem Zimmer einen Roman auf Englisch. Nach einem Teller Kamelragout ging er schließlich schlafen.

Im Morgengrauen legte der Fischer den in nasses Sackleinen gewickelten Kingfish in den Fischkasten seines Bootes. Vorher schnitt er den Schwanz auf, damit er ihn von den anderen unterscheiden könnte, die er unterwegs vielleicht fangen würde. Dann legte er ab, ging auf Südkurs und warf seine Leinen aus.

Am nächsten Morgen um neun, nach dem wie immer chaotischen Boarding, hob die türkische Verkehrsmaschine ab. Der Däne sah zu, wie Gebäude und Befestigungsanlagen von Camp Bancroft unter ihm versanken. Weit im Süden pflügte sich ein Fischerboot mit geblähtem Lateinsegel an Marka vorbei. Das

Flugzeug kurvte nach Norden, legte in Dschibuti einen Tankstopp ein und landete am Nachmittag in Istanbul.

Der Däne von »Save the Children« blieb im Abflugbereich, erledigte in aller Eile die Transitformalitäten und erwischte die letzte Maschine nach Larnaka. Im Hotelzimmer wechselte er seinen Namen, seinen Pass und sein Ticket und nahm am nächsten Morgen den ersten Flug zurück nach Tel Aviv.

»Gab's Probleme?«, fragte der Major, der als Benny bekannt war. Er war es, der den »Dänen« mit neuen Anweisungen für Opal nach Mogadischu geschickt hatte.

»Nein. Reine Routine.« Der Däne hieß jetzt wieder Mosche.

Das Office schickte eine verschlüsselte Mail an Simon Jordan, den Stationschef in Washington. Sie veranlasste ihn, sich mit dem als »Spürhund« bekannten Amerikaner zu verabreden. Er bevorzugte Hotelbars, aber nicht dieselbe zweimal nacheinander. Das zweite Treffen fand deshalb im Four Seasons in Georgetown statt.

Es war Hochsommer, und sie trafen sich unter den Markisen der Gartenbar. Noch andere Männer mittleren Alters in Hemdsärmeln tranken hier ihre Cocktails. Alle wirkten fülliger als die beiden, die ganz hinten saßen.

»Man hat mir gesagt, Ihr Freund im Süden sei jetzt vollständig im Bilde«, sagte Simon Jordan. »Deshalb muss ich Sie fragen: Was genau wollen Sie von ihm?«

Er hörte aufmerksam zu, als der Spürhund ihm erzählte, was er vorhatte. Nachdenklich rührte er in seinem Club Soda. Er hatte nicht die geringsten Zweifel, was das Schicksal anging, das der ehemalige U.S. Marine dem Prediger zugedacht hatte. Ein Urlaub in Kuba war es nicht.

»Wenn unser Mann Ihnen dabei behilflich sein kann«, sagte er schließlich, »und wenn in Betracht gezogen werden sollte, ihn zusammen mit dem Zielobjekt durch einen Raketenschlag zu eliminieren, werden wir auf absehbare Zeit nicht mehr bereit sein, mit Ihnen zu kooperieren.«

»Das war nie meine Absicht«, sagte der Spürhund.

»Ich wollte nur, dass das klar ist, Spürhund. Ist es klar?«

»Wie das Eis in Ihrem Glas. Kein Raketenangriff, wenn Opal nicht meilenweit entfernt ist.«

»Ausgezeichnet. Dann werde ich veranlassen, dass die entsprechenden Anweisungen erteilt werden.«

»Sie wollen wohin?«, fragte Gray Fox.

»Nur nach London. Die sind dort genauso erpicht darauf wie wir, dass der Prediger zum Schweigen gebracht wird. Sein Außenkontakt wohnt anscheinend da. Ich möchte näher am Zentrum des Geschehens sein. Möglicherweise, denke ich, bringen wir die Sache mit diesem Prediger demnächst zu Ende. Das habe ich Konrad Armitage gegenüber erwähnt. Er sagt, ich sei willkommen, und seine Leute würden tun, was sie können. Ist alles nur noch einen Telefonanruf weit entfernt.«

»Bleiben Sie in Verbindung, Spürhund. Ich muss den Admiral auf dem Laufenden halten.«

Auf dem Fischereidock in Kismaju stand ein dunkelhäutiger junger Mann mit einem Clipboard und musterte die Gesichter der Fischer, die vom Meer hereinkamen. Kismaju, das 2012 an die Regierungstruppen gefallen war, hatte al-Schabaab im Jahr zuvor nach blutigen Kämpfen zurückerobert, und die Fanatiker zeigten sich jetzt wild und wachsam. Die Religionspolizei war überall unterwegs und sorgte für absolute Frömmigkeit in der Bevölkerung. Die paranoide Angst vor Spionen aus dem Norden war wie eine Epidemie. Sogar die Fischer, die ihren Fang sonst ausgelassen lärmend an Land brachten, waren bedrückt und still.

Der dunkelhäutige junge Mann entdeckte ein Gesicht, das er kannte, aber seit Wochen nicht mehr gesehen hatte. Sein Stift schwebte über dem Clipboard, um die gefangene Menge zu notieren, die an Land gebracht wurde, und er ging auf den Mann zu.

»*Allahu akbar!*«, intonierte er. »Was hast du gebracht?«

»Stachelmakrelen und nur drei Stück Kingfish, *inschallah*«, antwortete der Fischer. Er deutete auf einen King, dessen Schuppen den silbrigen Glanz des fangfrischen Fisches verloren hatten und dessen Schwanz aufgeschlitzt war. »Von deinem Freund«, sagte er leise.

Opal signalisierte ihm, dass alle seine Fische zum Verkauf freigegeben seien. Sie wurden zu den Steintischen gebracht, während er den markierten in den Jutesack stopfte. Sogar in Kismaju war es erlaubt, dass ein Fischereikontrolleur einen Fisch zum Abendessen mit nach Hause nahm.

Als er allein in seiner Hütte am Strand vor der Stadt war, zog er das Aluminiumröhrchen aus dem Fisch und schraubte es auf. Es enthielt zwei Papierrollen. Die eine bestand aus Dollarscheinen, die andere enthielt seine Anweisungen. Letztere würde er auswendig lernen und verbrennen, und die Dollars würde er im Lehmboden seiner Hütte vergraben.

Es waren tausend Dollar in Hundert-Dollar-Scheinen, und die Anweisungen waren einfach.

»Für die Dollars sollst du einen verlässlichen Motorroller, ein Geländemotorrad oder -moped kaufen und Benzinkanister an den Sattel hängen. Du wirst fahren müssen.

Zweitens, kaufe ein gutes Radio, mit dem du Kol Israel empfangen kannst. Sonntags, montags, mittwochs und donnerstags gibt es auf Kanal acht eine Late-Night-Talkshow. Sie beginnt um dreiundzwanzig Uhr dreißig und heißt *Yanshufim* (die Nachteulen). Vorher kommt immer ein Wetterbericht.

An der Küstenstraße hinauf nach Marka ist ein neuer Treffpunkt für ein Meeting von Angesicht zu Angesicht markiert. Du findest ihn auf der beigefügten Karte. Man kann ihn nicht verfehlen.

Wenn du die verschlüsselte Anweisung hörst, warte bis zum nächsten Tag. Fahre in der Abenddämmerung los, und du wirst im Morgengrauen am Treffpunkt ankommen. Dein Kontakt wird dort sein, mit neuem Geld, Ausrüstung und weiteren Anweisungen.

Die Worte im Wetterbericht, auf die du warten sollst, lauten: ›Für morgen erwarten wir leichten Regen über Aschkelon.‹ Viel Glück, Opal.«

ACHT

Der Fischkutter war alt und ramponiert, aber das war der Sinn der Sache. Er war verrostet und hatte mindestens einen neuen Anstrich nötig, doch auch das sollte so sein. Auf einem Meer voller Küstenfischerboote würde er keine Aufmerksamkeit erregen.

Er machte in finsterer Nacht von seinem Liegeplatz los und verließ die Bucht vor Eilat, wo Rafi Nelson früher seine Strandbar hatte. Als der Morgen dämmerte, war der Kutter südlich des Golfs von Akaba und tuckerte ins Rote Meer hinein, vorbei an den Tauchgebieten vor der ägyptischen Sinaiküste. Die Sonne stand hoch am Himmel, als die Taba-Höhen und Dahab vorüberzogen. Zwei Sporttaucherboote waren schon in aller Frühe über den Riffen unterwegs, aber niemand nahm Notiz von dem schmuddeligen israelischen Kutter.

Am Ruder stand der Kapitän, und sein Erster Maat kochte in der Kombüse Kaffee. Nur zwei echte Seeleute waren an Bord. Zwei echte Fischer würden die langen Leinen und die Netze handhaben, wenn das Boot zum Driften überginge. Die anderen acht waren Kommandosoldaten von Sajeret Matkal.

Der Laderaum war gescheuert und vom Fischgestank gereinigt worden, um sie unterzubringen. An den Wänden gab es acht Kojen und einen gemeinsamen Messbereich auf den Planken. Die Lukendeckel blieben geschlossen, damit die Klimaanlage in dem engen Raum trotz der sengenden Sonne ihre Arbeit tun konnte.

Auf dem Roten Meer zwischen Saudi-Arabien und dem Sudan wechselte der Kutter seine Identität und verwandelte sich in die *Omar al-Dhofari* aus dem omanischen Hafen Salalah. Die Besatzung sah entsprechend aus: Alle konnten, was Aussehen und Sprache anging, als Golfaraber durchgehen.

In der Meerenge zwischen Dschibuti und Jemen umrundete der Fischkutter die jemenitische Insel Perim und fuhr in den Golf von Aden ein. Ab jetzt befand er sich im Piratenrevier, aber er war nicht in Gefahr. Somalische Piraten sind auf Beute aus, die kommerziellen Wert hat und deren Eigner bereit sind, einen Preis für die Rückgabe zu bezahlen. Ein Fischkutter aus Oman gehörte nicht zu dieser Kategorie.

Die Männer an Bord sahen eine Fregatte der internationalen Flottille, die den Piraten seit einer Weile das Leben äußerst schwer machte, doch sie wurden nicht einmal angerufen. Die Sonne blitzte auf den Objektiven der starken Ferngläser, mit denen sie beobachtet wurden, das war alles. Ein omanischer Kutter war auch für die Piratenjäger uninteressant.

Am dritten Tag umrundete er Cape Guard, die östlichste Festlandspitze Afrikas, und schwenkte nach Süden. An Steuerbord lag nur noch Somalia, und der Kutter nahm Kurs auf sein Operationsgebiet vor der Küste zwischen Mogadischu und Kismaju. Als er dort angekommen war, drehte er bei. Die Netze wurden ausgeworfen, um den Schein zu wahren, und eine kurze, harmlose E-Mail-Nachricht wurde an die nicht vorhandene Freundin Miriam im Office geschickt, in der ihr mitgeteilt wurde, man sei bereit und warte.

Der Divisionschef Benny reiste ebenfalls, jedoch sehr viel schneller, nach Süden. Er flog mit El-Al nach Rom und dann weiter nach Nairobi. In Kenia ist der Mossad seit Langem besonders stark vertreten, und der örtliche Stationschef holte Benny in Zivil und mit einem unmarkierten Wagen am Flughafen ab. Eine Woche war es her, seit der somalische Fischer mit dem stinkenden Kingfish seine Ware an Opal übergeben hatte, und Benny musste hoffen, dass inzwischen irgendein Motorrad beschafft worden war.

Donnerstagabend, kurz vor Mitternacht, wurde wie immer die »Nachteulen«-Talkshow gesendet. Vorher kam der Wetterbericht. Darin hieß es, trotz der Hitzewelle in den meisten Teilen des Landes sei mit leichtem Regen über Aschkelon zu rechnen.

Die vorbehaltlose Zusammenarbeit der Briten mit dem Spürhund stand außer Frage. Großbritannien hatte vier Mordfälle, begangen von jungen Fanatikern auf der Suche nach dem Ruhm, dem Paradies oder beidem, angestiftet vom Prediger, und den Behörden war ebenso viel daran gelegen, ihn auszuschalten, wie den Amerikanern.

Der Spürhund wurde in einem Safe House der amerikanischen Botschaft untergebracht, einem kleinen, aber gut eingerichteten Cottage in einer kopfsteingepflasterten Seitengasse in Mayfair. Es gab ein kurzes Meeting mit dem J-SOC-Chef in der Verteidigungsabteilung der Botschaft und dem CIA-Stationschef. Dann brachte man den Spürhund zum Hauptquartier des Secret Intelligence Service in Vauxhall Cross. Er war schon zweimal in dem Klotz aus grünem und braunem Stein am Themseufer gewesen, aber der Mann, den er jetzt traf, war ihm neu.

Adrian Herbert war in seinem Alter, also Mitte vierzig, und folglich war er auf dem College gewesen, als Boris Jelzin 1991 das Ende des Sowjetkommunismus und der Sowjetunion verkündete. Nach dem Studium der Geschichte am Lincoln College in Oxford und einem Jahr auf der SOAS, der School of Oriental and African Studies in London, hatte er eine Karriere auf der Überholspur gestartet. Sein Spezialgebiet war Zentralasien, und er sprach Urdu, Paschtu und ein wenig Arabisch.

Der Leiter des SIS – oft fälschlich MI6 genannt – ist immer nur als »Chief« bekannt. Er streckte seinen Kopf herein, sagte Hallo und ließ Adrian Herbert mit seinen Gästen allein. Aus Höflichkeitsgründen war ein Mitarbeiter des Sicherheitsdienstes – des Security Service, kurz MI5 – dabei, der seinen Sitz in Thames House hat, fünfhundert Meter weit themseabwärts am Nordufer.

Es folgte das fast rituelle Aufgebot von Kaffee und Keksen, dann sah Herbert seine drei amerikanischen Gäste an und fragte leise: »Was meinen Sie, wie können wir behilflich sein?«

Die beiden Botschaftsmitarbeiter überließen es dem Spürhund. Keiner der Anwesenden war in Unkenntnis des Auftrags, den der Mann von TOSA hatte. Aber der Spürhund sah keine Notwendigkeit zu erklären, was er bisher unternommen hatte, wie weit er gekommen war und was er als Nächstes vorhatte. Selbst zwischen Freunden und Verbündeten gilt der Leitsatz »Kenntnis nur bei Bedarf«.

»Der Prediger ist nicht im Jemen, er ist in Somalia«, sagte er. »Wo genau er sich aufhält, weiß ich noch nicht. Wir wissen allerdings, dass sich sein Computer und damit der Ausgangspunkt seiner Internetbotschaften in einem Umschlaglager im Hafengebiet von Kismaju befindet. Ich bin jedoch sicher, dass er nicht persönlich dort anwesend ist.«

»Ich glaube, Konrad Armitage hat Ihnen schon gesagt, dass wir niemanden in Kismaju haben.«

»Anscheinend hat dort niemand jemanden«, log der Spürhund. »Doch darum geht es mir hier nicht. Wir haben festgestellt, dass jemand mit diesem Lagerschuppen kommuniziert und Empfangsbestätigungen für seine Nachrichten erhält. Der Schuppen gehört der Firma Masala Pickles in Karatschi. Vielleicht haben Sie schon davon gehört.«

Herbert nickte. Er aß gern indisch und pakistanisch und ging mit seinen Agenten manchmal in Curryrestaurants, wenn sie London besuchten. Das Mango Chutney von Masala war ziemlich bekannt.

»Durch einen außergewöhnlichen Zufall – an den wir alle nicht glauben – gehört die Firma Masala zu hundert Prozent einem Mr. Mustafa Dardari, und der ist ein Kindheitsfreund des Predigers aus seiner Zeit in Islamabad. Ich möchte, dass dieser Mann unter die Lupe genommen wird.«

Herbert sah den MI5-Kollegen an, und der nickte.

»Sollte sich machen lassen«, sagte er. »Wohnt er in London?«

Der Spürhund wusste, dass das MI5 zwar Mitarbeiter in den wichtigsten Auslandsvertretungen hatte, aber seine Hauptaufgaben lagen im Inneren. Der SIS befasste sich zwar hauptsächlich mit Auslandsspionage und Spionage gegen mutmaßliche

Feinde Ihrer Majestät im Ausland, doch er konnte auch im Inland operieren.

Er wusste außerdem, dass es genau wie zwischen CIA und FBI in Amerika auch hier zeitweilig Rivalitäten zwischen den »inneren« und »äußeren« Geheimdiensten gegeben hatte, die zu Feindseligkeiten geführt hatten, aber die allgemeine Bedrohung durch den extremistischen Dschihadismus und den daraus resultierenden Terrorismus hatte die Zusammenarbeit in den letzten zehn Jahren maßgeblich verbessert.

»Er pendelt«, sagte der Spürhund. »Er hat eine Villa in Karatschi und ein Townhouse in London, in Pelham Crescent. Nach meinen Informationen ist er dreiunddreißig, ledig, eine angenehme Erscheinung und gesellschaftlich präsent.«

»Kann sein, dass ich ihn schon kennengelernt habe«, sagte Herbert. »Bei einem privaten Essen vor zwei Jahren, auf Einladung eines pakistanischen Diplomaten. Sehr geschmeidig, wenn ich mich recht erinnere. Und Sie möchten ihn beobachten lassen?«

»Ich möchte, dass Sie bei ihm einbrechen«, erwiderte der Spürhund. »Ich möchte, dass seine Bude verwanzt wird, optisch und akustisch. Aber vor allem möchte ich an seinen Computer.«

Herbert sah Laurence Firth an, den MI5-Mann.

»Eine gemeinsame Operation?«, schlug er vor, und Firth nickte.

»Die Möglichkeiten haben wir natürlich. Ich brauche das Okay von oben, doch das dürfte kein Problem sein. Ist er zurzeit in der Stadt?«

»Keine Ahnung«, sagte der Spürhund.

»Na, kein Problem, das rauszukriegen. Und ich nehme an, das ganze Theater muss unsichtbar vonstattengehen und unsichtbar bleiben?«

Ja, dachte der Spürhund, ein absolut unsichtbares Theater, so ist es. Man vereinbarte, dass die beiden Dienste sich grünes Licht für eine höchst geheime Operation ohne jeden richterlichen Beschluss beschaffen würden – mit anderen Worten, für eine absolut illegale Operation. Die beiden britischen Geheimdienstler waren jedoch sicher, dass es angesichts der Spur aus Blut und Tod, die der Prediger quer durch dieses Land gezogen hatte, bis zur ministeriellen Ebene hinauf keine Einwände geben würde, wenn so etwas nötig wäre. Der einzige politische Vorbehalt würde lauten wie immer: Tun Sie, was Sie für nötig halten, aber ich will nichts davon wissen. Führung aus der Etappe, wie immer.

Als das Botschaftsauto ihn zu seinem Cottage in der Seitengasse zurückfuhr, überlegte sich der Spürhund, dass es nun zwei denkbare Wege zum genauen Aufenthaltsort des Predigers gab. Der eine führte durch Dardaris privaten Computer, falls man ihn zugänglich machen könnte. Den anderen behielt er einstweilen für sich.

In der Dämmerung des nächsten Tages glitt die MV *Malmö* aus dem Hafen von Göteborg und nahm Kurs auf das offene Meer. Sie war ein 20 000-Tonnen-Stückgutfrachter – das, was man bei der Handelsmarine als »handliches Format« bezeichnet. An ihrem Heck wehte die gelb-blaue Flagge Schwedens.

Sie gehörte zu der ansehnlichen Handelsflotte Harry Anderssons, eines der letzten großen Industriemagnaten in Schweden. Andersson hatte seine Reederei vor vielen Jahren mit einem einzigen altersschwachen Trampdampfer gegründet und aufgebaut. Mit vierzig Schiffen konnte er sich heute als der größte Handelsschifffahrtstycoon seines Landes bezeichnen.

Der Steuer zum Trotz war er nie ins Ausland umgesiedelt, und trotz der hohen Gebühren hatte er seine Schiffe nie unter Billigflaggen fahren lassen. Ins Schwimmen geraten war er immer nur auf hoher See, nie an der Börse. Er war alleiniger Eigner der Andersson Line und persönlich – was es in Schweden selten gibt – Milliardär. Nach zwei Ehen hatte er sieben Kinder, aber nur einer, der jüngste Sohn, jung genug, um sein Enkel zu sein, hatte Lust, Reeder zu werden wie sein Vater.

Die *Malmö* hatte eine lange Reise vor sich. Sie hatte Volvos an Bord, und ihr Ziel war Perth in Australien. Kapitän auf der Brücke war Stig Eklund, der Erste und der Zweite Offizier waren aus der Ukraine, und der Erste Ingenieur war Pole. Die Crew bestand aus zehn Filipinos: einem Koch, einem Kabinensteward und acht Decksmatrosen.

Überzählig war der Kadett Ove Carlsson, der für sein Offizierspatent in der Handelsmarine studierte und hier seine erste Langstreckenreise unternahm. Er war erst neunzehn. Nur zwei Personen an Bord wussten, wer er wirklich war: der Junge selbst und Kapitän Eklund. Der alte Schifffahrtsmagnat hatte entschieden, wenn sein jüngster Sohn auf einem seiner Schiffe zur See fahren sollte, würde es weder Schikanen aus Missgunst noch Anbiederei und Einschmeichelei geben.

Also reiste der junge Kadett unter dem Mädchennamen seiner Mutter. Ein Freund in der Regierung hatte die Ausstellung eines echten Passes auf den falschen Namen autorisiert, und auf der Grundlage dieses Passes hatte die schwedische Handelsschifffahrtsbehörde die nötigen Dokumente auf denselben Namen ausgestellt.

An diesem Sommermorgen standen die vier Offiziere und der Kadett auf der Brücke. Der Steward brachte ihnen Kaffee, und die *Malmö* schob ihre stumpfe Nase in die anschwellende Dünung des Skagerrak.

Agent Opal war es tatsächlich gelungen, ein robustes Geländemotorrad von einem Somali zu kaufen, der verzweifelt darauf aus war, das Land mit Frau und Kind zu verlassen, und die nötigen Dollars für einen neuen Anfang in Kenia brauchte. Was der Somali tat, war nach dem Gesetz von al-Schabaab völlig illegal, und wenn er erwischt würde, riskierte er die Auspeitschung oder Schlimmeres. Aber er hatte auch noch einen heruntergekommenen Pick-up, und damit, glaubte er, würde er es bis zur Grenze schaffen, wenn er nachts fuhr und sich den ganzen Tag im dichten Busch zwischen Kismaju und der kenianischen Grenze versteckte.

Opal hatte einen großen Bastkorb auf den hinteren Sattel geschnallt, in dem man seine kümmerlichen Einkäufe transportieren konnte, der in seinem Fall jedoch einen großen Benzinkanister enthielt.

Auf der Karte, die er aus dem Fischbauch gezogen hatte, sah er, dass der Treffpunkt, den sein Agentenführer ausgesucht hatte, fast hundert Meilen weiter nördlich an der Küste lag. Auf der mit Schlaglöchern übersäten, ausgefahrenen Piste, zu der die ehemalige Küstenstraße heruntergekommen war, konnte er die Strecke zwischen Abenddämmerung und Morgengrauen schaffen.

Sein anderer Erwerb war ein altes, aber funktionstüchtiges Transistorradio, auf dem er verschiedene ausländische Sender hören konnte – was unter al-Schabaab ebenfalls verboten war. Aber er wohnte allein in seiner Hütte vor der Stadt, und wenn er das Radio leise stellte und ans Ohr drückte, konnte er Kol Israel hören, ohne dass man davon ein paar Schritte weiter noch etwas mitbekam. So erfuhr er vom Regen über Aschkelon.

Die Bewohner dieses heiteren Städtchens würden am nächsten Tag vielleicht hochschauen und verwundert einen blauen Himmel und weit und breit kein Wölkchen sehen, doch das wäre dann ihr Problem.

Benny war bereits auf dem Fischerboot. Er war per Hubschrauber gekommen. Die Maschine gehörte dem Piloten, einem Israeli wie ihm, und der Flug war angeblich ein Privatcharter für einen reichen Touristen, der von Nairobi ins Ocean Sports Hotel in Waitamu an der Küste südlich von Malindi gebracht wurde. Tatsächlich war der Hubschrauber an der Küste entlanggeflogen, nordwärts an Lamu Island und östlich am somalischen Ras Kamboni vorbei, bis das GPS den Fischkutter unter ihnen lokalisiert hatte.

Der Hubschrauber schwebte sechs Meter über dem Boot, und Benny seilte sich auf das stampfende Deck ab, wo helfende Hände ihn in Empfang nahmen.

Am selben Abend brach Opal im Schutz der Dunkelheit auf.

Es war ein Freitagabend, und die Straßen waren fast leer, denn die Leute waren beim Gebet. Zweimal sah der Agent Scheinwerferlicht hinter sich herankommen, fuhr von der Straße herunter und versteckte sich, bis der Truck vorbeigefahren war. Das Gleiche tat er, als ihm ein Licht am Horizont entgegenkam. Er selbst begnügte sich mit dem Mondlicht.

Er war früh dran. Als er wusste, dass er nur noch wenige Meilen vom Treffpunkt entfernt sein musste, verließ er die Straße wieder und wartete auf die Dämmerung. Beim ersten Lichtschimmer fuhr er weiter, aber langsam, und dann sah er es. Ein trockenes Wadi, das von links aus der Wüste kam, breit genug, dass eine Brücke hinüberführte. Beim nächsten Monsun würden die Fluten es in ein rasendes Wildwasser verwandeln, das unter der Betonbrücke und unter den riesigen Kasuarinen hindurchrauschte, die zwischen Landstraße und Küste wuchsen.

Er verließ die Straße und bugsierte sein Offroad-Bike die hundert Meter bis zum Wasser hinunter. Dann lauschte er. Nach fünfzehn Minuten hörte er es: das leise Grollen eines Außenbordmotors. Er ließ seinen Scheinwerfer zweimal aufleuchten – an, aus, an, aus. Das Grollen kam auf ihn zu, und die Umrisse eines starren Schlauchboots lösten sich aus der Dunkelheit über der See. Er warf einen Blick zurück zur Straße. Da war niemand.

Benny stieg ans Ufer. Ein Passwort wurde gewechselt, dann umarmte er seinen Agenten. Es gab begierig erwartete Nachrichten aus der Heimat. Ein kurzes Briefing und dann neue Ausrüstung.

Letztere war überaus willkommen. Natürlich würde er sie unter seiner Hütte vergraben und das Loch mit Sperrholz abdecken müssen. Ein kleines, jedoch technisch hoch entwickeltes Sende-Empfangs-Gerät, das Nachrichten aus Israel erhielt und für dreißig Minuten speicherte, während sie transkribiert oder auswendig gelernt wurden. Danach wurden sie automatisch gelöscht.

Und es sendete Nachrichten von Opal ans Office. Er sprach

Klartext hinein, der dann zu einem einzigen »Squirt« komprimiert wurde, so kurz, dass ein Lauscher eine ultrakomplizierte Technologie brauchte, um den zehntelsekundenlangen Funkspruch zu empfangen und aufzuzeichnen. In Tel Aviv würde man diesen »Squirt« wieder in normale Sprache zurückverwandeln.

Dann das Briefing. Der Lagerschuppen: Man musste erfahren, wer darin lebte, ob er je herauskam, und wenn, wohin er ging. Eine Beschreibung jedes Fahrzeugs, das von Bewohnern oder regelmäßigen Besuchern des Schuppens benutzt wurde. Falls es einen Besucher gab, der woanders wohnte, war eine vollständige Beschreibung des Wohnsitzes und seiner genauen Lage erforderlich.

Opal brauchte es nicht zu wissen, und Benny konnte es auch nur vermuten, aber irgendwo da oben würde eine amerikanische Drohne unterwegs sein: eine Predator, eine Global Hawk, vielleicht auch die neue Sentinel, sie würde langsam kreisen, Stunde um Stunde, und herunterspähen und alles sehen. Im Gewirr der Straßen von Kismaju konnten die Beobachter ein Fahrzeug unter Hunderten trotzdem aus den Augen verlieren, wenn es nicht präzise und bis ins letzte Detail beschrieben war.

Sie umarmten einander noch einmal und verabschiedeten sich. Das Schlauchboot, bemannt mit vier bewaffneten Kommandosoldaten, stach wieder in See. Opal tankte sein Motorrad auf und fuhr zurück nach Süden und zu seiner Hütte, wo er das Funkgerät und die Solarbatterie versteckte.

Benny wurde mit einer Strickleiter, die über dem Kutter herabgelassen wurde, wieder in den Hubschrauber geholt. Als er weg war, richteten sich die Kommandosoldaten auf einen weiteren Tag ein, an dem sie hart trainierten, angelten und schwammen, um die Langeweile zu bekämpfen. Man würde sie vielleicht nicht noch einmal brauchen, aber für den Fall, dass sie doch benötigt wurden, mussten sie noch bleiben.

Benny wurde am Flughafen Nairobi abgesetzt, flog nach Europa und weiter nach Israel. Opal durchforschte die Straßen rings um den Schuppen und fand ein Zimmer, das er mieten konnte. Durch eine Ritze in dem verzogenen Fensterladen konnte er das Doppeltor der Einfahrt beobachten.

Seine Arbeit als Fischereikontrolleur würde er fortsetzen müssen, wenn er keinen Verdacht erregen wollte. Essen und schlafen musste er auch. Doch in der restlichen Zeit würde er den Schuppen im Auge behalten, so gut er konnte. Hoffentlich würde etwas passieren.

Weit weg in London tat der Spürhund sein Bestes, damit etwas passierte.

Die Firma, die in dem Haus in Pelham Crescent das Sicherheitssystem installiert hatte, besaß so großes Vertrauen in ihre Fähigkeiten und ihr Ansehen, dass sie bekanntmachte, wer sie war. An der Außenwand unter der Dachtraufe hing eine geschmackvolle Tafel: *Dieses Anwesen ist durch Daedalus Security Systems geschützt*. Aus dem belaubten Park, den die halbmondförmige Straße umschloss, wurde es diskret fotografiert.

Daedalus, dachte der Spürhund, als er das Bild sah, war der griechische Baumeister, der ein nicht besonders sicheres Paar Flügel für seinen Sohn entworfen hatte. Das Wachs zum Befestigen der Federn war geschmolzen, und der Junge war ins Meer gestürzt und gestorben. Aber der Baumeister hatte auch ein teuflisch geniales Labyrinth für den kretischen König Minos entworfen. Ohne Zweifel wollte dieser moderne Daedalus auf das Geschick des Erfinders eines unlösbaren Puzzlesystems anspielen.

Der Mann hieß Steve Bamping. Er hatte die Firma gegründet und führte sie immer noch, ein exklusives Unternehmen, das reiche Kunden mit Einbruchsschutzanlagen ausstattete. Mit Erlaubnis des MI5 machten Firth und der Spürhund einen Besuch bei ihm. Seine erste Reaktion auf ihr Anliegen war glatte Ablehnung.

Firth übernahm das Reden, bis der Spürhund einen Stapel Fotos hervorholte und sie in zwei Reihen auf Mr. Bampings Schreibtisch ausbreitete. Insgesamt zwölf. Verständnislos schaute der Chef von Daedalus Security sie an. Jedes Foto zeigte einen Toten, der mit geschlossenen Augen auf einem Tisch im Leichenschauhaus lag.

»Wer sind diese Leute?«, fragte er.

»Sie sind tot«, sagte der Spürhund. »Acht Amerikaner und vier Briten. Harmlose Bürger, die nur das Beste für ihr Land tun wollten. Allesamt kaltblütig ermordet von dschihadistischen Attentätern, angeregt und aufgehetzt von einem Prediger im Internet.«

»Von Mr. Dardari? Doch wohl nicht.«

»Nein. Der Prediger führt seine Hasskampagne vom Nahen Osten aus. Aber wir haben sehr konkrete Beweise dafür, dass sein Londoner Helfer Ihr Kunde ist. Deshalb bin ich über den Atlantik geflogen.«

Steve Bamping starrte die zwölf Totengesichter an.

»Du lieber Gott«, murmelte er. »Und was wollen Sie?«

Firth erklärte es ihm.

»Sind Sie autorisiert?«

»Von Regierungsebene«, antwortete Firth, »und nein, ich habe kein Papier mit der Unterschrift des Innenministers, die das beweist. Wenn Sie jedoch mit dem Generaldirektor des MI5 sprechen wollen, kann ich Ihnen die Durchwahlnummer geben.«

Bamping schüttelte den Kopf. Er hatte Firths Ausweis gesehen und wusste, dass er zur Anti-Terror-Einheit des MI5 gehörte.

»Kein Wort darüber zu irgendjemandem«, sagte er.

»Nicht von uns«, versprach Firth. »Unter keinen Umständen.«

Das in Pelham Crescent installierte System gehörte zur Platinklasse. Jede Tür, jedes Fenster war mit einer unsichtbaren, strahlenbasierten Alarmanlage versehen, die mit dem Zentralcomputer verbunden war. Der Eigentümer selbst konnte nur durch die Vordertür ins Haus, wenn das System aktiviert war.

Die Haustür sah ganz normal aus. Sie hatte ein Brahma-Schloss, das mit einem Schlüssel geöffnet wurde. Wenn sie bei eingeschalteter Anlage geöffnet wurde, begann ein Piepton, der dreißig Sekunden lang niemanden alarmierte. Dann verstummte er und löste einen lautlosen Alarm im Daedalus Emergency Centre aus. Von dort aus würde man die Polizei rufen und einen eigenen Wagen schicken.

Aber um jeden Einbrecher zu verwirren, der hier sein Glück versuchen wollte, würde der Piepton in einem Schrank ertönen, während der Computer ganz woanders stand. Der Hauseigentümer hatte dreißig Sekunden Zeit, um zum richtigen Schrank zu gehen, in dem sich der Computer befand, und einen sechsstelligen Code in ein beleuchtetes Zahlenfeld einzugeben. Sechs Ziffern ermöglichten Millionen von Kombinationen, und nur jemand, der die richtige kannte, konnte den Piepton innerhalb von dreißig Sekunden abschalten und den Alarm verhindern.

Wenn ihm ein Fehler unterlief und die dreißig Sekunden verstrichen waren, stand ein Telefon bereit, das ihn über eine vierstellige Nummer mit dem Emergency Centre verband. Dort musste er mündlich seine persönliche PIN durchgeben, um den Alarm abzuschalten. Eine falsche Zahl würde dem Centre sagen, dass er bedroht wurde, und man würde die Prozedur für »bewaffnetes Eindringen« in Gang setzen.

Es gab noch zwei weitere Sicherungsmaßnahmen. Unsichtbare Strahlen quer durch die Eingangsräume und an den Treppen lösten ebenfalls einen lautlosen Alarm aus, wenn sie unterbrochen wurden. Der Schalter zum Deaktivieren war sehr klein und lag versteckt hinter dem Computerschrank. Selbst wenn man dem Hauseigentümer eine Pistole an den Kopf hielt, brauchte er diesen Alarm nicht auszuschalten.

Schließlich erfasste eine verborgene Kamera hinter einem stecknadelkopfgroßen Loch den gesamten Hausflur, und sie wurde niemals abgeschaltet. Überall auf der Welt konnte Mr. Dardari eine Telefonnummer wählen, um seinen Hausflur auf dem Display seines iPhones zu sehen.

Doch – wie Mr. Bamping seinem Klienten später unter ausführlichsten Entschuldigungen erklärte – selbst bei Hightechsystemen gab es gelegentlich Fehlfunktionen. Als ein Fehlalarm verzeichnet wurde, während Mr. Dardari zwar in London, aber nicht zu Hause war, musste er gerufen werden und war darüber nicht erfreut. Das Daedalus-Team war zerknirscht, die Metropolitan Police sehr höflich. Er ließ sich besänftigen und war einverstanden, dass Techniker den Fehler beseitigten.

Er ließ sie herein, sah zu, wie sie sich am Computerschrank zu schaffen machten, bekam Langeweile und ging ins Wohnzimmer, um sich einen Cocktail zu mixen.

Als die beiden Techniker – zwei Computerspezialisten des MI5 – ihn riefen, stellte er sein Glas hin und fand sich überlegen amüsiert zu einem Testlauf bereit. Er ging hinaus und kam wieder herein. Der Piepton setzte ein. Er ging zum Schrank und schaltete ihn ab. Sicherheitshalber blieb er im Flur stehen und wählte die Nummer seiner eigenen Überwachungskamera. Auf dem Display seines Telefons sah er sich und die beiden Techniker in seinem Flur. Er dankte den beiden, und sie verabschiedeten sich. Zwei Tage später verabschiedete er sich ebenfalls und flog für eine Woche nach Karatschi.

Das Dumme bei computerbasierten Systemen ist, dass der Computer alles steuert. Wenn der Computer aus dem Gleis gerät, ist er nicht nur nutzlos, sondern arbeitet dem Gegner in die Hände.

Als das MI5-Team kam, verzichtete es auf die altehrwürdige Tarnung durch einen Lieferwagen der Gaswerke oder der Telefonfirma. Die Nachbarn wussten womöglich, dass der Mann nebenan für eine Weile verreist war. Also kamen die Männer um zwei Uhr morgens, lautlos, in dunkler Kleidung und auf Gummisohlen. Sogar die Straßenbeleuchtung fiel für ein paar Minuten aus. In Sekundenschnelle waren sie im Haus, und in der ganzen Straße ging nirgends ein Licht an.

Der erste der Männer schaltete sofort den Alarm ab, langte hinter den Schrank und deaktivierte die Infrarotstrahlen. Er drückte ein paar Tasten am Computer, und die Kamera gehorchte und produzierte ein Standbild des leeren Hausflurs. Jetzt konnte Mr. Dardari aus dem Pandschab anrufen und würde seinen leeren Hausflur sehen. Tatsächlich saß er aber noch im Flugzeug.

Sie waren zu viert, und sie arbeiteten schnell. Winzige Mikrofone und Kameras wurden in den drei wichtigsten Zimmern versteckt, im Wohnzimmer, im Ess- und im Arbeitszimmer. Als sie alles erledigt hatten, war es draußen immer noch stockdunkel. Eine Stimme im Ohrhörer des Teamleiters bestätigte, die Straße sei leer, und sie verschwanden unbemerkt.

Jetzt blieb nur noch ein Problem, nämlich der persönliche Computer des pakistanischen Geschäftsmannes. Er hatte ihn mitgenommen. Aber sechs Tage später war er wieder da, und noch einmal zwei Tage später ging er zu einem Galadinner. Der dritte Besuch ging am schnellsten. Der Computer stand auf dem Schreibtisch.

Die Festplatte wurde ausgebaut und in einen Harddrive-Kopierer geschoben, den die Techniker nur »die Box« nannten. Mr. Dardaris Drive kam auf die eine Seite, eine leere Platte auf die andere. Es dauerte vierundvierzig Minuten, ein »Image« des gesamten Datenbestands auf die leere Festplatte zu spielen, und Mr. Dardaris Harddisk wanderte zurück in seinen Computer. Das war's, was die Vergangenheit betraf.

Sie steckten einen Speicherstick an die USB-Schnittstelle und schalteten den Computer ein. Eine Malware wurde eingeschleust, die dem Computer befahl, sich in Zukunft jeden Tastendruck und jede eingehende E-Mail zu merken und an den Lauschcomputer des Security Service zu übermitteln, der jedes Mal eine Logdatei anlegen würde, wenn der Pakistani seinen Computer benutzte. Und Mr. Dardari würde nichts davon merken.

Der Spürhund gestand nur zu gern ein, dass die Leute vom MI5 gut waren. Er wusste, das gestohlene Material würde auch in ein ringförmiges Gebäude am Rande des Städtchens Cheltenham in Gloucester geschickt werden, ins Hauptquartier der Nachrichtendienstbehörde namens Government Communications, die dem amerikanischen Fort Meade entsprach. Hier würden Kryptografen die Daten untersuchen und feststellen, ob es sich um Code oder Klartext handelte. Im ersten Fall müsste der Code entschlüsselt werden. Gemeinsam würden alle diese hoch spezialisierten Experten in der Lage sein, das Leben des Pakistani vollständig zu durchleuchten.

Doch der Spürhund hatte noch einen Wunsch, und seine Gastgeber erhoben keine Einwände. Vergangene Aktivitäten und alle zukünftigen Tastenbewegungen sollten außerdem an einen jungen Mann übermittelt werden, der auf einem halbdunklen Dachboden in Centreville über seinen Computer gebeugt saß. Er gab spezielle Anweisungen, die nur für Ariel gedacht waren.

Die ersten Ergebnisse kamen schnell zustande. Es gab nicht den geringsten Zweifel, dass Mustafa Dardari ständigen Kontakt mit dem Computer hatte, der in einem Lagerschuppen in Kismaju in Somalia stand, in dem Obst und Gemüse in Konserven gefüllt wurden. Er tauschte Informationen und Warnungen mit dem Troll aus, und der war der persönliche Cyberspace-Repräsentant des Predigers.

Unterdessen bemühten die Codeknacker sich herauszufinden, was er dem Troll und was der Troll ihm mitgeteilt hatte.

Agent Opal musste den Lagerschuppen eine Woche lang beobachten, bevor seine schlaflose Wachsamkeit belohnt wurde. Eines Abends öffnete sich das Tor. Was herauskam, war kein leerer Lieferwagen, sondern ein Pick-up, alt und verbeult, mit offener Ladefläche, das Standardfahrzeug in beiden Hälften Somalias, im Norden wie im Süden. Wenn sich auf der Ladefläche ein halbes Dutzend Clankämpfer um ein Maschinengewehr drängen, nennt man so einen Pick-up »Technical«. Der, den Opal durch den Spalt in seinem Fensterladen die Straße hinunterfahren sah, war leer, und in der Kabine saß nur der Fahrer.

Es war der Troll, aber das konnte Opal nicht wissen. Er kannte nur die Anweisungen, die sein Agentenführer ihm gegeben hatte. Wenn etwas anderes als ein Lieferwagen herauskommt, verfolge es. Er verließ sein gemietetes Zimmer, kettete sein Motorrad los und fuhr hinterher.

Die lange, strapaziöse Fahrt dauerte die Nacht hindurch bis zum Morgen. Den ersten Teil kannte er schon: die Küstenstraße in nordöstlicher Richtung am Ufer entlang, vorbei an dem ausgetrockneten Wadi und dem Kasuarinenwäldchen, wo er sich mit Benny getroffen hatte, und weiter in Richtung Mogadischu. Inzwischen war es Vormittag, und auch sein Reservekanister war fast leer, als der Pick-up in die Küstenstadt Marka einbog.

Wie Kismaju war auch Marka eine unangefochtene al-Schabaab-Hochburg gewesen, bis Bundestruppen mit starker Unterstützung durch die African Mission to Somalia – AMISON – die Stadt 2012 von den Dschihadisten zurückerobert hatten. Aber 2013 hatte sich das Blatt erneut gewendet. Die Fanatiker waren zurückgekommen und hatten beide Städte und das Land dazwischen in blutigen Kämpfen wieder an sich gerissen.

Schwindlig vor Erschöpfung folgte Opal dem Pick-up, bis er anhielt. Er sah ein Tor vor einer Art Hof. Der Fahrer des Pick-ups hupte. Eine kleine Luke öffnete sich in dem Holztor, und ein halbes Gesicht schaute hervor. Dann setzte das Tor sich in Bewegung und schwang auf.

Opal stieg ab, hockte sich hinter seine Maschine und tat, als kümmerte er sich um den Vorderreifen, und dabei spähte er zwischen den Speichen hindurch. Der Fahrer schien bekannt zu sein, denn er wurde begrüßt, als er durch das Tor fuhr, das sich gleich wieder zu schließen begann. Bevor ihm die Sicht versperrt wurde, sah Opal ein Gelände mit einem zentralen Hof und drei schmutzig weißen, flachen Gebäuden mit Läden vor den Fenstern.

Es sah aus wie tausend andere Grundstücke, aus denen Marka besteht. Der Ort ist eine ausufernde Ansammlung von flachen weißen Kästen zwischen den ockergelben Hügeln und dem Sandstrand mit dem funkelnden blauen Ozean dahinter. Nur die Minarette der Moscheen waren höher als die flachen Häuser.

Opal fuhr weiter durch ein paar schmutzige Gassen, fand ein schattiges Plätzchen in der zunehmenden Hitze, zog sich das *schemagh* über den Kopf und schlief. Als er aufwachte, streifte er durch die Stadt, bis er einen Mann mit einem Fass Benzin und einer Handpumpe gefunden hatte. Diesmal bezahlte er nicht mit Dollar, denn das war zu gefährlich. Man könnte ihn bei der *mutawa* denunzieren, bei der Religionspolizei mit ihren hasserfüllten Augen und ihren Stöcken. Er zahlte mit einem dicken Bündel Shilling und fuhr durch die kühle Nacht zurück.

Rechtzeitig zum Dienst auf dem Fischmarkt war er wieder zu Hause. Erst am Nachmittag konnte er eine kurze Sprachnachricht verfassen. Er grub seinen in Segeltuch gewickelten Sender aus, hängte ihn an die frisch geladene Batterie und drückte auf die »Senden«-Taste. Das Office im Norden von Tel Aviv empfing die Nachricht und leitete sie verabredungsgemäß nach Virginia und an TOSA weiter.

Innerhalb eines Tages hatte eine Global Hawk vom amerikanischen Stützpunkt im Jemen das Anwesen gefunden. Es klappte nicht sofort, aber in der Nachricht vom Mossad war die Rede von einem Obstmarkt mit Ständen und ausgebreiteten Waren auf dem Boden gewesen, keine hundert Meter vom Anwesen entfernt, und von einem Minarett zwei Straßen weiter. Und von einem Kreisverkehr mit mehreren Ausfahrten, den die Italiener gebaut hatten, sechshundert Meter weit im Norden, wo die Landstraße nach Mogadischu an der Stadt entlangführte. Ein anderes Haus kam nicht infrage.

Der Spürhund hatte eine Verbindung zwischen der J-SOC-Drohnenleitstelle außerhalb von Tampa und der US-Botschaft herstellen lassen. Jetzt saß er da und starrte auf die drei Häuser, die um den Hof herum standen. Welches war es? Vielleicht keins? Selbst wenn der Prediger sich dort versteckte, war er vor einem Drohnenangriff in Sicherheit. Eine Hellfire oder eine

Brimstone würde ein Dutzend der dicht beieinanderstehenden Häuser dem Erdboden gleichmachen. Frauen, Kinder. Gegen sie führte er keinen Krieg, und er hatte keinen Beweis.

Er wollte den Beweis, er brauchte ihn, und wenn die Kryptografen fertig wären, würde der Chutneyhersteller aus Karatschi ihn vermutlich liefern.

Opal schlief in seiner Hütte in Kismaju, als die MV *Malmö* die Warteschlange der Frachter vor der Einfahrt in den Suezkanal erreichte. Bewegungslos lag sie unter der ägyptischen Sonne in lähmender Hitze. Zwei Filipinos hatten Leinen ausgeworfen und hofften, frische Fische zum Abendessen zu fangen. Andere saßen unter Sonnensegeln in Lee der Container mit den Autos. Die Stahlwände glühten wie Heizkörper. Die Europäer blieben drinnen, wo die von der Hilfsmaschine betriebene Klimaanlage das Leben erträglich machte. Die Ukrainer spielten Karten, der Pole war in seinem Maschinenraum, der Kapitän schrieb eine E-Mail an seine Frau, und der Kadett Ove Carlsson büffelte seine Navigationslektionen.

Weit im Süden überflog ein fanatischer Dschihadist, erfüllt von Hass auf den Westen und alles, was er tat, die ausgedruckten Nachrichten, die er aus Kismaju bekommen hatte.

Und in einer Lehmziegelfestung in den Bergen hinter der Bucht von Garacad plante ein sadistischer Clanchef namens al-Afrit, der Teufel, ein Dutzend seiner jungen Männer allen Risiken zum Trotz wieder zur Beutejagd auf das Meer hinauszuschicken.

NEUN

Tatsächlich waren die Nachrichten von Dardari in London und vom Troll in Kismaju codiert, und der Code wurde entschlüsselt. Die beiden Männer kommunizierten scheinbar im Klartext, denn sowohl Government Communications in England als auch Fort Meade in den USA stehen eindeutig codierten Mitteilungen misstrauisch gegenüber.

Der kommerzielle und industrielle Verkehr im Cyberspace ist so gewaltig, dass er nicht gründlich kontrolliert werden kann. Daher hat das offensichtlich Verdächtige für beide Abhörzentralen Priorität. Da Somalia zu den hochverdächtigen Regionen zählte, würde man alles harmlos Aussehende zwar anschauen, aber nicht allen hoch spezialisierten Entschlüsselungstests unterziehen. Bis jetzt war der Verkehr zwischen London und Kismaju davongekommen, doch damit war jetzt Schluss.

Dem Anschein nach handelte es sich um die Korrespondenz zwischen dem Chef einer großen Lebensmittelfirma in London und seinem für die Rohstoffproduktion zuständigen Manager vor Ort. Was aus London kam, sah aus wie Anfragen zur lokalen Verfügbarkeit regional erzeugter Früchte, Gemüse und Gewürze und ihren Preisen, und aus Kismaju kamen die Antworten des Managers.

Der Schlüssel des Codes fand sich in den Preislisten. Cheltenham und Ariel kamen ungefähr gleichzeitig auf die Lösung. Es gab Diskrepanzen. Manchmal waren die Preise zu hoch, manchmal zu niedrig. Sie entsprachen nicht den echten Weltmarktpreisen für solche Produkte zur jeweiligen Jahreszeit. Manche Zahlen waren akkurat, andere unrealistisch. Die Zahlen der zweiten Kategorie entsprachen Buchstaben, die Buchstaben bildeten Wörter, die Wörter Nachrichten.

Die monatelange Korrespondenz zwischen einem vornehmen Townhouse im Londoner Westend und einem Lagerschuppen in Kismaju bewies, dass Mustafa Dardari der Außenkontakt des Predigers war. Er war Finanzier und Informant. Er beriet und warnte.

Er hatte technische Zeitschriften abonniert, die sich intensiv mit dem westlichen Denken zur Terrorismusbekämpfung befassten. Er studierte die Arbeit der Think Tanks zu diesem Thema und bezog technische Papers vom Royal United Services Institute, vom Internationalen Institut für Strategische Studien in London und von ihren amerikanischen Entsprechungen.

Aus den E-Mails an seinen Freund ging hervor, dass er auf gesellschaftlichem Level zu Gast am Tisch von Leuten war, die hohe Beamte, Militärs oder Sicherheitsdienstler sein konnten. Kurz gesagt, er war ein Spion. Hinter seiner urbanen, westlich gefärbten Fassade war er außerdem ein Salafist und extremistischer Dschihadist wie sein Kindheitsfreund in Somalia.

Ariel entdeckte noch etwas anderes. Es gab Tippfehler mit einzelnen Buchstaben in seinen Texten, aber sie erschienen nicht beliebig. Nur wenige nichtprofessionelle Schreiber schaffen es, lange Passagen zu tippen, ohne gelegentlich eine falsche Taste zu treffen und einen Buchstabenfehler zu produzieren. Für Journalisten und Autoren gibt es Korrektoren, die für solche Fehler zuständig sind. Aber vielen Amateuren sind sie gleichgültig, solange der Sinn klar bleibt.

Der Troll achtete auf so etwas, Dardari jedoch nicht, denn seine Tippfehler entstanden mit Absicht. Zwar kamen sie in jeder Mail nur ein- oder zweimal vor, traten allerdings in einem bestimmten Rhythmus auf – nicht immer an der gleichen Stelle, aber im Einklang mit denen in der vorigen Nachricht. Ariel vermutete, es seien Hinweise, kleine Signale, deren Fehlen den Leser darauf hinweisen sollten, dass der Schreiber bedroht oder der Computer von einem Feind benutzt wurde.

Was die Korrespondenz nicht bestätigte, waren zwei Dinge, die der Spürhund brauchte. Die Nachrichten richteten sich an

»meinen Bruder«, doch das konnte auch die Anrede zwischen zwei Muslimen sein. Die Rede war von »unserem Freund«, aber niemals von Zulfikar Ali Schah oder von Abu Azzam. Und niemals wurde bestätigt, dass »unser Freund« nicht in Kismaju, sondern auf einem Gelände im Herzen von Marka wohnte.

Einen Beweis in diesen zwei Punkten und die Erlaubnis zu einem finalen Schlag würde er nur bekommen, wenn eine zweifelsfreie Identifizierung durch eine verlässliche Quelle vorlag – oder wenn der Prediger sich verleiten ließe, einen schrecklichen Fehler zu machen und in seinem Versteck online zu gehen. Die Global Hawk über Marka würde es sofort hören und registrieren.

Für eine Identifizierung brauchte der Spürhund jemanden mit einem klar erkennbaren, zuvor vereinbarten Kopftuch oder einer Baseballkappe, der sich in den Hof stellte, zum Himmel hinaufschaute und nickte. Tampa würde das Gesicht sehen, wie Creech Anwar al-Awlakis verhängnisvollen Blick in den Himmel gesehen hatte, als sein Gesicht in dem unterirdischen Bunker in Nevada einen ganzen Monitor ausgefüllt hatte.

Was die zweite Möglichkeit anging, so hatte der Spürhund immer noch ein Ass im Ärmel.

Die MV *Malmö* verließ den Kanal bei Port Suez und glitt hinaus ins Rote Meer. Kapitän Eklund bedankte und verabschiedete sich von dem ägyptischen Lotsen, der über die Reling in sein wartendes Boot hinunterstieg. In ein paar Stunden wäre er an Bord eines anderen Frachters auf dem Weg nach Norden.

Die *Malmö*, jetzt wieder unter ihrem eigenen Kommandanten, nahm Kurs nach Süden und auf Bab el-Mandeb, wo es ostwärts weiter in den Golf von Aden gehen würde. Kapitän Eklund war zufrieden. Bis jetzt hatten sie gute Fahrt gemacht.

Opal kam von der Arbeit am Fischereidock zurück, vergewisserte sich, dass er wirklich allein und unbeobachtet war, und holte das Radio aus seinem Versteck im Boden. Die tägliche

Kontrolle auf eingegangene Nachrichten war ein gefährlicher Bestandteil seines Lebens als Spion in der al-Schabaab-Festung.

Er verband das Gerät mit der geladenen Batterie, steckte die Knöpfe in die Ohren, nahm Block und Bleistift und hielt sich bereit, die Nachricht zu transkribieren. Als sie auf Diktiergeschwindigkeit verlangsamt war, flog der Stift über das Papier und füllte es mit hebräischen Schriftzeichen.

Die Nachricht war kurz und bündig. Gratulation zur Verfolgung des Pick-ups vom Lagerschuppen nach Marka. Wenn es wieder passiert, folge nicht sofort. Geh ans Radio und informiere uns über die Fahrt. Dann versteck das Radio und folge ihm. Ende.

Der taiwanesische Trawler war ein gutes Stück weit östlich der somalischen Küste, ohne dass er aufgehalten wurde. Dazu gab es auch keinen Grund. Ein Patrouillenflugzeug der Seestreitkräfte, die sich inzwischen bemühten, den internationalen Schiffsverkehr vor den somalischen Piraten zu schützen, war im Tiefflug vorbeigekommen, um einen Blick auf das Schiff zu werfen, aber es war weitergeflogen.

Das Schiff war offensichtlich, was es war – ein Hochsee-Langstrecken-Fischtrawler aus Taipeh. Seine Schleppnetze waren nicht draußen, aber daran war nichts Besonderes, denn er konnte auf der Suche nach frischeren, besseren Gewässern sein. Wochen zuvor war er von al-Afrit gekapert worden, und das hatte man bemerkt – aber es war unter seinem richtigen Namen geschehen. Dieser Name war geändert worden. Die chinesische Crew war bedroht und gezwungen worden, einen neuen Namen an Bug und Heck zu pinseln.

Zwei Mann von dieser Crew – mehr waren nicht nötig – standen jetzt auf der Brücke. Die zehn somalischen Piraten waren geduckt in Deckung gegangen. Die Besatzung des Patrouillenflugzeugs hatte das Schiff durch ihre Feldstecher gemustert, hatte zwei Asiaten am Ruder gesehen und keinen Verdacht geschöpft. Die beiden Männer waren gewarnt gewesen: Jeder Versuch, einen Hilferuf zu signalisieren, wäre mit dem Tod bestraft worden.

Der Trick war nicht neu, doch für die internationalen Seestreitkräfte immer noch äußerst schwer zu durchschauen. Somalische Boote, die sich als unschuldige Fischer ausgaben, ließen sich, wenn sie einmal gesichtet und aufgebracht worden waren, schnell enttarnen. Sie mochten behaupten, sie bräuchten ihre Kalaschnikow AK-47 zur Selbstverteidigung, allerdings waren die raketengetriebenen Granaten damit kaum zu erklären. Der entscheidende Hinweis war die leichte Aluminiumleiter. Damit konnte man nicht fischen, wohl aber an der Bordwand eines Frachters hinaufklettern.

Die somalische Piraterie hatte ein paar verheerende Schläge einstecken müssen. Die meisten großen und wertvollen Schiffe hatten inzwischen Teams professioneller Exsoldaten an Bord, die Waffen trugen und damit umgehen konnten. Etwa achtzig Prozent der Schiffe waren auf diese Weise geschützt. Die Drohnen, die aus Dschibuti kamen, konnten täglich 40 000 Quadratmeilen Meeresoberfläche überwachen. Die Kriegsschiffe der vier internationalen Flottillen wurden durch Hubschrauber unterstützt, die als Langstreckenaufklärer eingesetzt wurden, und die Piraten, die jetzt in größerer Zahl in Gefangenschaft gerieten, wurden mit internationaler Unterstützung einfach auf den Seychellen vor Gericht gestellt, verurteilt und inhaftiert. Ihre besten Tage waren vorüber.

Aber eine List klappte immer noch: das Mutterschiff. Die *Shan-Lee 08*, wie sie jetzt hieß, war so eins. Sie konnte sehr viel länger auf hoher See bleiben als ein offenes Boot und hatte eine ungeheure Reichweite. Die schnellen Angriffsboote mit ihren Außenbordmotoren lagen unter Deck. Der Trawler sah unschuldig aus, doch die Schnellboote waren in Minutenschnelle an Deck geholt und zu Wasser gelassen.

Bei der Ausfahrt aus dem Roten Meer in den Golf von Aden hielt Kapitän Eklund sich penibel an den international empfohlenen Transitkorridor, der Frachtern auf der Fahrt durch den gefährlichen Golf von Aden maximale Sicherheit garantieren sollte.

Der Korridor führt parallel zur adenischen und omanischen Küste vom 45. bis zum 53. Längengrad ostwärts. Diese Route führt das Schiff vorbei an der Nordküste von Puntland, wo die Piratenhäfen anfangen, und weit über das Horn von Afrika hinaus. Schiffe, die vorhaben, die Südspitze Indiens zu umrunden, geraten auf diesem Weg zu weit nach Norden, ehe sie wieder auf Südkurs gehen können, um die lange Strecke quer durch den Indischen Ozean anzutreten. Aber auf dem gesamten Abschnitt sind zahlreiche Patrouillen der internationalen Seestreitkräfte unterwegs, die für Sicherheit sorgen.

Kapitän Eklund folgte dem vorgeschriebenen Kurs bis zum 53. Längengrad und ging dann, überzeugt davon, in Sicherheit zu sein, auf Kurs nach Indien. Die Drohnen konnten tatsächlich am Tag 40 000 Quadratmeilen der Meeresoberfläche beobachten, doch der Indische Ozean ist mehrere Millionen Quadratmeilen groß, und in dieser endlosen Weite kann ein Schiff verschwinden. Die Kriegsschiffe der NATO und der Europäischen Marinestreitkräfte (EU Navfor) ließen sich im Korridor dicht zusammenziehen, sind auf dem Ozean jedoch weit verstreut. Nur die Franzosen haben auf dem Indischen Ozean eine eigene Flotte, die sie *A l'Indien* nennen.

Der Kommandant der *Malmö* war davon überzeugt, dass es so weit im Osten keine Bedrohung von der somalischen Küste mehr gab. Am Tag und auch in der Nacht herrschte brütende Hitze.

Fast alle Schiffe, die diese Gewässer befahren, sind zu Hause von Ingenieuren mit einer inneren Festung ausgestattet worden, von innen gesichert durch Stahltüren und ausgerüstet mit genug Lebensmitteln und Wasser für mehrere Tage sowie Kojen und Toiletten. Zudem gibt es Systeme, mit denen sich die Maschinen von der Brückensteuerung abkoppeln lassen, sodass man sie und das Ruder von innen bedienen kann. Und schließlich kann man hier einen ständigen Notruf auslösen, der von der Mastspitze gesendet wird.

Wenn die Besatzung es schafft, sich rechtzeitig in dieser Zitadelle einzuschließen, kann sie auf Rettung warten und einigermaßen sicher sein, dass die auch kommt. Die Piraten haben zwar das Schiff in ihrer Gewalt, aber sie können es nicht steuern, und sie können der Crew nichts anhaben. Doch sie werden versuchen, in den Fluchtraum einzudringen. Die Crew kann nur hoffen, dass bald eine Fregatte oder ein Zerstörer aufkreuzt.

Aber als die *Malmö* südwärts an den Lakkadiven vorbeifuhr, lag die Crew in ihren doch komfortableren Kabinen und schlief. Sie sah und hörte nichts von den Schnellbooten, die über das Wasser heranjagten, und vom Klappern der Leitern am Heck, als die somalischen Piraten im Mondschein an Bord kamen. Der Steuermann gab Alarm, doch es war zu spät. Dunkle, flinke Gestalten mit Gewehren stürmten in die Aufbauten und zur Brücke hinauf. Fünf Minuten später war die *Malmö* gekapert.

Opal beobachtete das Tor des Lagerhausgeländes, als die Sonne unterging und der Pick-up herauskam. Derselbe wie beim letzten Mal, und er fuhr in dieselbe Richtung. Opal schwang sich auf sein Motorrad und folgte ihm bis zum Nordrand Kismajus, bis er sicher war, dass der Truck die Küstenstraße nach Marka nahm. Dann kehrte er in seine Hütte zurück, holte sein Radio aus dem Versteck im Boden. Seine Nachricht hatte er bereits verfasst, und jetzt komprimierte er sie zu einem Funkspruch, der den Bruchteil einer Sekunde dauerte. Er nahm die Batterie aus dem Solarladegerät, schloss sie an und drückte auf die »Senden«-Taste.

Im Office wurde die Nachricht empfangen, vom diensthabenden Officer entschlüsselt und an Benny weitergegeben, der in derselben Zeitzone wie Kismaju immer noch an seinem Schreibtisch saß. Er verfasste eine kurze Anweisung, die verschlüsselt an ein Boot gesendet wurde, das als Fischkutter aus Salalah getarnt zwanzig Meilen vor der somalischen Küste lag.

Das starre Schlauchboot verließ den Kutter ein paar Minuten später und fuhr mit Höchstgeschwindigkeit auf die Küste zu. An Bord waren sieben Kommandosoldaten und ein Captain. Erst als die Sanddünen der Küste im Mondschein in Sicht kamen, wurde das Motorengebrüll zu einem leisen Grollen für den Fall, dass selbst an diesem trostlosen Strand noch Lauscher bei der Arbeit waren.

Der Bug bohrte sich in den Sand, und der Captain und seine sieben Mann sprangen an Land und rannten zur Straße hinauf. Die Stelle kannten sie schon: ein ausgetrocknetes Wadi unter einer Betonbrücke, überschattet von einem Kasuarinenwäldchen. Einer der Männer lief im Laufschritt dreihundert Meter weit die Straße in Richtung Kismaju hinauf, fand ein passendes Fleckchen im harten Gras am Straßenrand, legte sich hin und richtete sein starkes Nachtsichtgerät die Straße entlang nach Süden. Man hatte das Fahrzeug, auf das er warten sollte, genau beschrieben und ihm sogar das Kennzeichen genannt. Der Rest seines Trupps legte sich am Straßenrand in einen Hinterhalt und wartete.

Der Captain hielt den Zeichengeber in der Hand, damit er das rote Lämpchen nicht übersehen konnte, wenn es aufleuchtete. Vier Autos fuhren vorbei, aber nicht das, auf das sie warteten.

Dann kam es. Im grünen Zwielicht seines Nachtsichtglases konnte der Kommandosoldat unten an der Straße es nicht verwechseln. Die schmutzig weiße Farbe war ohne Bedeutung. Doch der verbeulte Kühlergrill war deutlich zu erkennen, genau wie der verbogene Frontschutzbügel, der seine Aufgabe offensichtlich nicht erfüllt hatte. Und auf dem vorderen Nummernschild stand das Kennzeichen, auf das er wartete. Er drückte auf den Knopf an seinem Signalsender.

Der Captain hinter ihm sah das rote Licht an dem Gerät in seiner Hand und zischte seinen Männern zu: »Kadima.« Sie wuchsen zu beiden Seiten der Straße aus dem Boden und spannten ein breites, rot-weißes Band zwischen sich, das im Dunkeln aussah wie eine Schranke. Der Captain stellte sich davor, leuchtete mit einer blendgeschützten Taschenlampe vor sich auf den Boden und hob die andere Hand.

Sie trugen keine Tarnanzüge, sondern lange weiße Gewänder und somalische Kopftücher, und alle waren mit Kalaschnikows bewaffnet. Kein Somali würde es wagen, eine Straßensperre der religiösen *mutawa* zu durchbrechen. Der Motor des herankommenden Pick-ups hustete, als der Fahrer einmal und dann noch einmal herunterschaltete.

Die Piraten hatten zwei Mann zurückgelassen, die den taiwanesischen Skipper und seinen Ersten Maat bewachten. Die anderen acht hatten die *Malmö* geentert. Einer sprach ein paar Brocken Englisch. Er kam aus dem Piratennest Garacad, und dies war seine dritte Kaperung. Er kannte die Prozedur. Kapitän Eklund kannte sie nicht, obwohl ihn ein schwedischer Marineoffizier in Göteborg informiert hatte.

Er hatte noch Zeit gehabt, das dauernde Notsignal von seiner Kabine aus zu aktivieren, und er wusste, es würde von der Mastspitze aus gesendet werden und die Welt von seiner Kaperung in Kenntnis setzen.

Der Anführer der Piraten, der vierundzwanzig Jahre alt war und Dschimali hieß, wusste es auch, aber es kümmerte ihn nicht. Sollte die Flotte der Ungläubigen nur kommen – jetzt war es zu spät. Sie würden niemals angreifen und ein Blutbad auslösen. Er wusste, dass die *kuffar* von menschlichem Leben besessen waren, und verachtete sie dafür. Ein guter Somali fürchtete weder Schmerzen noch den Tod.

Die fünf Offiziere und zehn Filipinos waren an Deck versammelt. Kapitän Eklund erfuhr, dass einer der Offiziere über Bord geworfen werden würde, sollten sich Leute versteckt halten.

»Hier ist niemand mehr«, sagte er. »Was wollt ihr?«

Dschimali deutete auf seine Männer.

»Essen. Und kein Schwein«, sagte er. Kapitän Eklund befahl dem philippinischen Koch, in die Kombüse zu gehen und etwas zu essen zu machen. Einer der Piraten ging mit.

»Du. Komm.« Dschimali winkte dem Kapitän, und sie gingen auf die Brücke. »Du steuern Garacad, du leben.«

Der Kapitän konsultierte seine Seekarten, nahm an, dass es sich um die somalische Küste handelte, und fand das Dorf, hundert Meilen weit südlich von Eyl, einer weiteren Piratenstadt. Er berechnete einen ungefähren Kurs und trat ans Steuer.

Eine französische Fregatte von *A l'Indien* entdeckte sie als Erste, kurz nach Tagesanbruch. Sie ging mehrere Kabel weit backbords in Position und reduzierte ihre Fahrt, um in Formation zu bleiben. Der französische Kapitän hatte nicht vor, seine Marineinfanteristen an Bord der *Malmö* zu schicken, und das wusste Dschimali. Von der Brückennock aus spähte er über das Wasser und forderte die Ungläubigen fast zu einem Versuch heraus.

Weit entfernt von dem scheinbar harmlosen Schifffahrtsspektakel einer französischen Fregatte, die einen schwedischen Frachter eskortierte, während ein taiwanesischer Trawler in großem Abstand folgte, war ein Wirbelsturm von elektronischer Kommunikation im Gange.

Das automatische Identifikationssystem der *Malmö* war sofort gehört worden. In Dubai war es die britische Maritime Trade Operations, in Bahrain die amerikanische MARLO, die Maritime Liaison, die das Signal überwachte. Ein Dutzend Kriegsschiffe der NATO und der EU waren auf das Problem aufmerksam gemacht worden, doch wie Dschimali wusste, würde keins angreifen.

Die Betriebszentrale der Andersson Line in Stockholm war Tag und Nacht besetzt, und sie wurde sofort informiert. Die Reederei rief die *Malmö*. Dschimali gab Kapitän Eklund zu verstehen, er könne den Anruf annehmen, müsse ihn aber auf den Lautsprecher legen und dürfe nur Englisch sprechen. Bevor er ein Wort sagte, wusste Stockholm schon, dass er vor bewaffneten Somalis stand und jedes Wort mit Vorsicht zu wählen war.

Kapitän Eklund bestätigte, dass die *Malmö* in der Nacht gekapert worden sei. Seine Leute seien in Sicherheit und würden gut behandelt. Es gebe keine Verletzten. Sie hätten Befehl, zur somalischen Küste zu fahren.

Der Reeder Harry Andersson wurde beim Frühstück in seinem palastartigen Wohnsitz in einem ummauerten Park in Östermalm, Stockholm, alarmiert. Während sein Wagen vorgefahren wurde, zog er sich an und fuhr geradewegs in seine Betriebszentrale. Der Flottencontroller der Nachtschicht war im Dienst geblieben. Er gab wieder, was die Schutzflotte und Kapitän Eklund ihm hatten sagen können.

Mr. Andersson war ein sehr erfolgreicher und damit wohlhabender Mann geworden, weil er unter anderem zwei nützliche Talente besaß. Zum einen konnte er sich äußerst schnell an eine Situation anpassen und einen Handlungsplan formulieren, der auf den Realitäten, nicht auf Fantasien basierte. Zum Zweiten konnte er diesen Plan dann auch verwirklichen.

In tiefes Nachdenken versunken, stand er mitten in seiner Betriebszentrale. Niemand wagte ihn zu stören. Sein Schiff war von Piraten gekapert worden, sein erstes Schiff. Ein bewaffneter Angriff auf hoher See würde zu einem Massaker führen und war schlicht inakzeptabel. Die *Malmö* würde also zur somalischen Küste fahren und dort vor Anker gehen müssen. Seine erste Pflicht galt seinen fünfzehn Angestellten, und an zweiter Stelle kam nach Möglichkeit die Rettung des Schiffs und der Ladung. Und schließlich gab es noch einen unter diesen Angestellten, an den er denken musste. An seinen Sohn.

»Mein Wagen soll vorfahren«, sagte er. »Ruft Björn an, wo immer er ist, und sagt ihm, er soll unverzüglich das Flugzeug startklar machen. Flug nach Northolt, London. Bucht mir eine Suite im Connaught. Hannah, hast du deinen Pass dabei? Dann komm mit.«

Ein paar Minuten später saß er mit Hannah, seiner persönlichen Assistentin, auf dem Rücksitz seines Bentley und raste zum Flughafen Bromma. Mit seinem Mobiltelefon plante er die unmittelbare Zukunft.

Jetzt war es ein Fall für die Versicherung. Andersson war bei einem Spezialkonsortium von Lloyds versichert, und dort würden sie sich starkmachen, denn es ging nun um ihr Geld. Dafür bezahlte er ihnen jedes Jahr ein Vermögen.

Noch bevor er in der Luft war, erfuhr er, dass der von den Versicherern bevorzugte Verhandlungsführer – und sie hatten einschlägige Erfahrungen – eine Anwaltsfirma namens Chauncey Reynolds war, die auf eine Reihe erfolgreicher Rückgabeverhandlungen zurückblicken konnte. Er würde in London sein, lange bevor sein Schiff die somalische Küste erreichte. Sein Learjet war noch nicht über der schwedischen Küste, da hatte er für achtzehn Uhr einen Termin mit den Anwälten. Verdammt, sie würden eben Überstunden machen müssen.

Als er im Landeanflug vor Northolt war, begann man bei Chauncey Reynolds mit den Vorbereitungen. Sie versuchten ihren bevorzugten Unterhändler in seinem Haus in Surrey zu erreichen, ein fast pensioniertes Ass in diesem seltsamen Beruf. Seine Frau holte ihn aus dem Garten, wo er an seinen Bienenkörben hantierte.

Er hatte seine Fähigkeiten als Unterhändler der Metropolitan Police bei Geiselnahmen erworben, ein Waliser von täuschend langsamer Bedächtigkeit namens Gareth Evans.

Der Troll war mausetot, als Opal ankam. Der Beobachter weiter unten an der Straße hatte Opal gesehen, und er war erkannt worden, weil der Captain ihn bei seinem Treffen mit Benny am Strand schon einmal gesehen hatte. Der Signalgeber in der Hand des Captains leuchtete noch einmal rot, und die Straßensperre erwachte zum Leben.

Opal sah die Gestalten in den langen Gewändern im matten Licht seines Scheinwerfers, er sah die hin und her schwenkende Taschenlampe und die erhobenen Sturmgewehre. Wie jeder Geheimagent, der weit hinter den feindlichen Linien operiert und im Falle seiner Enttarnung einen scheußlichen Tod zu erwarten hat, bekam er eine kurze Panikattacke.

Waren seine Papiere in Ordnung? Würde seine Geschichte

von der Suche nach einem Job in Marka durchgehen? Was konnten die *mutawa* mitten in der Nacht auf dieser Straße wollen?

Der Mann mit der Lampe kam heran und starrte ihm ins Gesicht. Der Mond trat hinter einer Wolkenbank hervor, die den nahenden Monsun ankündigte. Zwei schwarze Gesichter in der Nacht, nur ein paar Handbreit voneinander entfernt, das eine von Natur aus dunkel, das andere mit der Schminke des Kommandosoldaten für den Nachteinsatz beschmiert.

»Schalom, Opal. Kommen Sie von der Straße herunter. Da kommt ein Truck.«

Die Männer verschwanden im Gras zwischen den Bäumen und nahmen das Motorrad mit. Der Laster fuhr vorbei. Der Captain zeigte Opal die Unfallstelle.

Anscheinend war dem Troll der Reifen auf der Fahrerseite des Pick-ups geplatzt. Der Nagel ragte noch aus der Lauffläche, wo menschliche Hände ihn hineingeschlagen hatten. Der Pick-up musste außer Kontrolle und ins Schleudern geraten sein. Unglücklicherweise war das mitten auf der Betonbrücke passiert.

Er war in hohem Tempo über den Rand und in die steile Böschung des Wadi geschossen. Der Aufprall hatte den Fahrer gegen die Frontscheibe geschleudert, und er war mit solcher Wucht auf das Lenkrad gedrückt worden, dass es ihm Kopf und Brust zerschmettert hatte. Jemand hatte ihn aus der Kabine gezogen und neben dem Wagen auf den Boden gelegt. Im Tod starrten blicklose Augen hinauf zu den Wipfeln der Kasuarinen zwischen ihm und dem Mond.

»Reden wir«, sagte der Captain. Er berichtete Opal genau, was Benny ihm über die sichere Verbindung zwischen dem Kutter und Tel Aviv übermittelt hatte. Wort für Wort. Dann gab er ihm eine Tasche mit Papieren und eine rote Baseballkappe.

»Das hat der Verunglückte Ihnen gegeben, bevor er starb. Sie haben Ihr Bestes getan, aber da war keine Hoffnung. Er war schon zu weit hinüber. Noch Fragen?«

Opal schüttelte den Kopf. Die Geschichte war tragfähig. Er

schob die Tasche unter seine Windjacke. Der Captain der Sajeret Matkal streckte ihm die Hand entgegen.

»Wir müssen wieder in See stechen. Viel Glück, mein Freund. *Mazel tov.*«

Sie brauchten ein paar Augenblicke, um die letzten Fußspuren im Staub zu verwischen, alle bis auf Opals. Dann waren sie weg und fuhren über den dunklen Ozean hinaus zu dem wartenden Fischkutter. Opal schob sein Motorrad auf die Straße und fuhr weiter in Richtung Norden.

Alle, die im Büro von Chauncey Reynolds versammelt waren, hatten Erfahrung in dem, was über ein Jahrzehnt der Piraterie hinweg zu einem allgemein akzeptierten Ritual geworden war. Die Piraten waren Clanchefs aus Puntland, und ihre Operationsbasis war ein achthundert Meilen langer Küstenstreifen von Bosaso im Norden bis Mareg, das nördlich von Mogadischu an der Küste lag.

Sie betrieben die Piraterie des Geldes wegen, und das war alles. Ihre Ausrede lautete, vor Jahren seien Fangflotten aus Südkorea und Taiwan vor ihrer Küste aufgekreuzt und hätten die traditionellen Fischbestände zerstört, die bis dahin für ihren Lebensunterhalt gesorgt hätten. Wahr oder unwahr – sie waren Piraten geworden und verdienten seitdem sehr viel mehr Geld als mit dem Fang von ein paar Thunfischen.

Angefangen hatten sie damit, Handelsschiffe zu kapern, die in Küstennähe vorüberfuhren. Mit der Zeit und zunehmender Erfahrung waren sie immer weiter nach Osten und Süden vorgestoßen. Anfangs war die Beute klein gewesen, sie hatten ungeschickt verhandelt, und Koffer mit Dollarscheinen waren von leichten Flugzeugen, die aus Kenia heraufgekommen waren, in vereinbarten Zonen über dem Meer abgeworfen worden.

Aber an dieser Küste vertraut keiner keinem. Unter diesen Dieben gibt es keine Ehre. Schiffe, die von einer Gruppe gekapert worden waren, wurden von einem anderen Clan gestohlen, während sie vor Anker lagen. Rivalisierende Banden prügelten sich um schwimmende Geldkoffer. Schließlich einigte man sich auf eine Art Verfahren.

Die Besatzung eines aufgebrachten Schiffes wurde selten oder nie an Land gebracht. Damit der Anker in der donnernden Brandung nicht schleifte, blieben die Schiffe zwei Meilen weit vor der Küste. Offiziere und Mannschaft lebten an Bord unter einigermaßen erträglichen Bedingungen, jedoch von einem Dutzend Piraten bewacht, während die Verhandlungen zwischen den Oberen – dem Schiffseigner und dem Clanchef – sich in die Länge zogen.

Aufseiten des Westens wurden einige Versicherungsgesellschaften, Anwaltsfirmen und Unterhändler durch Erfahrung zu Experten. Auf der somalischen Seite übernahmen ausgebildete Unterhändler – die nicht nur Somalis sein, sondern auch dem richtigen Clan angehören mussten – die Verhandlungen, die inzwischen mithilfe moderner Technologie geführt wurden, mit iPhone und Computer. Auch das Geld wurde nur noch selten wie eine Bombe aus großer Höhe abgeworfen. Die Somalis hatten Nummernkonten, von denen das Geld unverzüglich verschwand.

Mit der Zeit lernten die Unterhändler beider Seiten einander kennen. Allen ging es nur darum, ihre Aufgabe zu erledigen. Aber die Somalis hatten die Trümpfe in der Hand.

Für den Versicherer war eine verspätete Ladung eine verlorene Ladung. Für die Reederei bedeutete ein Schiff, das kein Geld verdiente, einen Betriebsverlust. Wenn man die Notlage der Besatzung und die Verzweiflung ihrer Familien dazurechnete, kam es dringend darauf an, die Angelegenheit zu einem schnellen Ende zu bringen. Das wussten die somalischen Piraten, und sie hatten alle Zeit der Welt. Das war die Grundlage für ihre Erpressung. Manche Schiffe lagen jahrelang vor der Küste.

Gareth Evans hatte in zehn Fällen die Freigabe von Schiffen und Ladungen mit unterschiedlichem Wert ausgehandelt. Er hatte Puntland und seine verworrenen Stammesstrukturen studiert, als wollte er darüber promovieren. Als er hörte, dass die

Malmö Kurs auf Garacad genommen hatte, wusste er gleich, welcher Stamm diesen Küstenabschnitt kontrollierte und aus wie vielen Clans er bestand. Mehrere von denen benutzten denselben Unterhändler, einen geschmeidigen, urbanen Somali, der an einer Universität im amerikanischen Mittelwesten studiert hatte und Mr. Ali Abdi hieß.

Das alles erklärte man Harry Andersson, während sich der Sommerabend auf London herabsenkte und die *Malmö* auf der anderen Seite der Welt westwärts auf Garacad zusteuerte. Halb verzehrte Fertiggerichte standen auf dem polierten Konferenztisch, und Mrs. Bulstrode, die Tea Lady, die sich zu Überstunden bereitgefunden hatte, servierte eine Ladung Kaffee nach der anderen.

Gareth Evans bekam einen Raum, der als Einsatzzentrale dienen sollte. Wenn ein neuer somalischer Unterhändler eingesetzt wäre, würde Kapitän Eklund aus Stockholm erfahren, welche Londoner Nummer er anrufen sollte, um die Kugel ins Rollen zu bringen.

Gareth Evans studierte die *Malmö* und ihre Ladung aus blitzblanken neuen Autos in allen Einzelheiten und rechnete bei sich aus, dass sie in der Lage sein sollten, sich auf fünf Millionen Dollar zu einigen. Er wusste, dass die erste Forderung maßlos überhöht sein würde. Er wusste auch, dass eifriges Einverständnis katastrophale Folgen haben würde. Die Forderung würde sich sofort verdoppeln. Tempo zu verlangen, wäre ebenfalls ein Eigentor, denn auch dann würde sich der Preis verdoppeln. Die gefangene Besatzung hatte eben Pech. Sie würde geduldig abwarten müssen.

Aus den Berichten heimgekehrter Seeleute ging hervor, dass ein einstmals blitzsauberes Schiff im Laufe der Wochen von den Somalis an Bord, hauptsächlich ungebildeten Stammesangehörigen aus den Bergen, nach und nach in ein stinkendes Pestloch verwandelt wurde. Sie ignorierten die Toiletten und urinierten, wie und wo die Natur es verlangte. Die Hitze erledigte den Rest. Das Öl für die Generatoren und somit für den Betrieb der Klimaanlagen ging irgendwann aus. Tiefgefrorene Lebensmittel tauten auf und verfaulten, sodass die Besatzung sich auf somalische Art von den Ziegen ernähren musste, die an Deck geschlachtet wurden. Als Ablenkung gab es nur Angeln, Brett- und Kartenspiele und das Lesen, aber damit war die Langeweile nicht in Ewigkeit zu bekämpfen.

Das Meeting endete um zweiundzwanzig Uhr. Wenn die *Malmö* mit voller Kraft fuhr, was sie wahrscheinlich tat, würde sie gegen Mittag Londoner Zeit in die Bucht von Garacad einlaufen. Bald danach würde man erfahren, wer sie gekapert hatte und wer als Unterhändler auftreten würde. Gareth würde sich, falls nötig, vorstellen, und das komplizierte Menuett würde beginnen.

Als Opal in Marka eintraf, döste die Stadt in der glühenden Nachmittagshitze. Er suchte das ummauerte Grundstück, und als er es gefunden hatte, hämmerte er an das Tor. Dahinter döste man nicht. Er hörte Stimmen und schnelle Schritte, als hätte man jemanden erwartet, der sich verspätete.

Die Luke in dem schweren Holztor öffnete sich, und ein Gesicht spähte heraus. Ein arabisches, kein somalisches Gesicht. Ein Blick ging über die Straße, aber da war kein Pick-up zu sehen. Der Blick richtete sich auf Opal.

»Ja?«, blaffte eine Stimme, erbost darüber, dass ein Niemand hier Zugang verlangte.

»Ich habe Papiere für den Scheich«, sagte Opal auf Arabisch.

»Was für Papiere?« Die Stimme klang feindselig und neugierig zugleich.

»Das weiß ich nicht«, antwortete Opal. »Der Mann auf der Straße hat mir nichts anderes gesagt.«

Hinter dem Tor begann eine Diskussion. Das erste Gesicht verschwand, und ein anderes erschien. Weder Somali noch Araber. Aber der Mann sprach Arabisch. Ein Pakistani?

»Woher kommst du, und was sind das für Papiere?«

Opal wühlte in seiner Windjacke und zog die Tasche heraus.

»Ich komme aus Marka. Ich habe auf der Straße einen Mann getroffen. Er hatte einen Unfall mit seinem Pick-up gehabt. Er hat mir das hier gegeben und mir gesagt, wie ich hierherfinde. Mehr weiß ich nicht.«

Er versuchte, die Tasche durch den Torspalt zu schieben.

»Nein, warte«, rief eine Stimme, und das Tor öffnete sich. Dahinter standen vier Männer mit wilden Bärten. Er wurde gepackt und hineingezerrt. Ein halbwüchsiger Junge rannte hinaus, holte sein Motorrad und schob es in den Hof. Das Tor schloss sich. Zwei Mann hielten ihn fest. Der mutmaßliche Pakistani überragte ihn. Er sah die Papiere durch und sog zischend die Luft durch die Zähne.

»Woher hast du das, du Hund? Was hast du mit unserem Freund gemacht?«

Opal spielte den verängstigten Niemand, was ihm nicht schwerfiel.

»Von dem Mann, der den Pick-up gefahren hat, Herr. Ich fürchte, er ist tot –«

Weiter kam er nicht. Mit voller Wucht traf ihn ein Schlag der rechten Hand und warf ihn zu Boden. Er hörte wirres Geschrei in einer Sprache, die er nicht verstand, obwohl er neben seiner hebräischen Muttersprache auch Englisch, Somali und Arabisch beherrschte. Ein halbes Dutzend Hände riss ihn hoch und zerrte ihn weg. An der Mauer stand ein Schuppen. Er wurde hineingestoßen und hörte, wie ein Riegel vorgeschoben wurde. Drinnen war es dunkel, und es stank. Er wusste, er musste seine Rolle weiterspielen. Er ließ sich auf einen Haufen alte Säcke fallen und vergrub das Gesicht in den Händen – die universale Haltung der ratlosen Niederlage.

Erst nach einer halben Stunde kamen sie zurück. Zwei oder drei, die wie Bodyguards aussahen, aber auch einer, den Opal noch nicht gesehen hatte. Der Mann war tatsächlich Somali und sprach in kultiviertem Ton. Vielleicht war er gebildet. Er winkte, und Opal stolperte blinzelnd hinaus in den grellen Sonnenschein.

»Komm«, sagte der Somali, »der Scheich möchte dich sehen.«

Er wurde unter strenger Bewachung in das Hauptgebäude dem Tor gegenüber eskortiert. Im Eingangsflur wurde er von erfahrenen Händen gründlich durchsucht. Man nahm ihm die abgegriffene Brieftasche ab und gab sie dem Somali. Der nahm die üblichen Ausweispapiere heraus, betrachtete sie und verglich das körnige Foto mit Opals Gesicht. Dann nickte er, steckte die Brieftasche ein und ging davon. Opal wurde hinterhergeschoben.

Sie kamen in ein gut eingerichtetes Wohnzimmer. Ein Ventilator drehte sich unter der Decke. An einem Schreibtisch voller Papier und Schreibmaterial saß ein Mann auf einem Drehstuhl. Er hatte der Tür den Rücken zugewandt. Der Somali ging zu ihm und sagte ihm leise etwas ins Ohr. Opal hätte schwören können, dass er jetzt ins Arabische gewechselt hatte. Er reichte dem Mann am Schreibtisch die Brieftasche und die Ausweispapiere.

Opal sah, dass die Tasche, die er mitgebracht hatte, offen war. Mehrere Blätter lagen auf dem Schreibtisch. Der Mann, der da saß, drehte sich um, hob den Blick von der Brieftasche und starrte ihn an. Er hatte einen schwarzen Vollbart und bernsteinfarbene Augen.

ZEHN

Kaum hatte die *Malmö* im zwanzig Faden tiefen Wasser der Bucht von Garacad den Anker geworfen, als drei Aluminiumboote vom Dorf auf sie zukamen.

Dschimali und seine sieben Piraten brannten darauf, wieder an Land zu kommen. Sie waren zwanzig Tage auf See gewesen, die meiste Zeit eingepfercht in der Enge des taiwanesischen Trawlers. Ihr Vorrat an frischen Lebensmitteln war längst aufgebraucht, und sie hatten zwei Wochen lang von europäischem und philippinischem Essen gelebt, das sie nicht mochten. Sie sehnten sich nach ihrem heimischen Ziegenfleischeintopf und dem Gefühl von Sand unter den Füßen.

Die dunklen Köpfe in den vom eine Meile weit entfernten Strand herankommenden Booten gehörten der Ablösungsmannschaft, die das vor Anker liegende Schiff bewachen würde, so lange es nötig war.

Einer von denen, die da auf die *Malmö* zukamen, war kein zerlumpter Stammesangehöriger. Im Heck des dritten Bootes saß ein sauber gekleideter Somali in einem gut geschnittenen, hellbraunen Safarianzug und hielt einen Attachékoffer auf den Knien. Das war Mr. Abdi, al-Afrits auserwählter Unterhändler.

»Jetzt geht's los«, sagte Kapitän Eklund auf Englisch, der Sprache, in der sich die Schweden, die Ukrainer, der Pole und die Filipinos an Bord verständigten. »Wir müssen Geduld haben. Überlasst das Reden mir.«

»Nicht sprechen!«, fauchte Dschimali. Ihm gefiel es nicht, wenn seine Gefangenen redeten, nicht einmal, wenn sie Englisch sprachen, denn er verstand es nicht besonders gut.

Ein Fallreep wurde über die Reling herabgelassen, und die überwiegend halbwüchsigen Bewacher der Ablösung kamen an

Bord. Sie schienen die Sprossen kaum zu berühren. Mr. Abdi, der nicht gern auch nur eine Meile weit draußen auf dem Meer war, ließ sich Zeit und klammerte sich beim Klettern fest an die Taue. Sein Attachékoffer wurde ihm heraufgereicht, als er auf dem Deck stand.

Kapitän Eklund wusste nicht, wer er war, aber an der Kleidung und an den Manieren erkannte er, dass er es zumindest mit einem gebildeten Mann zu tun hatte. Er trat vor.

»Ich bin Kapitän Eklund, Kommandant der *Malmö*«, sagte er, und Mr. Abdi streckte die Hand aus.

»Ich bin Ali Abdi, Verhandlungsbeauftragter der somalischen Seite.« Er sprach ein fließendes, leicht amerikanisch gefärbtes Englisch. »Sie waren noch nie… wie soll ich es sagen… Gast des somalischen Volkes?«

»Nein«, antwortete der Kapitän, »und ich wäre es auch jetzt lieber nicht.«

»Natürlich nicht. Höchst beunruhigend aus Ihrer Sicht. Aber man hat Sie informiert, oder? Es gibt gewisse Formalitäten, die erledigt werden müssen, bevor sinnvolle Verhandlungen beginnen können. Je eher wir uns einig sind, desto schneller können Sie sich wieder auf den Weg machen.«

Kapitän Eklund wusste, dass sein Arbeitgeber in weiter Ferne mit Versicherern und Anwälten in Klausur sitzen würde und dass auch sie einen Unterhändler benennen würden. Hoffentlich waren sie beide geschickt und erfahren, damit es rasch zur Lösegeldzahlung und Freilassung käme. Doch er kannte die Spielregeln nicht. Schnelligkeit lag jetzt ausschließlich im Interesse der Europäer.

Abdi forderte als Erstes, auf die Brücke gebracht zu werden, um über das Satellitentelefon des Schiffs Kontakt mit der Leitzentrale in Stockholm und dann mit dem Verhandlungsbüro aufzunehmen, das sich vermutlich in London befinden würde, wo Lloyds beheimatet waren. Dort würde das Epizentrum der gesamten Verhandlung liegen. Aus der Höhe der Brücke ließ er den Blick über das Deck wandern.

»Es wäre vielleicht ratsam«, sagte er leise, »Sonnensegel über die Lücken zwischen der Decksladung zu spannen. Dann kann Ihre Crew die Seeluft genießen, ohne von der Sonne gebraten zu werden.«

Stig Eklund hatte vom Stockholm-Syndrom gehört: Zwischen Geiselnehmern und Gefangenen entstand eine Freundschaft auf der Grundlage großer Nähe zueinander. Er hatte nicht vor, seinen inneren Hass auf die Leute aufzugeben, die sein Schiff in ihre Gewalt gebracht hatten. Andererseits war der gut gekleidete, gebildete und wortgewandte Somali in Gestalt dieses Ali Abdi zumindest jemand, mit dem er auf zivilisierter Grundlage kommunizieren könnte.

»Danke«, sagte er. Sein Erster und Zweiter Offizier standen neben ihm. Sie hatten alles verstanden. Er nickte ihnen zu, und sie verließen die Brücke, um die Sonnensegel aufzuspannen.

»Und jetzt, wenn Sie gestatten, muss ich mit Ihren Leuten in Stockholm sprechen«, sagte Abdi.

Innerhalb weniger Sekunden hatten sie Stockholm am Satphone. Abdis Gesicht hellte sich auf, als er erfuhr, dass der Schiffseigner bereits in London bei Chauncey Reynolds war. Mit denen hatte er, wenn auch für andere Clanchefs, schon zweimal über die Freigabe eines Schiffes verhandelt, und jedes Mal waren sie nach nur wenigen Wochen erfolgreich gewesen. Er ließ sich die Nummer geben und bat Kapitän Eklund, die Londoner Anwälte anzurufen. Julian Reynolds meldete sich.

»Ah, Mr. Reynolds, da sprechen wir wieder miteinander. Hier ist Mr. Ali Abdi auf der Brücke der *Malmö*, und neben mir steht Kapitän Eklund.«

Julian Reynolds in London machte ein erfreutes Gesicht. Er hielt eine Hand über die Sprechmuschel und sagte: »Es ist wieder Abdi.« Alle seufzten erleichtert, auch Gareth Evans. Auf der Londoner Seite kannte jeder den berüchtigten al-Afrit, den grausamen alten Tyrannen, der Garacad beherrschte. Dass der urbane Abdi mit den Verhandlungen beauftragt worden war, brachte einen Funken Licht in den Raum.

»Guten Morgen, Mr. Abdi. *Salaam alaikum.*«

»*Alaikum as-salaam*«, antwortete Abdi durch den Äther. Vermutlich würden die Schweden und die Briten ihm mit Vergnügen den Hals umdrehen, wenn sie die Wahl hätten, aber der muslimische Gruß war doch ein netter Versuch, höflich zu sein. Höflichkeit wusste er zu schätzen.

»Ich gebe Sie jetzt an jemanden weiter, den Sie vermutlich schon kennen.« Reynolds reichte den Hörer an Gareth Evans und aktivierte die Konferenzschaltung. Die Stimme aus Somalia klang glockenklar im Raum. Ebenso klar hörte man sie in Fort Meade und in Cheltenham, wo alles mitgeschnitten wurde.

»Hallo, Mr. Abdi. Hier ist Mr. Gareth. So treffen wir uns wieder, wenn auch nur über den Äther. Man hat mich gebeten, die Angelegenheit auf der Londoner Seite zu regeln.«

In London hörten fünf Männer – der Schiffseigner, zwei Anwälte, ein Versicherungsmitarbeiter und Gareth Evans –, wie Abdi im Lautsprecher leise lachte.

»Mr. Gareth, mein Freund. Ich bin sehr froh, dass Sie es sind. Ich bin sicher, wir können diese Angelegenheit zu einem guten Ende bringen.«

Abdis Gewohnheit, dem Vornamen ein »Mister« voranzusetzen, war seine Methode, um zwischen frostiger Förmlichkeit und allzu großer Vertraulichkeit zu balancieren. Er nannte Gareth Evans immer nur »Mr. Gareth«.

»Ich habe hier in der Londoner Kanzlei einen Raum für mich allein«, sagte Evans. »Soll ich dorthin gehen, damit wir anfangen können?«

Das ging Abdi zu schnell. Die Formalitäten mussten eingehalten werden. Eine davon bestand darin, den Europäern klarzumachen, dass die Eile allein auf ihrer Seite war. Er wusste, dass Stockholm bereits kalkuliert haben würde, was die *Malmö* sie jetzt tagtäglich kostete. Auch die Versicherer, die zu dritt sein dürften, würden ihre Berechnungen angestellt haben.

Die eine Versicherung deckte Rumpf und Maschine, eine andere die Ladung, und die dritte sicherte die Besatzung gegen

Kriegsrisiken ab. Jede kalkulierte ihre laufenden oder bevorstehenden Verluste anders. Sollen sie doch noch eine Weile in ihren Zahlen schmoren, dachte er. Laut sagte er: »Ah, Mr. Gareth, mein Freund, Sie sind mir voraus. Ich brauche ein bisschen Zeit, um mir die *Malmö* und ihre Fracht anzusehen, bevor ich Ihnen eine vernünftige Zahl nennen kann, die Sie Ihren Auftraggebern guten Gewissens zur Einigung vorlegen können.«

In der sandumwehten Festung in den Bergen hinter Garacad, wo al-Afrit sein Hauptquartier hatte, war Abdi in seinem privaten Büro bereits online gewesen. Er wusste, dass Faktoren wie Alter und Zustand des Frachters, Verderblichkeit der Ladung sowie voraussichtlich entgangene zukünftige Erträge zu berücksichtigen waren.

Doch all das hatte er schon berücksichtigt und sich entschieden, für den Anfang die Summe von fünfundzwanzig Millionen Dollar zu nennen. Wahrscheinlich würden sie sich schließlich auf vier Millionen einigen – vielleicht auf fünf, wenn der Schwede es eilig hatte.

»Mr. Gareth, darf ich vorschlagen, dass wir morgen früh anfangen? Sagen wir, um neun, Londoner Zeit? Dann wäre es hier Mittag. Bis dahin kann ich in meinem Büro an Land sein.«

»Also gut, mein Freund. Ich werde Ihren Anruf erwarten.«

Das würde ein Satellitentelefonat per Computer sein. Skype kam nicht infrage. Gesichter verrieten zu viel.

»Noch ein Letztes, bevor wir für heute Schluss machen. Habe ich Ihre Zusicherung, dass die Besatzung einschließlich der Filipinos sicher an Bord festgehalten und in keiner Weise behelligt wird?«

Kein anderer Somali hörte diese Frage. Die an Bord der *Malmö* bekamen nicht mit, was auf der Brücke gesprochen wurde, und sie verstanden ohnedies kein Englisch. Abdi verstand jedoch, was gemeint war.

Im Großen und Ganzen behandelten die somalischen Warlords und Clanchefs ihre Gefangenen menschlich, aber es gab eine oder zwei bemerkenswerte Ausnahmen, und al-Afrit war eine davon. Er war der Schlimmste, eine berüchtigte, bösartige alte Bestie.

Auf der persönlichen Ebene arbeitete Abdi für al-Afrit, und sein Honorar betrug zwanzig Prozent. Seine Tätigkeit als Unterhändler für die geiselnehmenden Piraten machte ihn schon zu einem reichen Mann, der jünger war als die meisten. Doch er brauchte seinen Auftraggeber nicht zu mögen, und er tat es auch nicht. Er verabscheute ihn. Aber er hatte keine Leibwächtertruppe um sich herum.

»Ich bin davon überzeugt, dass die Besatzung an Bord bleiben und gut behandelt werden wird«, gab er zurück und beendete dann das Gespräch. Hoffentlich hatte er recht.

Die bernsteinfarbenen Augen schauten den jungen Gefangenen ein paar Sekunden lang an. Im Zimmer war es still. Opal spürte den gebildeten Somali, der ihn hereingeführt hatte, und zwei pakistanische Bodyguards hinter sich. Als der Mann sprach, tat er es mit einer überraschend sanften Stimme auf Arabisch.

»Wie heißt du?«

Opal sagte es ihm.

»Ist das ein somalischer Name?«

Der Somali hinter ihm schüttelte den Kopf. Die Pakistani verstanden die Frage nicht.

»Nein, Scheich. Ich bin aus Äthiopien.«

»Das ist zum großen Teil *kuffar*-Land. Bist du Christ?«

»Dank sei Allah, dem Barmherzigen, dem Mitfühlenden, nein, nein, Scheich, ich bin kein Christ. Ich bin aus Ogaden, gleich hinter der Grenze. Wir sind alle Muslime und werden deshalb wütend verfolgt.«

Der Mann mit den bernsteinfarbenen Augen nickte beifällig.

»Und warum bist du nach Somalia gekommen?«

»In meinem Dorf gab es Gerüchte, Rekrutierer der äthiopischen Armee würden kommen und unsere Leute zum Militärdienst für die Invasion gegen Somalia pressen. Ich bin geflohen und hierhergekommen, um mich meinen Brüdern in Allah anzuschließen.«

»Du bist letzte Nacht von Kismaju nach Marka gekommen?«

»Ja.«

»Warum?«

»Ich suche Arbeit, Scheich. Ich habe eine Stelle als Kontrolleur am Fischereidock, aber ich hatte gehofft, in Marka etwas Besseres zu finden.«

»Und wie bist du an diese Papiere gekommen?«

Opal erzählte seine vorbereitete Geschichte. Er sei in der Nacht gefahren, um der drückenden Hitze und den Sandstürmen des Tages zu entgehen. Als das Benzin im Tank knapp wurde, habe er angehalten, um aus dem Reservekanister nachzufüllen. Das sei zufällig auf einer Betonbrücke über einem ausgetrockneten Wadi gewesen. Dann habe er ein leises Rufen gehört. Erst habe er gedacht, es sei der Wind, aber dann habe er es noch einmal gehört, anscheinend unter der Brücke. Er sei die Böschung in das Wadi hinuntergeklettert und habe dort unten einen stark beschädigten Pick-up gefunden. Offenbar sei er von der Brücke abgekommen und gegen die Böschung geprallt. Am Steuer habe ein schwer verletzter Mann gesessen.

»Ich habe versucht, ihm zu helfen, Scheich, doch ich konnte nichts tun. Auf meinem Motorrad war kein Platz für zwei, und ich hätte ihn auch niemals die Böschung hinauftragen können. Ich habe ihn aus dem Wagen gezogen, für den Fall, dass der in Brand geraten sollte. Aber er lag im Sterben, *inschallah*.«

Der Sterbende habe ihn als Bruder angefleht, seine Tasche mitzunehmen und sie nach Marka zu bringen. Er habe die Adresse beschrieben: in der Nähe des Straßenmarktes, unterhalb des italienischen Kreisverkehrs, ein Doppeltor aus Holz mit einer Luke zum Hinausschauen.

»Ich habe ihn in den Armen gehalten, als er starb, Scheich, aber ich konnte ihn nicht retten.«

Der Mann im langen Gewand dachte eine Zeit lang nach, und dann wandte er sich wieder den Papieren zu.

»Hast du die Tasche geöffnet?«

»Nein, Scheich. Die Sachen gingen mich nichts an.«

Die bernsteinfarbenen Augen blickten nachdenklich.

»In der Tasche war Geld. Vielleicht haben wir es mit einem ehrlichen Mann zu tun, was meinst du, Dschamma?«

Der Somali lächelte. Der Prediger ließ einen Wortschwall in Urdu auf die Pakistani los, und die beiden traten vor und packten Opal.

»Meine Leute werden zu der Stelle zurückkehren. Sie werden das Wrack untersuchen, das ja noch da sein muss, und die Leiche meines Dieners. Wenn du gelogen hast, wirst du dir wünschen, du wärst niemals hergekommen. Einstweilen bleibst du hier und wartest auf ihre Rückkehr.«

Opal wurde wieder eingesperrt, doch nicht in dem verfallenen Schuppen im Hof, aus dem ein behänder Mann in der Nacht leicht hätte entkommen können, sondern in einem Keller mit Sandboden, wo man ihn einschloss. Dort blieb er zwei Tage und eine Nacht. Es war stockfinster. Er bekam eine Plastikflasche mit Wasser, von dem er im Dunkeln sparsam trank. Als man ihn herausließ und nach oben führte, kniff er die Augen zusammen und blinzelte heftig im Sonnenlicht, das durch die Fensterläden hereinfiel. Man brachte ihn wieder zum Prediger.

Die Gestalt im langen Gewand hielt etwas in der rechten Hand und drehte es langsam zwischen den Fingern hin und her. Die bernsteinfarbenen Augen richteten sich auf den verängstigten Gefangenen.

»Wie es aussieht, hattest du recht, mein junger Freund«, sagte er auf Arabisch. »Mein Diener ist tatsächlich mit seinem Truck gegen die Böschung des Wadi geprallt und dort gestorben. Die Ursache …« Er hielt den Gegenstand hoch. »Dieser Nagel. Meine Leute haben ihn im Reifen gefunden. Du hast die Wahrheit gesagt.«

Er stand auf und kam durch das Zimmer heran. Vor dem jungen Äthiopier blieb er stehen und schaute nachdenklich auf ihn herab.

»Woher kannst du Arabisch?«

»Ich habe es in meiner Freizeit gelernt, Herr. Ich wollte unseren heiligen Koran besser lesen und verstehen können.«

»Kannst du noch andere Sprachen?«

»Ein bisschen Englisch, Herr.«

»Und woher?«

»In der Nähe meines Dorfes war eine Schule, die von einem Missionar aus England geführt wurde.«

Der Prediger schwieg bedrohlich.

»Von einem Ungläubigen. Einem *kafir*. Hast du von ihm auch gelernt, den Westen zu lieben?«

»Nein, Herr. Im Gegenteil. Ich habe bei ihm gelernt, sie für das jahrhundertelange Elend zu hassen, das sie unserem Volk zugefügt haben, und nur die Worte und das Leben unseres Propheten Mohammed zu studieren, möge er ruhen in Frieden.«

Der Prediger dachte nach und lächelte schließlich.

»Hier haben wir also einen jungen Mann« – er sprach offensichtlich mit seinem somalischen Sekretär –, »der ehrlich genug ist, das Geld nicht zu nehmen, mitfühlend genug, einem Sterbenden seinen letzten Wunsch zu erfüllen, und der nur dem Propheten dienen möchte. Und der Somali, Arabisch und ein wenig Englisch spricht. Was meinst du dazu, Dschamma?«

Der Sekretär ging in die Falle. Beflissen stimmte er zu: Jawohl, das sei eine sehr glückliche Entdeckung. Aber der Prediger hatte ein Problem. Er hatte seinen Computerfachmann verloren, den Mann, der ihm die heruntergeladenen Nachrichten aus London brachte, ohne je ersichtlich werden zu lassen, dass der Prediger selbst in Marka und nicht in Kismaju war. Nur Dschamma konnte diesen Mann in Kismaju ersetzen. Alle andern verstanden nichts von Computern.

Damit verlor er einen Sekretär, aber vor ihm stand ein junger Mann, der lesen und schreiben konnte, neben dem Dialekt seiner Heimat Ogaden noch drei Sprachen sprach und Arbeit suchte.

Der Prediger hatte zehn Jahre überlebt, weil seine Vorsicht

an Paranoia grenzte. Er hatte gesehen, wie die meisten seiner Zeitgenossen von Laschkar-e-Taiba, die Brigade 313, die Henker von Chorasan, der Hakkani-Clan, al-Qaida auf der Arabischen Halbinsel und die Jemen-Gruppe – wie sie alle gesucht, aufgespürt, anvisiert und eliminiert worden waren. Mehr als die Hälfte war verraten worden.

Er hatte Kameras gemieden wie die Pest, hatte immer wieder seinen Wohnsitz gewechselt, seinen Namen geändert, sein Gesicht vermummt, seine Augen verdeckt. Und war am Leben geblieben.

In seiner persönlichen Umgebung akzeptierte er nur Leute, von deren Vertrauenswürdigkeit er überzeugt war. Seine vier pakistanischen Leibwächter würden für ihn sterben, doch sie hatten kein Hirn. Dschamma war clever, aber jetzt brauchte er ihn für die beiden Computer in Kismaju.

Der Neuankömmling gefiel ihm. Er hatte seine Ehrlichkeit bewiesen und gezeigt, dass er die Wahrheit sagte. Wenn er ihn einstellte, würde man ihn Tag und Nacht im Auge behalten können. Er würde mit niemandem kommunizieren. Der Prediger brauchte einen Privatsekretär. Der Gedanke, dass der junge Mann vor ihm ein Jude und ein Spion sein könnte, kam ihm nicht in den Sinn. Er beschloss, das Risiko einzugehen.

»Möchtest du mein Sekretär werden?«, fragte er freundlich. Dschamma schnappte entsetzt nach Luft.

»Das wäre ein unbeschreibliches Privileg, Herr. Ich würde Ihnen treu dienen, *inschallah*.«

Die entsprechenden Anweisungen wurden erteilt. Dschamma sollte einen der Pick-ups nehmen und nach Kismaju fahren, um die Aufsicht über den Masala-Lagerschuppen und den Internetcomputer des Predigers zu übernehmen.

Opal würde Dschammas Zimmer bekommen und lernen, was seine Aufgaben waren. Eine Stunde später setzte er die knallrote Baseballkappe mit dem New-York-Logo auf, die er bei dem verunglückten Truck bekommen hatte. Sie hatte dem israelischen Skipper des Fischkutters gehört, der sie hatte abgeben müssen, als die neuen Befehle aus Tel Aviv gekommen waren.

Draußen im Hof schob Opal sein Geländemotorrad zu dem verfallenen Schuppen an der Mauer, um es vor der Sonne zu schützen. Auf halbem Weg blieb er stehen und schaute in den Himmel. Er nickte langsam und ging weiter.

In einem Kontrollraum tief im Keller am Rand von Tampa sah und registrierte man die Gestalt unter der kreisenden Global Hawk. Eine Alarmmeldung wurde ausgesandt, und das Bild wurde in einen Raum in der amerikanischen Botschaft in London übermittelt.

Der Spürhund sah die schlanke Gestalt in Dischdasch und roter Baseballkappe, die da im fernen Marka in den Himmel schaute.

»Gut gemacht, mein Junge«, sagte er leise. Agent Opal war im Innern der Festung und hatte soeben alles bestätigt, was der Spürhund wissen musste.

Der letzte Attentäter war kein Regalbestücker und arbeitete auch nicht in einer Autowerkstatt. Er war gebürtiger Syrer mit guter Ausbildung sowie einem Diplom in Zahnmedizin und arbeitete als Techniker bei einem erfolgreichen Kieferorthopäden am Rande von Fairfax, Virginia. Sein Name war Tarik Hussein.

Er war weder Flüchtling noch Student gewesen, als er zehn Jahre zuvor aus Aleppo gekommen war, sondern ein legaler Immigrant, der sämtliche Einwanderungsprüfungen bestanden hatte. Man fand nie heraus, ob er schon damals den rasenden Hass auf Amerika im Besonderen und den Westen im Allgemeinen in sich getragen hatte, der in seinen Schriften offenbar wurde, als die Virginia State Police und das FBI seinen adretten Vorortbungalow durchsuchte, oder ob er ihn erst während seines Aufenthalts hier entwickelt hatte.

Aus seinem Pass ging hervor, dass er im Lauf dieses Jahrzehnts drei Reisen zurück in den Nahen Osten unternommen hatte, und man vermutete, er sei bei diesen Besuchen von Hass und Abscheu infiziert worden. Sein Tagebuch und sein Laptop enthielten ein paar Antworten, aber nicht alle.

Arbeitgeber, Nachbarn und sein gesellschaftlicher Umgang wurden eingehend befragt, doch anscheinend hatte er allen etwas vorgemacht. Hinter der höflich lächelnden Fassade war er ein engagierter Salafist und Anhänger der niederträchtigsten und härtesten Variante des Dschihadismus. Aus jeder Zeile seiner Schriften strahlten Hass und Abscheu gegen die amerikanische Gesellschaft hervor.

Wie andere Salafisten hielt er es nicht für nötig, traditionelle muslimische Gewänder zu tragen, sich einen Bart wachsen zu lassen oder fünfmal täglich eine Gebetspause einzulegen. Er rasierte sich täglich und trug das Haar sauber und kurz geschnitten. Er lebte allein in einem Bungalow im Vorort, aber er hatte gesellschaftlichen Umgang mit Arbeitskollegen und anderen. Mit der amerikanischen Vorliebe für die freundlich klingende Verkleinerungsform des Vornamens nannte er sich Terry Hussein.

Seinen Freunden in der Bar erklärte er seinen Verzicht auf Alkohol mit dem Wunsch, »in Form« zu bleiben, und das akzeptierten sie. Dass er kein Schweinefleisch aß und nicht mit am Tisch sitzen wollte, wenn es verzehrt wurde, fiel niemandem auf.

Weil er ledig war, machten einige Frauen ihm schöne Augen, doch er wies sie stets höflich und freundlich ab. In der Bar in seiner Nachbarschaft verkehrte der eine oder andere schwule Mann, und er wurde mehr als einmal gefragt, ob er auch dazugehöre. Er verneinte höflich und erklärte, er warte nur auf die richtige Frau.

Aus seinem Tagebuch ging hervor, dass er überzeugt war, schwule Männer gehörten so langsam wie möglich zu Tode gesteinigt, und dass die Vorstellung, neben einer fetten weißen, Schweinefleisch fressenden, ungläubigen Kuh im Bett zu liegen, ihn mit Ekel erfüllte.

Die Lehren des Predigers riefen seine Wut und seinen Hass

nicht hervor, sondern kanalisierten sie. Sein Laptop zeigte, dass er dem Prediger zwei Jahre lang begeistert gefolgt war, ohne sich jemals zu erkennen zu geben und dem Fanklub beizutreten, auch wenn er gern einen Beitrag dazu geleistet hätte. Schließlich beschloss er, dem Drängen des Predigers zu folgen, die Anbetung Allahs und seines Propheten durch den Akt des höchsten Opfers zu vervollkommnen und zu ihnen ins ewige Paradies einzugehen.

Aber er wollte so viele Amerikaner mitnehmen, wie er konnte, und von der Hand ihrer ungläubigen Polizei als *schahid* sterben. Dazu brauchte er eine Waffe.

Er besaß einen Führerschein vom Staat Virginia, wie er als Fotoausweis gebräuchlich war, doch der war auf den Namen Hussein ausgestellt. Angesichts der medialen Aufmerksamkeit, die mehrere Mordanschläge in diesem Frühjahr und Sommer schon hervorgerufen hatten, befürchtete er, dies könne ein Problem sein.

Beim Blick in den Spiegel stellte er fest, dass sein schwarzes Haar, die dunklen Augen und die braune Haut den Eindruck erweckten, er komme aus dem Nahen Osten. Der Nachname würde es bestätigen.

Einer seiner Kollegen im Zahnlabor war von ähnlicher Erscheinung, und er war von hispanischer Herkunft. Tarik Hussein beschloss, sich einen Führerschein mit einem spanisch klingenden Namen zu beschaffen, und fing an, im Internet zu suchen.

Wie einfach es ging, überraschte ihn. Er brauchte sich nicht einmal persönlich vorzustellen oder auch nur einen Brief zu schreiben, sondern stellte einfach online einen Antrag auf den Namen Miguel »Mickey« Hernandez, zugezogen aus New Mexico. Natürlich war eine Gebühr fällig: neunundsiebzig Dollar an »Global Intelligence ID Card Solutions« plus fünfundfünfzig Dollar für die Expresszustellung. Der Führerschein des Staates Virginia, der als Ersatz für den »verlorenen« dienen sollte, kam mit der Post.

Bei seinen Onlinerecherchen war es ihm vor allem um die richtige Waffe gegangen. Stundenlang brütete er über Tausenden von Websites zum Thema Waffen. Was er wollte und was er davon erwartete, wusste er mehr oder weniger schon. Er brauchte nur Beratung, welche Waffe er kaufen sollte.

Zunächst spielte er mit dem Gedanken an die Bushmaster, die in Sandy Hook verwendet worden war, verwarf sie aber dann wegen der leichten 5.6-Millimeter-Geschosse. Er brauchte etwas Schwereres mit mehr Durchschlagskraft. Am Ende entschied er sich für das G3 von Heckler und Koch, eine Variante des militärischen A4-Sturmgewehrs mit der 7.62-Millimeter-Standardmunition der NATO, die, wie man ihm versicherte, jedes Blech durchschlug, ohne es zu zerreißen.

Bei der Onlinesuche erfuhr er, dass es ihm aufgrund der amerikanischen Waffengesetze kaum gelingen würde, die vollautomatische Version zu beschaffen, doch die halbautomatische genügte für seine Zwecke. Sie gab bei jeder Betätigung des Abzugs einen Schuss ab, und das war schnell genug für das, was er vorhatte.

Wenn es ihn schon überraschte, wie leicht es gewesen war, einen Führerschein zu erhalten, so war er völlig verblüfft darüber, wie mühelos man ein Gewehr kaufen konnte. Er fuhr zu einer Waffenmesse auf den Prince William County Fairgrounds in Manassas, kaum eine Stunde weit entfernt und immer noch in Virginia.

Einigermaßen perplex wanderte er durch die Ausstellungshallen, in denen ein tödliches Waffensortiment ausgestellt war, das genügte, um mehrere Kriege vom Zaun zu brechen. Schließlich fand er das HK G3. Er legte seinen Führerschein vor, und der fleischige Verkäufer händigte ihm das »Jagdgewehr« mit Vergnügen gegen Barzahlung aus. Tarik Hussein spazierte einfach mit dem Gewehr hinaus und legte es in seinen Kofferraum. Niemand zuckte auch nur mit der Wimper.

Die Munition für das Zwanzig-Schuss-Magazin war genauso leicht zu bekommen, diesmal in einer Waffenhandlung in

Church Falls. Er kaufte hundert Patronen, ein zweites Magazin und eine Magazinklammer, mit der er die beiden Magazine verbinden und damit vierzig Schuss abgeben konnte, ohne nachzuladen. Als er alles beisammenhatte, fuhr er ruhig nach Hause und bereitet sich darauf vor zu sterben.

Am dritten Nachmittag kam Al-Afrit zu Besuch, um seine neue Prise zu besichtigen. Von der Brücke der *Malmö* aus sah Kapitän Eklund die größere Fischer-Dhau erst, als sie schon auf halbem Weg zwischen Ufer und Schiff war. Im Fernglas sah er Mr. Abdis Anzug neben einer Gestalt in weißen Gewändern mittschiffs unter einem Sonnensegel.

Dschimali und seine Piratentruppe waren von einem Dutzend Jugendlicher abgelöst worden, die einer somalischen Praxis nachgingen, wie der schwedische Seemann sie noch nie gesehen hatte. Als die neuen Bewacher an Bord gekommen waren, hatten sie dicke Bündel grüner Blätter mitgebracht, nicht nur Zweige, sondern ganze Büschel. Das war Khat, und sie kauten es ständig. Bei Sonnenuntergang waren sie high, und dann waren sie abwechselnd schlaftrunken und jähzornig.

Als der Somali, der neben Stig Eklund stand, seinem Blick folgte und die Dhau sah, war er sofort nüchtern. Er rannte den Niedergang hinunter zum Deck und rief seine Kumpane, die es sich unter dem Sonnensegel bequem gemacht hatten.

Der alte Clanchef kam über eine Aluminiumleiter an Deck, richtete sich auf und sah sich um. Kapitän Eklund hatte seine Mütze auf dem Kopf und salutierte. Vorsicht war besser als Nachsicht, dachte er. Mr. Abdi, der als Dolmetscher mitgekommen war, übernahm das Vorstellen.

Al-Afrit hatte ein faltiges, beinahe kohlschwarzes Gesicht unter seinem Kopftuch, aber seine legendäre Grausamkeit zeigte sich in den Zügen um seinen Mund. Gareth Evans in London hatte sich versucht gefühlt, Kapitän Eklund zu warnen, doch er hatte nicht wissen können, wer da gerade neben ihm stand. Auch Mr. Abdi hatte nichts weiter gesagt. Deshalb wusste der

Kapitän nicht genau, wer es war, der ihn hier gefangen genommen hatte.

Von Abdi als Dolmetscher begleitet, besichtigten sie die Brücke und die Offiziersmesse. Dann befahl Al-Afrit, alle Ausländer sollten an Deck antreten. Langsam ging er an der Reihe entlang, ignorierte die zehn Filipinos und starrte die fünf Europäer an.

Sein Blick blieb eine ganze Weile an dem neunzehnjährigen Kadetten Ove Carlsson in seinem adretten Tropenanzug hängen. Durch Abdi befahl er dem Jungen, seine Mütze abzunehmen. Er starrte in die hellblauen Augen, hob dann die Hand und strich über das maisgelbe Haar. Carlsson wurde blass und wich zurück. Der Somali machte ein wütendes Gesicht, nahm die Hand aber weg.

Als die Besucher zum Fallreep gingen, um das Deck zu verlassen, sagte al-Afrit etwas auf Somali. Vier Mann seiner Leibwache sprangen vor, packten den Kadetten und warfen ihn auf das Deck.

Kapitän Eklund trat aus dem Glied, um zu protestieren. Abdi hielt ihn am Arm fest.

»Tun Sie nichts«, zischte er. »Es ist alles gut, ich bin sicher, alles ist gut. Machen Sie ihn nicht wütend.«

Der Kadett wurde gezwungen, die Leiter zu der Dhau hinunterzusteigen, wo sich ihm Hände entgegenstreckten.

»Käpt'n, helfen Sie mir!«, rief er.

Kapitän Eklund fuhr herum und starrte Abdi an, der das Schiff als Letzter verließ.

»Ich mache Sie für die Sicherheit dieses Jungen verantwortlich«, fauchte er ihn an. »Das ist unzivilisiert.«

Abdi stand schon auf der Leiter. Er war fahl vor Bestürzung. »Ich werde beim Scheich intervenieren«, versprach er.

»Und ich werde London informieren«, antwortete der Kapitän.

»Das kann ich nicht zulassen, Kapitän Eklund. Hier geht es um unsere Verhandlungen, und die sind sehr heikel. Lassen Sie mich das erledigen.«

Dann war er weg. Auf der Rückfahrt durch die Dünung zum Strand saß er schweigend im Boot und verfluchte den alten Teufel an seiner Seite. Falls er dachte, die Entführung des Kadetten könne London unter Druck setzen, das Lösegeld zu erhöhen, würde er alles ruinieren. Abdi war der Unterhändler, und er wusste, was er tat. Davon abgesehen hatte er Angst um den Jungen. Al-Afrit war berüchtigt für seinen Umgang mit Gefangenen.

An diesem Abend rief der Spürhund bei Ariel auf dessen Dachboden in Centreville an.

»Du hast den kurzen Film von mir bekommen?«

»Ja, Colonel Jackson.«

»Ich möchte, dass du ihn auf den dschihadistischen Internetkanal stellst, den der Prediger benutzt.«

Eine Stunde später war der Film weltweit zu sehen. Der Prediger saß auf seinem gewohnten Stuhl und sprach direkt in den Camcorder und damit zur muslimischen Welt. Eine Stunde nach der Vorankündigung würde der gesamte Fanklub zuhören, und außerdem Millionen, die nicht zum Extremismus konvertiert waren, sich jedoch dafür interessierten, sowie jede Anti-Terror-Behörde der Welt.

Alle waren überrascht und dann fassungslos. Sie erblickten einen hart aussehenden Mann von Anfang bis Mitte dreißig, aber diesmal hatte er das Kopftuch nicht vor sein Gesicht gezogen. Er hatte einen schwarzen Vollbart, und seine Augen waren eigenartig bernsteingelb.

Nur einer, der ihn sah, wusste, dass es Kontaktlinsen waren und dass der Sprecher, Tony Suarez, in einer Bruchbude in Malibu wohnte und kein Wort von den Koraninschriften verstand, die auf dem Laken im Hintergrund standen.

Der Akzent der Stimme klang perfekt. Der britische Comedian hatte sich nur zwei Stunden lang ältere Predigten anhören müssen, um die Stimme einwandfrei zu imitieren. Der Film war in Farbe, nicht schwarz-weiß. Doch für die Gläubigen handelte es sich ohne Zweifel um den Prediger.

»Meine Freunde, Brüder und Schwestern in Allah. Ich war für eine Weile aus eurem Leben verschwunden. Aber ich habe diese Zeit nicht verschwendet. Ich habe gelesen, ich habe unseren wundervollen Glauben, den Islam, studiert und über vieles nachgedacht. Und ich habe mich geändert, *inschallah*.

Ich frage mich, wie viele von euch von den *al-Muradscha'at* gehört haben, den Revisionen der salafistisch-dschihadistischen Sache. Sie habe ich studiert.

Viele Male habe ich euch in der Vergangenheit gedrängt, euch nicht einfach nur der Anbetung Allahs zu weihen, sein Name sei gepriesen, sondern auch dem Hass auf andere. Die Revisionen lehren uns jedoch, dass dies falsch ist. Unser schöner Islam ist in Wahrheit kein Glaube der Bitterkeit und des Hasses auf solche, die anders denken als wir.

Die berühmtesten unter den Revisionen sind die aus der Serie der Korrekturen der Begriffe. So wie diejenigen, die uns den Hass lehrten, aus Ägypten kamen, so kamen von dort auch die Gamaa Islamija, die die Korrekturen schrieben, und jetzt verstehe ich, dass sie recht hatten, nicht diejenigen, die Bigotterie und Hass lehrten.«

Das Telefon des Spürhunds in seinem Zimmer in der Botschaft klingelte. Es war Gray Fox aus Virginia.

»Höre ich richtig, oder ist da etwas Unheimliches passiert?«

»Hören Sie noch ein bisschen zu«, sagte der Spürhund.

Auf dem Bildschirm redete Tony Suarez weiter, ohne zu wissen, was er sagte.

»Ich habe die Revisionen ein Dutzend Mal in der englischen Übersetzung gelesen, wie ich es auch allen rate, die ihr kein Arabisch sprechen oder lesen könnt. Euch, die ihr es könnt, empfehle ich, sie in der Originalsprache zu lesen.

Denn mir ist jetzt klar, dass das, was unsere Brüder von al-Gamaa sagen, die Wahrheit ist. Die als Demokratie bekannte Regierungsform ist absolut vereinbar mit dem wahren Islam, aber Hass und Blutgier sind fremd allen Worten des Propheten Mohammed, möge er ruhen in Frieden.

Diejenigen, die jetzt behaupten, sie seien die wahren Gläubigen, und die zu Massenmord, Grausamkeit, Folter und dem Tod von Tausenden aufrufen, gleichen in Wahrheit den charidschitischen Rebellen, die gegen die Gefährten des Propheten kämpften.

Wir müssen alle Dschihadisten und Salafisten betrachten wie diese Charidschiten, und wir, die wir nur den wahren Allah und seinen gesegneten Propheten Mohammed verehren, müssen die Ketzer vernichten, die sein Volk all die Jahre hindurch in die Irre geführt haben.

Wir wahren Gläubigen müssen die Advokaten des Hasses und der Gewalt vernichten, wie die Gefährten vor langer Zeit die Charidschiten vernichtet haben.

Doch nun wird es Zeit, dass ich erkläre, wer ich wirklich bin. Geboren wurde ich als Zulfikar Ali Schah in Islamabad und wuchs als guter Muslim auf. Aber ich bin gefallen und zu Abu Azzam geworden, einem Mörder an Männern, Frauen und Kindern.«

Wieder klingelte das Telefon.

»Wer, zum Teufel, ist das?«, schrie Gray Fox.

»Hören Sie ihm bis zum Ende zu«, sagte der Spürhund. »Es ist gleich aus.«

»Daher verkünde ich vor der Welt und besonders vor euch, meinen Brüdern und Schwestern in Allah, meine *tauba*, meine wahre Reue für alles, was ich für eine falsche Sache gesagt und getan habe. Und ich verkünde meine vollständige *baraa'a*: Ich schwöre allem ab, was ich gegen die wahren Lehren Allahs, des Barmherzigen und Mitfühlenden, gesagt und gepredigt habe.

Denn ich habe keine Barmherzigkeit und kein Mitgefühl gezeigt, und jetzt muss ich euch bitten, mir diese Barmherzigkeit zu zeigen, das Mitgefühl, das nach den Lehren des heiligen Koran dem Sünder gewährt werden soll, der seine sündhaften Wege wahrhaft bereut. Möge Allah euch alle segnen und begleiten.«

Der Bildschirm wurde dunkel. Das Telefon klingelte noch einmal. Tatsächlich klingelten Telefone überall in der *umma*, der Weltgemeinschaft des Islam, und aus vielen Hörern gellte Wutgeschrei.

»Spürhund, was, zum Teufel, haben Sie da gemacht?«, fragte Gray Fox.

»Ich hoffe, ich habe ihn soeben vernichtet«, sagte der Spürhund.

Er erinnerte sich an etwas, das der kluge alte Gelehrte von der al-Azhar-Universität in Kairo ihm vor Jahren gesagt hatte.

»Die Hetzprediger kennen vier Ebenen des Hasses. Vielleicht glauben Sie, ihr Christen stündet an oberster Stelle. Falsch – denn ihr glaubt an den einen und wahren Gott und seid daher genau wie die Juden ein Volk des Buches.

Über euch stehen Atheisten und Götzenverehrer, die keinen Gott, sondern nur ein geschnitztes Bild haben. Darum haben die Mudschaheddin in Afghanistan die Kommunisten mehr gehasst als euch. Sie sind Atheisten.

Über denen stehen in den Augen der Fanatiker die gemäßigten Muslime, die ihnen nicht folgen. Deshalb bemühen sie sich, jede prowestliche muslimische Regierung zu stürzen, lassen Bomben auf ihren Marktplätzen explodieren und töten muslimische Glaubensbrüder, die ihnen nichts getan haben.

Aber am höchsten steht der Hund unter allen, denen man nicht verzeiht, nämlich der Abtrünnige, der den Dschihadismus aufgibt oder ihm abschwört und zum Glauben seiner Väter zurückkehrt. Für ihn kommt Vergebung nicht infrage. Ihn erwartet nur der Tod.«

Dann hatte er Tee eingeschenkt und gebetet.

Mr. Abdi saß in seiner Suite aus Schlaf- und Arbeitszimmer in der Festung hinter Garacad. Seine Hände lagen auf dem Tisch, und die Knöchel waren weiß vor Anspannung. Die halbmeterdicken Wände waren schalldicht, aber die Tür war es nicht, und er hörte das Geräusch von Peitschenhieben auf dem Korridor.

Welcher bedauernswerte Dienstbote mochte das Missfallen seines Gastgebers erregt haben?

Mit einem unverwechselbaren Klatschen traf das Folterinstrument, wahrscheinlich eine halbstarre Kamelgerte, auf das Opfer, und die roh behauene Holztür konnte die schrillen Schreie nach jedem Schlag kaum dämpfen.

Ali Abdi war kein brutaler Mensch. Die Not der Seeleute, die auf ihren vor Anker liegenden Schiffen draußen unter der Sonne festgehalten wurden, war ihm bekannt, nur war das für ihn kein Grund zur Eile, wenn durch Verzögerungen ein höheres Lösegeld herauszuschlagen war. Für Misshandlungen jedoch hatte er nichts übrig – nicht einmal bei somalischen Dienstboten. Allmählich bereute er, dass er sich je bereit erklärt hatte, für diesen Piraten zu verhandeln. Der Mann war eine Bestie.

Er wurde aschfahl, als er hörte, wie das Opfer zwischen zwei Schlägen um Gnade bettelte. Es sprach Schwedisch.

Die Reaktion des Predigers auf die weltweite Ausstrahlung der von Tony Suarez vorgetragenen vernichtenden Worte war beinahe hysterisch.

Da er seit drei Wochen keine Predigt mehr online gestellt hatte, sah er seine dschihadistische Website nicht, als der Auftritt veröffentlicht wurde. Einer seiner pakistanischen Leibwächter, der ein paar Worte Englisch sprach, machte ihn darauf aufmerksam. In fassungsloser Ungläubigkeit hörte er das Ende, und dann ließ er die Rede noch einmal laufen.

Er saß vor seinem Desktop-Computer und schaute entsetzt zu. Das war gefälscht, natürlich war es gefälscht, aber es sah überzeugend aus. Die Ähnlichkeit war gespenstisch – Bart, Gesicht, Kleidung, Hintergrund, selbst die Augen: Er sah seinen Doppelgänger. Und es war seine Stimme.

Das alles war jedoch nichts gegen das, was er sagte. Dieser formelle Widerruf war ein Todesurteil. Es würde Wochen dauern, die Gläubigen davon zu überzeugen, dass sie durch einen raffinierten Betrug getäuscht worden waren. Die Hausangestellten draußen hörten, wie er die Gestalt auf dem Bildschirm anschrie: Diese *tauba* sei eine Lüge, der Widerruf eine üble Unwahrheit.

Als das Gesicht des fernen amerikanischen Schauspielers vom Monitor verschwunden war, saß der Prediger fast eine Stunde lang wie ausgehöhlt da. Und dann beging er seinen Fehler. In dem verzweifelten Wunsch nach jemandem, der ihm glaubte, nahm er Kontakt zu seinem einen wahren Freund auf, seinem Verbündeten in London. Per E-Mail.

Cheltenham las mit, Fort Meade ebenfalls. Ein schweigender Colonel der Marines in einem Büro in der Londoner US-Botschaft. Gray Fox in Virginia, auf dessen Tisch die Anfrage des Spürhunds lag. Der Prediger mochte zwar vernichtet sein, hatte der Spürhund ihm mitgeteilt, aber das sei nicht genug. Er habe zu viel Blut an den Händen. Jetzt müsse er getötet werden – und dazu beschrieb er mehrere Optionen. Gray Fox würde damit zum J-SOC-Kommandanten persönlich gehen, zu Admiral McRaven, und er war sicher, die Vorschläge würden ins Oval Office wandern, wo sie diskutiert und beschlossen würden.

Wenige Minuten nachdem die E-Mail in Marka abgeschickt worden war, hatte man die Echtheit des Textes nachgewiesen und den genauen Standort der beiden Computer und ihrer Eigentümer ermittelt. Der Prediger war zweifelsfrei lokalisiert, die Komplizenschaft Mustafa Dardaris auf allen Ebenen erwiesen.

Noch innerhalb von vierundzwanzig Stunden nahm Gray Fox über die abhörsichere Leitung von TOSA zur Botschaft wieder Kontakt mit dem Spürhund auf.

»Ich habe es versucht, Spürhund, aber die Antwort ist Nein. Der Präsident hat den Raketenbeschuss des Anwesens untersagt. Teils wegen der dichten Zivilbevölkerung ringsherum und teils wegen der Anwesenheit Opals auf dem Gelände.«

»Und der zweite Vorschlag?«

»Auch hier ein Nein. Eine Landung am Strand wird es nicht geben. Nachdem die Schabaab Marka wieder eingenommen haben, wissen wir noch nicht, wie stark und wie gut bewaffnet sie dort sind. Die Militärführung befürchtet, wenn der Prediger erst in dem Labyrinth der Gassen verschwunden ist, haben wir ihn für immer verloren. Das Gleiche gilt für eine Hubschrauberlandung auf dem Dach wie bei bin Laden. Keine Ranger, keine SEALs, nicht mal die Night Stalkers. Es liegt zu weit entfernt von Dschibuti und Kenia, und von Mogadischu aus wäre es zu öffentlich. Außerdem besteht die Gefahr eines Abschusses. Die Worte ›Blackhawk Down‹ rufen immer noch Albträume hervor. Tut mir leid, Spürhund. Ausgezeichnete Arbeit. Sie haben ihn identifiziert, aufgespürt und diskreditiert. Aber ich schätze, das war's. Der Scheißkerl sitzt in Marka und wird kaum herauskommen, es sei denn, Sie hätten einen verdammt guten Köder. Dazu kommt das Problem mit Opal. Ich glaube, Sie sollten packen und nach Hause kommen.«

»Er ist noch nicht tot, Gray Fox. Er hat ein Meer von Blut zu verantworten. Mag sein, dass jetzt Schluss mit den Predigten ist, doch er ist immer noch ein gefährlicher Scheißkerl. Er könnte sich nach Westen absetzen, nach Mali. Lassen Sie mich den Job zu Ende bringen.«

In der Leitung war es still. Dann sprach Gray Fox wieder.

»Okay, Spürhund. Noch eine Woche. Dann packen Sie Ihren Kram zusammen.«

Als er auflegte, begriff der Spürhund, dass er sich verrechnet hatte. Durch die Zerstörung der Glaubwürdigkeit des Predigers in der Welt des islamistischen Fundamentalismus hatte er seine Zielperson aus ihrem Schlupfloch ins Freie treiben wollen. Der Mann sollte auf der Flucht vor seinen eigenen Leuten sein, ohne jede Deckung, ein Gejagter. Von seinem eigenen Vorgesetzten zurückgepfiffen zu werden, damit hatte der Spürhund nicht gerechnet.

Unversehens stand er vor einer Gewissenskrise. Ungeachtet seiner Meinung als Bürger, als Offizier und als U.S. Marine besaß sein Oberkommandierender seine absolute Loyalität. Aber hier konnte er nicht gehorchen.

Er hatte einen Auftrag bekommen, und der war noch nicht

beendet. Man hatte ihm eine Mission gegeben, und er hatte sie nicht erfüllt. Außerdem hatte sich etwas geändert. Jetzt ging es auch um eine persönliche Vendetta. Er stand in der Schuld eines geliebten alten Mannes auf einer Intensivstation in Virginia Beach, und er gedachte sie zu bezahlen.

Zum ersten Mal seit der Kadettenschule dachte er daran, den Dienst beim Marine Corps zu quittieren. Ein Zahntechniker, von dem er noch nie gehört hatte, rettete ein paar Tage später seine Karriere.

Al-Afrit hielt sein Horrorbild noch zwei Tage zurück, aber als es in der Einsatzzentrale bei Chauncey Reynolds plötzlich auf dem Monitor erschien, waren alle starr vor Schreck. Gareth Evans hatte mit Mr. Abdi gesprochen, und natürlich ging es dabei um Lösegeld und Zeitpläne.

Abdi war von fünfundzwanzig auf zwanzig Millionen heruntergegangen, aber die Zeit wurde lang, zumindest für die Europäer. Die Verhandlungen dauerten jetzt eine Woche – für die Somalis ein chronologischer Fliegenschiss. Al-Afrit verlangte das ganze Geld, und er wollte es sofort. Abdi hatte ihm erklärt, der schwedische Schiffseigner ziehe zwanzig Millionen nicht in Betracht. Evans war im Stillen immer noch überzeugt, sie würden sich bei ungefähr fünf Millionen einigen.

Dann übernahm al-Afrit die Verhandlung und schickte sein Bild. Zufällig waren auch Reynolds und Harry Andersson, dem man angeraten hatte, nach Stockholm zurückzufliegen und dort abzuwarten, im Raum anwesend. Beim Anblick des Bildes wurde den drei Männern übel, und sie verstummten.

Der Kadett lag bäuchlings auf einem groben Holztisch und wurde von einem großen Somali an den Handgelenken festgehalten. Die Beine waren gespreizt, und jeder Knöchel war an ein Tischbein gefesselt. Hose und Unterhose fehlten.

Sein Gesäß war zu einem blutigen Brei zerschlagen. Sein Kopf lag mit der Seite auf dem Holz, und man sah an seinem Gesicht, dass er schrie.

Evans und Reynolds begriffen, dass sie es mit einem sadistischen Wahnsinnigen zu tun hatten. So etwas hatten sie noch nie erlebt. Harry Anderssons Reaktion war extremer. Er stieß einen Schrei aus, ein Kreischen fast, und stürzte ins benachbarte Badezimmer. Die anderen hörten sein Würgen, als er den Kopf über die Kloschüssel beugte. Als er zurückkam, war er aschgrau im Gesicht. Nur auf seinen Wangen waren rote Flecken.

»Der Junge ist mein Sohn«, schrie er. »Mein Sohn, unter dem Mädchennamen seiner Mutter!« Er packte Gareth Evans bei den Jackettaufschlägen und riss ihn vom Stuhl hoch, bis ihre Gesichter nur eine Handbreit voneinander entfernt waren.

»Holen Sie mir meinen Sohn zurück, Gareth Evans. Holen Sie ihn zurück. Bezahlen Sie diesen Schweinen, was sie wollen. Alles, haben Sie gehört? Sagen Sie denen, ich zahle fünfzig Millionen Dollar für meinen Jungen. Sagen Sie denen das.«

Er stürmte hinaus und ließ die beiden Briten bleich und erschüttert zurück. Auf dem Bildschirm leuchtete immer noch das grässliche Bild.

ELF

Am Morgen seiner Märtyrerschaft stand Tarik »Terry« Hussein lange vor Tagesanbruch auf. Hinter geschlossenen Vorhängen reinigte er seinen Körper nach den alten Ritualen, setzte sich vor das Laken, das er an die Schlafzimmerwand gehängt und mit passenden Koranversen beschrieben hatte, schaltete seinen Camcorder ein und zeichnete seine letzten Worte an die Welt auf. Dann loggte er sich in den Dschihad-Kanal ein und sendete seine Botschaft in die Welt hinaus. Wenn die Behörden sie zur Kenntnis nähmen, wäre es zu spät.

Er fuhr durch einen wunderschönen Sommersonnenaufgang und mischte sich unter die ersten Pendler des Morgens. Einige kamen aus Maryland nach Virginia, andere fuhren in die entgegengesetzte Richtung, und viele wollten in den District of Columbia. Er hatte es nicht eilig. Ihm kam es auf den richtigen Zeitpunkt an.

Auf der rechten Spur einer Hauptstraße des Berufsverkehrs würde er nicht lange anhalten können. Käme er zu früh, würden die Autofahrer, die sich hinter ihm stauten, anfangen zu hupen und damit Aufmerksamkeit erregen. Einer der am Himmel kreisenden Hubschrauber der Verkehrsüberwachung könnte leicht einen Wagen der State Police herbeirufen. Der würde Mühe haben, durch den Stau zu kommen, aber irgendwann würde er aufkreuzen, und zwar mit zwei bewaffneten Polizisten. So wollte Hussein es auch, nur nicht zu früh.

Zu spät konnte bedeuten, dass die Ziele, auf die er es abgesehen hatte, schon vorübergefahren wären, und er würde nicht lange auf die nächsten warten können.

Um zehn nach sieben erreichte er die Key Bridge.

Dieses Washingtoner Wahrzeichen hat acht Bogen. Fünf

spannen sich über den Potomac River, die Grenze zwischen Virginia und Georgetown. Zwei weitere auf der Washingtoner Seite überquerten den C und den O Canal und die K Street. Der achte, in Virginia, überwölbt den George Washington Memorial Parkway, eine ebenfalls stark befahrene Pendlerstrecke.

Hussein fuhr auf der U.S. Route 29 auf die Brücke zu und blieb auf der rechten Spur des sechsspurigen Highways. Als er mitten über dem GW Memorial Parkway angekommen war, hatte er seine Panne. Der Kleinwagen rollte langsam aus. Sofort kurvten die nachfolgenden Autos wütend an ihm vorbei. Er stieg aus, ging nach hinten und klappte den Kofferraum auf, nahm zwei rote Warndreiecke heraus und stellte sie auf den Asphalt.

Er öffnete die beiden Türen an der Beifahrerseite, sodass eine Art Nische zwischen Auto und Brückenbrüstung entstand. Dann langte er in den Wagen und nahm das Gewehr heraus. Es war mit vierzig Schuss in zwei vollen Wechselmagazinen geladen. Er beugte sich über die Brüstung und spähte durch das Zielfernrohr auf die Blechkolonnen, die unter ihm vorüberzogen. Wenn jemand, der von hinten herankam, sehen konnte, was der Mann zwischen den beiden offenen Türen tat, traute er entweder seinen Augen nicht oder war zu sehr damit beschäftigt, mit seinem Lenkrad zu kämpfen und über die Schulter nach hinten zu schauen, damit er beim Ausscheren nicht gerammt wurde.

Um diese Zeit, um Viertel nach sieben, ist fast jedes zehnte Fahrzeug, das unter der Brücke vorbeifährt, ein Pendlerbus. Die DC Metro betreibt mehrere; manche sind blau, andere orange. Die orangefarbenen gehören zur Linie 23C, die von der Metrostation Rossley bis hinaus nach Langley, Virginia, fährt. Die Endstation liegt vor dem Einfahrtstor des großen Gebäudekomplexes, der als CIA bekannt ist.

Der Verkehr unter der Brücke staute sich nicht, sondern floss langsam und Stoßstange an Stoßstange. Tarik Husseins Internetrecherche hatte ihm gezeigt, auf welchen Bus er warten musste. Fast hatte er die Hoffnung schon aufgegeben, als er in der Ferne das orangegelbe Dach sah. Ein Hubschrauber kreiste weit hinten über dem Fluss. Jeden Augenblick würde er das Pannenfahrzeug auf der Brücke sehen. Tarik versuchte den Bus mit der Kraft seines Willens näher heranzuholen.

Die ersten vier Kugeln durchschlugen die Frontscheibe und töteten den Fahrer. Der Bus geriet aus der Spur, prallte gegen einen Wagen neben ihm und blieb stehen. Der Mann in der Dienstuniform der Metro lag tot über dem Lenkrad. Die ersten Reaktionen setzten ein.

Der Wagen, der gestreift worden war, blieb ebenfalls stehen. Der Fahrer stieg aus und fing an, den Bus zu beschimpfen. Dann sah er den zusammengesackten Fahrer, vermutete einen Herzanfall und zog sein Handy hervor. Die Autos hinter den beiden stehen gebliebenen Fahrzeugen fingen an zu hupen. Mehrere Fahrer stiegen aus. Einer blickte hoch, sah die Gestalt an der Brüstung und schrie erschrocken auf. Der Hubschrauber drehte über Arlington und kam auf die Key Bridge zu. Hussein feuerte immer wieder durch das Dach des Busses. Nach dem zwanzigsten Schuss traf der Schlagbolzen auf eine leere Kammer. Er nahm das Magazin heraus, drehte es um und schob es wieder ein. Dann schoss er weiter.

Unter ihm war das Chaos ausgebrochen. Es hatte sich herumgesprochen, was passierte. Die Leute sprangen aus ihren Autos und duckten sich dahinter. Mindestens zwei schrien in ihre Handys.

Auf der Brücke schrien weiter hinten zwei Frauen. Das Dach des Busses 23C ging in Fetzen. Der Innenraum verwandelte sich in ein Schlachthaus voller Blut, Leichen und hysterischer Menschen. Dann war auch das zweite Magazin leer.

Nicht der Schütze im Hubschrauber beendete das Drama, sondern ein dienstfreier Streifenpolizist im zehnten Wagen hinter dem Pannenfahrzeug auf der Route 29. Er hatte sein Fenster geöffnet, um den Zigarettenrauch abziehen zu lassen, damit seine Frau später nichts davon riechen würde. Der Polizsit hörte die Schüsse und erkannte den Knall eines schweren Gewehrs. Er stieg aus, zog seine Dienstpistole aus dem Halfter und rannte los, nicht weg von den Schüssen, sondern auf sie zu.

Tarik Hussein bemerkte die Anwesenheit des Polizisten, als das Fenster der offenen Tür neben ihm zersplitterte. Er drehte sich um, sah den rennenden Mann und hob sein Gewehr. Das Magazin war leer. Der Polizist konnte davon nichts wissen. In sechs Metern Abstand blieb er stehen, ging in die Hocke, umfasste seine Pistole mit beiden Händen und feuerte das ganze Magazin in die Autotür und den Mann dahinter.

Später stellte man fest, dass der Schütze von drei Kugeln getroffen wurde. Sie genügten. Als der Polizist den Wagen erreichte, lag der Mann am Straßenrand und rang matt nach Atem. Er starb dreißig Sekunden später.

Den ganzen Tag über herrschte das Chaos auf der Route 29. Sie wurde gesperrt, und Techniker von der Spurensicherung brachten den Toten, die Waffe und schließlich das Auto weg. Aber das war nichts im Vergleich zu dem, was sich auf dem GW Memorial Parkway unter der Brücke abspielte.

Das Innere des Linienbusses Rosslyn–Langley war ein Schlachthaus. Später erfuhr die Öffentlichkeit von sieben Toten und neun lebensgefährlich Verletzten. Fünf größere Amputationen waren notwendig, und zwanzig Fleischwunden mussten versorgt werden. Im Bus hatte es einfach keine Deckung nach oben gegeben.

In Langley war die Nachricht für Tausende Mitarbeiter so schockierend wie eine Kriegserklärung, jedoch von einem Feind, der schon tot war.

Die Virginia State Police und das FBI verschwendeten keine Zeit. Der Wagen des Mörders war über die Zulassungsbehörde leicht zu identifizieren. Ein Spezialeinsatzkommando stürmte das Haus am Rand von Fairfax. Es war leer, und Kriminaltechniker in Overalls zerlegten es bis auf das Holzgerippe – und dann bis auf die Fundamente.

Innerhalb von vierundzwanzig Stunden hatte sich das Netz der Befragungen über die ganze Region ausgebreitet. Anti-Terror-Experten brüteten über dem Laptop und dem Tagebuch. Die Aufzeichnung der letzten Worte lief vor schweigenden Männern und Frauen im Hoover Building des FBI, und Kopien gingen an die CIA.

Nicht alle, die in dem attackierten Bus gesessen hatten, arbeiteten bei der CIA, denn der Bus hielt auch an anderen Haltestellen. Doch die meisten hatten zur Endstation gewollt: Langley/McLean.

Vor Sonnenuntergang nahm der Direktor der CIA sein Privileg in Anspruch und ging zu einem Vieraugengespräch mit dem Präsidenten ins Oval Office. Mitarbeiter auf dem Korridor berichteten, er sei immer noch bleich vor Wut gewesen.

Es kommt zwar selten vor, dass die Spionagechefs des einen Landes etwas für ihre Gegner übrighaben, aber es kommt vor. Während des Kalten Krieges empfanden viele im Westen wider willen Hochachtung vor dem Mann, der den ostdeutschen Spionagedienst leitete. Markus »Mischa« Wolf hatte einen kleinen Etat und einen großen Feind: Westdeutschland und die NATO. Er versuchte gar nicht erst, die Minister des Bonner Kabinetts umzudrehen. Er nahm die grauen Mäuse aufs Korn, die unsichtbar durch die Büros der Großen und Mächtigen huschten und ohne die kein Büro funktionieren kann: die Privatsekretärinnen, die das Vertrauen der Minister genossen.

Er durchforschte ihr tristes, jüngferliches und oft einsames Leben und schickte ihnen junge, gut aussehende Liebhaber. Diese Romeos machten sich langsam und geduldig an die Arbeit und brachten warme Umarmungen in frostige Leben, die Verheißung ewigen Zusammenseins an sonnigen Orten nach der Pensionierung – und das alles nur für einen kurzen Blick auf diese dummen Unterlagen, die da täglich über den Tisch des Ministers wanderten.

Und sie waren so frei, die Ingrids und die Waltrauds. Sie kopierten alle vertraulichen und geheimen Papiere, die unbeaufsichtigt zurückblieben, wenn der Minister zu seinem viergängigen Mittagessen verschwand. Irgendwann war die Bonner Regierung so sehr von Spionen durchsetzt, dass die NATO-Verbündeten nicht mehr wagten, ihr auch nur die Tageszeit zu verraten, weil sie wussten, dass diese Information binnen eines Tages nach Ostberlin und von dort nach Moskau gehen würde.

Eines Tages erschien die Polizei, der Romeo verschwand, und man sah die Büromaus, zusammengeschrumpft und tränenüberströmt, für einen kurzen Moment zwischen zwei massigen Beamten, ehe sie eine einsame kleine Wohnung gegen eine einsame kleine Gefängniszelle eintauschte.

Er war ein skrupelloser Mistkerl, dieser Mischa Wolf, aber nach dem Zusammenbruch Ostdeutschlands setzte er sich im Westen zur Ruhe und starb eines natürlichen Todes im Bett.

Vierzig Jahre später hätte der britische SIS zu gern mitbekommen, was in den Räumen der Kanzlei Chauncey Reynolds gesagt und getan wurde, doch Julian Reynolds ließ alle seine Räume regelmäßig durch ein hochkarätiges Team von Elektronikmagiern durchsuchen, von denen einige tatsächlich Staatsdiener im Ruhestand waren.

Deshalb besaß der Geheimdienst in diesem Sommer keine hoch entwickelte, in Gareth Evans' Privatbüro installierte Technologie. Aber er hatte Emily Bulstrode. Sie sah alles, las alles und hörte alles, und niemand bemerkte sie mit ihrem Teetablett.

An dem Tag, als Harry Andersson sich schreiend auf Gareth Evans stürzte, kaufte Mrs. Bulstrode sich wie immer ein Sandwich in dem Deli an der Ecke und ging zu ihrer Lieblingstelefonzelle. Diese modernen Dinger, die die Leute in der Tasche hatten und die in jeder Besprechung losbimmelten, mochte sie nicht. Lieber suchte sie einen der wenigen übrig gebliebenen, rot lackierten Gusseisenkioske auf, wo man Münzen in einen Zähler warf. Als sie Vauxhall Cross erreicht hatte, ließ sie sich verbinden, sagte ein paar Worte und kehrte dann an ihren Schreibtisch zurück.

Nach der Arbeit ging sie zu Fuß in den St. James's Park, setzte sich auf die vereinbarte Bank und fütterte die Enten mit ein paar Krusten, die sie von ihrem Sandwich übrig behalten hatte, und wartete auf ihren Kontakt. In den alten Zeiten, dachte sie, war ihr geliebter Charlie der Mann in Moskau gewesen, der jeden Tag in den Gorki Park ging und von dem sowjetischen Verräter Oleg Penkowski streng geheime Mikrofilme übernahm. Diese Staatsgeheimnisse gelangten auf Präsident Kennedys Schreibtisch und ermöglichten ihm, Nikita Chruschtschow zu überlisten und die verdammten Raketen im Herbst 1962 von kubanischem Boden entfernen zu lassen.

Ein junger Mann kam heran und setzte sich zu ihr. Die übliche kurze, harmlose Plauderei gab seine wahre Identität zu erkennen. Sie sah ihn an und lächelte. Ein junger Kerl, wahrscheinlich noch in der Probezeit und noch gar nicht auf der Welt, als sie im Auftrag der Firma durch den Eisernen Vorhang nach Ostdeutschland geschlüpft war.

Der junge Mann tat, als läse er den *Evening Standard*. Er schrieb nichts mit, denn er hatte einen laufenden, aber lautlosen Recorder in der Jackentasche. Auch Emily Bulstrode brauchte keine Notizen zu machen. Sie hatte zwei Vorzüge: ein absolut harmloses Äußeres und ein gusseisernes Gedächtnis.

Sie erzählte dem Aspiranten alles, was an diesem Morgen in der Kanzlei passiert war, Wort für Wort und in allen Einzelheiten. Dann stand sie auf und ging zum Bahnhof, um mit dem Vorortzug zu ihrem kleinen Haus in Coulsdon zu fahren. Allein saß sie auf ihrem Fensterplatz und sah zu, wie die südlichen Vororte vorüberzogen. Früher einmal hatte sie die gefürchtete Stasi überlistet. Jetzt war sie fünfundsiebzig und kochte Kaffee für ein paar Anwälte.

Der junge Mann kehrte in der Abenddämmerung zurück nach Vauxhall Cross und reichte seinen Bericht ein. Er bemerkte eine Markierung, die besagte, der Chief habe vereinbart, Neuigkeiten zu Somalia an die Kollegen in der US-Botschaft weiterzureichen. Er wusste zwar nicht, was ein brutaler Warlord in Garacad mit der Jagd nach dem Prediger zu tun haben sollte, aber ein Dauerbefehl ist ein Dauerbefehl. Also adressierte er eine Kopie an die CIA.

In seinem Safe House, eine halbe Meile weit von der Botschaft entfernt, war der Spürhund fast fertig mit dem Packen, als sein BlackBerry diskret vibrierte. Er sah die Nachricht an, las sie bis zum Ende, schaltete ab und dachte eine Zeit lang nach. Dann packte er wieder aus. Eine wohlwollende Gottheit hatte ihm soeben seinen Köder geliefert.

Gareth Evans verlangte am nächsten Morgen eine Besprechung mit Mr. Ali Abdi. Als der Somalier sich meldete, klang er bedrückt.

»Mr. Abdi, mein Freund, ich habe Sie immer für einen zivilisierten Mann gehalten«, begann Gareth.

»Das bin ich auch, Mr. Gareth, das bin ich«, antwortete der Unterhändler in Garacad. Evans hörte die Anspannung in seiner Stimme. Die Bestürzung war vermutlich echt. Aber natürlich konnte man nie hundertprozentig sicher sein. Abdi und al-Afrit gehörten schließlich zum selben Stamm, den Habar Gidir, denn sonst hätte man ihm den Posten des Unterhändlers niemals anvertraut.

Evans erinnerte sich an den Ratschlag, den er vor Jahren bekommen hatte, als er bei der Zollbehörde gearbeitet hatte und am Horn von Afrika stationiert war. Sein Mentor war ein alter, pergamenthäutiger Koloniallallah gewesen, die Augen gelb von Malaria. Die Somalis, hatte Evans erfahren, hatten sechs Prioritäten, die sich niemals änderten.

Zuoberst stand das Ich. Dann kam die Familie, dann der Clan, dann der Stamm. Unten stand der Staat, und schließlich kam die Religion. Aber auf die beiden Letzten beriefen sie sich nur im Kampf gegen die Ausländer. Sich selbst überlassen, kämpften sie einfach gegeneinander und wechselten ständig Bündnisse und Loyalitäten, je nachdem, was sie als ihren Vorteil wahrnahmen, oder um sich für eine eingebildete Kränkung zu rächen.

Das Letzte, was er dem jungen Gareth Evans verraten hatte, bevor er sich das Hirn aus dem Schädel pustete, als der Colonial Service ihn ins regnerische England zurückversetzen wollte, war dies: »Man kann die Loyalität eines Somali nicht kaufen. Doch meistens kann man sie mieten.«

An diesem Spätsommermorgen in Mayfair hatte Gareth Evans einen Gedanken im Hinterkopf, nämlich die Frage, ob Ali Abdis Loyalität gegen seinen Stammesgenossen stärker war als die Loyalität gegen sich selbst.

»Was da mit einem Gefangenen Ihres Auftraggebers passiert ist, war schändlich und inakzeptabel. Das könnte unsere gesamte Verhandlung entgleisen lassen. Und ich muss sagen, bis dahin war ich froh, dass diese Sache zwischen uns beiden verhandelt wird, weil ich dachte, wir wären beide ehrenhafte Männer.«

»Aber das denke ich auch, Mr. Gareth.«

Evans wusste nicht, wie abhörsicher die Verbindung war. Dabei dachte er nicht an Fort Meade oder Cheltenham – er wusste, die Frage war überflüssig –, sondern an Gehilfen des Warlords, die gut genug Englisch konnten. Dennoch musste er darauf setzen, dass Abdi ein bestimmtes Wort genau verstand.

»Sehen Sie, mein Freund, ich glaube, wir haben vielleicht den Augenblick für Thuraya erreicht.«

Lange blieb es still. Evans setzte darauf, dass ein weniger gebildeter Somali, der hier lauschte, nicht wissen würde, wovon er sprach, wohl aber Abdi.

Schließlich ließ Abdi sich wieder hören.

»Ich glaube, ich verstehe, was Sie meinen, Mr. Gareth.«

Das Thuraya-Telefon kommuniziert über Satelliten. Vier Mobilfunkgesellschaften beherrschen das Telefongeschäft in Somalia: Nation Link, Hormud, Semafone und France Telecom. Sie alle haben Funkmasten. Thuraya benötigt nur die amerikanischen Satelliten, die langsam im All kreisen.

Evans wollte Abdi mitteilen, er solle, falls er ein Thuraya-Telefon habe oder bekommen könne, damit allein in die Wüste fahren, sich hinter einem Felsen verstecken und ihn anrufen, damit sie völlig unbelauscht miteinander reden könnten. Die Antwort deutete an, Abdi habe verstanden und werde es versuchen.

Die beiden Unterhändler konferierten noch zwanzig Minuten, das Lösegeld reduzierte sich auf achtzehn Millionen Dollar, und jeder versprach, sich mit seinem jeweiligen Auftraggeber zu beraten und sich dann wieder zu melden.

Der Lunch ging auf Kosten der amerikanischen Regierung, darauf hatte der Spürhund bestanden. Aber sein SIS-Kontakt Adrian Herbert hatte das Restaurant gebucht. Er hatte sich für das Shepherd's in der Marsham Street entschieden und eine Nische verlangt, in der sie ungestört sein würden.

Das Essen verlief liebenswürdig und freundlich, doch beiden Männern war klar, dass der Sinn des Ganzen bei Kaffee und Pfefferminz zur Sprache kommen würde. Als der Amerikaner sein Anliegen vorbrachte, stellte Herbert überrascht seine Tasse ab.

»Was meinen Sie mit ›hochnehmen‹?«

»›Hochnehmen‹ wie ›aufgreifen‹, ›kassieren‹, ›schnappen‹.«

»Sie meinen ›kidnappen‹. Von der Straße weg, in London? Ohne Haftbefehl, ohne Anklage?«

»Er unterstützt einen bekannten Terroristen, der zu vier Morden in Ihrem Land angestiftet hat, Adrian.«

»Ja, aber eine gewaltsame Freiheitsberaubung würde verheerende Wirkung haben, wenn sie je bekannt würde. Wir würden eine Autorisierung dazu brauchen, und die müsste die Unterschrift der Innenministerin tragen. Sie würde Juristen befragen. Die würden eine formelle Anklage verlangen.«

»Sie waren uns schon öfter mit außerordentlichen Überstellungen behilflich, Adrian.«

»Ja, doch das war in Gegenden, die sowieso schon völlig gesetzlos waren. Knightsbridge ist nicht Karatschi, wissen Sie. Dardari ist nach außen hin ein achtbarer Geschäftsmann.«

»Sie und ich wissen, dass das nicht stimmt.«

»Ja, das wissen wir. Aber nur, weil wir in sein Haus eingebrochen sind, Wanzen angebracht und seinen Computer durchsucht haben. Das würde wundervoll aussehen, wenn es vor Gericht herauskäme. Bedaure, Spürhund. Wir helfen gern, doch hier ist eine Grenze für uns erreicht.«

Er überlegte kurz und starrte zur Decke.

»Nein, es geht einfach nicht, alter Junge. Wir müssten wie Trojaner arbeiten, um für so etwas die Erlaubnis zu bekommen.«

Sie zahlten und gingen in verschiedene Richtungen auseinander. Adrian Herbert musste zurück in sein Büro in Vauxhall. Der Spürhund winkte sich ein Taxi heran. Auf dem Rücksitz grübelte er über den letzten Satz nach.

Was um alles in der Welt hatte diese Anspielung auf die antike Sage mit der Sache zu tun? Als er in seinem Haus war, befragte er das Internet. Es dauerte ein Weilchen, aber da war es: Trojan Horse Outcomes, ein kleines Nischenunternehmen der Sicherheitsbranche am Rande von Hamworthy in Dorset.

Das lag, wie er wusste, auf dem Territorium der Royal Marines. Sie hatten ihren großen Stützpunkt im nahe gelegenen Poole, und oft lassen sich Männer, die ihr Arbeitsleben bei den Special Forces verbracht haben, nach der Pensionierung in der Nähe ihrer alten Basis nieder. Nicht selten trommelten sie dann ein paar Kameraden zusammen und gründeten eine private Sicherheitsfirma mit dem üblichen Angebot: Personen- und Objektschutz und Beschattungen. Wenn das Betriebskapital knapp war, arbeiteten sie von zu Hause aus. Weitere Recherchen ergaben, dass Trojan Horse Outcomes seinen Sitz in einem Wohnviertel hatte.

Der Spürhund rief die angegebene Nummer an und vereinbarte einen Termin für den nächsten Vormittag. Dann rief er eine Autovermietung in Mayfair an und reservierte einen VW Golf, den er drei Stunden vorher abholen würde. Er gab sich als amerikanischen Touristen namens Jackson aus. Er habe einen gültigen US-Führerschein und brauche den Wagen für einen Tag, um einen Freund an der Südküste zu besuchen.

Als er aufgelegt hatte, vibrierte sein BlackBerry. Eine abfangsichere SMS von TOSA, und als Absender war Gray Fox angegeben. Allerdings ging nicht daraus hervor, dass der Vier-Sterne-General, der J-SOC befehligte, soeben das Oval Office mit neuen Befehlen verlassen hatte.

Gray Fox hatte keine Zeit verschwendet. Für seine Nachricht brauchte er nur vier Worte. Sie lauteten: »Der Prediger. Keine Gefangenen.«

DRITTER TEIL

ABRECHNUNG

ZWÖLF

Gareth Evans wohnte jetzt praktisch in der Kanzlei. Man hatte ein Klappbett in die Operationszentrale gestellt. Nebenan hatte er ein Bad mit Dusche, Toilette und Waschbecken. Er ernährte sich von Fertigmahlzeiten vom Lieferservice und Salat aus dem Deli an der Ecke. Das übliche Verfahren, sich zu bestimmten Zeiten mit seinem Gegenüber in Somalia zu verabreden, hatte er aufgegeben. Er wollte in seiner Einsatzzentrale sein, wenn Abdi seinen Rat befolgte und ihn aus der Wüste anrief. Vielleicht würde der Mann nicht lange unbeobachtet bleiben. Kurz vor Mittag klingelte das Telefon. Abdi war dran.

»Mr. Gareth? Ich bin es. Ich habe ein Satphone gefunden. Aber ich habe nicht viel Zeit.«

»Dann sollten wir uns kurzfassen, mein Freund. Was Ihr Auftraggeber mit dem Jungen getan hat, lässt uns eines vermuten: Er will uns unter Druck setzen, damit wir uns schnell einigen. Das ist nicht üblich. Normalerweise haben die Somalis alle Zeit der Welt. Diesmal sind beide Seiten an einem schnellen Abschluss interessiert. Nicht wahr?«

»Ja, ich denke schon«, antwortete die Stimme aus der Wüste.

»Mein Auftraggeber ist der gleichen Ansicht. Nicht wegen des Kadetten. Das war Erpressung, aber so plump, dass sie nichts taugt. Mein Auftraggeber will sein Schiff zurückhaben. Der Schlüssel dazu ist der endgültige Preis für die Freigabe, und in diesem Punkt ist der Rat, den Sie Ihrem Auftraggeber erteilen, von entscheidender Bedeutung.«

Evans war klar, es wäre selbstmörderisch, durchblicken zu lassen, dass der Junge zehnmal so viel wert war wie das Schiff und die Ladung.

»Was bieten Sie an, Mr. Gareth?«

»Eine endgültige Einigung auf fünf Millionen Dollar. Wir wissen beide, das ist außerordentlich fair. Wahrscheinlich hätten wir uns in drei Monaten ohnehin auf diesen Betrag geeinigt. Ich glaube, das ist Ihnen klar.«

Mr. Abdi, der mit dem Telefon am Ohr eine Meile weit von der Festung hinter Garacad entfernt in der Wüste kauerte, gab ihm recht, doch das sagte er nicht. Er spürte, dass da noch etwas für ihn persönlich unterwegs war.

»Ich biete Ihnen Folgendes an. Bei fünf Millionen wäre Ihr Anteil ungefähr eine Million. Ich zahle Ihnen sofort eine Million auf Ihr persönliches Konto, und eine zweite Million, wenn das Schiff in See sticht. Außer Ihnen und mir braucht niemand etwas davon zu wissen. Entscheidend ist ein schnelles Ende. Ich hoffe, das erkaufe ich mir hier.«

Abdi dachte nach. Die dritte Million würde immer noch von al-Afrit kommen. Das Dreifache seines üblichen Honorars. Und es gab noch andere Erwägungen. Er wollte aus dieser Situation entkommen, ungeachtet aller anderen Faktoren.

Die Tage des leicht verdienten Geldes, der schnell kassierten Lösegelder waren vorbei. Die westlichen Seemächte hatten lange gebraucht, um die Kurve zu kriegen, doch jetzt wurden sie zunehmend aggressiv.

Es hatte bereits zwei Landungen westlicher Stoßtrupps vom Meer her gegeben. Ein vor Anker liegendes Schiff war von Marineinfanteristen befreit worden, die sich von einem Hubschrauber abgeseilt hatten. Die somalischen Bewacher hatten sich gewehrt, zwei Soldaten waren gestorben, aber die Somalis auch – alle bis auf zwei, und die saßen jetzt im Gefängnis auf den Seychellen.

Ali Abdi war kein Held, und er hatte auch nicht die leiseste Absicht, einer zu werden. Er wurde blass vor Schrecken bei dem Gedanken, diese schwarz gekleideten Monster mit ihren Nachtsichtbrillen und den Feuer speienden Maschinenpistolen könnten die Lehmziegelfestung stürmen, in der er zurzeit wohnte.

Und außerdem wollte er sich zur Ruhe setzen, mit viel Geld

und weit weg von Somalia. Wo man zivilisiert und vor allem in Sicherheit lebte. Er sprach in sein Satphone.

»Abgemacht, Mr. Gareth.« Er nannte eine Kontonummer. »Jetzt arbeite ich für Sir, Mr. Gareth. Doch Sie müssen verstehen, selbst wenn ich auf eine schnelle Einigung bei fünf Millionen Dollar dränge, müssen wir mit vier Wochen rechnen.«

Es dauerte schon vierzehn Tage, dachte Evans. Aber sechs Wochen, das war fast die kürzeste Frist zwischen Kaperung und Freigabe, die bekannt war.

»Danke, mein Freund. Bringen wir diese scheußliche Sache hinter uns und kehren wir zurück in ein zivilisiertes Leben …«

Er legte auf. In weiter Ferne tat Ali Abdi das Gleiche und kehrte zurück in die Festung. Die beiden Männer hatten nicht das somalische Telefonnetz benutzt, doch für Fort Meade und Cheltenham war das gleichgültig. Dort hatte man jedes Wort mitgehört.

Weisungsgemäß gab Fort Meade den Text über die Staatsgrenze weiter an TOSA, und von dort ging eine Kopie an den Spürhund nach London. Ein Monat, dachte er. Die Uhr tickt. Er steckte seinen BlackBerry ein, als die Vororte von Poole in Sicht kamen, und hielt Ausschau nach einem Straßenschild, das ihm den Weg nach Hamworthy zeigte.

»Das ist eine Menge Geld, Boss.«

Trojan Horse Outcomes war offensichtlich ein sehr kleines Unternehmen. Der Spürhund vermutete, der Name verweise auf eins der größten Täuschungsmanöver in der Menschheitsgeschichte. Was der Mann, der ihm da gegenübersaß, aufbringen konnte, war sehr viel weniger als das griechische Heer.

Firmensitz war ein bescheidenes Reihenhaus in einem Vorort, und der Spürhund schätzte die Personalstärke auf zwei oder drei Mann. Ihm gegenüber am Esstisch saß offenbar der Chef. Der Spürhund hielt ihn für einen ehemaligen Unteroffizier der Royal Marines, und wie sich zeigte, hatte er damit recht. Sein Name war Brian Weller.

Was Weller meinte, war ein Klotz aus Fünfzig-Dollar-Scheinen, so dick wie ein Brikett.

»Was genau soll dafür getan werden?«

»Ich möchte, dass ein Mann ohne Aufsehen in London von der Straße geholt, an einem ruhigen und abgelegenen Ort für maximal einen Monat festgehalten und dann wieder dahin zurückgebracht wird, wo er herkam. Keine Grobheiten. Nur ein netter kleiner Urlaub, weit weg von London und jeder Art von Telefon.«

Weller überlegte. Er hatte nicht den leisesten Zweifel daran, dass diese Entführung illegal wäre, aber seine Philosophie war einfach und soldatisch. Es gab die Guten, und es gab die Schlechten, und Letztere konnten sich einfach zu viel erlauben. Die Todesstrafe war illegal, doch er hatte zwei kleine Töchter, die zur Schule gingen, und wenn irgendein schweinischer »Pädo« sich an sie heranmachen wollte, würde er ihn ohne Zögern in eine andere und vielleicht bessere Welt schicken.

»Wie übel ist der Kerl?«

»Er unterstützt Terroristen. Im Stillen, finanziell. Der, dem er zurzeit behilflich ist, hat vier Briten und fünfzehn Amerikaner umgebracht. Ein Terrorist.«

Weller grunzte. Er hatte drei Diensteinsätze in Helmand, Afghanistan, abgeleistet und hatte dort ein paar gute Kumpel sterben sehen.

»Leibwächter?«

»Nein. Gelegentlich hat er eine gemietete Limousine mit Fahrer. Meistens nimmt er ein schwarzes Taxi von der Straße.«

»Haben Sie was, wo er hinsoll?«

»Noch nicht. Aber ich werde was finden.«

»Ich würde es mir gründlich ansehen wollen, bevor ich mich entscheide.«

»Ich würde sofort gehen, wenn Sie das nicht wollten«, sagte der Spürhund.

Weller wandte den Blick von dem Dollarbrikett auf dem Tisch und musterte den Amerikaner auf der anderen Seite. Sie besprachen nichts weiter. Das war nicht nötig. Er war sicher, dass auch der Yankee Gefechtserfahrung hatte. Der Mann hatte die Kugeln pfeifen hörten und seine Kameraden fallen sehen. Weller nickte.

»Dann fahre ich nach London. Passt es morgen, Boss?«

Der Spürhund unterdrückte ein Lächeln. Er kannte diese Anrede. Soldaten der britischen Special Forces nannten einen Offizier so – ins Gesicht. Was sie hinter seinem Rücken sagten, war eine andere Sache. Meistens »Rupert«, manchmal auch Schlimmeres.

»Morgen passt es mir. Nehmen Sie tausend Dollar für Ihre Spesen. Behalten Sie den Rest, wenn Sie Ja sagen. Geben Sie ihn zurück, wenn Sie nicht wollen.«

»Woher wissen Sie, dass ich es tun werde? Es zurückzahlen?«

Der Spürhund stand auf.

»Mr. Weller, ich glaube, wir beide kennen die Regeln. Wir sind nicht erst seit gestern dabei.«

Als der Spürhund gegangen war – nachdem er eine Zeit und einen Ort, weit weg von der Botschaft, genannt hatte – schaute Brian Weller sich das Brikett genauer an. Fünfundzwanzigtausend Dollar. Fünf würde er ausgeben müssen, und der Yankee sorgte für das Versteck. Er hatte zwei Töchter großzuziehen, eine Frau zu unterhalten, Essen auf den Tisch zu bringen, und seine Fähigkeiten waren nicht so, dass man sie beim Tee im Pfarrhaus vermarkten konnte.

Er kam zum Treffpunkt, brachte einen Kollegen aus seinem alten Kommando mit und nahm den Job eine Woche lang unter die Lupe. Dann sagte er Ja.

Ali Abdi nahm seinen ganzen Mut zusammen und ging zu al-Afrit.

»Die Sache läuft gut«, berichtete er. »Wir werden ein hübsches Lösegeld für die *Malmö* herausschlagen.«

Dann kam er auf ein anderes Thema zu sprechen.

»Der blonde Junge. Wenn er stirbt, macht das die Angelegenheit kompliziert. Es führt zu Verzögerungen und verringert das Lösegeld.«

Von seinem persönlichen Albtraum, der Aussicht auf europäische Stoßtrupps, die zu einer Rettungsmission den Strand stürmten, erwähnte er nichts. Es könnte den Mann vor ihm provozieren.

»Warum sollte er sterben?«, knurrte der Warlord.

Abdi zuckte die Achseln.

»Ich weiß es nicht. Eine Infektion, eine Blutvergiftung ...?«

Er bekam, was er wollte. In Garacad gab es einen Arzt, der Grundkenntnisse in Erster Hilfe besaß. Die Wunden des Kadetten wurden desinfiziert und verbunden. Aber er blieb weiter im Keller eingesperrt. Daran konnte Abdi nichts ändern, und er wagte es auch nicht.

»Das ist ein Revier für die Hirschjagd«, sagte der Mann von der Jagdagentur. »Für die Böcke geht bald die Brunft los, und dann ist Schonzeit.«

Der Spürhund lächelte. Er spielte wieder den harmlosen amerikanischen Touristen.

»Ach, die Böcke haben von mir nichts zu befürchten. Nein, ich will nur mein Buch schreiben, und dazu brauche ich absolute Ruhe und Stille. Kein Telefon, keine Straße, keinen Besuch, keine Störungen. Eine hübsche Hütte abseits der ausgetretenen Pfade, wo ich den großen amerikanischen Roman schreiben kann.«

Der Agent kannte sich mit Schriftstellern ein wenig aus. Sie waren verrückt. Er klapperte auf seiner Tastatur und schaute auf den Monitor.

»Wir haben eine kleine Jagdhütte in unseren Büchern«, erklärte er. »Bis zum Beginn der Jagdsaison ist sie frei.«

Er stand auf und ging zu einer Karte an der Wand, sah im Register nach und tippte auf einen jungfräulichen Bereich abseits von Städten, Dörfern oder Straßen. Nur ein paar spinnwebzarte Wege waren eingezeichnet. Die Gegend lag im nördlichen Caithness, dem letzten schottischen County vor dem wilden Pentland Firth.

»Ich habe ein paar Bilder.«

Er kehrte mit dem Spürhund zu seinem Computer zurück und ließ ein paar Fotos über den Monitor wandern. Ja, es war eine Blockhütte in einem endlos wogenden Meer aus Heidekraut, in einem weiten Glen, umrahmt von hohen Bergen. In so einer Gegend würde ein Großstädter, der von zwei Marines gejagt wurde, nach fünfhundert Metern zusammenbrechen.

Die Hütte hatte zwei Schlafzimmer, ein großes Wohnzimmer, Küche und Dusche, einen riesigen Kamin und einen Brennholzvorrat.

»Ich glaube wirklich, ich habe mein Paradies gefunden«, sagte der Tourist und Schriftsteller. »Ich hatte noch keine Zeit, ein Konto einzurichten. Ist Barzahlung in Dollar okay?«

Dollar in bar waren wundervoll. In ein paar Tagen würde man eine genaue Wegbeschreibung und die Schlüssel zuschicken, und zwar nach Hamworthy.

Mustafa Dardari zog es vor, kein Auto zu besitzen und in London nicht selbst zu fahren. Die Parkplatzsuche war ein dauerhafter Albtraum, auf den er gut verzichten konnte. In seiner Gegend von Knightsbridge waren ständig Taxen unterwegs, brauchbar, wenn auch teuer. Kein Problem. Für ein elegantes Abendprogramm, ein Dinner zum Beispiel, benutzte er einen Limousinenservice – immer dieselbe Firma und meistens denselben Fahrer.

Er hatte eine Meile weit von seinem Haus entfernt bei Freunden zu Abend gegessen, und während er sich verabschiedete, rief er auf seinem Handy den Fahrer an und bestellte ihn vor den Portikus, wo eine doppelte gelbe Linie das Parken Tag und Nacht untersagte. Der Fahrer, der um die Ecke wartete, ließ den Motor an und berührte das Gaspedal mit der Fußspitze. Der Wagen bewegte sich einen Meter weit vorwärts, und dann sackte ein Hinterreifen auf der Felge zusammen.

Der Augenschein ergab, dass irgendein Gauner ein viereckiges, mit einem nadelspitzen Stahlnagel durchbohrtes Stück Sperrholz unter die Lauffläche des Reifens geschoben hatte, während der Fahrer am Steuer döste. Der Fahrer rief seinen Kunden an und erklärte, was passiert war. Er würde das Rad wechseln müssen, aber es war ein großer, schwerer Wagen, und es würde ein Weilchen dauern.

Mr. Dardari stand unter dem Portikus, und die anderen Gäste um ihn herum verschwanden nacheinander, als ein Taxi mit leuchtendem Schild um die Ecke kam. Er hob die Hand. Das Taxi hielt am Straßenrand. Glück gehabt. Er stieg ein und nannte seine Adresse, und das Taxi fuhr tatsächlich in die richtige Richtung.

Taxifahrer in London sind gehalten, die hintere Türverriegelung zu aktivieren, wenn der Fahrgast Platz genommen hat. Das soll verhindern, dass ein Fahrgast verduftet, ohne zu bezahlen, aber auch, dass er von einem Flegel belästigt wird, der sich zu ihm hineinquetschen will. Doch dieser Trottel hatte es anscheinend vergessen.

Der Limousinenfahrer, der sich über seinen Wagenheber beugte, war kaum außer Sicht, als das Taxi am Randstein hielt und eine stämmige Gestalt die Tür aufriss und einstieg. Dardari protestierte: Der Wagen sei besetzt. Die stämmige Gestalt schlug nur die Tür zu und sagte: »Stimmt, Chef. Von mir.«

Ein starker Arm schlang sich um den pakistanischen Geschäftsmann, und eine Faust drückte ihm einen chloroformgetränkten Schwamm auf Mund und Nase. Nach zwanzig Sekunden hörte er auf zu zappeln.

Eine Meile weiter wartete ein Minivan mit einem dritten Ex-Marine am Steuer. Das Taxi, das sie von einem Kumpel geborgt hatten, der sich mit einem Taxibetrieb seinen Lebensunterhalt verdiente, wurde verabredungsgemäß mit den Schlüsseln unter dem Sitz am Straßenrand abgestellt.

Zwei der Männer setzten sich auf die Bank hinter dem Fahrer und hielten ihren dösenden Fahrgast zwischen sich aufrecht, bis sie North London hinter sich gelassen hatten. Dann machten sie es ihm auf einer Koje hinter den Sitzen bequem. Zweimal wollte er aufwachen, und jedes Mal legten sie ihn wieder schlafen.

Die Fahrt war lang, trotzdem schafften sie es mithilfe eines GPS-Navigationssystems verhältnismäßig schnell. Auf dem letzten Stück des Weges kamen sie nur noch mühsam voran, waren jedoch etwa bei Sonnenuntergang angekommen, und Brian Weller tätigte einen Anruf. Funkmasten gab es dort oben nicht, aber er hatte ein Satellitentelefon mitgebracht.

Der Spürhund rief Ariel an und benutzte dazu seine dedizierte, abhörsichere Leitung, auf der nicht einmal Fort Meade oder Cheltenham mithören würden. In Centreville, Virginia, war jetzt Nachmittag.

»Ariel, du erinnerst dich an den Computer in London, den du vor einer Weile ausgeschlachtet hast? Könntest du jetzt E-Mails versenden, die aussehen, als kämen sie von dort?«

»Natürlich, Colonel. Ich habe die Zugangsdaten hier.«

»Und dazu brauchst du Virginia nicht zu verlassen, ja?«

Ariel war verblüfft, dass irgendjemand auf der Welt in Fragen des Cyberspace so naiv sein konnte. Mit dem, was er vor sich hatte, konnte er sich in Mustafa Dardari »verwandeln« und aus Pelham Crescent in London mailen.

»Und erinnerst du dich an den Code auf der Grundlage von Obst- und Gemüsepreisen, den der User benutzt hat? Kannst du einen Text mit demselben Code verschlüsseln?«

»Natürlich, Sir. Ich habe ihn geknackt, ich kann ihn benutzen.«

»Genau so, wie er war? Als säße der alte User an der Tastatur?«

»Genau so. Identisch.«

»Super. Dann möchte ich, dass du eine Nachricht von der IP-Adresse in London an den Empfänger in Kismaju schickst. Hast du Bleistift und Papier?«

»Habe ich was?«

»Ich weiß, es ist altmodisch, aber ich möchte lieber das abhörsichere Telefon benutzen, keine E-Mail. Für alle Fälle.«

Es dauerte einen Augenblick, während Ariel die Leiter hinunterrutschte und mit Ausrüstungsgegenständen zurückkam, deren Verwendung ihm halbwegs fremd war. Der Spürhund diktierte ihm seine Nachricht.

Die Nachricht wurde mit demselben Code verschlüsselt, den Dardari benutzt hätte, dann wurde sie abgeschickt. Wie alles, was zwischen Dardari und Somalia hin- und herging, wurde sie von Fort Meade und Cheltenham abgefangen und entschlüsselt. In beiden Horchposten gingen ein paar Augenbrauen hoch, doch der Befehl lautete zu überwachen, nicht, sich einzumischen. Weisungsgemäß schickte Fort Meade eine Kopie an TOSA. TOSA gab sie an den Spürhund weiter, und der nahm sie entgegen, ohne eine Miene zu verziehen.

Der Empfänger in Kismaju war nicht der inzwischen verstorbene Troll, sondern sein Nachfolger Dschamma, der ehemalige Sekretär. Mithilfe des »Spickzettels«, den der Troll hinterlassen hatte, entschlüsselte er die Mail Wort für Wort. Aber er war kein Experte, und wenn es einen Fehler gegeben hätte, wäre er unbemerkt geblieben. Es gab jedoch keinen Fehler. Sogar die erforderlichen Vertipper waren da.

Weil es mühsam ist, E-Mails auf Urdu oder Arabisch zu versenden, hatten Dardari, der Troll und der Prediger immer auf Englisch miteinander korrespondiert. Auch diese neue Nachricht war in englischer Sprache. Dschamma, ein Somali, verstand diese Sprache – nicht so fließend, doch gut genug, um zu wissen, dass es etwas Wichtiges war und der Prediger unverzüglich in Kenntnis gesetzt werden sollte.

Er war einer der wenigen, die wussten, dass der scheinbare Auftritt des Predigers im Internet, bei dem er alle seine Lehren widerrufen hatte, gefälscht gewesen war, denn sein Herr hatte seit über drei Wochen keine Predigt mehr verbreitet. Er wusste, dass die meisten Fans in der weiten muslimischen Diaspora im Westen empört sein würden. Er hatte die Kommentare gesehen, die sie Stunde um Stunde posteten. Seine eigene Loyalität war ungetrübt. Er würde die Nachricht aus London nehmen und die weite, anstrengende Fahrt nach Marka antreten.

Genau wie Dschamma davon überzeugt war, eine E-Mail von Dardari empfangen zu haben, waren auch Cheltenham und Fort Meade sicher, der Chutneyfabrikant sitze an seinem Schreibtisch in London und unterstütze seinen Freund in Somalia von dort aus.

In Wirklichkeit starrte Dardari trübsinnig in den strömenden Regen der ersten Septembertage hinaus, während hinter ihm vor einem lodernden Feuer drei ehemalige Marine-Kommandosoldaten sich laut lachend in ihren Erinnerungen an gemeinsame Kämpfe ergingen. Graue Wolkenvorhänge wehten durch das Glen und ließen Wasser auf das Dach prasseln.

In der sengenden Hitze von Kismaju tankte der treue Dschamma den Pick-up für die lange Nachtfahrt nach Marka auf.

In London transferierte Gareth Evans die erste von Harry Anderssons Dollarmillionen auf Mr. Abdis geheimes Konto auf den Caymaninseln und schätzte, die *Malmö*, ihre Ladung und ihre Mannschaft in drei Wochen wieder auf hoher See zu haben, eskortiert von einem NATO-Zerstörer.

In einem Safe House der Londoner Botschaft fragte der Spürhund sich, ob der Fisch wohl anbeißen würde. Als es in Virginia Abend wurde, rief er im TOSA-Hauptquartier an.

»Gray Fox, ich glaube, ich brauche die Grumman. Könnten Sie sie mir nach Northolt zurückschicken?«

DREIZEHN

Der Prediger saß im Arbeitszimmer seines Hauses in Marka und dachte über seinen Gegner nach. Er war nicht dumm; er wusste, dass er da draußen einen hatte. Die gefälschte Predigt auf seiner Website, die sein Ansehen so gut wie vernichtet hatte, war der Beweis dafür.

Zehn Jahre lang hatte er sich absichtlich zum schemenhaftesten aller al-Qaida-Terroristen gemacht. Er war in den Bergen von Nord- und Südwasiristan von einem sicheren Versteck ins andere gezogen. Er hatte seinen Namen und sein Aussehen geändert, und er hatte keine Kamera in seine Nähe gelassen.

Anders als mindestens ein Dutzend andere, die jetzt alle tot waren, hatte er nie ein Mobiltelefon benutzt, denn er kannte das ganze Ausmaß der amerikanischen Fähigkeit, noch das leiseste Wispern aus dem Äther zu fischen, es in die kleinste Hütte zurückzuverfolgen und Gebäude und Insassen zu Asche zu verbrennen.

Mit einer einzigen Ausnahme, die er jetzt bitter bereute, hatte er nie eine E-Mail aus dem Haus verschickt, in dem er wohnte. Seine Hasspredigten waren immer meilenweit von seinem Wohnort entfernt versandt worden.

Und doch war jemand zu ihm durchgedrungen. Der Schauspieler in dem gefälschten Video hatte zu viel Ähnlichkeit mit ihm. Der Mann, der aussah und sprach wie er, hatte seinen wahren Namen und das Pseudonym, das er als Henker bei den Chorasan benutzt hatte, in die Welt hinausposaunt.

Er wusste nicht, wer ihn verraten hatte, er wusste nicht, wie und warum, aber er musste davon ausgehen, dass sein Verfolger die echte IP-Adresse seines Computers in Kismaju aufgespürt hatte. Er wusste nicht, wie das hatte passieren können, denn der Troll hatte ihm versichert, es sei unmöglich. Aber der Troll war tot.

Der Prediger wusste, was Drohnen waren. Er hatte alles über sie gelesen, was im Westen gedruckt worden war, und wusste, wozu sie fähig waren. Trotzdem gab es sicher noch Details, die selbst in technischen Publikationen nie enthüllt worden waren. Er musste annehmen, man habe ihn aufgespürt und dass hoch über seinem Kopf, unsichtbar und unhörbar, eine Maschine kreiste, die diese Stadt und sogar sein Haus beobachtete.

All das hatte ihn zu der Auffassung gebracht, er müsse sämtliche Kontakte zu seinem jetzigen Leben abbrechen und wieder verschwinden. Doch dann kam Dschamma aus Kismaju mit einer Nachricht für den Prediger von seinem Freund Mustafa in London, die alles änderte. Darin ging es um fünfzig Millionen Dollar. Er ließ seinen ehemaligen Sekretär, den Nachfolger des Trolls, zu sich kommen.

»Dschamma, mein Bruder, du bist müde. Es war eine lange Fahrt. Ruh dich aus, schlafe, iss gut. Du fährst nicht zurück nach Kismaju. Wir geben es auf. Aber du musst eine andere Reise machen. Morgen, vielleicht übermorgen.«

Gray Fox war verwirrt. Man hörte es an seiner Stimme, die über die abhörsichere Verbindung aus dem TOSA-Hauptquartier zum Einsatzraum des Spürhunds in der amerikanischen Botschaft am Grosvenor Square gelangte.

»Spürhund, sind Sie auf dem Laufenden bei der Korrespondenz zwischen dem Helfer in London und seinem Freund in Marka?«

»Absolut. Warum?«

»Na, was er da an den Prediger geschrieben hat. Er habe es auf einer Party in Belgravia von einem halbgescheiten Anwalt aufgeschnappt.«

Der Spürhund überlegte, was er antworten solle. Zwischen einer Lüge und dem, was ein ehemaliger britischer Kabinettssekretär einmal als »ökonomischen Umgang mit der Wahrheit« bezeichnet hat, gibt es einen subtilen Unterschied.

»Das behauptet Dardari anscheinend.«

»Und was glauben die Briten?«

»Die Briten«, antwortete der Spürhund wahrheitsgemäß, »die Briten glauben, der Mistkerl sitzt in seinem Townhouse in London und versorgt seinen Freund im Süden mit Klatsch und Tratsch. Ach, übrigens – wird mein Antrag immer noch von oben abgelehnt?«

Er wollte das Thema wechseln und nicht länger darüber reden, dass Mustafa Dardari E-Mails aus London verschickte, während er von drei ehemaligen Kommandosoldaten bewacht in Caithness in den Regen hinausstarrte.

»Absolut, Spürhund. Wegen des Agenten Opal keine Raketen und kein Landungsunternehmen von See her. Und keine Hubschraubereinsätze von unserer Basis in Mogadischu aus. Da braucht einer nur eine Rakete von der Schulter in einen schwebenden Hubschrauber voller Delta-Boys zu jagen, und schon haben wir eine neue somalische Katastrophe. Sie müssen eine andere Möglichkeit finden.

»Jawohl, Boss«, sagte der Spürhund und legte auf.

Der Prediger hatte recht mit seiner Annahme, der Computer in Kismaju sei unbrauchbar für geheime Sendungen. Aber er wusste nicht, dass sein Verbündeter in London, sein Kindheitsfreund und heimlicher Unterstützer, ebenfalls enttarnt worden war und man seine verschlüsselten Mitteilungen, die in den Obst- und Gemüsepreisen versteckt waren, dechiffriert hatte. Daher beging er einen neuen Verstoß gegen die Sicherheitsvorschriften und mailte aus Marka eine Bitte an Dardari. Sie wurde abgefangen und entschlüsselt.

»Colonel Jackson?«

»Ja, Ariel?«

»Da läuft etwas Schräges zwischen Marka und London.«

»Das weißt du doch, Ariel. Du schreibst in Dardaris Namen.«

»Ja, aber Marka hat eben geantwortet. Er bittet seinen Freund, ihm eine Million Dollar zu leihen.«

Das hätte er voraussehen sollen. Der Etat würde es sicher aushalten. Es war ein Bruchteil dessen, was eine einzige Rakete kostete. Doch warum Steuergelder verschwenden?

»Sagt er, wie ihm das Geld überwiesen werden soll?«

»Da gibt es etwas, das heißt Dahabshiil.«

Der Spürhund saß allein in seinem Londoner Büro und nickte. Er wusste davon. Raffiniert, sicher und fast nicht nachzuverfolgen. Geschaffen nach der jahrhundertealten Gestalt des Hundi Man.

Terrorismus kostet Geld, eine Menge Geld. Hinter den Bomben werfenden Handlangern, die oft kaum mehr als Kinder sind, steht die Führungsebene, überwiegend erwachsene Männer, die nicht die Absicht haben zu sterben. Irgendwo dahinter stehen die Rädelsführer und dahinter die Finanziers, die oft ein scheinbar achtbares Leben führen.

Für die Anti-Terror-Behörden haben sich die Finanzquellen des Terrorismus als fruchtbares Feld erwiesen, auf dem sich die Papierspur des Geldes vom operativen Konto bis zum Ursprung zurückverfolgen lässt. Denn jede Geldbewegung hinterlässt eine Spur aus Papier. Der Hundi Man dagegen nicht. Im Nahen Osten und am Horn von Afrika ist dieses System jahrhundertealt.

Es wurde gegründet, weil es damals zu gefährlich war, ohne eine kleine Armee Reichtümer durch Gegenden zu bewegen, in denen es von Banditen wimmelte. Also nimmt der Hundi Man das Geld in Land A in Empfang und autorisiert seinen Cousin in Land B, den gleichen Betrag abzüglich einer Kommission an den Empfänger auszuzahlen. Nicht eine Münze überschreitet eine Grenze, nur ein verschlüsselter Anruf oder eine E-Mail.

Dahabshiil wurde 1970 in Burco, Somalia, gegründet und hat seine Zentrale heute in Dubai. Der somalische Name bedeutet »Goldschmelze«, und das Unternehmen dient hauptsächlich dazu, das Geld, das Hunderttausende somalische Gastarbeiter im Ausland an ihre Familien in der Heimat schicken, auszuzahlen. Eine große Zahl von Somalis arbeitet in Großbritannien, und das erklärt die blühende Niederlassung in London.

»Kannst du in Dardaris Finanzverwaltung hinein?«, fragte der Spürhund.

»Warum nicht, Colonel. Geben Sie mir einen Tag Zeit.«

Ariel wandte sich seinem leuchtenden Monitor zu, dem siebenten Himmel. Er vertiefte sich in die Investitionen des pakistanischen Unternehmers und fand heraus, wie er die Mittel dazu beschaffte, was ihn zu seinen Offshore-Konten führte, deren wichtigstes auf Grand Cayman geführt und von komplexen und hoch entwickelten Firewalls geschützt wurde. Der Teenager mit dem Asperger-Syndrom auf dem Dachboden in Virginia überwand sie innerhalb von zehn Stunden, überwies eine Million Dollar auf Dardaris persönliches Konto in London und verschwand wieder, ohne eine Spur zu hinterlassen außer der Bestätigung, dass Dardari die Transaktion selbst veranlasst hatte.

Die Überweisung von der Londoner Bank an die Londoner Dahabshiil-Niederlassung war reine Formsache, ebenso die Angaben zum Empfänger, die der Prediger in der von Ariel abgefangenen und entschlüsselten E-Mail aufgeführt hatte. Die somalische Finanzmaklerfirma gab zu bedenken, dass es bis zu drei Tage dauern könne, in Somalia eine solche Summe zusammenzubringen. Und, jawohl, sie hatten eine Filiale in Marka.

Fort Meade und Cheltenham verfolgten die Kommunikation des Londoner Computers, aber sie hatten keine anderen Informationen als die, dass Dardari dort Sender und Empfänger war. Und ihr Auftrag war die Überwachung. Von Eingreifen war nicht die Rede.

»Dschamma, ich habe eine äußerst delikate Aufgabe für dich. Sie kann nur von einem Somali übernommen werden, denn dabei geht es um Leute, die keine andere Sprache sprechen.«

So hoch entwickelt die westliche Technologie auch sein mag, sie kann den persönlichen Gesandten nur selten abfangen. Zehn Jahre lang kommunizierte Osama bin Laden, der keineswegs in einer Höhle, sondern in einer Reihe von Safe Houses wohnte, weltweit mit seinen Unterstützern, ohne ein einziges Mal ein Funktelefon zu benutzen oder belauscht zu werden. Er benutzte persönliche Boten. Der letzte von denen, al-Kuwaiti, wurde enttarnt und durch die ganze Welt verfolgt, und er führte die Jäger schließlich zu einem Anwesen in der Stadt Abbottabad.

Der Prediger ließ Dschamma vor sich stehen und rezitierte die Nachricht auf Arabisch. Dschamma übersetzte sie im Kopf in Somali und wiederholte sie, bis er sie wortwörtlich auswendig kannte. Begleitet von einem pakistanischen Bodyguard, fuhr er ab.

Er nahm den Pick-up, der ihn zwei Tage zuvor mit der Nachricht aus London aus Kismaju heraufgebracht hatte. Aus großer Höhe beobachteten fremde Augen, wie Plastikkanister voll Benzin auf die Ladefläche gestellt wurden.

In dem Bunker bei Tampa beobachteten sie, wie eine Plane über die Kanister gezogen wurde, doch das war eine normale Vorsichtsmaßnahme. Sie sahen, wie zwei Männer in den Wagen stiegen, aber weder die vermummte Gestalt des Predigers noch der schlanke junge Mann mit der roten Baseballkappe war dabei. Der Pick-up fuhr nach Süden und in Richtung Kismaju. Als er das Gesichtsfeld der Global Hawk verließ, wurde die Drohne angewiesen, die Überwachung des ummauerten Geländes wiederaufzunehmen. Dann machte der Pick-up halt, und die beiden Männer stiegen aus. Sie nahmen die Plane ab und strichen das Dach der Kabine schwarz an. So getarnt, wendeten sie, fuhren im Westen um Marka herum und weiter nach Norden. Als die Sonne unterging, passierten sie den Westrand der Mogadischu-Enklave und fuhren weiter nach Puntland mit seinen zahllosen Piratennestern.

Über Pisten, die zerfurcht und von Schlaglöchern übersät waren, und über scharfkantige Steine quer durch die Wüste, mit

Tankstopps und Reifenwechseln, dauerte die Fahrt nach Garacad zwei Tage.

»Mr. Gareth, ich bin's.«

Ali Abdi rief aus Garacad an, und er klang aufgeregt. Gareth Evans war müde und angespannt. Die endlos mahlende Knochenmühle der Verhandlungen mit Leuten, die nicht den leisesten Begriff von Eile oder auch nur dem Vergehen der Zeit besaßen, war für einen Europäer immer ermüdend. Darum waren erstklassige Geiselunterhändler rar und gut bezahlt.

Auch Harry Andersson setzte ihn unaufhörlich unter Druck. Er rief mindestens einmal am Tag an und wollte wissen, ob es etwas Neues über seinen Sohn gebe. Evans hatte versucht, ihm klarzumachen, die bloße Andeutung von Eile oder gar Verzweiflung aus London werde alles noch zehnmal schlimmer machen, als es schon war. Der schwedische Multimillionär war Geschäftsmann, und das half ihm, diese Argumentation zu verstehen. Aber er war eben auch ein Vater, und deshalb hörten seine Anrufe nicht auf.

»Guten Morgen, mein Freund«, sagte Evans jetzt ruhig. »Was sagt Ihr Auftraggeber an diesem schönen sonnigen Tag?«

»Ich glaube, wir nähern uns einem Abschluss, Mr. Gareth. Wir könnten uns jetzt auf sieben Millionen Dollar einigen.« Dann fügte er hinzu: »Ich tue mein Bestes.«

Selbst wenn ein englischkundiger Somali in al-Afrits Diensten diese Bemerkung mithören sollte, würde sie keinen Anstoß erregen. Evans begriff, dass der Unterhändler in Garacad ihm sagen wollte, er bemühe sich, seine zweite Million Schmiergeld zu verdienen. Doch das Wort »Eile« hat nördlich und südlich des Mittelmeers zwei verschiedene Bedeutungen.

»Das ist sehr gut, Mr. Abdi, aber noch nicht gut genug«, sagte Evans. Al-Afrits vorige Mindestforderung, zwei Tage zuvor, hatte zehn Millionen betragen. Evans hatte drei geboten. Er wusste, Harry Andersson hätte bei zehn Millionen zugegriffen, ohne mit der Wimper zu zucken. Er wusste allerdings auch, dass in Somalia ein ganzer Wald von roten Flaggen in die Höhe geschossen wäre, denn dort wusste man, dass vier bis fünf Millionen angemessen wären.

Ein plötzliches Einknicken der Europäer hätte auf Panik schließen lassen und den Preis wahrscheinlich wieder auf fünfzehn hochgetrieben.

»Hören Sie, Mr. Abdi, ich habe fast die ganze Nacht mit Stockholm telefoniert, und meine Auftraggeber haben sich mit größtem Widerwillen bereit erklärt, innerhalb von einer Stunde vier Millionen Dollar auf das internationale Konto Ihres Auftraggebers zu überweisen, wenn die *Malmö* eine Stunde später den Anker lichtet. Das ist ein sehr gutes Angebot, Mr. Abdi. Ich glaube, das wissen wir beide, und Ihr Auftraggeber sieht es sicher auch so.«

»Ich werde ihm das neue Angebot sofort vorlegen, Mr. Gareth.«

Als das Gespräch beendet war, dachte Gareth Evans an die Geschichte der erfolgreichen Deals mit somalischen Piraten. Uneingeweihte staunten immer darüber, dass Geld auf ein Konto überwiesen wurde, bevor ein Schiff freigelassen worden war. Was sollte die Piraten daran hindern, das Geld zu kassieren und die Beute zu behalten?

Aber das war das Merkwürdige. Bei hundertachtzig schriftlichen und per Fax oder E-Mail zwischen den Unterhändlern ausgetauschten Vereinbarungen, die am Ende alle ordnungsgemäß unterschrieben worden waren, hatten die Somalis nur in drei Fällen ihr Wort gebrochen.

Den Piraten in ganz Puntland war klar, dass sie ihr Geschäft nur des Geldes wegen betrieben. Sie brauchten und wollten weder die Schiffe noch die Ladungen, noch die Gefangenen. Hätten sie immer wieder gegen Absprachen verstoßen, hätten sie damit ihr Gewerbe ruiniert. Sie mochten verschlagen und skrupellos sein, doch Eigennutz war Eigennutz, und er stand über allem.

Normalerweise. Aber dieser Fall war nicht normal. Von den drei genannten Fällen war zweimal al-Afrit im Spiel gewesen.

Er war so berüchtigt wie sein ganzer Clan. Er gehörte zu den Sacad, einem Clan des Habar-Gidir-Stammes. Farrah Aidid, der brutale Warlord, der die Hilfslieferungen für die hungernde Bevölkerung gestohlen und damit die Amerikaner ins Land geholt, der den Blackhawk abgeschossen, die US-Ranger abgeschlachtet und ihre Leichen durch die Straßen geschleift hatte – Farrah Aidid war ein Sacad gewesen.

In ihren Geheimgesprächen per Satellitentelefon hatten Ali Abdi und Gareth Evans vereinbart, sich auf fünf Millionen Dollar zu einigen, sofern das alte Monstrum in seiner Lehmfestung einverstanden wäre und nicht auf den Gedanken käme, sein Unterhändler habe sich kaufen lassen. So oder so waren fünf Millionen eine für beide Seiten absolut akzeptable Summe. Harry Anderssons zusätzliches Schmiergeld von zwei Millionen Dollar für Mr. Abdi diente nur dazu, die Wartezeit auf ein Zehntel zu reduzieren, falls das möglich war.

Draußen auf der *Malmö* unter der sengenden Sonne begann es zu stinken. Die europäische Verpflegung war zu Ende gegangen – entweder verspeist oder verfault, als die Tiefkühlung abgeschaltet wurde, um Treibstoff zu sparen. Die somalischen Wächter brachten lebende Ziegen an Bord und schlachteten sie draußen an Deck.

Kapitän Eklund hätte die Decks abspritzen lassen, nur wurden die elektrischen Wasserpumpen genau wie die Kühlung mit Öl betrieben. Also musste die Crew Wasser mit Eimern aus dem Meer schöpfen und Schrubber benutzen.

Zum Glück wimmelte es ringsherum von Fischen, angelockt von den Ziegenabfällen, die über Bord geworfen wurden. Europäer und Filipinos schätzten den frischen Fisch, aber die Ernährung damit wurde auch bald eintönig.

Sie hatten Waschgelegenheiten mit Salzwasser eingerichtet, als die elektrisch betriebenen Duschen abgeschaltet worden waren. Süßwasser wurde zu flüssigem Gold und war nur noch zum Trinken da, doch die Wasserreinigungstabletten ließen es abscheulich schmecken. Kapitän Eklund war immerhin froh, dass es bis jetzt noch keine ernsthafte Erkrankung gegeben hatte, von gelegentlichen Durchfällen abgesehen.

Aber er war nicht sicher, wie lange es noch so bleiben würde. Die Somalis machten sich oft nicht einmal die Mühe, den Hintern über die Reling zu hängen, wenn sie Stuhlgang hatten. Die wütenden Filipinos mussten den Kot in der drückenden, zermürbenden Hitze mit ihren Schrubbern durch die Speigatten entsorgen.

Kapitän Eklund konnte nicht einmal mehr mit Stockholm telefonieren. Auf Befehl des Mannes, den er »den kleinen Drecksack im Anzug« nannte, war sein Satellitentelefon abgeschaltet worden. Ali Abdi wollte nicht, dass Amateure sich in seine heiklen Verhandlungen mit der Kanzlei Chauncey Reynolds einmischten.

All das ging dem schwedischen Skipper durch den Kopf, als sein ukrainischer Stellvertreter herüberrief, ein Boot sei zum Schiff unterwegs. Durch das Fernglas erkannte er die Dhau mit der adretten kleinen Gestalt im Safarianzug, die im Heck saß. Der Besuch war ihm willkommen. Er würde sich noch einmal erkundigen können, wie es dem Kadetten der Handelsmarine namens Carlsson gehe. Eklund war weit und breit der Einzige, der wusste, wer der Junge in Wirklichkeit war.

Dass der Junge geschlagen worden war, wusste er nicht. Abdi würde ihm sagen, Ove Carlsson sei wohlauf, und man halte ihn in der Festung bloß gefangen, um das gute Benehmen der Mannschaft an Bord sicherzustellen. Kapitän Eklund bat vergebens darum, ihn zurückzubringen.

Während Mr. Abdi an Bord der *Malmö* war, fuhr ein staubiger Pick-up in den Hof der Festung hinter dem Dorf. Darin saßen ein großer, massiger Pakistani, der weder Englisch noch Somali sprach, und ein zweiter Mann.

Der Pakistani blieb bei dem Truck, und der andere Mann wurde zu al-Afrit geführt, der sah, dass er zum Harti-Darod-Clan gehörte und somit aus Kismaju kam. Der Sacad-Warlord mochte die Harti nicht, aber er mochte überhaupt niemanden aus dem Süden.

Formal war al-Afrit zwar Muslim, ging jedoch praktisch nie in die Moschee und sprach nur selten seine Gebete. In seinen Augen waren die Leute im Süden allesamt al-Schabaab. Wahnsinnige. Sie folterten für Allah, er zum Vergnügen.

Der Besucher stellte sich als Dschamma vor und bezeugte die Ehrerbietungen, die einem Scheich zukommen. Er komme, sagte er dann, als persönlicher Abgesandter eines Scheichs in Marka mit einem Vorschlag, der nur für die Ohren des Warlords von Garacad bestimmt sei.

Al-Afrit hatte noch nie von einem dschihadistischen Prediger namens Abu Azzam gehört. Er hatte einen Computer, mit dem nur die jüngeren unter seinen Leuten wirklich umgehen konnten, doch selbst wenn er dessen Funktionen beherrscht hätte, wäre er im Traum nicht auf die Idee gekommen, eine dschihadistische Website zu besuchen. Dennoch hörte er jetzt mit wachsendem Interesse zu.

Dschamma stand vor ihm und rezitierte die Botschaft, die er auswendig gelernt hatte. Er begann mit den üblichen überschwenglichen Begrüßungsfloskeln und kam dann zum Kern der Nachricht. Als er schwieg, starrte der alte Sacad ihn eine Weile am.

»Er will ihn umbringen? Ihm die Kehle durchschneiden? Vor der Kamera? Und es dann der Welt zeigen?«

»Jawohl, Scheich.«

»Und mir bezahlt er eine Million Dollar? In bar?«

»Jawohl, Scheich.«

Al-Afrit dachte darüber nach. Den weißen Ungläubigen umzubringen, das verstand er. Aber der westlichen Welt zu zeigen, was er getan hatte, das war Wahnsinn. Sie, die Ungläubigen, die *kuffar*, würden kommen und sich rächen, und sie hatten viele Gewehre. Er, al-Afrit, nahm ihre Schiffe und ihr Geld, doch er war nicht verrückt genug, um eine Blutfehde zwischen sich selbst und der gesamten *kuffar*-Welt zu entfesseln.

Schließlich entschied er, die Entscheidung aufzuschieben. Er ließ seine Gäste in Zimmer führen, in denen sie sich ausruhen konnten, und bot ihnen Essen und Wasser an. Als Dschamma weggebracht worden war, befahl er, keiner der beiden Männer dürfe die Schlüssel zu ihrem Wagen behalten, und auch keine Waffen, die sie vielleicht bei sich hatten, und kein Telefon. Er selbst trug einen krummen *dschambija*-Dolch in seiner Schärpe, hatte aber nicht gern andere Waffen in seiner Nähe.

Ali Abdi kam eine Stunde später von der *Malmö* zurück. Er hatte nicht gesehen, wie der Truck aus dem Norden ankam, und auch die beiden Männer nicht, von denen einer eine so bizarre Nachricht überbracht hatte.

Er kannte die vereinbarten Zeiten für seine Telefonate mit Gareth Evans. Weil London drei Zeitzonen weit westlich des Horns von Afrika lag, war es in Garacad spät am Vormittag, wenn sie stattfanden. Deshalb hatte er am nächsten Tag keinen Grund, sein Zimmer frühzeitig zu verlassen.

Er war nicht dabei, als al-Afrit kurz nach Tagesanbruch einen seiner engsten Vertrauten, einen einäugigen Wilden namens Yusuf, mit ausführlichen Anweisungen ausstattete, und er sah auch den Pick-up mit dem schwarzen Dach nicht, der eine Stunde später zum Hoftor hinausfuhr.

Gerüchtweise hatte Abdi von einem dschihadistischen Fanatiker gehört, der Predigten voller Aufforderungen zu Mordanschlägen und Hass ins World Wide Web hinausschickte, doch dass der Mann in Misskredit geraten war, hatte er nicht gehört, und er wusste auch nichts von dessen Onlinebeteuerungen, das Ganze sei eine Verschwörung der *kuffar*, und er sei schändlich diffamiert worden. Aber wie al-Afrit – wenn auch aus anderen Gründen – verachtete er Salafisten und Dschihadisten und alle anderen extremistischen Irren, und er praktizierte den Islam gerade so eifrig, wie es unbedingt nötig war.

Er war überrascht und erfreut, seinen Auftraggeber bei halbwegs guter Laune anzutreffen, als er zu ihrer morgendlichen Besprechung erschien. So konnte er es wagen, den Vorschlag zu machen, ihre Forderung von sieben auf sechs Millionen Dollar zu reduzieren und die Verhandlungen damit wohl zum Abschluss zu bringen. Der Clanchef war einverstanden.

Als Abdi mit Gareth Evans sprach, strahlte er große Selbstzufriedenheit aus. Er fühlte sich sehr versucht zu sagen: »Wir sind fast so weit«, aber ihm war klar, dass diese Bemerkung nur bedeuten konnte, sie beide arbeiteten heimlich gemeinsam auf einen längst verabredeten Preis hin. Bei sich dachte er: Noch eine Woche, vielleicht auch nur noch fünf Tage, und das Monster wird die *Malmö* fahren lassen.

Mit der zweiten Million, die seine Lebensersparnisse ergänzen würde, schimmerte ein komfortabler Ruhestand in einer zivilisierten Umgebung am Horizont.

Allmählich machte der Spürhund sich Sorgen. Um es in der Anglersprache auszudrücken: Er hatte einen Haken mit einem fetten Köder ins Wasser gehängt und wartete jetzt darauf, dass ein Monster anbiss. Doch der Schwimmer verharrte reglos an der Oberfläche. Er dümpelte nicht mal.

Von seinem Büro in der Botschaft hatte er eine Echtzeitverbindung zu dem Bunker bei Tampa, wo ein erfahrener Unteroffizier der Air Force schweigend dasaß, den Steuerknüppel in der Hand hielt und eine Global Hawk hoch über einem Gelände in Marka »flog«. Er sah, was der Master Sergeant sah: drei stille Häuser hinter einer Mauer an einer engen, vollgestopften Gasse, an deren Ende sich ein Obstmarkt befand.

Innerhalb der Mauern war kein Lebenszeichen zu entdecken. Niemand ging, niemand kam. Die Drohne schaute nicht nur zu, sie lauschte auch. Sie würde das leiseste elektronische Wispern hören, das aus der Anlage käme. Wenn dort auch nur ein paar Silben geäußert würden, am Computer oder am Handy, würde sie sie aus dem Äther fischen. Und die National Security Agency in Fort Meade mit ihren Satelliten im All würde das Gleiche tun.

Aber die ganze Hochtechnologie blieb erfolglos. Der Spürhund hatte nicht gesehen, wie der von Dschamma gefahrene Pick-up sein Aussehen durch die schwarze Farbe auf dem Dach veränderte, wendete und nach Norden statt nach Süden fuhr. Er wusste auch nicht, dass der Pick-up jetzt auf dem Rückweg war. Der Spürhund konnte nicht wissen, dass sein Köder geschluckt worden und es jetzt eine Abmachung zwischen einem sadistischen Sacad in Garacad und einem verzweifelten Pakistani in Marka gab. Nach Donald Rumsfelds ungewöhnlicher Philosophie hatte er es mit etwas unbekanntem Unbekanntem zu tun.

Er konnte nur Vermutungen anstellen, und er vermutete, dass er dabei war zu verlieren, überlistet von Barbaren, die raffinierter waren als er. Das abhörsichere Telefon klingelte.

Es war Master Sergeant Orde aus Tampa. »Colonel, Sir, da nähert sich ein Technical dem Ziel.« Der Spürhund schaute wieder auf seinen Monitor. Das beobachtete Gelände lag genau in der Mitte und nahm etwa ein Viertel des Bildschirms in Anspruch. Am Tor stand ein Pick-up mit schwarzem Kabinendach. Er erkannte den Wagen nicht.

Eine Gestalt im weißen Dischdasch kam aus dem seitlichen Haus, überquerte den sandigen Hof und öffnete das Tor. Der Pick-up fuhr hindurch. Das Tor wurde geschlossen. Drei kleine Gestalten stiegen aus und betraten das Haupthaus. Der Prediger bekam Besuch.

Er empfing das Trio in seinem Arbeitszimmer. Der Leibwächter wurde hinausgeschickt. Opal stellte den Abgesandten aus dem Norden vor. Der Sacad Yusuf funkelte ihn mit seinem einen gesunden Auge an. Auch er hatte seinen Auftrag auswendig gelernt. Mit einer Geste gab der Prediger ihm zu verstehen, er solle anfangen. Al-Afrits Bedingungen waren knapp und klar.

Er sei bereit, seinen schwedischen Gefangenen gegen eine Million Dollar abzugeben. Sein Diener Yusuf solle das Geld sehen und zählen und seinem Herrn mitteilen, er habe es gesehen.

Im Übrigen würde al-Afrit das al-Schabaab-Territorium nicht

betreten. Der Austausch würde an der Grenze stattfinden. Yusuf kannte die Stelle und würde die Fahrzeuge mit dem Geld und den Wachen hindirigieren. Die Delegation aus dem Norden würde mit dem Gefangenen zum Treffpunkt kommen.

»Und wo ist dieser Treffpunkt?«, fragte der Prediger. Yusuf starrte ihn nur an und schüttelte den Kopf.

Der Prediger hatte Stammesangehörige wie ihn in den pakistanischen Grenzregionen gesehen, bei den Paschtunen. Er könnte dem Mann sämtliche Zehen- und Fingernägel herausreißen, und er würde sterben, bevor er redete. Der Prediger nickte lächelnd.

Er wusste, dass es zwischen dem Norden und dem Süden auf keiner Karte eine richtige Grenze gab. Aber Karten waren etwas für die *kuffar*. Die Stämme hatten ihre Karten im Kopf. Sie wussten genau, wo eine Generation zuvor Clan gegen Clan um ein Kamel gekämpft hatte und wo Männer gestorben waren. Dieser Punkt markierte den Anfang der Vendetta. Sie wussten, wenn ein Mann vom falschen Clan diese Linie überschritt, würde er sterben. Dazu brauchten sie die Karte der Weißen nicht.

Der Prediger wusste auch, dass man ihm einen Hinterhalt legen konnte, um ihm das Geld abzunehmen. Aber wozu? Der Clanchef aus Garacad würde sein Geld ja bekommen. Was nutzte ihm der schwedische Junge? Nur er, der Prediger, kannte den wahren, atemberaubenden Wert des Handelsmarinekadetten aus Stockholm, denn sein guter Freund in London hatte ihn darüber informiert. Und diese immense Summe würde sein Ansehen wiederherstellen, sogar unter den angeblich so frommen Schabaab. Ob Norden oder Süden, Geld regierte die Welt. Überall.

Es klopfte an der Tür.

Ein neues Fahrzeug stand vor dem Tor, ein kleiner Personenwagen diesmal. In fünfzigtausend Fuß Höhe kreiste die Global Hawk und schaute zu und lauschte. Die gleiche weiß gekleidete

Gestalt kam quer über den Sandboden heran und sprach mit dem Fahrer. In Tampa und in London schauten Amerikaner zu.

Der Wagen fuhr nicht in den Hof. Ein großer Attachékoffer wurde übergeben und mit einer Unterschrift quittiert. Die Gestalt in Weiß ging auf das Hauptgebäude zu.

»Folgen Sie dem Wagen«, sagte der Spürhund. Die Umrisse des ummauerten Grundstücks rutschten aus dem Bild, als die Kamera hoch oben in der Stratosphäre dem Wagen folgte. Er fuhr nicht weit – weniger als eine Meile. Dann hielt er vor einem kleinen Büroblock.

»Zoomen Sie heran. Lassen Sie mich das Gebäude sehen.«

Der Büroblock rückte näher und näher heran. Die Sonne in Marka stand senkrecht am Himmel, deshalb gab es keine Schatten. Sie würden kommen, lang und schwarz, wenn die Sonne über der Wüste im Westen unterging. Er sah es, hellgrün und dunkelgrün, ein Logo und ein Wort, das mit D anfing, in lateinischer Schrift. Dahabshiil. Das Geld war gekommen und ausgezahlt worden. Das Auge am Himmel richtete sich wieder auf das Anwesen des Predigers.

Hundert-Dollar-Scheine, Block für Block, wurden aus dem Koffer gehoben und auf den langen, blank polierten Tisch gelegt. Der Prediger mochte viele Meilen weit von seiner Heimat Rawalpindi entfernt sein, aber er schätzte immer noch die traditionellen Möbel.

Yusuf hatte bereits angekündigt, er müsse das Geld zählen. Dschamma übersetzte zwischen Arabisch und Somali, der einzigen Sprache, die Yusuf sprach. Opal, der den Attachékoffer gebracht hatte, blieb in seiner Rolle als einer von zwei Privatsekretären da, für den Fall, dass er noch gebraucht wurde. Als er sah, wie Yusuf mit den Geldbündeln herumfummelte, fragte er ihn auf Somali: »Kann ich dir helfen?«

»Äthiopischer Hund«, fauchte der Sacad. »Ich erledige das.«

Er brauchte zwei Stunden. Schließlich grunzte er.

»Ich muss anrufen«, sagte er, und Dschamma übersetzte es.

Der Prediger nickte. Yusuf zog ein Handy aus seinen Gewändern und versuchte anzurufen, aber innerhalb der dicken Mauern des Gebäudes hatte er keinen Netzkontakt. Er wurde in den offenen Hof hinausgeführt.

»Da ist ein Kerl mit einem Mobiltelefon im Hof«, sagte MS Orde in Tampa.

»Hören Sie ihn ab. Ich muss Bescheid wissen«, befahl der Spürhund.

Ein Telefon klingelte in einer Lehmziegelfestung in Garacad und wurde abgenommen. Das Gespräch war äußerst kurz. Vier Worte aus Marka, zwei zur Antwort, dann wurde die Verbindung wieder getrennt.

»Und?«, fragte der Spürhund.

»Das war Somali.«

»Fragen Sie die NSA.«

Fast tausend Meilen weit nördlich in Maryland nahm ein amerikanischer Somali den Kopfhörer ab.

»Der eine Mann hat gesagt: ›Die Dollars sind da‹, und der andere: ›Morgen Abend.‹«

Tampa rief den Spürhund in London an.

»Wir haben das Gespräch mitgeschnitten«, sagten die Leute von der Kommunikationsüberwachung. »Sie haben ein lokales Mobilfunknetz namens Hormud benutzt. Wir wissen, wo der eine Sprecher war: in Marka. Aber wo der andere sitzt, wissen wir nicht.«

Keine Sorge, dachte der Spürhund. Ich weiß es.

VIERZEHN

»Colonel, Sir, sie bewegen sich.«

An seinem Schreibtisch in der Londoner Botschaft hatte der Spürhund dösend vor dem Monitor gesessen, der ihm zeigte, was die Drohne über Marka sehen konnte. Die Stimme kam aus dem Lautsprecher des Telefons, das mit dem Leitstand im Bunker bei Tampa verbunden war, und sie gehörte Master Sergeant Orde, der wieder im Dienst war.

Der Spürhund fuhr hoch und sah auf die Uhr. Drei Uhr früh in London, sechs in Marka. Die Dunkelheit vor dem Morgengrauen.

Die Global Hawk war von einer vollgetankten zweiten Drohne abgelöst worden, die viele Stunden am Himmel vor sich hatte, bevor auch ihre Tanks leer wären. Vor der somalischen Küste am östlichen Horizont schimmerte ein zarter rosaroter Hauch. Der Indische Ozean war noch schwarz, so schwarz wie die Nacht über den Gassen von Marka.

Aber auf dem Anwesen des Predigers waren Lichter angegangen, und kleine rote Kleckse bewegten sich umher, Wärmequellen, die von den Sensoren der Drohne wahrgenommen wurden. Ihre Kameras arbeiteten noch im Infrarotmodus und konnten im Dunkeln sehen, was sechs Meilen tief unter ihr vor sich ging.

Der Spürhund sah zu, wie das Tageslicht mit der aufgehenden Sonne immer heller wurde. Aus den roten Klecksen wurden dunkle Umrisse, die sich tief unten im Hof umherbewegten. Nach dreißig Minuten wurde ein Garagentor geöffnet, und ein Fahrzeug kam heraus.

Kein staubiger, verbeulter Pick-up, kein Allzweck-Personen-und-Lasten-Beförderer, wie er in Somalia überall benutzt wurde, sondern ein eleganter Toyota Landcruiser mit schwarz getönten

Fenstern, der Wagen der Wahl für al-Qaida schon seit bin Ladens erstem Auftreten in Afghanistan. Der Spürhund wusste, dass zehn Personen darin Platz hatten.

Die Beobachter, viertausend Meilen weit voneinander entfernt in London und in Florida, sahen acht dunkle Gestalten, die in den Wagen einstiegen. Sie waren nicht nah genug, um zu sehen, dass vorn zwei der pakistanischen Bodyguards saßen, der eine am Steuer, der andere schwer bewaffnet auf dem Beifahrersitz.

Hinter ihnen saßen der Prediger in formlosen somalischen Gewändern und mit bedecktem Kopf, Dschamma, sein somalischer Sekretär, und Opal, und ganz hinten die beiden anderen pakistanischen Leibwächter. Damit waren die einzigen vier, denen der Prediger wirklich vertraute, komplett. Sie stammten alle noch aus seiner Zeit bei der Chorasan-Killertruppe. Ebenfalls hinten saß Yusuf, der Sacad aus dem Norden.

In Marka war es sieben Uhr, als andere Dienstboten das Tor öffneten und der Landcruiser sich in Bewegung setzte. Der Spürhund sah sich vor einem Dilemma. War das ein Ablenkungsmanöver? War die Zielperson noch im Haus und bereitete sich darauf vor, unauffällig zu verschwinden, während die Drohne, von deren Anwesenheit am Himmel er inzwischen wissen musste, anderswo beschäftigt war?

»Sir?«

Der Mann mit dem Steuerknüppel im Bunker in Tampa brauchte Anweisungen.

»Folgen Sie dem Wagen«, sagte der Spürhund.

Der Landcruiser führte sie durch das Labyrinth der Straßen und Gassen bis an den Stadtrand. Dann verließ er die Straße und verschwand unter dem großen Asbestdach eines Lagerhauses. Er war nicht mehr zu sehen.

Der Spürhund kämpfte seine Panik nieder und ließ die Drohne zum Anwesen zurückkehren, aber dort war alles in Schatten gehüllt und still. Nichts regte sich. Die Drohne kehrte zum Lagerhaus zurück. Zwanzig Minuten später kam der große schwarze Landcruiser wieder zum Vorschein und fuhr langsam zurück zum Anwesen.

Irgendwo da unten musste es gehupt haben, denn ein Dienstbote kam aus dem Haus und öffnete das Tor. Der Toyota rollte hindurch und blieb stehen. Niemand stieg aus. Warum nicht?, dachte der Spürhund. Dann kapierte er. Niemand stieg aus, weil niemand drin war, niemand außer dem Fahrer.

»Zurück zu dem Lagerhaus, schnell«, befahl er Master Sergeant Orde. Statt einer Antwort zog der Mann am Steuerpult in Florida nur die Objektivbrennweite auf, und die Weitwinkelaufnahme zeigte die ganze Stadt, jedoch weniger Details. Sie kamen gerade noch zur rechten Zeit.

Nicht ein, sondern vier Pick-up-Trucks mit offener Ladefläche, die sogenannten *technicals*, rollten nacheinander aus dem Lagerhaus. Beinahe wäre der Spürhund auf das simpelste Wechselmanöver hereingefallen.

»Folgen Sie der Kolonne«, befahl er Tampa. »Egal, wohin sie fährt. Kann sein, dass ich wegmuss, aber ich bleibe am Handy.«

In Garacad erwachte Mr. Ali Abdi vom Motorenlärm vor seinem Fenster. Er sah auf die Uhr. Sieben. Noch vier Stunden bis zu seiner regulären Vormittagskonferenz mit London. Er spähte zwischen den Fensterläden hindurch und sah zu, wie zwei Technicals den Hof der Festung verließen.

Egal. Er war ein sehr zufriedener Mann. Am Abend zuvor hatte al-Afrit seinen Vermittlungsbemühungen endgültig zugestimmt. Der Pirat würde sich mit Chauncey Reynolds und den Versicherern auf ein Lösegeld in Höhe von fünf Millionen Dollar für die *Malmö* einschließlich Ladung und Mannschaft einigen.

Auch wenn ein kleines Haar in der Suppe schwamm, war Abdi sicher, dass Mr. Gareth ebenfalls glücklich sein würde, wenn er hörte, dass die *Malmö,* zwei Stunden nachdem die Bank des Piraten in Dubai den Eingang der Dollars bestätigt hätte, ihre Fahrt fortsetzen dürfte. Bis dahin würde sicher ein westlicher Zerstörer aufgekreuzt sein, um sie in sichere Gewässer zu geleiten. Mehrere rivalisierende Clans hatten bereits Schnellboote losgeschickt, die den schwedischen Frachter umkreisten, um zu sehen, ob er vielleicht schlecht gesichert wäre und noch einmal gekapert werden könnte.

Abdi dachte an die Zukunft. Die zweite Million seines Honorars wäre ihm sicher. Gareth Evans würde ihn nicht betrügen, denn vielleicht würden sie ja wieder miteinander zu tun bekommen. Nur Abdi selbst konnte wissen, dass er sich zur Ruhe setzen und eine hübsche Villa in Tunesien beziehen würde, wo er in Frieden und Sicherheit würde leben können, meilenweit entfernt vom mörderischen Chaos in seinem Heimatland. Er sah noch einmal auf die Uhr und drehte sich auf die andere Seite, um noch ein bisschen zu schlafen.

Der Spürhund saß nach wie vor in seinem Büro und erwog seine begrenzten Möglichkeiten. Er wusste viel, doch er konnte nicht alles wissen.

Er hatte einen Agenten im feindlichen Lager, der wahrscheinlich nur ein paar Schritte weit entfernt von dem Prediger in einem der vier Technicals saß, die da sechs Meilen weit unter der Global Hawk durch die Wüste rollten. Aber er konnte mit dem Mann nicht kommunizieren, und der nicht mit ihm. Opals Funkgerät lag immer noch in seinem Versteck unter der Hütte bei Kismaju. Es wäre Selbstmord gewesen, wenn er versucht hätte, irgendetwas außer dem harmlos aussehenden Gegenstand, den er bei den Kasuarinenbäumen bekommen hatte, nach Marka mitzunehmen.

Der Spürhund nahm an, dass es irgendwo zu einem Treffen kommen würde, bei dem Geld für den schwedischen Gefangenen übergeben würde. Er hatte keine Bedenken bei dem, was er getan hatte. Der Kadett aus Stockholm war in größerer Gefahr bei dem Mann, den selbst seine eigenen Clanangehörigen den »Teufel« nannten, als bei dem Prediger, der ihn für sein Geld am Leben und bei Gesundheit erhalten würde.

Nach dem Austausch würde der Prediger vermutlich nach Marka zurückkehren, wo man ihm nichts anhaben konnte. Die einzige Chance, ihn zu eliminieren, bestand darin, ihn hinaus in die somalische Wüste zu locken, in das weite, offene Gelände, in dem keine Zivilisten zu Schaden kommen konnten.

Aber Raketen waren trotzdem verboten. Gray Fox hatte das am Abend zuvor noch einmal klar zum Ausdruck gebracht. Während die Sonne, die jetzt auf Somalia niederbrannte, das erste Licht nach London brachte, erwog der Spürhund noch einmal die Möglichkeiten, die ihm offenstanden. All seinen Bitten zum Trotz war der Spielraum nicht groß.

Das Team Six der SEALs war auf seinem Stützpunkt in Little Neck, Virginia, und er hatte nicht die Zeit, sie um die halbe Welt einfliegen zu lassen. Die Night Stalkers mit ihren Langstreckenhubschraubern saßen in Fort Campbell, Kentucky. Aber Hubschrauber würden wahrscheinlich auch zu viel Lärm machen. Er war im Dschungel und in der Wüste gewesen. Er wusste, dass der Dschungel bei Nacht von einem infernalischen Getöse von Fröschen und Insekten erfüllt ist, während in der Wüste gespenstische Stille herrscht und die Geschöpfe, die dort leben, das Gehör des fledermausohrigen Fuchses haben, der den Sand mit ihnen teilt. Das Knattern von Hubschrauberrotoren im Nachtwind kann man dort meilenweit hören.

Es gab eine Einheit, von der er gehört, die er jedoch nie in Aktion gesehen oder auch nur kennengelernt hatte. Aber er kannte ihren Ruf und ihre Spezialität. Sie waren nicht einmal Amerikaner. Nur zwei amerikanische Einheiten konnten ihnen dem Vernehmen nach das Wasser reichen. Aber die SEALs und die Delta Boys waren jenseits des Atlantiks.

Master Sergeant Orde riss ihn aus seinen Gedanken.

»Colonel, sie scheinen sich zu trennen.«

Er wandte sich dem Bildschirm zu, und wieder war die aufsteigende Panik wie ein Schlag in die Magengrube. Unten in der Wüste fuhren die vier Technicals in weitem Abstand hintereinander. Mindestens vierhundert Meter trennten sie voneinander.

Mit dieser Vorsichtsmaßnahme sorgte der Prediger dafür, dass die Amerikaner nicht wagten, eine Rakete einzusetzen, weil sie befürchten mussten, den Truck, in dem er saß, zu verfehlen. Er konnte nicht wissen, dass er wegen des jungen Äthiopiers, der hinter ihm saß, in Sicherheit war.

Doch jetzt fuhren sie nicht nur in großem Abstand in einer Reihe, sondern fächerten sich auch noch auf.

Der Konvoi befand sich nördlich der von Soldaten gesicherten Enklave von Mogadischu und fuhr nach Nordwesten ins Tal des Schebele. Um den Fluss zu überqueren, gab es ein halbes Dutzend brauchbare Brücken zwischen Äthiopien und dem Meer, und jetzt trennten sich die vier Technicals, als wollten sie verschiedene Brücken benutzen. Seine eine Drohne konnte sie nicht alle verfolgen. Selbst bei maximaler Brennweite konnte sie nur zwei im Auge behalten, aber dann wären die Wagen schon zu klein, um noch etwas zu erkennen. Die Stimme aus Tampa klang drängend.

»Welchen soll ich nehmen, Sir?«

Gareth Evans kam kurz nach acht ins Büro. Anwälte sind selten Frühaufsteher, und er war immer der Erste im Haus. Der Nachtwächter war es inzwischen gewohnt, aus seiner Kabine hinter dem Empfangstisch zu kommen, die Glastür aufzuschließen und den Unterhändler hineinzulassen – vorausgesetzt, Evans hatte die Nacht nicht gleich auf seiner Pritsche oben in seinem Büro verbracht.

Er hatte sich eine Thermosflasche Kaffee aus dem nahen Hotel mitgebracht, wo Chauncey Reynolds ihn vorläufig untergebracht hatten. Später würde die liebe Mrs. Bulstrode kommen. Sie würde in den Deli gehen, ihm ein ordentliches Frühstück besorgen und wieder da sein, bevor es kalt werden konnte. Er ahnte nicht, dass jede Phase seiner Verhandlungen wortgetreu an den Secret Intelligence Service weitergemeldet wurde.

Um halb neun zeigte ein rotes Blinklicht an, dass Mr. Abdi in der Leitung war. Optimistische Anwandlungen gestattete

Gareth Evans sich niemals gern. Er war zu oft enttäuscht worden. Aber er und der somalische Vermittler, dachte er, waren dicht davor, ein Lösegeld von fünf Millionen Dollar zu vereinbaren, und dafür hatte er hundertprozentig grünes Licht. Der Transfer des Geldes war nicht sein Problem; dafür würden andere sorgen. Und er wusste, dass eine britische Fregatte nicht weit vor der Küste kreuzte und die *Malmö* in sichere Gewässer geleiten würde, wenn es so weit wäre.

»Ja, Mr. Abdi, hier ist Gareth Evans. Haben Sie Neuigkeiten für mich? Sie kommen früher als sonst.«

»Allerdings, Mr. Gareth. Und es sind sehr gute Neuigkeiten. Die allerbesten. Mein Auftraggeber ist bereit, sich auf nur fünf Millionen Dollar zu einigen.«

»Ausgezeichnet, mein Freund.« Er bemühte sich, nicht allzu erfreut zu klingen. Das war die schnellste Freigabe, die er je erreicht hatte. »Ich denke, ich kann die Überweisung noch heute veranlassen. Geht es der Besatzung gut?«

»Ja, sehr gut. Es gibt noch ein … wie sagt man bei Ihnen? … ein Haar in der Sauce, doch das ist nicht so wichtig.«

»Ich glaube, das Haar ist in der Suppe. Ein Problem eben. Wie auch immer. Was ist das für ein Haar, Mr. Abdi?«

»Der schwedische Junge, der Kadett …«

Evans erstarrte. Er hob die Hand, und Mrs. Bulstrode blieb mit dem Frühstück in der Hand wie angewurzelt stehen.

»Sie meinen Ove Carlsson. Was gibt es da für ein Problem, Mr. Abdi?«

»Er kann nicht kommen, Mr. Gareth. Mein Auftraggeber … ich fürchte … es hat nichts mit mir zu tun … er hat ein Angebot bekommen …«

»Was ist mit Mr. Carlsson passiert?« Evans' Stimme klang nicht mehr gut gelaunt.

»Ich fürchte, er ist an al-Schabaab in den Süden verkauft worden. Aber machen Sie sich keine Sorgen, Mr. Gareth. Er war nur ein Kadett.«

Gareth Evans legte den Hörer auf, beugte sich nach vorn und

vergrub das Gesicht in den Händen. Mrs. Bulstrode stellte sein Frühstück hin und ging.

Agent Opal saß zwischen Dschamma und der Tür, der Prediger auf der anderen Seite. Der Technical, der schlechter gefedert war als der Landcruiser, holperte bockend, wippend und erzitternd über Steine und durch Schlaglöcher. Sie waren seit fünf Stunden unterwegs. Es war kurz vor Mittag, und die Hitze war erstickend. Falls der Wagen einmal eine Klimaanlage gehabt hatte, war sie längst Geschichte.

Der Prediger und Dschamma dösten. Ohne das Gerüttel wäre Opal vielleicht in einen unruhigen Schlaf verfallen und hätte nichts mitbekommen.

Der Prediger wachte auf, beugte sich vor, klopfte dem Fahrer auf die Schulter und sagte etwas. Auf Urdu, doch was es bedeutete, wurde bald klar. Sie waren seit der Abfahrt aus Marka in Kolonne gefahren, und ihr Wagen war der zweite von vieren. Sofort nach dem Schultertippen verließ der Fahrer die Piste, auf der das erste Fahrzeug unterwegs war, und bog ab.

Opal schaute durch das Rückfenster. Der dritte und der vierte Truck taten das Gleiche. Die Sitzverteilung war anders als im Landcruiser: Vorn saß nur der Fahrer, und auf der Sitzbank hinter ihm saßen der Prediger, Dschamma und er selbst. Die drei Bodyguards und Yusuf hockten hinten auf der offenen Ladefläche.

Von oben würden alle vier Technicals gleich aussehen – wie achtzig Prozent aller Pick-ups in Somalia. Die drei anderen in ihrem Konvoi waren Mietwagen aus Marka. Opal wusste, was Drohnen waren. Sie hatten in seiner Agentenausbildung beim Mossad eine große Rolle gespielt. Er fing an zu würgen.

Dschamma sah ihn erschrocken an.

»Ist alles in Ordnung?«

»Das kommt von dem Geschaukel«, sagte er. Der Prediger schaute herüber.

»Wenn dir schlecht wird, musst du draußen sitzen«, sagte er.

Opal öffnete die Tür neben sich und schwang den Oberkörper hinaus. Der Wüstenwind wehte ihm das Haar ins Gesicht. Er streckte eine Hand nach hinten zur Ladefläche, und ein kräftiger Pakistani packte sie. Eine wilde Sekunde lang baumelte er über einem wirbelnden Rad und wurde dann auf die Ladefläche gezogen. Dschamma beugte sich herüber und riss die Tür von innen zu.

Opal lächelte den drei pakistanischen Leibwächtern und dem einäugigen Yusuf matt zu. Alle vier ignorierten ihn. Unter seinem Dischdasch zog er hervor, was er bei den Kasuarinen bekommen und schon einmal benutzt hatte. Er setzte es auf.

»Welchem sollen wir folgen, Sir?« Die Frage wurde dringlich. Die Global Hawk erweiterte ihr Blickfeld, und die Wüste entfernte sich. Alle vier Trucks rückten an den Rand des Bildes. Der Spürhund sah Bewegung auf einem der Technicals.

»Was macht der Kerl?«, fragte er. »Auf Nummer zwei.«

»Anscheinend ist er rausgeklettert, an die Luft«, erwiderte Master Sergeant Orde. »Jetzt setzt er etwas auf. Eine Baseballkappe, Sir. Knallrot.«

»Nehmen Sie Truck zwei«, sagte der Spürhund hastig. »Lassen Sie die andern. Sie sollen nur ablenken. Folgen Sie Truck zwei.«

Die Kamera rückte Truck zwei in die Mitte des Bildes und zoomte auf ihn hinunter. Die fünf Männer auf der Ladefläche wurden immer größer. Einer trug eine rote Kappe. Die Beobachter konnten das New-York-Logo erkennen.

»Gott segne dich, Opal«, flüsterte der Spürhund.

Er erwischte seinen Kollegen, den Verteidigungsattaché, als der Mann von seinem morgendlichen Fünf-Meilen-Lauf über die Landstraßen rund um Ickenham zurückkam, wo er wohnte. Es war acht Uhr früh. Der Attaché war ein Colonel vom 82. Airborne Regiment der »Screaming Eagles«. Die Frage, die der Spürhund ihm stellte, war kurz und einfach.

»Natürlich kenne ich ihn. Er ist ein guter Mann.«

»Haben Sie seine Privatnummer?«

Der Attaché sah auf seinem BlackBerry nach und diktierte ihm eine Nummer. Ein paar Sekunden später hatte der Spürhund den Mann am Apparat, den er suchte, einen britischen Major General, und bat um ein Treffen.

»In meinem Büro. Um neun.«

»Ich werde da sein«, sagte der Spürhund.

Das Büro des Direktors der Special Forces der britischen Armee befindet sich in Albany Barracks in der Albany Street, in dem eleganten Wohnviertel um Regent's Park. Eine drei Meter hohe Mauer schirmt die Ansammlung von Gebäuden von der Straße ab, und das Flügeltor ist bewacht und öffnet sich nur selten für Fremde.

Der Spürhund trug Zivil und kam mit einem Taxi, das er wegschickte. Der Posten studierte seinen Botschaftspass, in dem sein militärischer Dienstgrad angegeben war, telefonierte kurz und ließ ihn dann durch. Ein anderer Soldat führte ihn ins Hauptgebäude, zwei Treppen hoch und ins Büro des Special-Forces-Direktors im hinteren Teil.

Die beiden Männer waren etwa gleichaltrig, und es gab noch andere Gemeinsamkeiten. Beide sahen hart und fit aus. Der Brite stand zwei Dienstgrade über einem Lieutenant Colonel. Er war in Hemdsärmeln, aber am Revers der Jacke, die an einem Haken in der Ecke hing, leuchteten die roten Abzeichen des Generalstabs. Beide hatten die undefinierbare Ausstrahlung von Männern, die schwere Gefechte erlebt hatten, und das schon oft.

Will Chamney hatte bei den Guards angefangen und dann zum Special Air Service gewechselt. Er hatte den strapaziösen Auswahlkurs überstanden und drei Jahre als Troop Commander bei der D Squadron, 16. Troop, verbracht – bei den »Freifall-Springern«.

Im Regiment – so lautet die schlichte Bezeichnung – kann ein Offizier, ein »Rupert«, sich nicht dafür entscheiden, eine zweite

Dienstperiode anzuhängen. Er braucht eine Einladung. Chamney kam gerade rechtzeitig als Squadron Commander wieder, um bei der Befreiung des Kosovo und dann in Sierra Leone dabei zu sein.

Er gehörte zu dem SAS-Team, das zusammen mit den Fallschirmjägern eine Gruppe von irischen Soldaten rettete, die einer Meute von blutrünstigen Rebellen auf ihrem Stützpunkt tief im Dschungel in die Hände gefallen waren. Die West Side Boyz, wie die vom Rauschgift befeuerten Aufständischen genannt wurden, verloren in weniger als einer Stunde über hundert Mann, bevor sie im Busch verschwanden. Bei seinem dritten Einsatz auf der SAS-Basis in Hereford hatte Chamney das Regiment im Rang eines Colonels befehligt.

Zum Zeitpunkt des Meetings führte er die vier offiziellen Einheiten der Special Forces: den SAS, den Special Boat Service, die Special Forces Support Group und das Special Reconnaissance Regiment.

Die extreme Flexibilität der Offizierseinsätze bei den Special Forces hatte dazu geführt, dass er zwischen drei Stationierungen in Hereford Fallschirmjägereinheiten in Großbritannien und in Helmand in Afghanistan befehligt hatte.

Chamney hatte vom Spürhund gehört, er wusste, dass er in der Stadt war, und er kannte den Grund. Auch wenn TOSA die Führung hatte, war die Eliminierung des Predigers seit Langem eine Gemeinschaftsoperation. Der Mann hatte schließlich vier Morde auf britischem Boden zu verantworten.

»Was kann ich für Sie tun?«, fragte er nach einem Händedruck und den üblichen Begrüßungsworten.

Der Spürhund gab eine ausführliche Erläuterung. Er wollte um eine Gefälligkeit bitten, und Geheimhaltungsprobleme gab es hier nicht. Der Special-Forces-Direktor hörte schweigend zu, und als er schließlich sprach, kam er sofort zur Sache.

»Wie viel Zeit haben Sie?«

»Ich vermute, bis zum Sonnenaufgang morgen früh, und zwischen hier und Somalia liegen drei Zeitzonen. Dort ist es jetzt schon nach Mittag. Entweder erwischen wir ihn heute Nacht, oder er entgeht uns, und dann wahrscheinlich für immer.«

»Sie verfolgen ihn mit einer Drohne?«

»In diesem Augenblick kreist eine Global Hawk über ihm. Wenn er haltmacht, wird er wahrscheinlich übernachten. Da unten ist es zwölf Stunden lang dunkel, von sechs bis sechs.«

»Und eine Rakete kommt nicht infrage?«

»Ausgeschlossen. Bei den Leuten ist ein israelischer Agent. Er muss lebend herausgeholt werden. Wenn er draufgeht, wird der Mossad ungehalten sein. Zurückhaltend gesagt.«

»Wundert mich nicht. Und diese Bande möchte man nicht verärgern. Was wollen Sie denn von uns?«

»Die Pathfinder.«

General Chamney zog langsam eine Braue hoch.

»HALO-Fallschirmjäger?«

»Ich schätze, das dürfte das Einzige sein, das funktioniert. Haben Sie zurzeit Pathfinder in der Region?«

Die Pathfinder sind nicht nur die am wenigsten bekannte Einheit der britischen Streitkräfte, sondern mit nur sechsunddreißig ausgewiesenen Angehörigen auch die kleinste. Sie werden überwiegend bei den Fallschirmjägern rekrutiert, wo sie bereits eine rigorose Ausbildung durchlaufen haben, und erhalten ein weiteres, mörderisches Training.

Sie operieren in Sechserteams. Selbst wenn man die Unterstützungseinheit dazuzählt, sind es nicht mehr als sechzig Mann, und niemand bekommt sie je zu sehen. Sie können meilenweit vor den konventionellen Streitkräften operieren; bei der Irakinvasion 2003 waren sie sechzig Meilen weit vor der amerikanischen Angriffsspitze.

Am Boden benutzen sie skelettierte, verstärkte Land Rover mit rosafarbener Wüstentarnung, die sie »Pinkies« nennen. Eine kämpfende Einheit besteht aus zwei Pinkies mit je drei Mann Besatzung. Ihre Spezialität aber ist der Fallschirmabsprung aus großer Höhe mit niedriger Schirmöffnungshöhe – *High Altitude, Low Opening* oder kurz HALO.

Ebenso gut können sie in einer Gefechtszone aus großer Höhe und mit hoher Schirmöffnungshöhe abspringen (HAHO – *High Altitude, High Opening*). Sie öffnen ihre Schirme sofort nach dem Verlassen des Flugzeugs und »fliegen« dann per Lenkfallschirm meilenweit in feindliches Territorium hinein, lautlos und unsichtbar, und landen wie die Spatzen.

General Chamney drehte seinen Monitor zu sich herum und tippte kurz auf der Tastatur. Dann studierte er den Bildschirm.

»Zufällig haben wir eine Einheit in Tumrait. Lehrgang zur Wüstengewöhnung.«

Der Spürhund wusste, dass Tumrait ein Luftwaffenstützpunkt in der Wüste von Oman war, der bei der ersten Irakinvasion 1990/91 als Etappenstation gedient hatte. Im Geist fing er an zu rechnen. Eine C-130 Hercules, das bevorzugte Transportflugzeug der Special Forces, würde von Tumrait ungefähr vier Stunden bis Dschibuti brauchen. Dort war ein großer amerikanischer Stützpunkt.

»Was für eine Vollmacht würden Sie benötigen, um sie Uncle Sam zu leihen?«

»Eine von ganz oben«, sagte der Direktor. »Vom Premierminister, würde ich sagen. Wenn der grünes Licht gibt, haben wir grünes Licht. Alle anderen würden die Zuständigkeit einfach nach oben weiterreichen.«

»Und wer könnte den PM am ehesten dazu bewegen?«

»Ihr Präsident«, sagte der General.

»Und wenn er es täte?«

»Dann würde der Befehl auf dem üblichen Weg herunterkommen: zum Verteidigungsminister, Verteidigungsstabschef, Generalstabschef, Direktor für Militärische Operationen und dann zu mir. Und ich würde das Nötige veranlassen.«

»Das könnte den ganzen Tag dauern. Ich habe nicht den ganzen Tag Zeit.«

Der Direktor dachte nach.

»Hören Sie, die Jungs sind sowieso auf dem Heimweg. Über Bahrain und Zypern. Ich könnte sie umleiten, über Dschibuti nach Zypern.« Er sah auf die Uhr. »In Somalia ist es jetzt ungefähr ein Uhr mittags. Wenn sie in zwei Stunden starten, könnten sie bei Sonnenuntergang in Dschibuti sein. Können Sie dafür sorgen, dass man sie dort begrüßt und auftankt?«

»Auf jeden Fall.«

»Auf Kosten des Hauses?«

»Rechnung geht an uns.«

»Und können Sie da sein und sie briefen? Bilder, Ziele?«

»Sogar persönlich. Ich habe eine Grumman der Firma draußen in Northolt.«

General Chamney grinste.

»Anders kann man auch nicht fliegen.« Beide Männer hatten viele Stunden auf stahlharten Sitzbänken in bockenden Transportmaschinen verbracht. Der Spürhund stand auf.

»Ich muss gehen. Ich habe eine Menge Anrufe zu machen.«

»Ich leite die Hercules um«, sagte der General. »Und ich werde mein Büro nicht verlassen. Viel Glück.«

Eine halbe Stunde später war der Spürhund wieder in der Botschaft. Er stürmte in sein Büro und studierte den Monitor mit den Bildern aus Tampa. Der Technical des Predigers rollte noch immer holpernd durch die ockerbraune Wüste. Auf der Ladefläche saßen nach wie vor die fünf Männer, und einer trug immer noch eine rote Baseballkappe. Der Spürhund sah auf die Uhr. Elf Uhr in London, vierzehn Uhr in Somalia, aber erst sechs in Washington. Zum Teufel mit Gray Fox und seinem Schönheitsschlaf. Er wählte die Nummer. Nach dem siebten Klingeln meldete sich eine schlaftrunkene Stimme.

»Sie wollen *was*?«, schrie er, als er gehört hatte, was an diesem Morgen in London geschehen war.

»Bitte. Ich möchte, dass Sie den Präsidenten bitten, den britischen Premierminister um diese kleine Gefälligkeit zu ersuchen. Und unseren Stützpunkt in Dschibuti zu umfassender Kooperation zu autorisieren.«

»Dazu muss ich den Admiral aus der Koje holen«, sagte Gray Fox. Er meinte den J-SOC-Kommandanten.

»Der ist Seemann. Er ist schon öfter aus der Koje geholt worden. Bei Ihnen ist es gleich sieben. Der Oberkommandierende steht früh auf, wegen seines Fitnessprogramms. Er wird Ihren Anruf annehmen. Bitten Sie ihn einfach, mit seinem Freund in London zu sprechen und um den Gefallen zu ersuchen. Dazu sind Freunde da.«

Der Spürhund hatte noch weitere Anrufe zu tätigen. Er wies den Piloten der Grumman in Northolt an, einen Flugplan nach Dschibuti einzureichen. Dann veranlasste er, dass ihm aus dem Wagenpark in der Tiefgarage unter dem Grosvenor Square in dreißig Minuten ein Auto bereitgestellt wurde, das ihn nach Northolt fahren würde.

Sein letzter Anruf ging nach Tampa in Florida. Er verstand zwar nicht viel von Elektronik, aber er wusste, was er haben wollte, und er wusste, dass es machbar war: Die Kabine des Grumman sollte mit dem Bunker verbunden werden, der die Global Hawk über der somalischen Wüste steuerte. Ein Bild würde er nicht bekommen, doch er musste ständig darüber auf dem Laufenden sein, welchen Weg der Pick-up durch die Wüste nahm und wo er endgültig haltmachte.

In der Kommunikationszentrale auf dem Stützpunkt in Dschibuti wollte er in Bild und Ton mit dem Bunker in Tampa verbunden werden. Und Dschibuti musste hundertprozentig mit ihm und den anfliegenden britischen Fallschirmjägern zusammenarbeiten. Weil J-SOC überall in den amerikanischen Streitkräften großen Einfluss besitzt, bekam er alles.

Der Präsident der USA nahm den Anruf des J-SOC-Kommandanten entgegen, als er nach seinem morgendlichen Fitnessprogramm geduscht hatte.

»Warum brauchen wir sie?«, fragte er, nachdem er das Ersuchen gehört hatte.

»Die Zielperson haben Sie im Frühjahr benannt, Sir. Damals hieß er einfach nur der ›Prediger‹. Er hat zu acht Morden auf amerikanischem Boden angestiftet, zusätzlich zu dem Massaker an den CIA-Mitarbeitern in dem Bus. Wir wissen inzwischen, wer er ist und wo er ist. Aber bei Tagesanbruch wird er wahrscheinlich verschwinden.«

»Ich erinnere mich, Admiral. Doch bis zum Tagesanbruch sind es noch fast vierundzwanzig Stunden. Können wir nicht rechtzeitig eigene Leute einfliegen?«

»In Somalia ist jetzt nicht Morgen, Mr. President. Es ist kurz vor Sonnenuntergang. Das britische Team ist zufällig in der Region. Sie waren auf einem Lehrgang in der Nähe.«

»Eine Rakete können wir nicht einsetzen?«

»In seiner Begleitung ist ein Agent eines befreundeten Dienstes.«

»Also ist ein Personeneinsatz aus nächster Nähe nötig?«

»Anders geht es nicht, Sir. Das sagt unser Mann vor Ort.«

Der Präsident zögerte. Als Politiker wusste er, dass eine Gefälligkeit einen Schuldschein produzierte, und ein Schuldschein wurde irgendwann fällig.

»Okay«, sagte er. »Ich rufe ihn an.«

Der britische Premierminister war in seinem Büro in der Downing Street. Es war ein Uhr mittags, und er hatte die Gewohnheit, einen leichten Salat zum Lunch zu essen, bevor er über den Parliament Square zum Unterhaus ging. Danach konnte man ihn nicht mehr erreichen. Sein Privatsekretär nahm den Anruf von der Zentrale in Downing Street an und legte die Hand auf die Sprechmuschel.

»Der amerikanische Präsident.«

Die beiden Männer kannten einander gut und verstanden sich auf persönlicher Ebene. Das ist nicht unerlässlich, aber äußerst hilfreich. Beide hatten elegante Frauen und junge Familien. Sie begrüßten einander und erkundigten sich nach dem beiderseitigen Befinden. Unsichtbare Techniker in London und Washington schnitten jedes Wort mit.

»David, ich muss Sie um einen Gefallen bitten.«

»Bitten Sie.«

Der Präsident brauchte nicht mehr als fünf Sätze. Es war ein merkwürdiges Ersuchen, und der Premier war überrascht. Der Telefonlautsprecher war eingeschaltet, und der Kabinettssekretär, der oberste Beamte des Landes, sah seinen Chef misstrauisch an. Bürokraten hassen Überraschungen. Immer waren mögliche Konsequenzen zu bedenken. Pathfinder in einem fremden Land abzusetzen, konnte als kriegerischer Akt aufgefasst werden. Aber wer regierte denn in der somalischen Wildnis? Niemand, der die Bezeichnung Regierung verdiente. Er wackelte mahnend mit dem Zeigefinger.

»Ich muss mit unseren Leuten reden. Ich melde mich in zwanzig Minuten wieder. Ehrenwort.«

»Das könnte sehr gefährlich werden, Prime Minister«, sagte der Kabinettssekretär. Nicht für die beteiligten Männer, wollte er sagen, sondern was die internationalen Auswirkungen betraf.

»Verbinden Sie mich nacheinander mit dem Verteidigungsstabschef und mit dem Direktor Six.«

Der Militär war der Erste.

»Ja«, sagte er, »ich kenne das Problem, und ich weiß von dem Ersuchen. Will Chamney hat mir vor einer Stunde berichtet.«

Er ging davon aus, dass der Premierminister den Direktor der Special Forces kannte.

»Und, können wir es machen?«

»Natürlich. Vorausgesetzt, sie werden verdammt präzise gebrieft, bevor sie reingehen. Das ist Sache der Cousins. Aber wenn sie eine Drohne über dem Gebiet haben, sollten sie ihr Ziel glasklar erkennen können.«

»Wo sind die Pathfinder jetzt?«

»Über dem Jemen. Zwei Stunden von der amerikanischen Basis in Dschibuti entfernt. Da werden sie landen und auftanken. Bei der Gelegenheit werden sie umfassend gebrieft. Wenn der junge Offizier, der das Kommando hat, damit zufrieden ist, wird er Will in Albany Barracks informieren und um grünes Licht bitten. Grünes Licht kann aber nur von Ihnen kommen, Prime Minister.«

»Das kann ich Ihnen innerhalb der nächsten Stunde geben.

Das heißt, ich kann die politische Entscheidung treffen. Die technische Seite liegt bei Ihnen, den Profis. Ich habe noch zwei Telefonate zu erledigen, und dann melde ich mich wieder.«

Der Mann vom SIS – vom MI6 oder kurz »SIX« –, den er an den Apparat bekam, war nicht der Direktor, sondern Adrian Herbert.

»Der Chief ist außer Landes, Prime Minister. Aber ich arbeite seit ein paar Monaten mit unseren Freunden an diesem Fall. Wie kann ich helfen?«

»Sie wissen, was die Amerikaner wollen? Sie wollen eine Pathfinder-Einheit von uns ausborgen.«

»Ja«, sagte Herbert, »das weiß ich.«

»Woher?«

»Unsere Lauschaktivitäten sind umfangreich, Prime Minister.«

»Wussten Sie, dass die Amerikaner keine Rakete einsetzen können, weil sich ein westlicher Agent im Gefolge dieses Mistkerls aufhält?«

»Ja.«

»Ist es einer von unseren?«

»Nein.«

»Gibt es sonst etwas, das ich wissen sollte?«

»Bei Sonnenuntergang wird wahrscheinlich auch noch ein schwedischer Offizier der Handelsmarine, eine Geisel, in seiner unmittelbaren Umgebung sein.«

»Woher, zum Teufel, wissen wir das?«

»Es ist unser Job, so etwas zu wissen, Prime Minister«, sagte Herbert und nahm sich vor, Mrs. Bulstrode einen Bonus zu spendieren.

»Ist es denn machbar? Beide Männer herauszuholen? Und die Zielperson zu eliminieren?«

»Das ist eine Frage an das Militär. Solche Dinge überlassen wir denen.«

Der britische Premierminister wäre kein Politiker gewesen, wenn er keinen scharfen Blick für Vorteile gehabt hätte. Wenn britische Pathfinder einen schwedischen Schiffsoffizier dort herausholen könnten, würden die Schweden ziemlich dankbar sein. Die Wertschätzung könnte bis hinauf zu König Carl Gustaf reichen, und der könnte es Königin Elizabeth gegenüber erwähnen. Das würde nichts schaden. Überhaupt nichts.

»Ich gebe grünes Licht, vorausgesetzt, das Militär hält die Sache für durchführbar«, teilte er dem Verteidigungsstabschef zehn Minuten später mit. Dann rief er noch einmal im Oval Office an.

»Ich bin einverstanden«, sagte er zum Präsidenten. »Wenn die Militärs sagen, es ist machbar, können Sie die Pathfinder haben.«

»Danke«, sagte der Mann im Weißen Haus. »Ich werde es nicht vergessen.«

In London und Washington wurden Telefonhörer aufgelegt, und unterdessen erreichte der zweistrahlige Grumman-Jet den ägyptischen Luftraum. Wenn Ägypten und der Sudan überflogen wären, würde der Anflug auf Dschibuti beginnen.

Draußen, in 33 000 Fuß Höhe, war der Himmel noch blau, aber die Sonne stand wie ein roter Feuerball über dem westlichen Horizont. In Somalia und in Bodenhöhe würde sie jetzt untergehen. Aus dem Kopfhörer des Spürhunds kam die Stimme aus Tampa.

»Sie haben haltgemacht, Colonel. Der Technical steht in einem winzigen Dorf, meilenweit von allem anderen entfernt auf einer Linie zwischen der Küste und der äthiopischen Grenze. Es ist nur eine Ansammlung von einem Dutzend, vielleicht zwanzig Lehmziegelhäusern mit ein paar struppigen Bäumen und einem Ziegenpferch. Wir haben nicht mal einen Namen dafür.«

»Sind Sie sicher, dass sie nicht weiterfahren?«

»Sieht nicht danach aus, nein. Sie sind ausgestiegen und strecken sich. Ich zoome hinunter. Jetzt sehe ich eine der Zielpersonen im Gespräch mit zwei Dorfbewohnern. Und den Mann mit der roten Baseballkappe. Er nimmt sie ab. Halt, da kommen zwei Technicals von Norden herunter. Und die Sonne wird gleich untergehen.«

»Ermitteln Sie die GPS-Koordinaten des Dorfes. Und bevor Sie auf Infrarot schalten, machen Sie mir mit dem letzten Tageslicht eine Serie von Fotos in unterschiedlichem Maßstab und aus möglichst vielen Blickwinkeln. Schicken Sie sie an die Kommunikationsstelle der Basis in Dschibuti.«

»Wird gemacht, Sir.«

Der Kopilot kam aus dem Cockpit nach hinten.

»Colonel, wir haben einen Funkspruch von Dschibuti Control erhalten. Eine britische C-130 Hercules der RAF ist soeben aus Oman gelandet.«

»Dschibuti soll gut für sie sorgen und die Hercules auftanken Sagen Sie den Briten, ich bin gleich da. Wann werden wir landen?«

»Wir haben gerade Kairo hinter uns gelassen, Sir. Noch ungefähr neunzig Minuten bis zu Landung.«

Draußen ging die Sonne unter. Wenige Minuten später verschwanden der Südsudan, das östliche Äthiopien und ganz Somalia in einer mondlosen Nacht.

FÜNFZEHN

In der Wüste kann es tagsüber glühend heiß und nachts eisig kalt sein, aber Dschibuti liegt am warmen Wasser des Golfs von Aden, und hier bleibt es mild. Ein Colonel der U.S. Air Force erwartete den Spürhund am Fuß der Treppe vor der geparkten Grumman und begrüßte ihn im Auftrag des Stützpunktkommandanten. Er trug den leichten tropischen Wüstentarnanzug, und der Spürhund war überrascht, wie mild die Nachtluft war, als er dem Colonel über das Rollfeld zur Operationszentrale folgte, wo man zwei Räume für ihn vorbereitet hatte.

Das Oberkommando der Air Force in den USA hatte dem Stützpunktkommandanten nur wenig gesagt – außer dass es sich um eine Geheimoperation des J-SOC handelte und dass er mit dem TOSA-Offizier, der sich als Colonel Jamie Jackson vorstellen würde, in jeder Hinsicht kooperieren solle. Der Spürhund hatte sich für diesen Namen entschieden, weil er alle nötigen Papiere dazu bei sich hatte.

Sie kamen an der C-130 Hercules der Royal Air Force vorbei. Außer der Standardkokarden auf dem Leitwerk trug sie keine weiteren Insignien. Der Spürhund wusste, dass sie zum 47. Geschwader der Special Forces gehörte. Im Cockpit schimmerte Licht. Die Crew hatte es vorgezogen, an Bord zu bleiben und sich einen richtigen Tee aufzubrühen, statt das zu trinken, was die Amerikaner so bezeichneten.

Sie gingen unter der Tragfläche hindurch, vorbei an einem Hangar, in dem es von Bodenpersonal wimmelte, und weiter zum Gebäude der Operationszentrale. Zu der »Kooperation in jeder Hinsicht« gehörte die Begrüßung der sechs schmuddelig aussehenden britischen Fallschirmjäger, die drinnen versammelt waren und sich eine Reihe von Fotos an der Wand anschauten.

Ein ziemlich erleichterter amerikanischer Master Sergeant, dessen Schulterabzeichen ihn als Kommunikationsspezialisten auswiesen, drehte sich um und salutierte. Der Spürhund grüßte zurück.

Als Erstes fiel ihm an den sechs Briten auf, dass an ihren Wüstentarnanzügen keine Rang- oder Einheitsabzeichen waren. Gesichter und Hände waren dunkelbraun von der Sonne, ihre Gesichter waren stoppelbärtig, und sie hatten wirres Haar bis auf einen, der kahl wie eine Billardkugel war.

Der Spürhund wusste, einer von ihnen musste der junge Offizier sein, der diese Einheit führte. Er hielt es für besser, geradewegs zur Sache zu kommen.

»Gentlemen, ich bin Colonel Jamie Jackson vom U.S. Marine Corps. Ihre Regierung in Gestalt Ihres Premierministers war so freundlich, uns Sie und Ihre Dienste für heute Nacht auszuborgen. Wer von Ihnen hat das Kommando?«

Wenn er gedacht hatte, bei der Erwähnung des Premierministers würde irgendjemand auf die Knie fallen, war er an die falsche Einheit geraten. Einer der sechs trat vor. Als er sprach, erkannte der Spürhund den Tonfall, den man in jahrelanger Ausbildung auf einem privaten Internat erwirbt, das die Briten mit ihrem Talent, immer das Gegenteil zu sagen, als Public School, also als öffentliche Schule, bezeichnen.

»Ich, Colonel. Ich bin Captain, und mein Name ist David. In unserer Einheit benutzen wir keine Nachnamen und keine Dienstgradbezeichnungen, und wir salutieren auch nicht. Außer vor der Königin selbstverständlich.«

Dem Spürhund war klar, dass er es mit einer weißhaarigen Königin niemals würde aufnehmen können. Also sagte er nur: »Okay, solange Sie heute Nacht tun können, was nötig ist. Und mein Name ist Jamie. Machen Sie uns bekannt, David?«

Die übrigen fünf waren zwei Sergeants, zwei Corporals und ein Trooper, auch wenn die Pathfinder keine Dienstgradbezeichnungen benutzten. Jeder hatte eine Spezialität. Pete war Sergeant und ein Sanitäter, dessen Fähigkeiten über die Erste

Hilfe hinausreichten. Barry, der zweite Sergeant, war Fachmann für Waffen aller Art. Er sah aus wie das Resultat der liebevollen Vereinigung eines Nashorns mit einem Kampfpanzer – klobig und hart. Die beiden Corporals waren Dai, der walisische Hexenmeister, der für die Kommunikation zuständig war und die verschiedenen Zauberartikel mitschleppen würde, die es den Pathfindern nach der Landung ermöglichen würden, mit Dschibuti und Tampa in Verbindung zu bleiben und die Videoübertragung dessen zu verfolgen, was die Drohne über ihnen sehen konnte. Der Kahlköpfige hieß natürlich Curly, der »Lockenkopf«, und er war ein Automechaniker von nahezu genialischem Talent.

Der Jüngste, was Alter und Dienstgrad betraf, war Tim. Er hatte beim Logistics Corps angefangen und war ausgebildeter Experte für Sprengstoffe aller Art, aber auch für die Entschärfung von Bomben.

Der Spürhund wandte sich an den amerikanischen Master Sergeant.

»Berichten Sie«, sagte er und deutete auf die Fotos an der Wand.

Auf einem großen Monitor sah man genau das, was die Drohnenleitstelle auf dem Luftwaffenstützpunkt MacDill bei Tampa in Florida sehen konnte. Der Sergeant gab dem Spürhund einen Ohrhörer mit angehängtem Mikro.

»Hier ist Colonel Jackson auf dem Stützpunkt in Dschibuti«, sagte er. »Höre ich Tampa?«

Auf dem Flug hierher hatte er ständig Kontakt mit Tampa gehabt, und dabei hatte er mit Master Sergeant Orde gesprochen. Inzwischen hatte acht Zeitzonen weiter westlich ein Schichtwechsel stattgefunden, und jetzt hörte er eine Frauenstimme mit dem knautschenden Akzent des tiefen Südens: Melasse auf Zuckerrohr.

»Tampa hier, Sir, Specialist Jane Allbright auf dem Leitstand.«

»Was haben wir, Jane?«

»Kurz vor Sonnenuntergang ist das Zielfahrzeug in einer winzigen Ortschaft mitten im Nirgendwo angekommen. Wir haben die Insassen gezählt, die ausgestiegen sind. Fünf von der Ladefläche, darunter einer mit einer roten Baseballkappe. Drei aus der Kabine. Der Anführer wurde von so was wie einem Dorfältesten begrüßt, und dann wurde es dunkel, und die menschlichen Gestalten wurden zu Wärmeklecksen in der Infrarotdarstellung. Mit dem letzten Licht sind noch zwei offene Pick-ups aus nördlicher Richtung angekommen. Sie enthielten acht Personen, und eine davon musste von zwei anderen halb mitgeschleift werden. Der Gefangene hatte anscheinend blondes Haar. Ein paar Sekunden später war es dunkel, und einer der Männer aus dem Süden schloss sich der Gruppe aus dem Norden an. Der blonde Gefangene blieb ebenfalls bei der Nordgruppe. Nach den Infrarot-Wärmesignaturen wurden sie in zwei Gebäude einquartiert, zu beiden Seiten des zentralen Platzes, auf dem die drei Fahrzeuge parken. Die warmen Motoren haben sich abgekühlt und sind im Dunkeln nicht mehr zu sehen. Anscheinend ist auch keiner mehr aus den Häusern gekommen. Die einzigen Wärmesignaturen kommen von einem Ziegenpferch auf der einen Seite des Platzes, und ein paar kleinere wandern umher, vermutlich Hunde.«

Der Spürhund dankte ihr und wandte sich dem Monitor zu. Er sah das Dorf, das in Realzeit von einer neuen Global Hawk – die vorige war ebenfalls abgelöst worden – beobachtet wurde. Sie hatte noch fünfunddreißig Stunden Flugzeit vor sich, mehr als genug also, und mit ihrem Synthetic Aperture Radar und der elektrooptischen Infrarotkamera würde sie alles sehen, was sich dort unten bewegte.

Einen Moment lang beobachtete der Spürhund die roten Kleckse der Straßenköter, die zwischen den dunklen Vierecken der Häuser zu sehen waren.

»Haben Sie irgendein Mittel gegen Wachhunde, David?«

»Wir schießen sie ab.«

»Zu laut.«

»Wir schießen nicht daneben.«

»Es braucht nur einer zu japsen, und die andern rennen kläffend auseinander.«

Er wandte sich an den Master Sergeant.

»Schicken Sie jemandem zum Lazarett. Fragen Sie nach dem stärksten und am schnellsten wirksamen oralen Betäubungsmittel, das sie haben. Und besorgen Sie aus der Kantine ein paar Pakete rohes Beefsteak.«

Der Sergeant hängte sich ans Telefon. Die Pathfinder wechselten kurze Blicke. Der Spürhund ging zu den Fotos an der Wand, den letzten, die noch bei Tageslicht aufgenommen worden waren.

Das Dorf war verkrustet vom Wüstensand, und weil der Sandstein der Umgebung, aus dem es gebaut war, die gleiche Farbe hatte, war es beinahe unsichtbar. Ein paar struppige Bäume umgaben es, und in der Mitte des Platzes lag der lebensnotwendige Brunnen.

Die untergehende Sonne warf lange schwarze Schatten von Westen nach Osten. Die drei Technicals waren noch deutlich zu erkennen. Sie parkten in einer Reihe neben dem Brunnen. Ein paar Gestalten umgaben sie, aber keine sechzehn. Einige mussten in den Häusern verschwunden sein. Acht Fotos aus verschiedenen Blickwinkeln, doch alle erzählten die gleiche Geschichte. Das brauchbarste, was man den Bildern entnehmen konnte, war die Richtung, aus der ein Angriff kommen musste: von Süden.

Das Haus, in dem die Gruppe aus Marka sich aufhielt, stand auf dieser Seite, und eine Gasse führte von dem Haus in die Wüste. Der Spürhund ging zu einer Landkarte in großem Maßstab, die neben den Fotos an der Wand hing. Jemand hatte ein hilfreiches rotes Kreuzchen auf die Stelle in der Wüste gemalt, wo sie abspringen würden. Er versammelte die sechs Pathfinder um sich herum und verbrachte dreißig Minuten damit, ihnen seine Schlussfolgerungen zu erläutern. Das meiste hatten sie schon selbst gesehen, bevor er gekommen war.

Doch ihm war klar, sie würden Details, deren Studium Tage

dauern konnte, innerhalb von drei Stunden absorbieren müssen. Er sah auf die Uhr. Es war einundzwanzig Uhr. Vor Mitternacht mussten sie in der Luft sein.

»Ich schlage vor, wir versuchen, fünf Klicks südlich des Ziels abzuspringen, und erledigen den Rest des Weges im Tab.«

Er kannte ein wenig britischen Militärslang und benutzte ihn jetzt: »Klicks« waren Kilometer, und »Tab« war ein Gewaltmarsch. Der Captain zog eine Braue hoch.

»Sie haben ›wir‹ gesagt, Jamie.«

»Ganz recht. Ich bin ja nicht hergeflogen, nur um Sie zu briefen. Sie haben das Kommando, aber ich springe mit.«

»Wir springen normalerweise nicht mit Passagieren. Und wenn, dann höchstens im Tandem, wobei der Passagier an Barry geschnallt wird.«

Der Spürhund sah den Riesen an, der vor ihm aufragte. Keine reizvolle Vorstellung, an dieses Mammut geschnallt fünf Meilen tief durch eisige Finsternis zu fallen.

»David, ich bin kein Passagier. Ich bin Aufklärer beim U.S. Marine Corps. Ich war im Gefechtseinsatz im Irak und in Afghanistan. Ich habe Tiefseegerätetauchen und Freifallschirmspringen gemacht. Sie können mir jeden beliebigen Platz in der Sprunggruppe zuteilen, aber ich springe mit meinem eigenen Schirm. Ist das klar?«

»Jawohl.«

»In welcher Höhe wollen Sie aussteigen?«

»Bei fünfundzwanzigtausend.«

Das leuchtete ein. Aus dieser Höhe würde man die vier dröhnenden Allison-Turbopropmotoren kaum noch hören können, und für jeden wachsamen Lauscher würden sie sich nach einer vorüberfliegenden Linienmaschine anhören. Halb so hoch, und die Alarmglocken würden schrillen. Sein höchster Absprung war einer aus fünfzehntausend Fuß Höhe gewesen, und das war etwas anderes. Bei fünfzehntausend brauchte man weder Thermokleidung noch Sauerstoff, bei fünfundzwanzigtausend jedoch schon.

»Tja, das wär's dann.«

David schickte Tim, den Jüngsten, hinaus zur Hercules, aus der er diverse Ausrüstungsgegenstände holen sollte. Sie hatten immer Ersatzmaterial dabei, und weil sie sich nach vierzehn Tagen in Oman auf dem Heimflug befanden, war die Transportmaschine mit Sachen vollgepackt, die normalerweise am Boden geblieben wären. Nach ein paar Minuten kam Tim mit drei weiteren Männern in Arbeitsoveralls zurück. Einer schleppte einen BT80, das französische Fallschirmmodell, auf dessen Verwendung die Pathfinder bestanden. Wie alle britischen Special Forces hatten sie das Privileg, sich ihre Ausrüstung aus dem internationalen Angebot selbst auszusuchen.

So hatten sie neben dem französischen Fallschirm das amerikanische M4-Sturmgewehr, die dreizehnschüssige belgische Browning und das Kampfmesser des britischen SAS, das K-Bar.

Dai, der Funker, würde das amerikanische TacSat-(Taktische Satelliten-)Funkgerät PRC 152 und den optischen Video-Downlink-Sensor vom britischen Typ Firestorm bei sich tragen.

Noch zwei Stunden bis zum Start. Im Operationszentrum zogen die sieben Männer Stück für Stück eine Schutzkleidung an, in der sie sich schließlich wie die mittelalterlichen Ritter in ihrer Rüstung kaum noch ohne Hilfe würden bewegen können.

Man stöberte ein Paar Springerstiefel für den Spürhund auf. Zum Glück war er von durchschnittlichem Körperbau, sodass ihm der Rest der Kleidung problemlos angepasst werden konnte. Zum Schluss kam der Bergen-Rucksack mit Nachtsichtgeräten, Wasser, Munition, Pistole und anderen Dingen.

Die drei neu dazugekommenen Männer assistierten ihnen, vor allem dem Spürhund. Wie die Knappen in alten Zeiten würden sie ihre Pathfinder bis an den Rand der Luke geleiten, eingeklinkt in Halteseile für den Fall, dass sie stolperten, und dabei sein, wenn sie ins Leere hinaussprangen.

In einem Probelauf schnallten sie ihnen den BT80 und den Bergen um, den einen vorn, den anderen hinten, und die Gurte an beiden so festgezurrt, dass es wehtat. Dann kamen die Gewehre mit abwärts gerichtetem Lauf, die Handschuhe, Sauerstoffflaschen und Helme. Der Spürhund sah überrascht, wie viel Ähnlichkeit der Pathfinder-Helm mit seinem Motorradhelm hatte – abgesehen natürlich von der Sauerstoffmaske aus schwarzem Gummi, die daran baumelte, und der Schutzbrille, die eher zum Tauchen gepasst hätte. Dann legten sie alles wieder ab.

Es war halb elf. Spätestens um Mitternacht mussten sie in der Luft sein, denn von Dschibuti zu dem Flecken in der somalischen Wüste, den sie angreifen würden, lagen ziemlich genau fünfhundert Meilen. Zwei Stunden Flugzeit, hatte der Spürhund ausgerechnet, und zwei Stunden Marsch bis zum Ziel. Um vier Uhr morgens sollten ihre Feinde im Tiefschlaf liegen und nur träge reagieren können. Er gab seinen sechs Kameraden ein letztes Einsatzbriefing.

»Dieser Mann ist die Zielperson«, sagte er und reichte ein postkartengroßes Porträt herum. Alle studierten das Gesicht und prägten es sich ein. Sie wussten, dass sie es womöglich in sechs Stunden in einer stinkenden somalischen Hütte durch den grünen Schimmer ihrer Nachtsichtbrillen sehen würden. Das Gesicht, das ihnen von der Karte entgegenschaute, gehörte Tony Suarez, der vermutlich elf Zeitzonen weiter westlich gerade die kalifornische Sonne genoss. Aber etwas Besseres hatte er nicht.

»Er ist ein sehr hochkarätiges al-Qaida-Ziel, ein erfahrener Killer mit einem leidenschaftlichen Hass auf unsere beiden Länder.«

Der Spürhund ging hinüber zu den Fotos an der Wand.

»Er ist aus Marka gekommen, aus der al-Schabaab-Region im Süden, mit einem einzelnen Pick-up, einem Technical. Mit dem da. Er hatte sieben Mann bei sich, darunter einen Führer, der sich jetzt wieder seiner eigenen Gruppe angeschlossen hat. Darüber später mehr. Das heißt, die Gruppe der Zielperson besteht noch aus sieben Mann. Einer davon wird nicht kämpfen, denn er ist ein Agent, der für uns arbeitet. Er wird so aussehen.«

Der Spürhund holte ein neues, größeres Foto heraus, eine

vergrößerte Aufnahme von Opals Gesicht, das in den Himmel schaute, in die Kamera der Global Hawk. Auf dem Kopf trug er die rote Baseballkappe.

»Mit etwas Glück wird er die Schießerei hören und in Deckung gehen, und ich hoffe, er wird daran denken, die rote Kappe aufzusetzen, die Sie hier sehen. Er wird nicht gegen uns kämpfen. Sie dürfen unter keinen Umständen auf ihn schießen. Damit bleiben noch sechs, und die werden kämpfen.«

Die Pathfinder schauten das schwarze äthiopische Gesicht an und prägten es sich ein.

»Was ist mit der anderen Gruppe, Boss?«, fragte der kahle Curly, der Autospezialist.

»Ach ja. Die Drohne hat beobachtet, wie unsere Zielperson und ihr Team dieses Haus hier bezogen hat, am Südrand des Dorfplatzes. Auf der anderen Seite ist die Gruppe, mit der sie sich hier getroffen haben. Das sind Piraten aus dem Norden, aus dem Sacad-Clan. Sie haben eine Geisel mitgebracht, einen jungen Kadetten der schwedischen Handelsmarine. Den hier.«

Der Spürhund zeigte sein letztes Foto. Er hatte es von Adrian Herbert vom SIS, und der hatte es von Mrs. Bulstrode bekommen. Es stammte vom Antragsformular für den Marineausweis, und sein Vater, Harry Andersson, hatte es beschafft. Das Foto zeigte einen gut aussehenden blonden Jungen in einer Reedereiuniform, der unschuldsvoll in die Kamera schaute.

»Was macht der da?«, fragte David.

»Er ist der Köder, mit dem die Zielperson hierhergelockt wurde. Die Zielperson will den Jungen kaufen und hat zu diesem Zweck eine Million Dollar mitgebracht. Vielleicht hat der Austausch schon stattgefunden; dann wird der Junge sich im Haus der Zielperson befinden, und die Million ist auf der anderen Seite des Platzes. Vielleicht ist der Austausch auch erst für morgen früh geplant und soll vor der Abfahrt stattfinden. So oder so, halten Sie Ausschau nach einem blonden Jungen, und schießen Sie nicht auf ihn.«

»Was will die Zielperson mit einem schwedischen Kadetten?« Die Frage kam von Barry, dem Riesen. Der Spürhund formulierte seine Antwort sorgfältig. Grund zum Lügen gab es nicht, aber es galt die Regel »Kenntnis nur bei Bedarf«.

»Den Sacads aus dem Norden, die ihn vor ein paar Wochen auf See gefangen genommen haben, hat man gesagt, die Zielperson habe die Absicht, dem Jungen vor laufender Kamera die Kehle durchzuschneiden. Ein kleines Geschenk für uns im Westen.«

Im Raum wurde es still.

»Und diese Piraten – werden die auch kämpfen?«, fragte David, der Captain.

»Unbedingt. Aber ich nehme an, wenn die Schießerei sie weckt, sind sie benebelt von den Nachwirkungen ihres Khat. Wir wissen, dass dieser Stoff sie entweder tranig oder ultragewalttätig macht. Aber wenn wir ihnen einen langen Feuerstoß durch das Fenster jagen, werden die ja nicht annehmen, da sei ein Trupp Fallschirmjäger aus dem Westen gekommen, sondern ihre Geschäftspartner würden sie angreifen, weil sie ihr Geld zurückholen oder den Jungen umsonst bekommen wollen. Ich möchte sie quer über den freien Platz stürmen sehen.«

»Wie viele sind es, Boss? Die Piraten?«

»Wir haben acht gezählt, die kurz vor Sonnenuntergang aus diesen beiden Technicals gestiegen sind.«

»Also vierzehn Gegner, alles in allem?«

»Ja, und ich hätte gern, dass die Hälfte tot ist, bevor sie in die Senkrechte kommen konnte. Wir machen keine Gefangenen.«

Die sechs Briten versammelten sich um Porträts, Fotos und Landkarten und berieten sich leise. Der Spürhund hörte Ausdrücke wie »Hohlladung« und »Frag«. Er verstand genug von allem, um zu wissen, dass das eine eine Sprengladung zum Durchschlagen eines schweren Türschlosses war, das andere eine hoch fragmentierende Splittergranate. Finger tippten auf verschiedene Stellen des vergrößerten Fotos von dem Dorf im Abendlicht. Nach zehn Minuten waren sie fertig, und der junge Captain kam grinsend herüber.

»Alles klar«, sagte er. »Machen wir uns fertig.«

Der Spürhund begriff, dass die Pathfinder soeben ihr Einverständnis zu einer Operation gegeben hatten, um das der Präsident der Vereinigten Staaten gebeten und das ihr eigener Premierminister autorisiert hatte.

»Na prima«, war alles, was ihm dazu einfiel. Sie gingen hinaus. Die Luft war immer noch mild. Während sie die Mission durchgesprochen hatten, waren die drei Assistenten fleißig gewesen. Im Licht, das aus dem offenen Tor des Hangars fiel, lagen sieben Ausrüstungsstapel in einer Reihe. In dieser Reihenfolge würden sie in den Bauch der Hercules steigen, und in umgekehrter Reihenfolge würden sie sich in fünfundzwanzigtausend Fuß Höhe in die Nacht hinausstürzen.

Mithilfe ihrer Assistenten stiegen sie in ihre Ausrüstung. Der Chefassistent, ein altgedienter Sergeant, den alle nur als Jonah kannten, kümmerte sich im besonderen Maß um den Spürhund.

Der Spürhund, der in der Tropenuniform eines Colonels der Marines gekommen war – er hatte sich im Grumman umgezogen –, musste in den wüstentarnfarbenen Springeroverall steigen, den die anderen sechs schon trugen. Dann kamen die schweren Sachen, Stück für Stück.

Jonah wuchtete ihm die dreißig Kilo Fallschirm auf den Rücken und schnallte das Geflecht der breiten Leinengurte fest, das alles an Ort und Stelle hielt. Anschließend zog er die Gurte so stramm, dass der Spürhund glaubte, er wolle ihn zerquetschen. Zwei der Gurte führten rechts und links durch den Schritt.

»Halten Sie Ihre Eier da raus«, riet Jonah leise. »Ein Springer, der den Familienschmuck unter diese Gurte geklemmt hat, findet das Leben nicht mehr sehr komisch, wenn der Schirm aufgeht.«

»Ich werde darauf achten«, sagte der Spürhund und tastete seine Lendengegend ab, um sicher zu sein, dass die Gurte nirgends drückten.

Als Nächstes kam der Bergen-Rucksack vor die Brust. Er wog vierzig Kilo, sodass der Spürhund vorgebeugt dastand.

Auch diese Gurte wurden so stramm gezogen, dass es ihm die Brust einschnürte. Aber aus seinem Fallschirmtraining bei den Marines wusste er, dass das seinen Sinn hatte.

Mit dem Rucksack vor sich würde der Springer mit der Brust voran fallen. Wenn der Schirm schließlich aufginge, würde er hinter und über ihm hinaufschießen. Ein Springer, der rücklings fiel, konnte direkt in den aufgehenden Schirm hineinfallen, der ihn einhüllen würde wie ein Leichentuch, wenn er unten auf dem Boden starb.

Das Gewicht des Rucksacks setzte sich hauptsächlich aus Proviant, Wasser und Munition zusammen; die Munition wiederum bestand aus Magazinen für das Gewehr und aus Granaten. Außerdem waren noch seine Pistole und die Nachtsichtbrille dabei. Die Brille beim Sprung zu tragen, kam nicht infrage. Der Wind würde sie wegreißen.

Jonah befestigte die Sauerstoffflasche und die Schläuche, die das lebenspendende Gas zu der Maske vor dem Gesicht leiteten.

Schließlich bekam er seinen Helm mit dem dicht abschließenden Visier, das seine Augen davor schützte, vom Luftstrom herausgerissen zu werden, der mit hundertfünfzig Meilen pro Stunde an ihm vorbeirauschen würde. Schließlich nahmen sie die Rucksäcke bis zum Sprung wieder ab.

Die sieben Männer sahen aus, als hätte eine Special-Effects-Abteilung sie in Außerirdische verwandelt. Sie gingen nicht, sie watschelten, langsam und vorsichtig. David, der Captain, nickte einmal, woraufhin sie das Vorfeld zum Heck der Hercules überquerten, das sie mit offener Luke und herabgelassener Rampe erwartete.

Der Captain hatte die Reihenfolge des Absprungs festgelegt. Der Erste würde Barry, der Riese sein, einfach weil er die meiste Erfahrung besaß. Dann käme der Spürhund und dicht hinter ihm der Captain. Der Letzte der vier Übrigen würde der zweite Sergeant sein, Curly, ebenfalls ein Veteran, der hinter sich keinen Aufpasser nötig hatte.

Einer nach dem anderen stolperten die sieben Springer, unterstützt von den drei Assistenten, die Rampe hinauf und in den Rumpf der C-130.

Zwanzig vor Mitternacht.

Sie saßen nebeneinander auf den roten Segeltuchsitzen entlang der Seitenwand, und die Assistenten setzten die verschiedenen Kontrollen fort. Jonah kümmerte sich persönlich um den Captain und den Spürhund.

Jetzt war es viel dunkler in der Maschine. Nur noch das reflektierte Licht der Bogenlampen über dem Portal des Hangars schien herein, und der Spürhund wusste, wenn die Rampe hochgezogen würde, säßen sie im Stockfinstern. Er sah die Kisten mit der restlichen Ausrüstung der Einheit, festgezurrt für den Rückflug nach England, und die beiden schattenhaften Gestalten an der Wand zwischen Laderaum und Cockpit, die beiden Fallschirmpacker, die die Einheit überallhin begleiteten und ihre Schirme einpackten. Der Spürhund hoffte, dass der Mann, der den Schirm verpackt hatte, den er jetzt auf dem Rücken trug, genau wusste, was er tat. Unter Fallschirmjägern gibt es eine alte Redensart: Streite nie mit deinem Packer.

Jonah langte über ihn hinweg, klappte den Fallschirmrucksack auf und vergewisserte sich, dass die beiden von roter Baumwolle umhüllten Drähte einwandfrei waren. Plomben intakt. Der altgediente RAF-Sergeant hängte die Atemmaske an die Sauerstoffversorgung des Flugzeugs und nickte. Der Spürhund prüfte den luftdichten Sitz seiner eigenen Maske und atmete ein.

Fast reiner Sauerstoff durchflutete ihn. Sie würden ihn atmen, bis sie ihre Zielhöhe erreicht hätten, um die letzten Stickstoffreste aus ihrem Blut zu spülen. Dadurch wurde die Dekompressionskrankheit verhindert, das Blasenwerfen des Stickstoffs im Blut, wenn sie durch die Druckzonen zurück zur Erde rasten. Jonah stellte den Sauerstoff ab und ging weiter zum Captain, um dort das Gleiche zu tun.

Von draußen kam das hohe Sirren, als die Startermotoren die

vier Allison-Triebwerke drehten, bis sie hustend zum Leben erwachten. Jonah kam noch einmal zurück und schloss die Gurtschnalle über den Knien des Spürhunds. Als Letztes verband er die Atemmaske wieder mit der Sauerstoffversorgung der Hercules.

Der Motorenlärm schwoll zu einem Tosen an, die Heckrampe hob sich, verdunkelte den letzten Lichtschimmer der Basis Dschibuti und schloss sich mit metallischem Dröhnen luftdicht. Im Bauch der Maschine war es jetzt stockdunkel. Jonah knickte Cyalume-Leuchtstäbe, damit er und seine beiden Kollegen zu ihren Sitzen fanden, mit dem Rücken zur Wand, als die Hercules zu rollen anfing.

Die Männer lehnten sich an ihre Fallschirme, hielten ihre Vierzig-Kilo-Rucksäcke auf dem Schoß und schienen zu schlafen, während um sie herum ein Albtraum von dröhnendem Lärm losbrach, durchzogen vom Surren der Hydraulik, als die Cockpitbesatzung die Klappen testete, und vom Kreischen der Treibstoffeinspritzung.

Sie sahen es nicht, aber sie fühlten es, als das viermotorige Arbeitspferd auf die Startbahn einbog, stoppte, sich duckte und dann vorwärtsschoss. Ihre Massigkeit täuschte; die Hercules beschleunigte schnell, hob die Nase und verließ die Startbahn nach fünfhundert Metern. Dann stieg sie steil in die Höhe.

Selbst vollkommen schnörkellose Maschinen sind mit dem Inneren einer C-130 nicht zu vergleichen. Es gibt keine Schalldämmung, keine Heizung, keinen Druckausgleich und keinen Kabinenservice. Der Spürhund wusste, dass es nicht ruhiger werden würde, sondern auch noch bitterkalt, wenn die Luft dünner wurde. Hundertprozentig dicht ist es hinten auch nicht. Trotz der Sauerstoffmaske vor seinem Gesicht konnte er den Gestank von Treibstoff und Öl riechen.

Der Captain neben ihm nahm den Helm ab und setzte sich einen Kopfhörer auf. Ein Zweiter hing an derselben Buchse, und er machte den Spürhund darauf aufmerksam.

Jonah, der an der vorderen Wand lehnte, trug bereits einen Kopfhörer. Er musste die Cockpitgespräche hören, damit er rechtzeitig mit den Vorbereitungen für »P-Hour«, den Augenblick des Absprungs, anfangen konnte. Auch der Spürhund und der Captain hörten jetzt die Kommentare aus dem Cockpit, die Stimme des britischen Staffelführers, eines Veteranen des 47. Geschwaders, der mit diesem »Vogel« schon auf einigen der holprigsten und gefährlichsten Pisten gelandet war.

»Zehntausend und steigen weiter«, sagte er. »P-Hour minus einhundert.« Also noch eine Stunde und vierzig Minuten bis zum Sprung. Kurze Zeit später hörten sie: »Erreichen fünfundzwanzigtausend.« Noch achtzig Minuten.

Die Kopfhörer dämpften den Motorenlärm, aber die Temperatur war auf fast null Grad gesunken. Jonah schnallte sich los und kam heran. Er hielt sich an einer Stange fest, die an der Wand entlangführte. Ein Gespräch war unmöglich; sie waren auf Handzeichen angewiesen.

Vor jedem der sieben Gesichter führte er die gleiche Pantomime auf. Die rechte Hand erhoben, Daumen und Zeigefinger zu einem Kreis geformt. Wie beim Gerätetauchen. »Alles okay?« Die Pathfinder antworteten mit der gleichen Geste. Dann die Faust erhoben, darauf geblasen, um sie zu öffnen, und fünf Finger erhoben. Windgeschwindigkeit am Landungsort geschätzte fünf Knoten. Schließlich fünf gespreizte Finger viermal hochgestreckt: zwanzig Minuten bis P-Hour.

Bevor er seine Odyssee beendet hatte, packte David ihn beim Arm und drückte ihm ein flaches Päckchen in die Hand. Jonah nickte und grinste. Er nahm das Päckchen und verschwand im Cockpit. Als er zurückkam und seinen Platz einnahm, grinste er im Dunkeln immer noch.

Zehn Minuten später machte er erneut seine Runde. Diesmal hielt er vor jedem der sieben Männer zehn Finger hoch. Sieben Köpfe nickten. Alle standen auf, stellten die Rucksäcke auf den Sitz, hoben sie an die Brust und schnallten sie fest.

Jonah kam nach vorn und half dem Spürhund. Er zog die Gurte fest, bis der Amerikaner dachte, seine Rippen würden zerquetscht. Aber die Fallgeschwindigkeit würde bis zu hundertfünfzig Meilen pro Stunde betragen, und da durfte nichts verrutschen. Schließlich schaltete er von der bordinternen Sauerstoffversorgung auf die individuellen Flaschen um.

In diesem Augenblick hörte der Spürhund ein neues Geräusch. Über dem Motorendonner dröhnte Musik aus dem Lautsprechersystem, und zwar fortissimo. Sie kam von einer CD. Durch den Bauch der C-130 hallten die gellenden Fanfaren von Wagners Ritt der Walküren. Der Beginn der persönlichen Musik des Captains war das Signal: noch drei Minuten bis P-Hour.

Die sieben Männer standen an der Steuerbordseite der Maschine, als das dumpfe metallische Dröhnen anzeigte, dass die Rampe heruntergelassen wurde. Jonah und seine beiden Kollegen hatten sich in die Halteseile eingeklinkt, damit sie nicht hinausrutschen konnten.

Die herabsinkende Rampe öffnete ein scheunentorgroßes Loch vor dem Himmel, und ein eiskalter Windstoß fuhr herein. Es stank nach Treibstoff und verbranntem Öl.

Der Spürhund, der als Zweiter hinter Barry, dem Riesen, stand, spähte an ihm vorbei ins Leere. Da war nichts – nur wirbelnde Dunkelheit, eisige Kälte, dröhnender Lärm, und im Rumpf donnerten die wütenden Bässe der Walküren auf ihrem rasenden Ritt nach Walhalla.

Ein letzter Check wurde durchgeführt. Der Spürhund sah, wie Jonah den Mund öffnete, aber er hörte nichts. Am Ende der Reihe kontrollierte Curly noch einmal die Ausrüstung von Tim vor ihm, um sicherzugehen, dass sich an Fallschirm und Sauerstoffversorgung seines Kameraden nichts verheddert hatte. Dann schrie er: »Sieben okay!«

Jonah musste es gehört haben, denn er nickte Tim zu, und der tat das Gleiche bei seinem Vordermann Pete, dem Sanitäter. Die gegenseitigen Kontrollen gingen durch die Reihe. Sein Hintermann klopfte dem Spürhund auf die Schulter, und er tat das Gleiche bei Barry vor ihm.

Jonah stand vor dem Riesen und sah ihn an. Als der Spürhund mit der Kontrolle fertig war, nickte Jonah und trat beiseite. Es gab nichts mehr zu tun. Nach all dem Schieben und Stoßen und Grunzen konnten die sieben Springer sich nur noch fünf Meilen über der somalischen Wüste ins Leere fallen lassen.

Barry machte einen Schritt vorwärts, beugte sich vor und war verschwunden. Sie standen so dicht hintereinander, weil es katastrophale Folgen haben konnte, wenn sie in der Luft weit voneinander getrennt wurden. Ein Drei-Sekunden-Abstand, und zwei Springer würden so weit voneinander entfernt sein, dass sie sich nie wiederfanden. Weisungsgemäß sprang der Spürhund eine Sekunde nach Barry.

Sofort war alles anders. Nach einer halben Sekunde war der Lärm verschwunden – das Dröhnen der vier Allisons der C-130, die Wagner-Musik, alles vorbei. Die Stille der Nacht umgab ihn, unterlegt nur vom sanft anschwellenden Rauschen des Windes, als sein fallender Körper über hundert Meilen pro Stunde hinaus beschleunigte.

Er spürte, wie der Sog der abziehenden Hercules ihn umdrehen wollte, ihm die Füße über den Kopf zog und ihn auf den Rücken drehte, und er wehrte sich dagegen. Der Mond schien nicht, aber die Sterne der Wüste, hart und hell, kalt und beständig, unbeeinträchtigt durch irgendeine Art von Verschmutzung über eine Distanz von zweitausend Meilen, erleuchteten den Himmel mit mattem Licht.

Er schaute hinunter und sah eine dunkle Gestalt tief unter sich. Er wusste, dass David, der Captain, dicht hinter ihm sein würde, während die andern vier eine Kette in den Himmel hinauf bildeten.

David erschien neben ihm, die Arme an den Körper gelegt. Die Pfeilposition sollte seine Geschwindigkeit erhöhen und näher an Barry heranbringen. Der Spürhund machte es ihm nach. Langsam kam die große schwarze Gestalt unter ihnen näher. Barry fiel in Seesternposition, die Fäuste geballt, Arme und Beine halb gespreizt, um die Fallgeschwindigkeit auf hundertzwanzig Meilen zu bremsen. Als sie auf einer Höhe mit ihm waren, nahmen der Spürhund und der Captain die gleiche Haltung ein.

Sie fielen in einer ungefähren Staffelformation, und die anderen vier kamen nacheinander dazu. Er sah, dass der Captain auf den Höhenmesser an seinem Handgelenk schaute, der auf den Umgebungsluftdruck über der Wüste eingestellt war.

Er konnte es nicht sehen, aber der Höhenmesser zeigte an, dass sie unter fünfzehntausend Fuß waren. Bei fünftausend würden sie die Reißleinen ziehen. Als erster Springer hatte Barry die Aufgabe vorauszugleiten und seine Erfahrung und das matte Licht der Sterne zu nutzen, um eine möglichst ebene, steinfreie Landezone auszusuchen. Der Spürhund achtete nur darauf, beim Captain zu bleiben und alles zu tun, was dieser tat.

Auch aus einer Höhe von fünfundzwanzigtausend Fuß dauerte der freie Fall nur neunzig Sekunden. Barry war jetzt ein kleines Stück weit unter ihnen und suchte den Boden ab, der ihnen entgegenrauschte. Die Übrigen hatten eine leicht zueinander versetzte Formation eingenommen und verloren einander nie aus den Augen.

Der Spürhund schob eine Hand in die Tasche seines Fallschirmpacks, um sich zu vergewissern, dass er den Öffnungsmechanismus erreichen konnte. Pathfinder benutzen keinen D-Ring zum Öffnen des Fallschirms. Sie können sich für einen anaeroiden Druckauslösungsmechanismus entscheiden, aber alles Mechanische kann und wird Fehlfunktionen ausgesetzt sein. Wenn man mit hundertzwanzig Meilen pro Stunde auf die Erde zurast, ist das keine gute Gelegenheit, um herauszufinden, dass ein Apparatismus nicht funktioniert. David und die andern bevorzugten die manuelle Öffnung.

Das war es, wonach der Spürhund jetzt tastete – ein fallschirmförmiges Stück Stoff an einer Schnur in einer leicht zugänglichen Tasche oben auf dem Fallschirmrucksack. Zieht man es in den Luftstrom hinaus, reißt es den kompletten BT80 aus seiner Verpackung, sodass er sich aufspreizt.

Er sah, wie Barry unter ihm die Fünftausend-Fuß-Marke erreichte und sein Schirm aufblühte. Aus dem Augenwinkel sah er, dass David den kleinen Bremsfallschirm in die Luft schießen ließ und im nächsten Augenblick über ihm verschwand.

Der Spürhund tat das Gleiche, und sofort spürte er den Ruck, mit dem der große Fallschirm ihn zurück nach oben riss – so fühlte es sich jedenfalls an, aber in Wirklichkeit bremste er nur seinen Fall. Es war, als führe er mit einem schnellen Auto gegen die Wand, und der Airbag bläht sich auf. Doch das Gefühl dauerte nur drei Sekunden. Dann schwebte er.

Der BT80 hat keine Ähnlichkeit mit den kuppelförmigen Schirmen, die Fallschirmjäger im Manöver benutzen. Er ist ein riesiges Rechteck aus Seide, matratzenförmig, ein Fluggerät, das den Springer beim Sprung aus großer Höhe meilenweit hinter die feindlichen Linien tragen konnte, unbemerkt von Radar und menschlichen Augen.

Die Pathfinder schätzen ihn deshalb und noch aus einem anderen Grund. Er öffnet sich lautlos, nicht mit dem Peitschenknall anderer Schirme, der einen Posten am Boden aufmerksam machen kann.

Bei achthundert Fuß löste der Captain seinen Rucksackgurt. Der Bergen fiel an seiner Leine nach unten und baumelte dreieinhalb Meter tief unter ihm. Der Spürhund tat das Gleiche, und auch der Rest der Einheit dicht über ihnen.

Der U.S. Marine sah im Sternenlicht deutlich, wie der Boden ihm entgegenkam, er hörte, wie der Bergen-Rucksack mit dumpfem Schlag im Sand landete, und vollführte das letzte Bremsmanöver. Er hob die Hände, packte die beiden Steuergriffe und zog sie herunter. Sein Schirm breitete sich aus und wurde langsamer, sodass er im Laufschritt Bodenberührung bekam. Der Schirm verlor seine Form, faltete sich ein und wehte in einem wirren Haufen aus Seide und Schnüren zu Boden. Der Spürhund öffnete den Verschluss des Brust- und Beingeschirrs, und der komplette Fallschirmpack fiel von ihm ab. Es hatte seinen Zweck erfüllt. Ringsherum taten sechs Pathfinder das Gleiche.

Er sah auf die Uhr. Vier Minuten nach zwei. Gutes Timing. Aber sie brauchten Zeit, um zusammenzupacken und in Marschformation zu gehen.

Die sieben Fallschirme, die nicht mehr benötigten Helme und die Sauerstoffflaschen mussten eingesammelt werden. Die Pathfinder legten alles auf einen Haufen und bedeckten es mit Steinen.

Sie nahmen ihre Pistolen und Nachtsichtgeräte aus den Rucksäcken. Die Sterne leuchteten so hell, dass sie die Geräte auf dem Marsch nicht brauchen würden, aber sie würden ihnen einen unerreichbaren Vorteil verschaffen, wenn sie das Dorf angriffen, und die pechschwarze Finsternis mit grünem, wässrigem Licht erfüllen.

Dai, der walisische Technikzauberer, hantierte mit seiner Ausrüstung. Dank der modernen Technologie war ihre Aufgabe einfacher, als sie es vor den Zeiten der Drohne gewesen wäre.

Irgendwo über ihnen kreiste eine Global Hawk RQ-4, dirigiert von J-SOC auf dem Luftwaffenstützpunkt MacDill in Tampa. Sie schaute zu ihnen herunter und sah sie und auch das Dorf. Sie konnte jedes Lebewesen an seiner Körperwärme erkennen, die es als hellen Fleck in der Landschaft leuchten ließ.

Das J-SOC-Hauptquartier sendete alles, was Tampa sah, in Bild und Ton an die Kommunikationszentrale in Dschibuti. Dai richtete jetzt seine direkte Funkverbindung mit Dschibuti ein und testete sie, und dann konnte er genau sehen, wo er war, wo das Dorf war, er sah die Marschroute dazwischen und konnte erkennen, ob im Zielgebiet irgendwelche Aktivitäten im Gange waren.

Nach einem leise geführten Gespräch mit Dschibuti erstattete Dai den anderen Bericht. Beide Leitstellen konnten sie als sieben fahle Kleckse in der Wüste sehen. Im Dorf rührte sich nichts. Anscheinend schlief dort alles fest. Außerhalb der Häuser war kein Mensch zu sehen, und drinnen waren sie nicht zu entdecken. Der gesamte Reichtum des Dorfes, eine Ziegenherde, vier Esel und zwei Kamele, waren in einem Pferch oder draußen angepflockt und deutlich zu erkennen.

Ein paar kleinere Punkte bewegten sich – die Straßenköter. Die Entfernung betrug vier Komma acht Kilometer, und die optimale Marschroute gab der Kompass mit genau null-zwei-null an.

Der Captain hatte seinen eigenen Silva-Kompass und ein Sophie-Wärmebildsystem. Sie erstarrten, als auf dem Höhenkamm am Rand der sandigen Mulde, die Barry als Landeplatz ausgesucht hatte, ein kleiner Klecks erschien.

Zu klein für einen Menschen, aber groß genug für den Kopf eines Beobachters. Doch dann verschwand er mit leisem Jaulen. Ein Wüstenschakal.

Um zwei Uhr zweiundzwanzig machten sie sich im Gänsemarsch auf den Weg nach Norden.

SECHZEHN

Sie marschierten in einer lockeren Reihe hintereinander. Curly ging an der Spitze und würde sie beim ersten Anzeichen von Widerstand warnen. Es gab keinen. David, der Captain, ging als Zweiter. Er schwenkte sein Wärmebildsystem hin und her, aber kein anderes warmblütiges Wesen zeigte sich.

Dai hatte sein Funkgerät in der Tagestasche hinter seinem Kopf, oben auf dem Bergen-Rucksack, und durch einen Ohrhörer verfolgte er alles, was über Dschibuti aus Tampa kam, wo man sie aus der Stratosphäre beobachtete. Um zehn vor vier kam er an Davids Seite und flüsterte: »Eine halbe Meile, Boss.«

Die nächsten achthundert Meter legten sie geduckt zurück, gebeugt unter der Vierzig-Kilo-Last auf ihrem Rücken. Unterdessen zogen hoch über ihnen Wolken auf und ließen es dunkler werden.

Der Captain blieb stehen und machte mit dem Arm eine weiche Wellenbewegung nach unten. Die anderen ließen sich in den Sand sinken. David zog ein monokulares Nachtsichtgerät hervor und spähte nach vorn. Dann entdeckte er das erste der flachen, quaderförmigen Häuser des Dorfes. Der Silva-Kompass hatte sie an die Schwelle des Zielgebiets geführt.

Er steckte das Monokular ein und holte seine Brille heraus, und die anderen sechs taten es ebenfalls. An die Stelle des langsam schwindenden Sternenlichts trat ein hellerer, fast unterwassergrüner Tunnel. Das Nachtsichtgerät fängt jedes Fünkchen Umgebungslicht ein und konzentriert es auf einen vorwärts gerichteten Tunnel. Der Träger hat kein Raumgefühl mehr und muss den Kopf hin- und herdrehen, um nach rechts und links zu schauen.

Als das Ziel in Sicht war, brauchten die Männer ihre Rucksäcke nicht mehr, wohl aber die Munition und die Granaten, die sie enthielten. Sie ließen die Bergens vom Rücken gleiten, zogen die Arme aus den Schultergurten und füllten ihre Taschen mit Munition. Ihre M4-Sturmgewehre und die Pistolen waren mit vollen Magazinen geladen.

David und der Spürhund krochen zusammen weiter. Sie sahen genau das, was sie auf einer der Aufnahmen gesehen hatten, die der Hawk aus schrägem Blickwinkel gemacht hatte. Eine Gasse führte von der Dorfmitte in die Wüste, in der sie kauerten. Irgendwo auf ihrer linken Seite stand das größere Haus, das man als das des Dorfoberhaupts identifiziert hatte und in dem jetzt die Gruppe des Predigers untergebracht war.

Ein kleiner Hund kam herangetrabt, blieb stehen und schnupperte. Ein zweiter kam dazu. Beide waren räudig, möglicherweise tollwütig und daran gewöhnt, im Abfall zu wühlen und Exkremente oder – an Festtagen – die Eingeweide einer geschlachteten Ziege zu fressen. Sie witterten noch einmal, ahnten wohl, dass da draußen etwas war, aber es beunruhigte sie nicht so sehr, dass sie bellten und einen mehrstimmigen Hundealarm auslösten.

Der Spürhund zog etwas aus der Brusttasche und schleuderte es wie ein Baseballwerfer zu den Kötern hinüber. Es landete mit leisem Klatschen im Sand der Gasse. Beide Hunde machten einen Satz und schnupperten wieder, bevor sie einmal bellten. Rohes Beefsteak. Sie kamen heran, beschnupperten es, und der vordere verschlang den Leckerbissen mit einem Happs. Ein zweiter Fetzen flog für seinen Freund herüber und verschwand ebenfalls.

Der Spürhund warf eine ganze Salve von Fleischfetzen in die Gasse. Weitere Straßenköter erschienen, neun insgesamt. Sie sahen, wie ihre Leithunde das Fleisch fraßen, und taten es ihnen nach. Es gab genug für alle, und jeder bekam mindestens eins ab. Dann stöberten sie herum und suchten nach mehr.

Die ersten, die gefressen hatten, begannen zu taumeln. Ihre Beine knickten ein, sie fielen auf die Seite und strampelten kraftlos mit den Füßen. Schließlich rührten sie sich nicht mehr. Innerhalb von zehn Minuten waren sie alle bewusstlos.

David richtete sich in der Hocke auf und deutete nach vorn, das Gewehr im Anschlag, den Finger am Abzug. Fünf Mann folgten ihm, und Barry blieb zurück und behielt die Häuser im Auge. Ein Esel schrie irgendwo im Dorf. Nichts rührte sich. Die Feinde vor ihnen schliefen entweder, oder sie lagen in einem Hinterhalt. Der Spürhund vermutete, dass Ersteres der Fall war. Die Männer aus Marka waren ja Fremde wie sie, und die Hunde hätten ihretwegen ebenfalls gebellt.

Er hatte recht.

Der Stoßtrupp drang in die Gasse ein und näherte sich dem Haus zur Linken. Es war das dritte und stand dem Platz zugewandt. Die maskierten Männer konnten eine Tür zur Gasse erkennen, aus dicken alten Holzbalken, die von woanders hergebracht worden sein mussten, denn hier wuchs nichts als struppiger Kameldorn. An der Plankentür hingen zwei Eisenringe, doch man sah weder Schloss noch Schlüsselloch. David drückte mit den Fingerspitzen dagegen. Die Tür gab nicht nach. Sie war von innen verriegelt. Plump, aber wirkungsvoll. Man würde einen Rammbock brauchen. Er winkte Tim, dem Sprengstoffexperten, deutete auf die Tür und zog sich zurück.

Tim hielt etwas in der Hand, das aussah wie ein kleiner Kranz. Er befestigte ihn vor dem Spalt zwischen dem rechten und dem linken Türflügel. Wäre die Tür aus Metall gewesen, hätte er einen Magneten oder ein Stück Kitt benutzen können, doch am Holz verwendete er Heftzwecken. Dazu musste er nicht hämmern. Ein Druck mit dem Daumen genügte. Als der Kranz angebracht war, stellte er den Kurzzeitzünder ein und winkte die andern zurück.

Sie wichen fünf Schritte zurück und duckten sich. Da es sich um eine Hohlladung handelte, würde es keinen Explosionsdruck nach außen geben. Die ganze Sprengkraft des PETN-Plastiksprengstoffs würde sich nach innen richten und das Holz wie mit einer Motorsäge in einem Sekundenbruchteil durchdringen.

Der Spürhund war überrascht, wie leise die Explosion klang – ein gedämpftes Krachen wie von einem brechenden Zweig. Dann stürmten die ersten vier durch die Tür, die sich mühelos aufstoßen ließ. Der innere Querriegel war gesplittert und gebrochen. Tim und Dai blieben draußen und sicherten den Platz mit den drei Pick-ups, den angebundenen Eseln und dem Ziegenpferch.

Der Captain war als Erster im Haus, dicht gefolgt vom Spürhund. Drei Männer richteten sich, noch halb schlafend, auf dem Boden auf. Die Stille der Nacht wurde vom automatischen Feuer aus zwei M4-Sturmgewehren zerrissen. Alle drei gehörten zu der Gruppe aus Marka. Sie waren die Leibwächter des Predigers. Alle drei waren tot, bevor sie aufspringen konnten. Schreie kamen aus einem anderen Raum hinter einer weiteren Tür.

Der Captain blieb einen Moment lang stehen und vergewisserte sich, dass die drei wirklich tot waren. Pete und Curly kamen von der Gasse herein. Der Spürhund trat die innere Tür ein und stürmte hindurch. Hoffentlich, betete er, hatte Opal, wo immer er sein mochte, auf die erste Salve reagiert und sich auf den Boden geworfen, vorzugsweise unter ein Bett.

In dem Zimmer waren zwei Männer. Anders als die im Vorraum hatten sie zwei Betten der Familie beschlagnahmt, zwei roh behauene Plankenbetten mit Kamelhaardecken. Sie fuhren hoch, konnten aber in der pechschwarzen Finsternis nichts sehen. Der Stämmige, der vierte Leibwächter, hatte wohl gedöst, jedoch nicht fest geschlafen. Offensichtlich hatte er Nachtwache und sollte wach bleiben. Mit einer Pistole in der Hand sprang er auf und schoss.

Die Kugel pfiff am Kopf des Spürhunds vorbei. Was wirklich wehtat, war das grelle Licht des Mündungsfeuers, vielfach verstärkt durch die Nachtsichtbrille. Es strahlte ihm in die Augen wie ein Suchscheinwerfer. Er feuerte blindlings zurück, einen automatischen Feuerstoß von rechts nach links. Der Strom der Kugeln erwischte beide Männer, den vierten Pakistani und den, der sich später als Dschamma, der Privatsekretär, erwies.

Draußen, wo die Gasse auf den Platz mündete, beharkten Tim und Dai wie verabredet das Haus auf der anderen Seite des Platzes, in dem der Sacad-Clan aus Garacad untergekommen war. Die Fallschirmjäger jagten lange Feuerstöße durch jedes Fenster. In den Fenstern war kein Glas. Sie waren nur mit festgenagelten Wolldecken bespannt. Die beiden wussten, dass ihre Kugeln über die Betten hinweggefahren sein mussten. Also rammten sie neue Magazine in ihre Waffen und warteten auf eine Reaktion. Sie mussten nicht lange warten.

Im Haus des Dorfältesten war ein leises Rascheln zu hören. Etwas bewegte sich. Der Spürhund fuhr herum. Versteckt in einer Ecke stand ein drittes Bett. Jemand lag darunter. Eine Baseballkappe schimmerte hervor.

»Bleib da«, schrie der Spürhund. »Nicht bewegen. Nicht rauskommen.« Das Rascheln hörte auf, die Kappe wich zurück.

Der Spürhund wirbelte zu den drei Männern hinter ihm herum.

»Alles klar hier drin. Los, kümmert euch um die Bande aus dem Norden.«

Sechs Mann aus Garacad, die annahmen, die Leute aus Marka hätten sie verraten, kamen über den Platz gestürmt. Die Kalaschnikows tief im Anschlag, duckten sie sich zwischen den Eseln, die sich schreiend an ihren Pflöcken aufbäumten, und den drei Pick-ups hindurch.

Aber für sie war es dunkel. Die Sterne waren hinter den Wolken verschwunden. Tim und Dai nahmen jeweils einen ins Visier und schalteten ihn aus. Das Mündungsfeuer genügte den anderen vier. Sie rissen ihre russischen Sturmgewehre hoch. Tim und Dai warfen sich der Länge nach auf den Boden. Hinter ihnen kamen Pete, Curly und ihr Captain in die Gasse, sahen die Mündungsblitze der Kalaschnikows und warfen sich ebenfalls flach hin.

Im Liegen erledigten die fünf Fallschirmjäger noch zwei der laufenden Männer. Der fünfte hatte sein Magazin leer geschossen und blieb stehen, um ein neues einzuschieben. Er stand deutlich sichtbar neben dem Ziegenpferch, und zwei Kugeln aus einer M4 rissen ihm den Kopf ab.

Der letzte kauerte unsichtbar hinter den Technicals. Das Schießen hörte auf. Er schob den Kopf vorn um die Motorhaube eines Pick-ups herum und suchte im Dunkeln nach einem Ziel. Von den Nachtsichtgeräten seiner Feinde ahnte er nichts. Sein Kopf sah aus wie ein grüner Fußball. Eine Kugel ließ sein Gehirn zerspritzen.

Dann war es wirklich still. Aus dem Haus der Piraten kam nichts mehr, aber den Fallschirmjägern fehlten zwei Mann. Sie brauchten acht, hatten jedoch erst sechs. Sie bereiteten sich darauf vor, das Haus zu stürmen und Verluste zu riskieren, aber das war nicht nötig. Hinter dem Dorf hörten sie weitere Schüsse, drei insgesamt, in Sekundenabständen.

Als Barry gesehen hatte, dass das Dorf aus dem Schlaf erwacht war, hatte er seinen nutzlosen Posten vor der Gasse aufgegeben und war außen herumgelaufen. In seinem Nachtsichtgerät sah er drei Gestalten hinten aus dem Haus der Piraten kommen. Zwei trugen Gewänder, der dritte, der stolpernd und schreiend von den beiden Somalis mitgezerrt wurde, hatte blondes Haar.

Barry rief die Laufenden nicht erst an. Er erhob sich aus dem Kameldorngestrüpp, als sie noch zwanzig Schritte entfernt waren, und feuerte. Der mit der Kalaschnikow, der einäugige Yusuf, fiel als Erster. Der ältere Mann, der später als al-Afrit, der Teufel, identifiziert wurde, bekam zwei Kugeln in die Brust.

Der riesenhafte Fallschirmjäger ging auf seine beiden Opfer zu. Der blonde Junge lag zwischen ihnen auf der Seite, zusammengekrümmt wie ein Fötus, und weinte leise.

»Alles gut, mein Junge«, sagte der Veteran. »Es ist vorbei. Jetzt bringen wir dich nach Hause.«

Er versuchte, den Jungen auf die Beine zu ziehen, aber dessen Beine knickten ein. Barry hob ihn auf wie eine Puppe, warf ihn über die Schulter und lief zum Dorf zurück.

Der Spürhund starrte durch seine Nachtsichtbrille in das

Zimmer, in dem der letzte der Männer aus Marka gestorben war. Der letzte bis auf einen. An einer Seite war eine Tür, besser gesagt ein Durchgang, vor dem eine Wolldecke hing.

Mit einem Hechtsprung schnellte er sich hindurch, rollte herum und blieb unten, unterhalb der wahrscheinlichen Schusslinie eines Schützen in diesem Raum. Neben der Tür sprang er auf und riss sein M4 hoch. Kein Schuss fiel.

Er sah sich um. Es war das letzte Zimmer des Hauses, das beste, das Zimmer des Dorfältesten. Er sah ein Bett, bezogen, aber leer, die Decke beiseitegeworfen.

In einer Feuerstelle glühte noch Asche, leuchtete schmerzhaft weiß in seiner Brille. In einem großen Holzsessel daneben saß ein alter Mann und beobachtete ihn. Sie starrten einander ein paar Sekunden lang an, dann sprach der alte Mann leise und ruhig.

»Du kannst mich erschießen. Ich bin alt, und meine Zeit ist gekommen.« Er sprach Somali, doch dank seiner Arabischkenntnisse konnte der Spürhund ungefähr verstehen, was der Alte sagte. Er antwortete ihm auf Arabisch.

»Ich will dich nicht erschießen, Scheich. Du bist nicht der, den ich suche.«

Der alte Mann schaute ihm furchtlos ins Gesicht. Was er sah, war natürlich ein tarnfarbenes Ungeheuer mit Froschaugen.

»Du bist ein *kafir*, aber du sprichst die Sprache des heiligen Koran.«

»Das stimmt, und ich suche einen Mann. Einen sehr bösen Mann. Er hat viele ermordet. Auch Muslime, Frauen und sogar Kinder.«

»Habe ich ihn gesehen?«

»Du hast ihn gesehen, Scheich. Er war hier. Er hat« – der alte Mann hatte sicher noch keinen Bernstein gesehen –, »er hat Augen mit der Farbe von frisch gewonnenem Honig.«

»Ah.« Der alte Mann winkte geringschätzig ab, als wischte er etwas beiseite, das ihm nicht gefiel. »Er ist zu den Frauenkleidern gegangen.«

Eine Sekunde lang war die Enttäuschung wie ein Schlag in die Magengrube. Entkommen, in eine Burka gehüllt, versteckt in der Wüste, unauffindbar. Doch dann sah er, dass der alte Mann nach oben schaute, und er verstand.

Wenn die Frauen des Dorfes ihre Kleider im Wasser des Brunnens wuschen, wagten sie nicht, sie draußen auf dem Platz zum Trocknen aufzuhängen, denn die Ziegen, die den stachligen Kameldorn fraßen, würden sie in Fetzen reißen. Also stellten sie Gerüste auf die flachen Dächer.

Der Spürhund lief durch die Tür auf der anderen Seite hinaus. An der Seite des Hauses führte eine Treppe nach oben zum Dach. Er lehnte sein M4 an die Wand und zog die Pistole. Die Gummisohlen seiner Springerstiefel machten kein Geräusch auf den Lehmziegelstufen. Auf dem Dach sah er sich um. Da waren sechs Trockengestelle.

Im Zwielicht untersuchte er sie alle. Auf den aus Zweigen konstruierten Gestellen hingen Kleidungsstücke, *dschalabib* für die Frauen, *makaui* für die Männer. Eins der Gestelle sah größer und schmaler aus. Daran hing ein langes weißes pakistanisches *salwar kamiz*, es hatte einen Kopf und einen buschigen Bart, und es bewegte sich. Und dann passierten drei Dinge gleichzeitig, so schnell, dass es ihn beinahe das Leben gekostet hätte.

Der Mond kam endlich hinter den Wolken hervor. Ein Vollmond, strahlend weiß. Mit seinem Nachtsichtvermögen war es in einer Sekunde vorbei. Das konzentrierte Licht seiner Brille blendete ihn.

Der Mann vor ihm griff an. Der Spürhund riss sich die Nachtsichtbrille herunter und hob die dreizehnschüssige Browning. Der Angreifer hatte den rechten Arm erhoben, und in seiner Hand blitzte etwas.

Der Spürhund drückte ab. Der Bolzen fiel auf eine leere Kammer. Ladehemmung – und als er wieder abdrückte, gleich noch einmal. Das war selten, aber möglich. Er wusste, dass ein volles Magazin in der Waffe steckte, doch in der Kammer war keine Patrone.

Mit der linken Hand packte er ein baumwollenes Gewand, knüllte es zusammen und warf es auf die herabsausende Messerklinge. Der Stahl traf den flatternden Stoff, der sich um das Messer wickelte, sodass es stumpf auf seine Schulter traf. Mit der rechten Hand warf er die Browning weg und zog das Kampfmesser der U.S. Marines aus der Scheide an seinem Oberschenkel, fast das Einzige, was er von den Dingen, die er aus London mitgebracht hatte, noch bei sich trug.

Der Bärtige benutzte kein *dschambija*, das kurze, krumme, hauptsächlich als Zierde dienende Messer des Jemen, sondern ein *billao*, ein großes, rasierklingenscharfes Messer, das nur Somalis verwenden. Zwei Schnitte mit einem Billao können einen Arm abtrennen, ein Stich, und die nadelspitze Klinge durchdringt den Oberkörper von vorn bis hinten.

Der Angreifer wechselte den Griff und drehte sein Handgelenk so, dass die Klinge einen Stoß von unten nach oben führen konnte, wie es ein Streetfighter tun würde. Der Spürhund konnte wieder besser sehen. Er sah, dass der Mann vor ihm barfuß war. So fanden seine Füße guten Halt auf den Lehmziegeln des Daches. Aber seine eigenen Gummisohlen waren genauso gut.

Der nächste Angriff des Billao kam schnell und zielte von unten auf seine linke Seite, wo er ihm die Eingeweide zerfetzen würde, doch damit hatte der Spürhund gerechnet. Seine linke Hand fuhr auf das aufsteigende Handgelenk herunter und blockte die Stahlspitze eine Handbreit vor seinem Körper. Sein eigenes rechtes Handgelenk wurde ebenfalls gepackt.

Der Prediger war zwölf Jahre jünger und abgehärtet von einem asketischen Leben in den Bergen. Wenn es um brutale Körperkraft ginge, würde er vielleicht gewinnen. Die Spitze des Billao schob sich einen Zoll näher heran. Der Spürhund erinnerte sich an seinen Ausbilder beim Fallschirmspringerlehrgang in Fort Bragg. Der Mann war nicht nur ein guter Springer gewesen, sondern auch ein erfahrener Einzelkämpfer.

»Östlich von Suez und südlich von Tripoli haben sie keine guten Streetfighter«, hatte er bei einem Bier im Sergeants' Club erzählt. »Sie verlassen sich auf ihre Klinge und ignorieren Eier und Nase.«

Der Spürhund legte den Kopf in den Nacken und ließ ihn nach vorn schnellen. Er spürte den Schmerz an der Stirn und wusste, er würde eine Beule bekommen, aber er fühlte das Krachen, als das Nasenbein seines Gegners zersplitterte.

Die Hand, die sein Handgelenk umklammert hielt, lockerte sich. Er riss sich los, holte aus und stieß zu. Seine Messerklinge fuhr glatt zwischen die fünfte und sechste Rippe auf der linken Seite. Eine Handbreit vor seinem Gesicht sah er die hasserfüllten bernsteinfarbenen Augen, die langsam einen fassungslosen Ausdruck annahmen, als der Stahl sich ins Herz bohrte. Das Lebenslicht in ihnen erlosch.

Die Bernsteinfarbe wurde im Mondlicht zu Schwarz, und das Gewicht des Predigers sank auf das Messer des Spürhunds. Er dachte an seinen Vater im Bett auf der Intensivstation, beugte sich vor, bis seine Lippen dicht über dem schwarzen Bart waren, und flüsterte: »*Semper fi*, Prediger.«

Die Pathfinder bildeten einen Verteidigungsring, um die Morgendämmerung abzuwarten, aber die Beobachter in Tampa konnten ihnen versichern, dass keine feindliche Intervention mehr zu erwarten war. Die Wüste gehörte nur den Schakalen.

Die Bergen-Rucksäcke wurden aus der Wüste geborgen, auch Petes Sanitäterausrüstung. Er versorgte den geretteten Kadetten Ove Carlsson. Der Junge war nach wochenlangem Aufenthalt im Kerker von Garacad von Parasiten infiziert, unterernährt und traumatisiert. Pete kümmerte sich um ihn, so gut er konnte, und gab ihm auch eine Morphiumspritze. Der Kadett versank zum ersten Mal seit Wochen in einen tiefen Schlaf auf einem Bett vor dem neu angezündeten Feuer.

Im Licht einer Taschenlampe untersuchte Curly die drei Technicals auf dem Platz. Der eine war von M4- und Kalaschnikow-Kugeln durchsiebt und würde offensichtlich nicht mehr fahren. Die beiden anderen waren straßentauglich, als er mit ihnen fertig war, und sie waren mit vollen Reservekanistern beladen, genug für ein paar hundert Meilen.

Im ersten Tageslicht sprach David mit Dschibuti und versicherte, die Einheit könne mit den beiden Technicals westwärts zur äthiopischen Grenze fahren. Gleich dahinter in der Wüste lag die Landepiste, die ihrer Ansicht nach als Abholplatz am besten geeignet war, falls sie es dorthin schaffen könnten. Nach Curlys Schätzung waren es zweihundert Meilen bis dorthin, eine zehnstündige Fahrt, Tankstopps und Reifenwechsel einkalkuliert und vorausgesetzt, sie stießen nicht auf feindlichen Widerstand. Man versicherte ihnen, dass die C-130 Hercules, die längst wieder in Dschibuti gelandet war, sie erwarten würde.

Agent Opal, der kohlschwarze Äthiopier, war grenzenlos erleichtert, seine zunehmend gefährliche Maskerade hinter sich zu haben. Die Pathfinder öffneten ihre Proviantvorräte und bereiteten ein passables Frühstück, dessen Mittel- und Höhepunkt ein loderndes Feuer auf dem Rost und etliche Becher mit starkem, süßem Tee mit Milch waren.

Die Leichen wurden auf den Platz geschleift und den Dorfbewohnern zum Begräbnis überlassen. Beim Prediger wurde ein dickes Bündel von somalischen Geldscheinen gefunden und dem Dorfvorsteher für seine Mühen übergeben.

Den Koffer mit einer Million Dollar in bar fanden sie unter dem Bett, von dem aus der Prediger auf das Dach geflüchtet war. Der Captain wies darauf hin, dass sie Fallschirme und Verpackung im Wert von einer halben Million Dollar in der Wüste zurückgelassen hatten. Da es keine gute Idee wäre, in die falsche Richtung zurückzufahren, um sie zu holen, könne man das Regiment doch mit dieser Beute entschädigen, oder? Man gab ihm recht.

Im Morgengrauen richteten sie auf der offenen Ladefläche des einen Technical eine Pritsche für den immer noch schlafenden Ove Carlsson her, wuchteten die sieben Rucksäcke auf den anderen Wagen, verabschiedeten sich vom Dorfvorsteher und fuhren los.

Curlys Schätzung war ziemlich genau gewesen. Acht Stunden nach ihrer Abfahrt aus dem winzigen Wüstendorf überquerten sie die unsichtbare äthiopische Grenze. Tampa informierte sie darüber und dirigierte sie zu der Landepiste. Viel war dort nicht zu sehen. Keine Betonstartbahn, sondern nur ein tausend Meter langer tischebener, steinharter Schotterstreifen. Kein Kontrollturm, keine Hangars, nur ein Windsack, unruhig flatternd in der Brise eines glutheißen Tages, der bald vorbei sein würde.

An einem Ende stand wie ein beruhigender Klotz eine C-130 Hercules mit dem RAF-Emblem des 47. Geschwaders. Sie war das Erste, was sie sahen, eine Meile weit vor ihnen in der Sandwüste von Ogaden. Als sie näher kamen, senkte sich die Heckrampe, und Jonah kam mit seinen beiden Kameraden und den zwei Packern heraus, um sie zu begrüßen. Für die Packer gab es keine Arbeit: Sieben Fallschirme, das Stück zu fünfzigtausend Pfund, waren verloren.

Neben der Hercules wartete eine Überraschung: eine weiße Beech King Air mit den Farben des Welternährungsprogramms der Vereinten Nationen. Zwei sonnengebräunte Männer in Wüstentarnkleidung standen daneben. Auf den Schultern der beiden Soldaten blitzte jeweils ein sechszackiger Stern.

Als die Zweierkolonne zum Stehen kam, sprang Opal, der hinten auf dem vorderen Truck gesessen hatte, herunter und lief zu ihnen hinüber. Beide umschlossen ihn mit einer festen Männerumarmung. Neugierig ging der Spürhund auf sie zu.

Der israelische Major stellte sich nicht als Benny vor, aber er wusste genau, wer der Amerikaner war.

»Nur eine kurze Frage«, sagte der Spürhund. »Dann sage ich Goodbye. Wieso arbeitet ein Äthiopier für Sie?«

Der Major machte ein überraschtes Gesicht, denn die Antwort lag doch auf der Hand.

»Er ist ein Falascha«, sagte er. »Ein Jude wie ich.«

Der Spürhund erinnerte sich verschwommen an die Geschichte von dem kleinen Stamm äthiopischer Juden, der eine Generation zuvor vollzählig aus Äthiopien und den Klauen eines brutalen Diktators gerettet worden war. Er drehte sich zu dem jungen Agenten um und salutierte.

»Na, vielen Dank, Opal. *Todah rabah* … und *mazel tov*.«

Die Beech startete zuerst. Sie hatte gerade noch genug Treibstoff, um es bis Eilat zu schaffen. Die Hercules folgte, und die beiden ramponierten Pick-ups blieben für die nächste Truppe von Wüstennomaden zurück, die zufällig vorbeikommen würde.

In seinem Bunker unter dem Stützpunkt MacDill in Tampa saß Master Sergeant Orde und sah zu, wie sie starteten. Außerdem sah er weit im Osten eine Kolonne mit vier Fahrzeugen, die auf die Grenze zufuhr. Ein Verfolgertrupp von al-Schabaab, der viel zu spät kam.

In Dschibuti wurde Ove Carlsson in das hochmoderne Lazarett der amerikanischen Basis gebracht, wo er blieb, bis der Firmenjet mit seinem Vater an Bord kam, um ihn abzuholen.

Der Spürhund verabschiedete sich von den sechs Fallschirmjägern, bevor er seine Grumman bestieg, um nach Northolt und weiter nach Andrews in Washington zu fliegen Die RAF-Crew hatte den ganzen Tag geschlafen. Sie waren fit für den Flug, als die Maschine vollgetankt war.

»Wenn ich je noch einmal etwas derart Wahnsinniges zu erledigen habe, kann ich Sie dann wieder bitten mitzukommen?«, fragte er.

»Kein Problem, Mate«, sagte Tim. Der amerikanische Colonel konnte sich nicht erinnern, wann ihn ein einfacher Soldat das letzte Mal »Mate« genannt hatte. Er stellte fest, dass es ihm gefiel.

Seine Grumman startete kurz nach Mitternacht. Er schlief, bis sie die libysche Küste überflog und vor der aufgehenden Sonne in Richtung London weiterjagte. Es war Herbst. Das Laub in North Virginia würde rot und golden sein. Er freute sich darauf, es wiederzusehen.

EPILOG

Als die Nachricht vom Tod ihres Clanchefs in Garacad ankam, kehrten die Sacad-Männer einfach von Bord der *Malmö* an Land zurück. Kapitän Eklund nutzte die für ihn unerklärliche Chance, lichtete den Anker und nahm Kurs auf das offene Meer. Zwei Schnellboote eines rivalisierenden Clans versuchten ihn abzufangen, drehten jedoch bei, als ein Hubschrauber von einem britischen Zerstörer über den Horizont heraufkam und sie per Lautsprecher aufforderte, sich die Sache zu überlegen. Der Zerstörer eskortierte die *Malmö* in den sicheren Hafen von Dschibuti, wo sie auftanken und ihre Reise, jetzt aber in einem Geleitzug, fortsetzen konnte.

Mr. Abdi erfuhr ebenfalls vom Tod des Piratenchefs und erzählte Gareth Evans davon. Die Neuigkeit von der Rettung des Jungen war bereits angekommen, und bald darauf wurde auch die Flucht der *Malmö* gemeldet. Evans stoppte die Überweisung der fünf Millionen Dollar gerade noch rechtzeitig.

Mr. Abdi hatte sein zweites Millionenhonorar bereits erhalten. Er setzte sich in einer hübschen Villa an der tunesischen Küste zur Ruhe. Sechs Monate später drangen Einbrecher in sein Haus ein, und als er sie störte, brachten sie ihn um.

Mustafa Dardari wurde aus Caithness entlassen, mit verbundenen Augen zurückgebracht und in London auf der Straße ausgesetzt, wo ihn zweierlei erwartete. Das eine war die höfliche offizielle Weigerung zu glauben, er sei nicht die ganze Zeit in seinem Townhouse gewesen. Er konnte nichts anderes beweisen. Als er berichtete, was ihm passiert sei, hielt man das Ganze für sehr komisch. Das Zweite war eine Ausweisungsverfügung.

Die Pathfinder flogen zurück zu ihrem Stützpunkt bei Colchester und setzten ihre Dienstzeit fort.

Ove Carlsson genas vollständig und nahm ein Studium der Betriebswirtschaft auf. Er trat in die Reederei seines Vaters ein, aber er fuhr nie wieder zur See.

Ariel wurde berühmt in seiner kleinen und für die meisten Menschen völlig unverständlichen Welt, als er eine Firewall entwickelte, die selbst er nicht überwinden konnte. Sein System wurde weithin von Banken, Rüstungsunternehmen und Regierungsbehörden übernommen. Auf Anraten des Spürhunds beschaffte er sich einen gewieften, aber ehrlichen Manager, der ihn mit fürstlich honorierten Verträgen wohlhabend machte.

Seine Eltern konnten in ein größeres Haus auf einem eigenen Grundstück ziehen, doch er wohnte weiter bei ihnen und verließ nur ungern die gewohnte Umgebung.

Colonel Christopher »Kit« Carson alias Jamie Jackson alias »der Spürhund« schied nach Ablauf seiner Dienstzeit aus dem Marine Corps aus, heiratete eine sehr ansehnliche Witwe und gründete eine Firma, die persönlichen Schutz für Ultrareiche auf Auslandsreisen bot. Davon konnte er gut leben, aber er kehrte nie wieder nach Somalia zurück.

DANKSAGUNG

All denen, die mir zu den in diesem Buch enthaltenen Informationen verholfen haben, gilt mein Dank. Wie so oft, zieht die Hälfte es vor, nicht genannt zu werden. Aber denen, die im Licht leben, und denen, die im Schatten arbeiten, sage ich: Ihr wisst, wer ihr seid, und ich danke euch.